문학으로
만나는 제주

개정판

문학으로
만나는 제주

김동윤

한그루

# 개정판을 내면서

초판을 낸 지 꼭 3년이 되었다. 그동안 꽤 많은 분들이 제주와 문학에 대해 새로운 인식을 하는 계기가 되었다면서 관심과 격려를 보내주었다. 과분한 사랑으로 '2021 제주시 올해의 책'(제주 우당도서관 주관) 제주문학 부문 도서에 선정되기도 했다. 제주대학교 학생들도 같은 이름으로 개설되는 교양강의를 꾸준히 수강하면서 자세히 읽어주었다. 부족한 책에 애정 어린 눈길을 건네준 각계의 여러 독자들께 두루 감사드린다.

초판에 밝힌 것처럼, 이 책은 제주문학의 대표적인 작품들을 살피는 가운데 제주의 인문환경과 섬사람들의 현실을 폭넓게 이해하면서 성찰하고 전망할 수 있도록 꾸미고자 하였다. 그런데 초판인 경우에는 대중적인 고려가 부족한 면이 없지 않았다. 원래 논문으로 썼던 글이 다수여서 좀 어렵다는 반응이 있기도 했다. 그래서 전문적이고 학술적인 냄새를 가급적 덜어내면서 중학생 이상이라면 어렵지 않게 접할 수 있도록 고치는 것이 이번 개정판에서 가장 역점을 둔 작업이었다. 내용을 대폭 고친 것도 있고, 보태거나 빼기도 하였다. 일부 잘못된 사항이나 어색한 문장을 바로잡기도 하였고, 몇 컷의 사진을 교체하거나 추가하였다.

제주를 만나는 길은 여러 갈래로 다양하게 나 있다. 문학으로 만나는 제주는 좀더 정겹고 향기롭고 여유로운, 그러면서도 진한 여운을 오래 남기는 체험이 되리라고 믿는다. 아무쪼록 이 책이 문학을 벗 삼아 제주를 만나는 데 유익한 길라잡이 구실을 할 수 있었으면 좋겠다. 나아가 제주에 대한 인문교양서로 널리 읽혔으면 하는 지나친 욕심도 가져본다.

2022년 늦여름
촌벽재(寸碧齋)에서
김동윤

# 초판 책머리에

절해고도(絶海孤島)로 인식되던 제주도가 한 해에 관광객 1,600만이 찾아오고, 인구가 70만에 달하는 섬이 되었다. 관광객도 인구도 최근 10년 동안 급격히 늘어난 것이다. 그래서 제주도와 관련된 각종 정보들이 넘쳐난다. 제주를 다룬 책들도 계속해서 출간되었다. 올레, 걷기, 홀로, 오름, 버스, 자전거, 낭만, 맛 등을 표방한 여행 관련 책만이 아니라, 신화·전설, 건축, 음식, 역사, 언어, 예술 등의 인문 서적들도 꽤 많이 나왔다. 환경문제로 인한 수용 능력의 한계를 우려하지 않을 수 없지만, 제주를 사랑하고 제주를 더 잘 이해해 보려는 사람들이 많아졌다는 점은 어쨌든 반가운 일이다.

이런 상황에서 나는 문학으로 제주를 말하고 싶었다. 그동안 학술적 접근으로, 현장비평의 실천으로 제주의 문학을 논해오긴 했지만, 좀더 대중적인 인문교양의 차원에서도 제주문학을 이야기하면 좋겠다는 생각을 갖고 있었다. 그러던 차에 문학 작품을 통해 제주의 역사와 문화 그리고 제주인의 삶을 이해하며, 제주의 정체성을 탐색함으로써 글로컬 시대의 올바른 지향점을 모색한 다는 취지로 지난해부터 제주대학교 교양과정에 '문학으로 만나는 제주'라는 과목을 개설하여 강의하게 되었다.

하지만 이 강좌에 교재로 활용하기에 마뜩한 책이 없었다. 지금까지 제주문학 관련 저술들이 여럿 간행되긴 했으나, 특정 주제나 시기에 한정되어 전문적이고 학술적으로 접근한 것이 대부분이다. 이런 사정으로 인해, 편의상 내가 발표한 연구논문이나 문학평론 중에서 가려 뽑은 내용을 편집하여 교재로 사용하기로 했다. 그렇게 두 학기 동안 스프링으로 제본한 강의용 교재를 사용하다가, 이것을 대폭 깁고 보태어 공식 출판한다면 일반인의 인문교양서로도 읽힐 수 있지 않을까 하는 욕심을 부리게 되었다.

이 책에서는 제주의 신화와 전설, 역사와 현실, 삶과 문화를 다룬 문학들을 두루 짚어보고자 했다. 설문대할망과 자청비에서부터 서련 판관, 이형상 목사, 김만덕, 배비장을 거쳐 '이여도'와 4·3항쟁과 제주어(濟州語) 그리고 원도심 이야기까지를 문학의 자장(磁場)에서 검토했다. 제주문학의 대표적인 작품들을 살피는 가운데 제주의 인문환경과 섬사람들의 현실을 폭넓게 이해하면서 성찰하고 전망할 수 있도록 꾸미고 싶었다. 서장에서 태곳적부터 지금까지 제주 사람들은 어떻게 살아왔는지를 개괄한 후, 제1부에서는 '설화와 역사를 만난 문학'을, 제2부에서는 '항쟁의 섬, 현실의 언어'를 주제로 관련 글들을 엮었다.

여기 실린 글들 중에 「제주를 만든 설문대할망 이야기」, 「농경신 자청비를 어떻게 만날까」, 「이여도 담론의 스토리텔링 과정」, 「촛불 이후 되새기는 4·3문학」, 「제주 원도심이 품은 문학의 자취」는 아직 나의 단독저서에 수록한 적이 없는 것들이다. 나머지는 『4·3의 진실과 문학』, 『기억의 현장과 재현의 언어』, 『제주문학론』, 『소통을 꿈꾸는 말들』, 『작은 섬, 큰 문학』에 실렸던 글들이지만, 덧붙이거나 빼거나 고치고 다듬는 과정을 거쳤다(책 말미의 '수록 글의 발표 지면' 참조 바람.). 편하게 읽힐 수 있도록 주석은 각주로 처리하지 않고 미주로 돌렸다. 이해를 도울 수 있는 사진들도 넣어 보았다. 하지만 아직도 부족한 부분이 적지 않다. 앞으로 문제점을 보완하는 작업을 계속함으로써 적절한 시기에 개정판을 내었으면 좋겠다.

　　급박한 일정에도 깔끔하게 책을 꾸며준 '한그루'의 노고에 깊은 감사를 드린다. 귀한 사진들을 제공해준 강정효 작가의 우정에도 고마움을 표한다. 나를 키워주고 품어준 제주대학교가 아니면 이 책이 나올 수 없었을 것이다. 사랑하는 가족들은 눈물겹도록 든든한 버팀목이다.

2019년 여름의 끝자락에서

김동윤

# 문학으로 만나는 제주

## 차례

## 제1부 설화와 역사를 만난 문학

# 제주 사람들은
# 어떻게 살아왔을까

# 제주 사람들은
# 어떻게 살아왔을까

## 1.

> 누이야, 원래 싸움터였다./ 바다가 어둠을 여는 줄로 너는 알았지?/ 바다가 빛을 켜는 줄로 알고 있었지?/ 아니다, 처음 어둠이 바다를 열었다. 빛이/ 바다를 열었지, 싸움이었다./ 어둠이 자그만 빛들을 몰아내면 저 하늘 끝에서 힘찬 빛들이 휘몰아 와 어둠을 밀어내는/ 괴로워 울었다. 바다는/ 괴로움을 삭이면서 끝남이 없는 싸움을 울부짖어 왔다.(문충성,「제주바다·1」)

이 시에서 제주바다는 일상적 자연이 아니다. 막연한 대상이나 관조적 대상도 아니다. 그것은 제주섬의 구체적인 설화요 역사요 현실이다. "제주 사람이 아니고는 진짜 제주바다를 알 수 없다."고 시인이 단언한 것처럼, 제주섬의 존재는 많은 사람들에게 피상적

제주바다를 일상적 자연으로만 보아서는 안 된다.

인식의 대상이었다. '진짜 제주바다'가 아닌 허상과 외피로 그 존재가 인식되는 경우가 대부분이었던 것이다. 그렇다면 우리는 '진짜 제주도'를 얼마나 알고 있을까.

대한민국 헌법 제3조에는 "대한민국의 영토는 한반도와 그 부속도서로 한다."고 명시되어 있다. 지극히 당연하게 인식되는 이 헌법 조항은 어쩌면 제주의 운명을 고스란히 드러내는 것이라고 할 수 있다. '한반도'는 곧 우리 민족의 대명사다. 그런데 그 한반도의 한 부분을 차지하여 자리 잡고 있는 것이 아니라 거기에 딸려 있는[附屬] 섬이 제주도다. 이러한 제주섬의 위상은 제주 사람들의 삶의 양식과 정신세계를 독특하게 규정지어 왔다.

따라서 제주섬은 한반도와 공유하는 부분이 많으면서도 유다른 점이 적지 않다. 신화와 전설, 그리고 역사와 현실에서 그런 사항들을 확인할 수 있다. 제주문학에 그런 점들이 녹아들어 있음은 물론이다.

## 2.

한반도에는 천지창조신화가 드물지만, 제주섬에는 「천지왕본풀이」가 면면히 전승되고 있다. 이 본풀이에 따르면, 천지가 혼합이었던 시절, 하늘과 땅이 구분되지 않아 한 덩어리로 사방을 가득 메우고 있었는데, 갑자년 갑자월 갑자일 갑자시에 하늘의 머리가 열리고 을축년 을축월 을축일 을축시에 땅의 머리가 열려, 하늘과 땅 사이에 시루떡처럼 금이 생기기 시작하였다. 비로소 개벽하여 인간 세상이 왔으나 해도 둘, 달도 둘이어서 사람들이 낮에는 더워 죽고 밤에는 추워 죽어갔다. 이에 천지왕이 명을 내리니, 대별왕과 소별왕이 백 근 살로 그것들을 하나씩 쏘아 떨어뜨림으로써 온전한 세상이 되었던 것이다(현용준, 『제주도 신화』참조). 이러한 본풀이의 내용은 제주문화의 원류가 한반도와는 유다른 고유한 세계가 있음을 암시하여 일러주는 것이다.

건국시조신화 역시 한반도의 신화와 제주섬의 그것은 다른 양상을 보인다. 단군·주몽·수로 등 한반도의 건국시조신화는 대부분 천손하강(天孫下降)형이다. 그러나 탐라국 건국신화라고 할 수 있는 '삼을나신화' 혹은 '을나신화'(삼성신화의 다른 이름)는 지중용출(地中

湧出)형이다. 애초에 사람이 없다가 땅(모흥혈, 삼성혈)에서 양을나·고을나·부을나 세 신인(神人)이 솟아났다고 했으니, 하늘의 후손이 내려온 한반도 건국신화와는 판이한 양상인 것이다.

아기장수전설에서도 다른 점이 나타난다. 가난한 평민의 집안에서 날개 돋은 아기장수가 태어나는 점은 한반도나 제주섬이나 마찬가지다. 그러나 한반도의 전설에서는 자라서 역적이 될 인물이라고 여겨진 아기장수가 부모나 주위 사람들에 의해서 죽임을 당하는 반면, 제주섬의 장수전설에서는 이 아기장수를 죽이지 않고 그 날개만 잘라서 장수의 욕망을 버리고 힘센 장사로 세상을 살아가도록 한다. 한반도의 아기장수전설이 왕통의 신성성과 절대성을 강조하는 것임에 비해, 제주섬의 그것은 지배이데올로기에 대한 대응과 극복의 자세를 견지하고 있다고 볼 수 있다(현길언,『제주도의 장수설화』참조).「용마의 꿈」은 아기장수전설을 모티프로 삼은 소설이다.

> (…) 강좌수의 겨드랑이에 날개가 돋았다는 것이다. 이야기는 시일이 지날수록 더 많은 이야기를 달고 더 빨리 돌아다녔다. 어릴 적부터 겨드랑이에 날개가 돋았었는데, 그 부친이 그걸 숨기고 키웠으며, 강좌수 자신도 그걸 숨겨서 지내면서, 언제고 세상을 뒤엎을 기회를 벼르며 살아왔다는 거였다. 소문은 처음에 아주 은밀하게 퍼져 나가더니, 차차 아주 날개가 돋은 듯이 재빠르게 퍼져 나갔고, 조금 있으니까 아주 세상 사람들이 다 알고 있는 사실처럼 퍼져 나갔다.(현길언,「용마의 꿈」)

이 작품에서 강좌수는 학정을 일삼는 관리들에 당당히 맞선다. 그런 그의 행동은 제주 민중들의 절대적인 지지를 받는다. 민중들 사이에서는 위와 같이 강좌수가 날개 달린 장수라는 소문이 나돌았다. 그러자 제주목사는 강좌수에게 나라를 뒤엎으려는 변란을 모의했다는 누명을 뒤집어씌워 처형해 버린다. 강좌수가 죽은 후 민중들은 용마(龍馬) 타고 오는 장군을 고대하며 살아가게 된다. 중앙권력에 대한 제주 사람들의 대응과 극복 양상이 형상화되고 있음을 알 수 있다.

3.

제주섬은 900여 년 전까지 '탐라(耽羅)'라는 독립국가로 존재했다. 서기 938년 탐라국이 고려의 속국이 되었다가(자치권은 행사하고 있었음), 1105년 탐라군으로 복속되면서 독립성을 완전히 잃게 되었다. 이때부터 중앙정부의 관리[京來官]가 파견되기 시작했다. 섬사람들은 순응하지 않았다.

　　제주섬이 육지에 복속된 이래 이곳에서 일어난 민란은 수도 헤아릴 수 없을 만큼 여러 차례였다. 고려조에는 양수(良守)의 난, 번석(煩石)-번수(煩守)의 난 등 열 손가락을 헤아릴 정도의 모반이 이어졌고, 김통정(金通精)이 이끄는 삼별초가 여몽(麗蒙)연합군에게 쫓겨 입도하자 섬백성들이 이에 합세하여 항전을 벌이다 항파두리 땅을 피로 붉게 물들이기도 했다.(김석희,「땅울림」)

　'양수의 난'(1168)과 '번석·번수의 난'(1202)은 고려시대 제주에서 일어난 대표적인 민란이었는데, 민란에 가담한 사람들은 탐라왕국 시절로 돌아가고픈 욕망을 품고 있었을 것이다. 섬나라[耽羅]가 건 넌고을[濟州]이 된 상황을 인정하고 싶지 않았으리라. 바로 이런 역 사적 상황은 제주 사람들의 의식에 "독립국가로서의 과거성과 중 앙정부의 한 지역으로서의 현재성이 혼류"(현길언,「제주문화와 제주사 람의 의식의 바탕」)하는 요인이 되었다.

　　제주섬은 뭍엣사람들이 행사하는 폭력과 착취의 희생물이었고, 경멸의 대상에 불과했다. (…) 뿐만 아니라 뭍의 중앙정부는 언제 한번 애정을 가지고 제주도를 대한 적이 없었고, 기껏해야 제주도 는 그들의 정적(政敵)을 받아들여 살찌우는 유배지, 혹은 그들이 타고 다닐 말이나 키우는 목마장(牧馬場)으로서 필요했을 뿐이며, 수륙 이천 리의 길을 천신만고 끝에 도착한 파견관리[京來官]들 또한, 염불보다는 잿밥이라는 식으로 이곳과의 육화(肉化)를 거부 한 채, 온갖 비행과 수탈을 일삼았다. 그들에게 있어서 제주도는 버 림받은 땅, 절망의 고도에 다름아니었다.(김석희,「땅울림」)

　이 소설에서 언급되듯, 독립성을 잃은 이후 제주섬은 중앙정부 에 의해 유배지나 목마장으로 천하게 취급받았다. 절해고도(絶海孤 島)에 뿌리박고 살던 제주 사람들은 경래관들의 학정과 왜구의 노략질, 게다가 자연재해로 인한 흉년까지 맞닥뜨리게 되면서 더 이상 버티기 힘들었다. 생존을 위해 섬을 빠져나가는 사람들이 많아졌다. 이에 조선의 중앙정부에서는 1629년(인조 17)부터 출륙금지령(出陸禁止令)을 내려 섬사람들의 바깥출입을 통제했다. 그것은 200년 넘도록 계속되면서 섬사람들의 숨통까지 틀어막았다.

> 수령들의 작폐를 조정에 고변하려고 하여도 공행이 아니면 출륙을 금하고 있으니, 어찌 해 볼 도리가 없었다. 진상선 따라다니는 관속들이 있기는 하지만, 항시 수령과 한통속인 그들이 발고해 줄 리는 더욱 만무한 것이었다. 섬 백성의 눈에 고름이 넘쳐도 알지 못하고 원성이 하늘에 닿아도 들리지 않았다. 이렇게 변방 방어의 군역과 왕실 진상의 막중한 책무를 진 채 이백 년 동안 출륙을 못했으니, '물 위에 떠 있는 뇌옥'에 갇힌 수인은 섬사람들이지 결코 귀양 온 적객이 아니었다.(현기영, 『변방에 우짖는 새』)

현기영은 섬 자체가 뇌옥(牢獄)이었으니 섬사람들이야말로 수인(囚人)이었다고 표현했다. 굶주린 제주 백성들을 구휼한 김만덕이 1796년 정조의 배려로 한양과 금강산을 둘러볼 수 있었던 것은 극히 예외적인 경우에 불과했다. 이런 상황에서 제주섬은 항쟁의 섬이 되지 않을 수 없었다. 1862년에는 강제검 등을 중심으로 임술민란이 제주 전역을 휩쓸었고, 1898년에는 남학당을 중심으로 한 방성칠란이 일어났다. 이런 봉기들은, 농민운동이나 세정의 폐해에 항거하는 성격이 컸다. 하지만 방성칠란의 경우에는 탐라국의 후예임을 내세우거나『정감록』을 들먹이는 등 독립국가 수립을 표방했다. 제주섬이 한반도의 부속도서이면서 분리주의적 전통이 상존하고 있음을 보여준다는 점에서 주목할 필요가 있는 사건들이었다.

4.

20세기 제주도의 출발은 항쟁으로 시작되었다. 이른바 '이재수란'으로 알려진 '신축제주항쟁'이 제주의 20세기를 열었던 것이다. 1901년 신축년(辛丑年), 프랑스와 조선 조정을 등에 업은 천주교 세력의 교폐(敎弊)와 봉세관에 의한 세폐(稅弊)에 찌든 제주 민중들은 마침내 폭발하였다. 굶어 죽으나 총칼에 맞아 죽으나 죽기는 매일반이라는 심정으로 일어선 제주섬 민중들의 함성은 지축을 뒤흔들었다.

> 섬 전체가 흔들린다./ 지축을 흔들며, 저 멀리 한라산에/ 마른번개와 천둥이 울렸다./ 백성들은 갈증이 적삼 옷고름 위에 손을 얹고/ 심장 타는 울림을 듣는다. 물살처럼 일어나서/ 죽창 들고, 괭이 들고, 제주성으로/ 진격하라! 진격하라!(문무병,「날랑 죽건 닥밭에 묻엉…」)

이재수 등을 앞세운 제주 민중들은 마침내 제주읍성을 열어젖힌다. 프랑스 신부들을 꿇어앉힌 이재수는 그들에게 "느이들 두 오랑

캐는 성교다, 천주교다 하는 허울 좋은 간판 아래 혹세무민하여 제
주섬을 집어삼킬 흉계를 꾸몄을 뿐 아니라, 저 악독한 봉세관과 결
탁하여 백성을 침학하고 재물 늑탈과 폭행을 일삼았으니, 그 죄가
실로 막대하다!"(현기영, 『변방에 우짖는 새』)고 호통을 쳤다. 그러나 반
봉건·반외세의 기치를 높이 든 이 항쟁은 결국 프랑스 함대의 등장
등으로 좌절되었다. 오대현·강우백·이재수 세 장두는 교수형에 처
해졌고, 제주 사람들은 프랑스 신부들이 요구하는 엄청난 배상금을
3년 동안 갚아야 했다.

　그렇게 비극으로 시작된 제주현대사의 아픔은 일제의 강점으로
인해 더욱 심화되었다. 섬을 빙 둘러가며 해안 쪽으로 일주도로가
뚫리고, 한라산 기슭이 파헤쳐지며 임도(林道)가 개설되었다. 일본
과의 정기적인 뱃길도 열렸다. 그 길들은 수탈의 통로로 활용되는
경우가 많았다.

　　1923년 4월에 오사카와 제주도를 잇는 연락선 '기미가요마루'가
　　취항한 뒤, 제주도 각지에서 혈연과 지연, 친구나 친지를 믿고 오사
　　카로 돈벌러 오는 사람이 급증했다. 오사카 행정당국에서도 오사
　　카와 고베(神戶) 지역을 중심으로 한 한신(阪神) 공업지대가 발전
　　함에 따라 노동력을 확보할 필요에 쫓기고 있던 터라, 제주도에서
　　돈 벌러 건너오는 노동자를 얼씨구나 하고 받아들였다. 그러나 혈
　　연과 지연, 친구와 친지를 믿고 돈을 벌러 오긴 하지만, 현실은 냉
　　엄했다. 손에 익한 기술이 따로 없는 조선 사람들은 저임금을 받고
　　장시간 중노동에 종사할 수밖에 없었다.(양석일, 『피와 뼈』)

지금 일본에 거주하는 한국인 가운데 20% 정도는 제주섬 출신이라고 한다. 그들 중 상당수가 돈 벌어 보려고 바다를 건너간 사람들과 그 후예들임은 물론이다. 개중에는 갖은 고통을 딛고 자수성가한 사람들도 있고 여전히 힘들게 살아가는 이들도 있는데, 다수의 재일제주인들은 고향에 돈을 부치는 일을 잊지 않았다.

척박한 제주 땅에서 살아가려면 남녀노소 누구나 일을 해야 했다. 노인들은 자식에게 큰 봉양을 기대하지 않았고, 아이들도 웬만한 일을 찾아 하지 않으면 안 되었다. 특히 여성들은 밭일과 바닷일로 쉴 겨를이 없었다. 해녀들의 경우 일제강점기에는 주된 수탈의 대상이 되었다.

> 위탁판매를 맡은 조합은 이번에도 경매에 붙이지 않고 조합장인 도사가 지정한 특정 왜상인들에게 헐값에 팔아버렸는데, 그 돈에 붙은 갖은 무명 잡세, 조합 수수료가 엄청나고 조합 서기들의 농간도 극심했으니, "열 놈 먹고 남은 것이 잠녀(해녀: 인용자) 몫이다"란 말이 조금도 틀린 게 아니었다. 잠녀의 채취물 중 9할 이상이 수탈당했다. 조합 서기들은 왜놈이건 조선놈이건간에 모두 왜상인들과 한통속이 되어 정해진 값도 안 주려고 멀쩡한 물품을 상중하로 등급 매겨 낮게 치는가 하면 저희들 맘대로 저울눈을 속여먹는 것이었다. 그야말로 난장판이요, 앉은뱅이 턱 차는 식의 무지막지한 강도질이었다.(현기영,『바람 타는 섬』)

부당한 수탈이 계속되자 마침내 해녀들의 투쟁이 전개되었다.

1931년 말부터 이듬해까지 제주해녀들은 연인원 1만 7,130명이 참가하여 238회에 달하는 집회를 벌인 끝에 일본인 도사(島司)를 굴복시켰다(강대원, 『제주잠수권익투쟁사』 참조). 일제는 주모자들을 검거하여 처벌하였지만, 해녀들의 요구를 상당 부분 수용하지 않을 수 없었다. 제주해녀항쟁은 일제강점기의 기념비적인 투쟁이었다.


5.


일제가 패망하고 해방이 되자 일본 등지로 나갔던 섬사람 6만 명이 귀향하는 등 새로 열린 세상에 대한 기대로 제주섬은 흥분하고 있었다. 그러나 새날의 기대와 흥분은 오래가지 않았다. 제주섬은 곧 광풍에 휩싸였다.

왜순사 노릇하던 자들이 왜순사복 차림 그대로 '미군정 경찰'이라는 완장만 두른 채 버젓이 사람들 앞에 나서고, 공출 많이 안 낸다고 매 때리고 벌주던 면서기들도 여전히 그 흉측한 국민복 차림에다 수건을 꽁무니에 차고 버젓이 행세하고 다녔다. 게다가 해방 바람에 아주 날아가버린 줄만 알았던 공출도 이듬해부터 되살아났다. (…) 보리는 흉작인데 섬 인구는 엄청 불어나 모두들 먹자고 아우성인데 보리 공출이라니, 해방된 나라에 공출이 웬말이냐고 사람마다 원성이 자자했다. (…) 흉년에 역병이라더니, 그 무렵 호열자가 크게 창궐하여 삼백여 명의 목숨을 앗아갔다. (…)

　민심이 극도로 흉흉한 가운데 이듬해 읍내에서는 삼일운동 기념대회가 열려 태극기와 마을기를 앞세우고 모여든 이만 군중이 이런 세상 못살겠다고 "완전독립"을 외쳤다. (…) 그러나 거기에 대한 대답은 무자비한 총격이었다. 미군정 경찰의 총격으로 여섯 명이 그 자리에서 즉사했다.(현기영, 「거룩한 생애」)

1947년 3·1절 기념 집회에서 촉발된 항쟁의 불꽃은 1948년 4월 3일 새벽 인민유격대의 봉기로 피어올랐다. 봉기 지도부들은 5·10 단독선거 분쇄를 통해 자주적인 통일정부를 수립하자고 외쳤고, 다수의 섬사람들이 호응했다. 이에 미군정과 군경토벌대가 강경한 탄압으로 일관하면서 온 섬은 초토화를 피하지 못하고 말았다.

　사람이 숨어 있을 만한 곳이면 어디든지 무차별사격이 가해졌고, 날선 죽창이 함부로 박혔다. 남정네들은 하나씩 둘씩 집을 떠나, 산도 해변도 아닌 마른 냇가의 바위틈새나 동굴 속으로 또는 덤불 우거진 밭담 기슭에 땅을 파고 숨어들었다. 그렇다고 사정이 달라지는 것은 아니었다. 이같은 도피자를 둔 집안에서는, 아내나 늙은 부모가 대신 화를 당했다. 고문, 폭행, 강탈, 강간, 살인, 생매장…… 인간이 상상할 수 있는 온갖 만행이 실제로 자행되었다. 임산부를 윤간한 뒤 배를 가른 시체가 까마귀밥이 되어 형체조차 없이 나뒹굴었으며, 스스로 구덩이를 파고 사살된 시체를 파묻고 나서, 다시 자신이 파묻힐 구덩이를 파는 사람들이 꺼이꺼이 까마귀 울음을 울었다. 심지어는 부락 전체가 반동마을로 낙인찍혀 방화되거나, 빨갱이로 몰려 떼죽음을 당한 곳도 적지 않았다.(김석희, 「땅울림」)

제주섬 사람들은 죽고 죽이는 악순환 속에 안팎곱사둥이가 되어 목숨을 보전하기 어려웠다. 특히 토벌군경은 빨갱이 박멸을 명분으로 온갖 만행과 떼죽음까지 양산하였다. 한라산 금족령이 해제되는 1954년 9월까지 30만이 못 되는 도민들 가운데 3만의 목숨이 스러지고 온 섬은 초토화되었으니, 그 와중에 발생한 숱한 사연과 곡절들은 말로는 차마 형언할 수 없을 정도였다.

그 고통 속에 허구한 밤 뒤채이는/ 어둠을 본 적 없는 나는 알 수 없네/ 링거를 맞지 않고는 잠들 수 없는/ 그녀 몸의 소리를/ 모든 말은 부호처럼 날아가 비명횡사하고/ 모든 꿈은 먼 바다로 가 꽂히고/ 어둠이 깊을수록 통증은 깊어지네(허영선, 「무명천 할머니」)

제주섬은 4·3항쟁의 아픔을 치유하지 못한 채로 변모를 거듭한다. 1960년대에 접어들면서 제주섬에도 이른바 '조국근대화'의 기치 아래 개발 바람이 불기 시작하였다. 특히 1970년대 이후에는 '관광 제주'를 표방하면서 개발 열풍이 더욱 탄력을 받았다.

> 이곳저곳 다 팔아먹었으니/ 고향은 어디쯤 있는 것이냐/ 관광 개발한다 몰려와 높은 호텔 짓고/ 큰 목장 만든다 법석들 피웠지만/ 땅만 사놓고/ 집도 짓지 않고/ 잡초들만 무성하게 키를 키우며/ 땅값 오르기만 기다리며/ 땅값 오르기만 부채질하며/ 사고 팔고 사고 팔고/ 제주섬은 돈덩이가 되어가는구나/ 일년 삼백육십오일/ 비행기 타고 오거나 배를 타고 오거나/ 관광객들은 먹고 마시고 떠돌고 노래부르고 흔들어대고/ 관광 공해에 시달리느니/ 서서히 어쩌면 우리도 관광객이 되어가는 것이냐/ 동서남북 눈 비벼 살펴봐도/ 고향이 하나도 안 보인다/ 돈만 보이고 고향 사람들이 안 보인다(문충성, 「팔려버린 고향」)

고향에 살면서도 고향을 잃고 주인이 아닌 관광객처럼 살아가는 모습이 제주 사람들의 현주소임을 적시(摘示)하고 있는 시다. 중앙 정부와 거대자본이 주도하는 무분별한 관광 개발은 이처럼 제주섬의 정체성을 다시금 크게 흔들어 놓았다. 여기저기 난립하는 골프장은 관광 개발에 가려진 제주의 실체를 단적으로 보여준다.

> 그 사이 바람의 방향이 바뀌어 포클레인 소리가 아주 또렷하게

들려왔다. 들들들, 피를 말리는 소리, 그 소리에 노인은 찬바람 맞아 생명에 위협을 느낀 늦가을의 여치처럼 가슴이 오싹 오그라드는 느낌이었다. 골프장 만든다고 또 목장을 까발기는 것이다. 생흙, 생피를 벌겋게 드러낸 채 뒤집어지는 야초지. 거기에 덮여질 것은 독한 농약에 절은 골프잔디, 지렁이도 두더지도 도마뱀도 씨말려버릴 죽음의 카펫이었다. 노인은 신음처럼 괴롭게 한숨을 토했다. 초원을 야금야금 잠식해 들어오는 포클레인 소리를 들으면서 노인은 자신의 몸 속에서 차츰 좀먹어 들어오는 죽음의 진행이 느껴졌다.(현기영,「마지막 테우리」)

골프장 건설은 갖가지 동물들의 씨를 말리는 죽음의 양탄자를 까는 일과 다를 바 없다는 인식이 잘 드러나 있다. 생피를 드러낸 채 뒤집어지는 야초지의 모습이야말로 곳곳에 깊은 생채기를 드러내고 있는 제주생태계의 한 단면인 셈이다. 그런데 이렇게 골프장을 만든다고 초원을 까발리는 것은, 환경 파괴 문제를 넘어서, 그동안 부정적인 세력에 의해 제주섬이 짓밟힌 역사적 사실들과 동일한 맥락으로 읽힌다. 소설에서 고순만 노인은 과거와 현재가 맞닿아 있는 골프장 건설 현장을 접하면서 자신의 몸속에서 '죽음의 진행'을 감지한다. 소설 속에 그려진 죽음의 진행은 제주가 맞닥뜨린 전반적인 현실 문제와 결코 무관하지 않다.

# 6.

21세기를 맞아 제주섬에는 또 다른 바람이 거세게 불어왔다. 그 바람은 결코 훈풍이 아니다.

'국제자유도시'가 제주의 살길이라는 구호가 온 섬에 메아리쳤다. 일부에서는 제주가 동북아시아의 중심이자 희망의 섬으로 도약할 수 있는 절호의 기회라며 흥분한다. 과연 국제자유도시가 제주섬의 미래를 보장해 줄 수 있을까? 영어공용어화 논쟁에서 보았듯이, 의구심의 근거들은 도처에서 포착되고 있다. 주체의 토양에 뿌리를 굳건히 내리지 않고 추진되는 국제자유도시란 무국적의 방종 도시일 수밖에 없다.

'평화의 섬' 선언도 마찬가지다. 4·3항쟁을 불순하게 몰아세우는 일이 빈번하고, 강정마을에 해군기지를 건설하여 미국의 핵 잠수함과 핵 항모까지 드나드는 상황에서 인류평화를 운위하는 것 자체가 난센스다. 4·3 정신을 떳떳하게 계승하여 진정한 해원과 상생의 차원으로 승화시킬 수 있을 때라야 비로소 현대사의 비극을 떠안은 제주섬이 평화와 인권을 수호하는 공동체로 거듭날 수 있는 것이다.

> 4·3 때는 토벌대를 피해/ 숨거나 숨겨주었던/ 생존의 공동체/ 날 좋을 땐 주민들 모여/ 계모임과 야유회/ 생활의 공동체/ 지금은 해군기지 공사장/ 니 편 내 편 오도가도 못하는/ 분열의 공동체// 앞으로 다시금 이어져/ 뭇 평화 맨발로 걷는/ 생명의 공동체(김경훈,「구럼비 공동체」)

한라산 자락이 품은 제주시내와 제주항(사진: 강정효)

이제 제주섬의 운명을 주도면밀하게 점검함으로써 바람직한 전망을 도출해내야 할 시점이다. 생명과 평화의 섬으로 가는 길은 실로 힘겹기 그지없지만, 제주섬 공동체는 다시 꿈틀대고 있다. 새로운 지평을 열어가려는 제주섬은 푸르게 울창한 대숲을 꿈꾼다. 빽빽이 우거져 서로 몸 비비면서 살아가려 한다. 어우러짐 속에서 두 눈을 부릅뜨고서 꼿꼿하고 당당하게 살아가려 한다.

꼿꼿한 정신 하나 붙들어매기 위해/ 날이 맵찰수록 대나무들은 더욱 푸르다// 한때는 지조 있는 선비들이/ 대나무의 뜻을 본받으며 스러져갔다// 나라가 어려울 때 의병들도/ 죽창 들고 나라를 구하는데 앞장섰다// 4·3때도 사람들은 죽창을 들었다/ 그 중에는 억울해서 죽창을 든 사람도 있었다 한다// 그 모든 원통함들이 대숲에는 살아 있다/ 그들의 뼈아픈 목소리가 댓잎 끝에 서걱인다// 아, 이제 더 이상 슬픔은 없어야 한다/ 알고 보면 다 인정 나누며 살던 이웃인 것을// 서로 아우러져 살기 위해/ 대숲에는 대나무들이 빽빽이 모여 살고// 우리는 여기 고단한 몸 비비며/ 두 눈 부릅뜨고 꼿꼿하게 살아가려 애쓴다(김광렬, 「대숲에서」)

제1부

설화와 역사를
만난 문학

제주섬을 만든 설문대할망 이야기
농경신 자청비를 어떻게 만날까
김녕사굴과 광정당의 역사와 설화
인간 김만덕과 상찬계의 진실
고소설로 읽은 19세기의 제주섬
이여도 담론의 스토리텔링 과정

# 제주섬을 만든
# 설문대할망 이야기

## 조작 논란의
## 설문대할망설화

제주섬은 과연 어떻게 생겨났을까? 예로부터 제주에서는 천지창조와 관련하여 두 가지 이야기가 전해진다. '천지왕 본풀이'와 '설문대할망설화'가 그것이다.

천지왕 본풀이는 태초에 천지(天地)가 서로 맞붙어 있었다는 데서부터 시작된다. 하늘의 머리와 땅의 머리가 열리면서 천지가 금이 나면서 개벽되고 만물이 생겨났다는 것이다. 이때 먼저 수많은 별이 생기고, 다음에 해와 달이 둘씩이나 생겨났는데, 두 개씩의 해와 달로 인해 낮에는 더워서 살 수 없고, 밤에는 추워서 살 수 없게 되었다. 그러자 하늘의 천지왕이 땅의 총맹 부인과 동침하여 두 아들을 낳고는 형 대별왕과 동생 소별왕에게 해와 달을 하나씩 제거

설문대할망

구전되는 창조설화 중 하나로 엄청난 거구의 설문대할망이
치마폭으로 흙을 날라 제주섬을 만들고,
다시 흙을 일곱 번 떠놓아 한라산이 되었다는 이야기.
그 와중에 헤진 치마 사이로 떨어진 흙덩이들은 오름이 되었다.

2016 탐라국입춘굿놀이에서 재현한 설문대할망

하여 저승과 이승의 질서를 잡아 가며 세상을 다스리도록 한다는
내용이다.

　비교적 많이 알려진 설문대할망설화는 신화와 전설을 오가며 인
식되는 이야기다. 아주 오래된 옛날에 엄청난 거구인 설문대할망
(여신)이 치마폭으로 흙을 날라서 제주섬과 한라산과 오름들을 만들
었다. 이후 제주에 인간 사회가 형성되면서 섬사람들이 육지와 떨
어진 섬 생활에 불편을 느꼈다. 이에 섬사람들이 설문대할망에게

육지까지 다리를 놓아주기를 부탁하자 할망은 명주 100동으로 속 곳을 만들어주는 조건을 달아 그 작업을 시작했다. 그런데 섬사람 들이 명주를 1동 모자란 99동밖에 모으지 못하는 바람에 할망은 연 륙(連陸) 작업을 그만두게 되었다는 내용이다.

그런데 설문대할망설화는 의도적인 조작을 거쳐 원형이 크게 훼 손되었다는 지적이 있다. 현용준은 "설문대할망 이야기는 거녀전 설(巨女傳說)이고, 오백장군 이야기는 화석전설(化石傳說)"로서, "이 두 가지 전설은 별개의 것"이라고 주장한다. 그 두 가지가 원래 별개 의 전설이었는데 모씨가 오백장군전설의 "옛날에 한 할머니가 아 들 오백형제를 데리고 거기에 살고 있었다."(『제주도 설화집』, 제주관광 안내소출판부, 1959)라는 서술을 "옛날에 설문대할머니가 아들 오백 을 거느리고 살았다."(『남국의 설화』, 박문출판사, 1964)로 바꾸어 기술 하면서 하나의 설화로 둔갑했음을 지적하고 그것을 "전설적 조작 이요, 학술적 범죄"라고까지 규정했다.[1]

설문대할망설화는 거녀설화가 원형이며, 1960년대 중반 이후에 오백장군설화와 인위적으로 결합된 것이라는 지적은 타당하다고 판단된다. 그렇다면 오늘날의 상황에서 이를 어찌해야 할 것인가. 이미 되돌리기는 매우 어려운 상황이 되어버린 것 같다. 현대소설 에서의 수용 양상을 보더라도 오백장군설화와 결합된 설문대할망 설화가 점차 그 위력을 발휘하고 있음이 드러난다.

현대소설에서 설문대할망설화가 삽화(揷話)로서의 설화를 넘어 서 한 편의 소설 전체 구조로서 수용되고 있는[2] 작품들은 그리 많 지 않은 것 같다. 오성찬의 단편소설 「구룡이 삼촌 연보」(1986), 이명인의 장편소설 『집으로 가는 길』(2000), 고은주의 장편소설 『신들의 황혼』(2005)[3] 정도가 작품의 전체 구조 속에서 설문대할망설화를 수용한 소설이 아닌가 한다. 비록 세 작품이긴 하지만 설화 수용 방식이 각기 달리 나타나고 있기에 이들을 통해 수용 양상을 살피는 것은 유용한 작업이라고 본다.


## 못다 이룬 꿈:
## 오성찬의 「구룡이 삼촌 연보」

「구룡이 삼촌 연보」는 이른바 마을 시리즈 기획 출간과 관련된 오성찬(1940~2012)의 작품이다. 오성찬은 1986년부터 제주도내 여러 마을을 취재하여 17권의 『제주의 마을』 시리즈를 간행하는 작업에 주도적인 역할을 하였는바, 이 작품은 그런 과정에서 얻어진 것으로 보인다.[4] 작중인물인 화자 '나'와 사진작가 '구만'은 작가 오성찬처럼 마을의 인물과 역사를 취재하는 일을 하고 있다.

> ① '나'와 구만은 한상섭을 대동하고 구룡이 삼촌 행적을 찾아 그의 부인인 고현아 할머니 집을 방문했다.
> ② 상섭은 인근의 대흥리 포구를 만드는 데 삼촌이 기여했다고 하여 '구룡이 선창'이라 부른다는 사실을 전언했다.
> ③ 마을의 간이음식점에서 술 마시던 중 설문대할망이 다리 놓다가 중단한 흔적이라고 전해지는 곳을 보았다.

④ 양모씨는 구룡이 삼촌이 선창 만든다며 돈만 거둬먹고서 이룬 건 없다면서, 독립운동을 한다고도 했지만 면서기도 했고 학교 짓는 일도 제대로 못 했다고 비판했다.

⑤ 구룡이 삼촌의 호적 등본을 떼었더니 창씨개명을 했던 흔적도 나왔다.

⑥ 조선정신을 강조하던 투사형 인물이 왜 그랬을까 의구심이 들면서, 일제에 고문당하고도 굽히지 않았던 송산과 대비되었다.

⑦ 선창에 앉아 구룡이 삼촌 생각을 하던 '나'는 설문대할망의 다리 놓는 장면을 떠올렸다.

⑧ '나'는 방파제에서 마을 쪽으로 걸어가는 사내의 뒷모습을 보았는데, 사내는 미워하기에는 너무 지쳐 있었다.

개요에서 보듯이, 선각자요 독립운동가로 알려진 구룡이 삼촌의 생애를 추적하다 보니 부정적인 행적도 적잖이 드러나게 되어 조사자가 혼란에 빠진다는 내용의 소설이다. 구룡이 삼촌이 일제 말기에는 면서기를 하고 창씨개명도 했으며, 말년에는 아내와 사별한 지 1년도 안 되어 재혼한 사실도 확인되었으니, 이 인물을 어떻게 평가해야 할지 '나'는 도무지 판단이 서지 않는다. 개요의 ③과 ⑦에서 보듯이, 작가는 설문대할망설화를 이 인물에 대한 이해의 과정에서 활용한다. 구룡이 삼촌의 이력을 설문대할망의 행적과 병치하여 연관시킴으로써 진실을 모색하고자 했다는 것이다.

"저기가 설문대할망의 전설이 있는 곳이야……"

상섭 형이 술기가 올라 눈가가 불긋한 얼굴을 쳐들고 어둔 해변을 가리켰다. 가는 곳이 바다 멀리까지 뻗어나간 곳, 그게 설문대할망이란 거인이 육지까지 다리를 놓는 공사를 하다가 중단한 흔적이라는 것이었다. 제주 사람이면 그만한 전설은 누구나 알고 있었다. 한라산을 베개하고 바닷물에 빨래하던 설문대할망, 섬사람들에게 명주 백 동만 모아 오면 옷을 해 입고 육지까지 다리를 놓아 주마 했으나 끝내 한 동을 못 채워 그 계획이 무산됐다는 한이 서린 장소, '허천 바당이란 말이 있주만 들이쳐도 들이쳐도 메워지질 않더라'던 할머니의 허망한 표정이 떠올랐다.(41쪽)

인용문을 보면 이 설문대할망설화에는 오백장군 이야기가 전혀 끼어들지 않고 있음이 확인된다. 거인 할머니가 육지까지 다리 놓는 작업을 하다가 섬사람들이 약속한 옷감을 다 마련하지 못하는 바람에 공사를 중단했다는 본래의 거녀설화만이 소설에 수용되었다. 이 설화는 선창 공사를 주도했던 구룡이 삼촌의 이야기 다음에 배치되었다. 삼촌과 할망 둘 다 사람들의 편의를 위하여 바다를 메우는 작업을 하였다는 점에서, 그리고 끝내 공사를 마무리하지 못했다는 점에서 닮았다고 판단했기 때문일 것이다. 할망의 '허망한 표정'을 통해 삼촌의 얼굴에 나타났을 그런 표정을 떠올리고 있음은 물론이다.

"저길 보니까 꼭 삼태기로 흙을 떠다 부은 것 같게 보이기는 하네요. 설문대할망이 다리를 놓다 말았다는 말마따나……"

돌아앉아 한참 잠자코 있던 구만 씨가 말했다. (…) 한 무더기, 또 한 무더기…… 바위 무더기들은 수평선 쪽을 향하여 줄줄이 이어져 있었다. 휙 시선을 돌려 한라산 쪽을 보았다. 산엔 이미 저녁 그늘이 서서히 다가들고 있었다. 거기서 한 거인 할머니가 일어나 대단한 다리로 성큼성큼 바닷가로 다가왔다. 그녀가 팔짱에 삼태기를 끼고 있는데, 넘치게 담은 그 삼태기에서 흙이 새어 산기슭 여기저기에 붕긋붕긋 흩어졌다. 거대한 가랑이가 산야를 지나와 버리자 어느새 야산에는 봉우리들이 여럿 생겨났다. 해변까지 걸어 온 그녀가 삼태기를 허리에 낀 채 먼 수평선으로 시선을 보냈다. 그 시선이 독수리의 그것처럼 날카롭고 원한에 차 있었다. 한 삼태기 흙을 바다에 붓고 돌아섰을 때 그녀는 흐물흐물 구름으로 흩어져 날아갔다. 다만 그 원한 서린 독수리의 시선만이 남아서 한참이나 날선 수평선에 꽂혀 있었다.(49쪽)

「구룡이 삼촌 연보」에서 설문대할망설화가 두 번째로 활용된 부분이다. 할망의 구체적인 작업 광경이 '나'의 상상을 통해 형상화되어 있다. 삼태기로 흙을 퍼 나르며 연륙 공사를 하다가 그만두는 상황을 맞게 되면서, 날카롭고 원한에 찬 시선을 수평선(육지부) 쪽으로 보낸다는 내용이다. 바다에서 행한 미완의 공사를 주도했다는 면에서 설문대할망과 구룡이 삼촌은 공통점이 있다. 비록 미완의 공사였지만 그것은 도민과 주민에게도, 할망과 삼촌 스스로에게도 한으로 남았음을 작가는 말한다. 못다 이룬 꿈에 대한 원한이요 회한이라는 것이다. 그리고 소기의 결실을 맺지는 못했지만, 바다를 메워 선창을 만들고 다리를 놓는 작업을 추진할 때의 진실성만은 믿어야 하지 않겠느냐는 메시지도 읽을 수 있다.

이렇게 볼 때 오성찬의 「구룡이 삼촌 연보」에서는 거녀설화로서의 설문대할망설화가 수용되었고, 특히 연륙 실패 모티프가 적극적으로 활용되었음을 알 수 있다. 설문대하르방이나 오백 아들이 등장하는 설화는 원형이 아님을 이 소설을 통해서도 미루어 짐작할 수 있으며, 연륙 실패 모티프가 못다 이룬 꿈을 형상화하는 데 유용하게 활용되고 있음이 확인된다는 것이다.


## 영원히 사는 죽음:
## 이명인의 『집으로 가는 길』

이명인(1960~ )의 장편소설 『집으로 가는 길』에는 제주의 많은 신들이 변신하여 등장한다. "당찬 농사의 여신 자청비와, 이 땅에서 후(後)보름을 살고 서천꽃밭 사라대왕 막내딸과 선(先)보름을 살던 문국성 문도령, 이승과 저승을 오가며 저승길 길라잡이를 하던 차사 강림, 서홍동 당가름에 눌러살던 고상국, 그 외에 서귀포 본향당(本鄕堂) 주인인 바람웃도, 거구인 설문대할망 등"이 작가가 만든 "인간의 옷을 입고 세상에 나들이"[5] 나온 작품이다. 말하자면 설문대할망설화만이 아니라 자청비설화, 차사본풀이, 서귀포본향당신화 등 여러 제주설화가 뒤섞이어 대폭 변용된 소설이다. 이 작품은 10개의 장으로 구성되었는데, 장이 시작될 때마다 제주민요가 인용되는 것이 특징이다. 각 장별 개요는 다음과 같다.

① 큰아들 강림이 해녀그림을 갖고 오자 문홍로는 놀랐다. 이후 아내 사라가 수영장 갔다가 응급실에 실려간 데 이어, 둘째아들 유림이 바다에서 죽다가 살아났는데, 마침 주방장이 익사했다.

② 30여 년 전 홍로와 관계 맺은 청비는 홀로 남아 상국의 집에서 채운을 낳고서 물질 하다가 죽었다. 훗날 채운이 해녀를 그렸는데 바로 청비의 모습이었다.

③ 홍로의 큰아들 강림은 제주도의 채운 집에서 묵게 되었다. 채운은 무병에 걸려 이혼한 후 귀향한 여자였다.

④ 제주에 간 강림이 돌아오지 않자 홍로의 근심은 깊어졌다. 홍로 아버지 제민의 제삿날 강림이 돌아오고 제사 지내는데 해녀그림 액자가 떨어져 깨진 유리에 홍로가 손을 다쳤다. 어머니 설씨는 그날 밤 무서운 꿈을 꾸었다.

⑤ 채운과 강림이 급속도로 가까워지더니 강림이 청혼한 후 성관계를 가졌다. 카페를 운영하던 채운이 화방을 개업했는데, 상국은 계속 꿈에 시달리며 불안해한다.

⑥ 서울 간 강림이 소식이 없어 초조해진 채운은 전남편 수영의 재결합하자는 요구를 거절한다.

⑦ 강림이 귀경해 꼭 결혼하겠다고 하니 홍로는 허락하려 하지만 사라는 연상의 이혼녀라 절대 안 된다고 했다.

⑧ 강림이 제주에 돌아와 재회한 후, 채운은 서울 가서 먼발치에서 아들 우진을 보고 왔다. 우진 할머니가 죽자 수영이 출장 가는

동안 우진이 맡겨지고, 채운이 몸의 변화를 느낀다.

⑨ 설씨의 와병 중에 홍로는 제주에서 제민의 시신을 묻은 포제단을 찾아가나 그곳이 귤밭으로 변한 걸 보고 야반도주하던 일을 떠올린다. 그는 채운이 애까지 있음을 알고 강림에게 포기를 종용하다가 귀가했다. 설씨가 죽어 유골 뿌리려고 다시 제주를 찾은 홍로는 채운의 친모 얘기를 들었다.

⑩ 홍로는 상국을 만나 채운이 청비의 딸임을 확인하고, 청비 묘소에 함께 참배했다. 강림이 파리로 떠난 가운데 홍로가 청비의 묘비를 세운다. 남극노인성 보러 간다는 홍로를 따라나선 채운은 뱃속에서 자라는 아기의 존재를 생각했다.

청비와 문홍로의 사랑과 이별, 그들의 2세인 채운과 강림의 이루어질 수 없는 사랑이 운명적으로 그려진 작품임을 알 수 있다. 자청비는 '청비', 문도령은 '문홍로', 서천꽃밭 막내딸은 '사라', 강림차사는 '강림', 고산국은 '상국', 바람웃도는 '풍도' 등으로 제주설화 속의 인물(신)들이 현대적으로 변용되어 등장한다.

작중인물 중에서 문홍로의 어머니인 '설씨'가 바로 설문대할망에서 차용한 인물이다. 소설 속에서 설씨는 체격 조건이 거녀로 나오는 것은 아니나, 그렇다고 범상한 인물인 것도 아니다.

팔순이 넘은 어머니 설씨는 한사코 홍로와 같이 살기를 마다했다. 설씨는 굴린 달걀은 병아리 되고, 굴린 사람은 쓸모가 있다는 속담을 신조인지 위안인지로 입에 달고 살았다. 그래서 홍로가 조금이라도 꾀병을 부릴라치면 작대기를 들어서 문밖으로 내몰았다. 그러더니 홍로가 결혼을 하자 딴살림 나라고 냉정하게 말하고는, 팔순이 넘도록 혼자 끼니 해먹으며 노인정에서 인형눈을 붙였다.(14~15쪽)

설씨는 남편이 죽자 지체 없이 제주를 떠난 후에, 객지에서 아들을 자수성가하도록 이끌면서 자신은 자식에게 의존하지 않고 꿋꿋하게 살아가는 인물로 그려진다. "워낙 성품이 바지런하고 강단이 있"(159쪽)었으며 "당당한 풍모"(229쪽)를 지녔다는 서술에서도 설문대할망과의 연관성을 찾을 수 있다. 창조신으로서의 설문대할망의 역할을 부분적·제한적으로 수용한 것으로 볼 수 있다.

이 소설에서 작가는 거녀설화로서의 설문대할망설화만이 아닌, 오백장군설화(화석설화)와 결합되어 확장된 설문대할망설화를 수용했다. 그것은 설씨의 가족 이야기를 통해 확인된다.

설씨의 남편 제민은 중산간에 살면서 사냥을 주로 하던 인물로 나온다. "워낙 구척장신에 산으로 들로 바람처럼 싸돌아다니는 제민"(35쪽)이라고 한 것으로 보아, 설문대하르방에서 빌려온 인물이라고 할 수 있다. 설씨와는 달리 제민은 거구로 그려진 점도 주목된다.

제민은 평생 가난했다. 물려받은 땅도 없었거니와, 그나마 있던 뜬땅 조금 마련한 것도 손톱이 닳도록 일하고, 다리에 가래톳이 서도록 산으로 들로 쏘다녀서 마련한 것이었다. 딱히 사농바치(사냥

꾼)랄 것도 못 되는 일거리로 겨울을 나고 여름엔 버섯을 채취하는 일이 전부였다. 그도저도 안 되면 오랜 친구인 기철이네 뱃일에 짬짬이 끼어서 풀칠이나 하고 살았다.(222쪽)

확장된 설화에 나오는 설문대할망의 가족처럼 설씨의 가족들도 먹고살기가 힘들었다. 넉넉지 못한 살림살이였다. 설씨는 남편 제민이 죽자 아들을 시켜 시신을 포제단에 암매장하고서는 빚에 쪼들린 형편을 타개하고자 야반도주하여 제주섬을 떠나버렸다. 고향을 등지고 서울에서 살았다. 아들 홍로가 30여 년 만에 암매장 터를 찾아가 뼈를 수습하려고 했지만, 제민의 흔적은 완전히 사라지고 없었다. 설화의 설문대하르방은 죽 속에 뼈를 남겼지만 소설의 제민은 뼈마저도 추리지 못하는 상황이 되었던 것이다.

제민의 흔적을 전혀 찾지 못하게 되었다는 사실을 알게 되자 설씨는 눈에 띄게 쇠약해지더니 "미련 없이 이승을 버리고 말았다."(299쪽) 화장한 설씨의 유해는 고향인 제주섬의 한라산 남녘에 뿌려진다.

> 홍로는 항구에서 막바로 택시를 잡아 지장샘까지 갔다. 그곳에서 동산으로 가파른 길을 휘이휘이 올랐다. 귤밭으로 변한 옛 포제단을 지나 한참을 더 올라가자 덤불숲이 나타났다. 홍로는 그곳에 서서 한숨을 내쉬고 상자 뚜껑을 열었다. 홍로는 설씨에게 오랜만에 돌아온 고향집을 구경이라도 시키듯 상자를 들어 서귀포 시내 쪽을 향해 들었다. 그리고 설씨의 한이 서렸을 뼛가루를 아래쪽을 향해 날렸다. 마침 한라산 능선을 타고 내려오는 바람을 타고 설씨는 하얗게 날아갔다.(231쪽)

설씨는 죽어서 뼛가루가 되어 귀향하고는 제주섬의 한 부분이 되었다. 제주섬에 영원히 살게 된 셈이다. 이에 견주어 본다면 설문대할망이 물장오리에 빠져 죽었다는 설화의 결말 역시, 사라져버렸음을 의미하는 것이라기보다는, 할망이 곧 제주섬에 녹아듦으로써 섬의 구성물 자체가 되었다는 것으로 해석할 수 있다.

이렇듯 이명인의『집으로 가는 길』에서는 오백장군설화가 포함된 설문대할망설화가 수용되었음을 확인할 수 있다. 설문대할망(설씨)의 죽음이 종말이나 실종이 아니라 섬의 일부가 되어 영원히 살게 된 것임을 의미화하였다는 점은 이 작품이 지닌 의의의 하나로 꼽을 수 있겠다. 여러 설화가 함께 수용되고 그 변용이 매우 큰 폭으로 이루어짐에 따라 작정하여 유심히 살피지 않으면 설화의 흔적을 포착하기가 쉽지 않은 작품이기도 하다.


## 새로운 세계의 열림:
## 고은주의 『신들의 황혼』

고은주(1967~ )의 장편 『신들의 황혼』은 제주4·3항쟁의 비극과 설문대할망설화, 인천상륙작전과 연희고지전투, 1960년대의 부산과 2000년대의 서울·제주·오사카 등을 오가며 현대사와 가족의 의미 등을 포착해낸 작품이다. 신화와 역사와 현실을 넘나들고 과거와 현재를 이어놓으면서 공간과 인식의 폭을 확대했다는 점에서 2000년대 이후 침체된 4·3소설에 가능성의 싹을 보여주었다고 평가된다. 이 작품은 과거와 현재를 오가며 시점을 교차하는 가운데 모두 24개의 장으로 이루어졌는데, 장별 개요는 다음과 같다.

> ① 삼천 병사: '그(아버지)'는 해병대 삼천병사의 일원으로 1950년 9월 1일 제주항 산지부두에서 LST를 타고 참전했다.
>
> ② 섭지코지: 30대의 미혼인 '나'는 현의 아이를 임신했음을 알았다.
>
> ③ 바람의 뿌리: LST에서 '그'는 4·3의 광풍을 회상했다.
>
> ④ 인연: '나'는 오사카에서 유미언니와 작은외할아버지를 만나 외할아버지가 4·3 때 희생됐음을 알았다.
>
> ⑤ 어디로 가는가: '그'는 진해에서 해병훈련을 받고 인천상륙작전

에 투입됐다.

⑥ 오사카 생야구(生野區): '나'는 혈육에 집착하는 작은외할아버지를 보며 가족의 의미를 생각했다.

⑦ 적색 해안: '그'는 유엔군 상륙기동부대 일원으로 패잔병 수색 작전에 투입된 데 이어 104고지와 연희고지 점령에 동원됐다.

⑧ 돌 죽은 밭: '나'는 제주도에서 엄마를 만나 4·3 등 과거사에 대해 묻고는 임신 사실을 알렸다.

⑨ 왜 가야만 하는가: '그'는 경인 지구 작전을 마친 뒤 인천항으로 돌아왔다. 가족을 위해 견뎌야 한다는 생각을 했다.

⑩ 관습: '나'는 헌법보다 관습이 앞서는 현실에 대해 원이 선배와 대화했다. 아이의 아버지를 데려오라는 엄마에게 '나'는 아이를 낳을지 말지를 물었다.

⑪ 숨비소리: 4·3 때에 아버지 잃은 '그녀(엄마)'는 오해받지 않으려고 마을일에 적극 참여했다.

⑫ 타인의 가족: 결혼 안 한다는 '나'의 말에 뺨을 때린 아버지는 가족을 위해 살아야 했던 얘기를 했다.

⑬ 새로운 적: 중공군이 개입한 가운데 '그'의 두 형도 입대했다. '그'는 살아남아 전쟁의 배경과 진행과정과 전망을 아는 지식인이 되겠다고 다짐했다.

⑭ 눈꽃: '나'는 원이 선배에게 아버지의 외도로 맞게 된 셋째 언니의 등장이 아버지에 대한 혐오감을 갖는 요인이 됐다고 밝혔다.

⑮ 패잔병의 행진: 1950년 12월 '그'의 부대는 아군과 피난민의 철수를 돕다가 미군 수송기로 부산항에 가서 LST를 탔다. 피난민

들을 통해 삶의 의지를 다졌다.

⑯ 이복 언니: '나'는 이복 언니와 대화하면서 가족들의 과거, 4·3에 대해 관심을 갖는다. '나'는 아버지가 원하는 바를 충족시키는 삶을 살고 싶어 했음을 깨달았다.

⑰ 도돌이표: '그'는 1951년 장단 지구에서 후퇴와 반격을 반복했다. 그러던 중 두 형의 전사 소식을 듣고는 반드시 살아서 귀향해야 한다고 다짐했다.

⑱ 말할 수 없는 것들: '나'는 아이에 대한 욕망이 커지면서, 임신을 숨기기 위해 대학원에 등록할 계획을 세웠다. 청혼하는 원이 선배에게 '나'는 임신 사실을 알렸다.

⑲ 지삿개: 대구 육군경리학교에서 교육받고 재무하사관이 된 '그'는 열심히 돈을 모았으며, 어릴 때 보았던 '그녀'와 결혼했다.

⑳ 달맞이 고개: 가족행사 때문에 부산으로 간 '나'는 아버지의 흔적으로 자신이 살아있음을 깨닫고, 가족에 대한 맹목적이고도 순수한 열망을 받아들이기로 했다.

㉑ 집: '그'는 처자식이 생기면서 세상에 대한 강한 욕구를 갖게 됐다. 제주를 떠나 부산에서 의류업으로 돈을 벌며 조카들까지 거두기로 했다.

㉒ 테란의 드랍쉽: 어머니의 칠순잔치를 맞아 모이는 가족들을 보며 '나'는 아버지의 과거와 뱃속의 아기 등 설명할 수 없어도 이해하게 되는 이상한 느낌을 갖게 됐다.

㉓ 칠 남매: '그'와 '그녀'는 칠 남매를 키우며 최선을 다해 살았다고 생각했다.

㉔ 물장오리: 건강을 잃어가는 어른들을 보면서 '나'는 설문대할망 전설을 떠올렸다. 가족사진을 찍으면서 뱃속 아기에게 고마움을 느꼈다.

이 장편에서 주인공 '나'는 법대를 졸업하고 국책은행에 근무하는 서른세 살의 미혼 여성이고, '그'는 '나'의 아버지, '그녀'는 '나'의 어머니다. 부산에 터 잡아 살고 있는 이들의 고향은 제주도이며, '그'와 '그녀'는 4·3을 체험한 세대다.

짝수 장에는 '나'의 현재 삶이 그려져 있다. '나'는 임신 사실을 알게 되면서 자신을 둘러싼 상황에 대해 문득 돌아보는 기회를 갖는다. 아기를 낳을지 말지 고민하던 와중에 떠난 오사카 여행에서 유미 언니와 작은외할아버지를 만난다. '나'는 그들을 통해 4·3항쟁과 한국전쟁의 소용돌이 속에서 파란만장하게 전개된 가족의 과거사를 알게 되고, 그 가족이라는 굴레 안에 자신도 존재하고 있음을 깨닫는다.

홀수 장에는 4·3의 광풍을 겪고 해병대 4기로 한국전쟁에 참전하여 인천상륙작전에 투입된 '그'가 치열한 전쟁에서 우여곡절 끝에 살아남고서 결혼하여 가정을 이끌어가는 과정이 중심축을 이룬다. 전장에서 죽음에 대한 공포와 허기, 꿈과 현실의 경계가 지워지는 힘든 순간에 이르렀을 때 '그'는 가족을 대신하여 그 자리에 서 있으며, 뒤늦게 입대한 두 형의 전사로 인해 자신이 유일한 아들이 되었음을 상기한다. 전쟁이 끝난 후 '그'는 처자식이 생기면서, 세상에 대한 맹렬한 욕구를 갖게 된다.

이와 같은 다층적 플롯은 소설의 이야기 소통구조를 자유롭게 열어준다. 소설 속의 인물들이 겪어온 역사와 현실의 문제를 다각적으로 인식하게끔 해주는 것이다. 작품의 전개를 조직적으로 보여주기 위해 구전되는 설문대할망설화와, 과거 질곡의 역사를 겪고 오늘의 풍요로운 현재를 만들어낸 아버지 세대의 삶, 역사에 대해 무관심한 현세대의 이야기를 교차하면서, 그들의 소통과 결합을 구조적으로 꾀하고 있다.[6]

『신들의 황혼』에서 설문대할망설화는 화자 '나'가 어린 시절에 외할머니에게 흥미진진하게 이야기를 전해 듣는 형식으로 전개되고 있다. 1장이 시작되기 전, 2장과 3장 사이, 4장과 5장 사이, 6장과 7장 사이 식으로, 다시 말하면 짝수 장 다음에 모두 12회로 나뉘어 설문대할망설화가 배치되었다. 현재의 '나'가 예전에 외할머니에게 전해 들었던 설화를 떠올리는 것으로 이해될 수 있다. 작품 속의 설화 내용을 정리하면 다음과 같다.

> ㉠ 설문대할망은 한라산을 베개 삼아 누우면 다리가 관탈섬에 걸쳐지는 거인이었다.
> ㉡ 할망은 설문대하르방과 함께 살았다. 하르방이 고기를 몰아 할망의 하문에 가두는 방식으로 어획했다. 고기를 에워 잡은 곳이 섭지코지다.
> ㉢ 할망이 치마폭에 흙을 담아 여섯 번 오가며 섬을 만들었고, 일곱 번째 담아 온 흙으로 한라산을 만들었으며, 치마 사이로 샌 흙이 오름을 만들었다.

ⓔ 할망은 한라산 위에 앉아서 오른발은 마라도에 왼발은 성산일출봉에 딛고 지귀도를 빨래판 삼아 치마를 빨았다.

ⓜ 할망이 걸터앉기엔 한라산 끝이 뾰족해서 봉우리를 떼어 던진 것이 산방산이다.

ⓗ 성산포와 연결돼 있던 우도는 할망이 일출봉과 식산봉에 양다리를 걸쳐 오줌을 누자 떨어져 나가 섬이 됐다.

ⓢ 성산일출봉에는 등경돌이 있고, '고지렛도'에 있는 모자 모양 바위는 할망이 썼던 모자이며, 큰 바위가 띄엄띄엄 솟은 곳은 할망이 솥을 걸어 밥을 해먹은 바위이다.

ⓞ 할망은 사람들에게 육지와 연결하는 다리를 놓아주는 조건으로 명주 백 동이 드는 명주옷을 지어달라고 요구했으나, 명주 한 동이 모자라 다리를 놓다가 그만뒀다.

ⓩ 할망에게 오백 아들이 있었는데, 할망이 밖으로 양식을 구하러 간 사이 하르방이 죽을 끓이다가 실수로 솥에 빠져 죽었다.

ⓒ 막내는 아버지를 먹은 형제들과 함께 살 수 없다며 홀로 울다가 외돌개가 됐고, 형들도 슬피 울다가 오백장군이 됐다. 할망은 피눈물을 쏟았는데 한라산 철쭉꽃이 그 흔적이다.

ⓚ 흉년이 들자 할망은 밤에 사람들 몰래 멀리 떠났다.

ⓣ 할망은 물장오리에 들어갔다가 물속으로 사라졌다.

위의 개요를 볼 때 작품에 수용된 설화는 ⓛ, ⓩ, ⓒ에서 보듯 오백장군설화와 통합됨으로써 확장된 설문대할망설화임을 알 수 있다. 이러한 설화의 내용은 전체적으로 어울리도록 짜임이 비교적 가지런하게 정리되었다고 할 수 있다. 설화는 과거 '그'의 이야기와 현재 '나'의 이야기가 각각 진행되는 것과 더불어 흥미롭게 전개된다.

설문대할망설화는 장 사이에 독립된 형식이 아닌, 작품 속의 '나'와 관련된 현실에서 설화의 내용을 떠올리는 방식으로도 활용된다. 다음과 같은 부분에서는 과거(설화)와 현실이 아주 자연스럽게 연결된다.

> 차갑고 뭉툭하고 미끄러운 기구가 내 몸의 중심으로 미끄러져 들어오는 순간, 느닷없이 설문대 할망이 떠오른다. 섭지코지 전설의 그 외설적인 부분을 이야기해 주었을 때 현은 침대가 들썩일 만큼 웃었다. 돌이켜보면 이 난감한 상황은 어쩌면 그날 그 침대에서 잉태되었는지도 모를 일이다.(28쪽)

'나'가 산부인과에 갔을 때의 상황이다. 이 뒤에 나오는 작품의 내용은 개요 ㉡의 설화다. 설문대할망이 자신의 하문을 이용해 설문대하르방과 함께 고기를 잡는다는 설화가 외할머니로부터 손녀('나')에게 전달된다. 작품의 말미에서도 설문대할망설화가 현실의 내용 속에서 떠올려진다.

> 나는 그때 외할머니에게서 노화의 잔인함과 죽음의 그림자를 보고 싶지가 않았다. 맑은 정신을 잃어버린 외할머니가 아니라 설문대 할망 전설을 들려주던 외할머니만을 기억하고 싶었던 것이다.

최근에 다시 찾아본 설문대 할망 전설에는 할망의 최후가 여러 가지로 전해지고 있었다. 죽을 끓이다가 가마솥에 빠져 죽은 이가 설문대 하르방이 아니라 할망이라는 이야기가 가장 많았고 물장오리에 빠져 죽었다는 이야기가 그다음으로 많았으며 흉년에 어디론가 떠나 버렸다는 이야기가 가장 적었다.

어쨌든 모든 이야기에는 끝이 있기 마련이다. 그런데 물장오리의 결말에는 또 다른 끝이 덧붙어 있는 경우가 있었다. 밑이 터져 있는 물장오리는 바다 속까지 뚫려 있어서 설문대 할망이 그 물을 통해 고향인 용궁으로 돌아갔다는 얘기였다.(267~268쪽)

설문대할망설화로 연결된 '나'와 외할머니의 관계가 잘 이해되는 부분이다. 아울러 설문대할망의 최후와 관련된 여러 가지 설이 소개되고 있는 점도 주목할 부분이다. 특히 물장오리에 빠진 뒤의 이야기가 덧붙여진 설화에 작가가 의미를 부여하고 있음을 알 수 있다. 물장오리가 바다로 연결되어 할망이 용궁으로 갔다는 내용은 새로운 세계가 열린다는 사실을 뜻한다. "일단 그 물에 발을 담그고 몸을 담그면 (…) 상상하기도 힘든 더 큰 세계가 기다리고 있을 거라는 속삭임"(268쪽)을 듣는 것이다. 이는 작품의 제목으로 활용된 바그너의 오페라 「신들의 황혼」과도 연결된다.

바그너의 오페라가 생각나는걸. 신들의 황혼……

그 오페라도 북유럽 신화의 라그나뢰크가 모티브였어. 신들과 인간 세계의 종말을 다룬 얘기지. 육지가 바다에 잠겨 세계는 멸망하지만 마침내 바다 속에서 새로운 육지가 떠오르는데, 라그나뢰크가 말하는 신들의 운명은 바로 그것일 거야. 새로운 세계를 위해 기꺼이 자신의 종말을 받아들이는……(198~199쪽)

설문대할망의 정신은 '새로운 세계를 위해 기꺼이 자신의 종말을 받아들이는' 데에 있다는 것이 작가의 생각이다. 따라서 여기서의 종말은 끝이나 사라짐이 아니라 새로운 세계의 열림이요 시작이다. 이 소설은 이처럼 설문대할망설화에서 새로운 세계의 열림을 유의미하게 포착하여 제시했다는 면에서 주목되는 작품이다.

## 설문대할망설화
## 수용의 의미와 과제

위에서 살핀 내용을 종합해 보면, 현대소설에 수용된 설문대할망설화의 양상을 통해 유의미한 사항을 확인할 수 있다. 설화의 원형에 대한 추정이 가능하고 설화의 핵심 모티프에 대한 사항도 짚어볼 수 있다.

먼저, 설화가 점차 원형에서 벗어나면서 확장 수용되어가는 양상을 가늠해 볼 수 있다. 현용준이 이미 언급한 바와 같이, 설문대할망설화의 경우 처음에는 거녀설화 상태로만 존재했다가 나중에 화석설화와 통합되었음이 현대소설에 수용된 양상을 통해서도 확인되었다. 1960년대에 인위적으로 오백장군설화가 설문대할망설화에 통합되어 기록되긴 하였지만, 1980년대 중반까지도 그것이 일반화되지는 않았음을 오성찬의 「구룡이 삼촌 연보」를 통해 추정할 수 있다. 제주 출신인 오성찬(1940년생)이 어려서부터 접하였던 설문대할망설화는 오백장군설화와 무관한 거녀설화였음을 소설의 내용에서 미루어 파악할 수 있다는 것이다.[7] 반면 제주 출신이 아니면서 좀더 젊은 세대 작가인 이명인(1960년 전주 출생)과 고은주(1967년 부산 출생)는 문헌자료에 더 많이 의존하여 설화를 수용하였을 것이 틀림없다. 1990년대 후반부터 10년 정도 제주에 거주했던 이명인이나 부모의 고향이 제주인 고은주도 직접 설문대할망설화를 전해 듣기는 했을 터이지만 그것을 창작에 활용하는 과정에서는 관련 문헌자료를 애써서 두루 찾아보았을 것이다. 따라서 그들이 오백장군설화와 결합하여 확장된 설문대할망설화를 수용했음은 당연한 결과라고 본다. 작가로서는 더욱 풍성하고 흥미 있는 화소를 담고 있는 확장된 설화에 자연스럽게 눈길을 돌렸을 것이기 때문이다.

아울러, 설문대할망설화의 핵심이 연륙 실패 모티프임을 현대소

멀리서 보면 한라산은 설문대할망이 누워 있는 것처럼 보인다.

설의 수용 양상을 통해서 확인할 수 있었다. 오성찬의 「구룽이 삼촌 연보」에서는 연륙 실패 모티프가 별다른 여과를 거치지 않고 구체적으로 나타난다. 삼촌의 마무리 못 한 선창공사를 할망의 중단된 연륙작업과 직접 연계시킨 것이 그것이다. 이명인의 『집으로 가는 길』에서는 부녀관계의 불완전한 정립이 설화의 연륙 실패 모티프를 떠올리게 한다. 마침내 홍로와 채운이 부녀지간임이 확인되었지만 아직 온전한 부녀관계를 이루지는 못한 상태에서 소설이 끝나기 때문이다. 고은주의 『신들의 황혼』에서는 설문대할망설화 자체가 아버지의 과거 역사와 화자의 현재 상황을 연결하는 다리 역할을 한다. 부모 형제와의 관계는 어느 정도 회복되었지만, 화자의 남편과 아이의 아버지가 실질적으로는 부재하게 되는 상황을 맞는다는 점에서 연륙 실패 모티프와의 상관성을 말할 수 있다. 이처럼 설문대할망설화의 연륙 실패 모티프는 궁극적으로 관계의 회복 지향 혹은 운명적 삶의 양상과 밀접한 관련이 있다.

그런 면에서 볼 때 설문대할망의 다리 놓기 공사 중단의 의미를 우리는 올바로 받아들여야 한다고 본다. 할망의 연륙 공사 중단은 지극히 당연한 귀결이다. 제주가 섬이 될 수밖에 없다는 점, 즉 그것이 제주의 숙명이요 운명이라는 사실이 그런 방식으로 표출되었다는 것이다. 작가들은 바로 이 점을 지금-여기의 현실과 관련하여 작품 속에 의미화하는 작업을 해야 한다. 본섬과 부속도서를 케이블카로 연결하려고 한다든지, 한반도 지역과 이어주는 해저터널을 설치하려 드는 따위의, 제주섬의 운명을 거스르는 천박한 개발지상주의에 대해 설문대할망의 매서운 호통을 들려주어야 한다.

특히 설문대할망의 창조 정신을 이 시대에 걸맞게 재현하려는 작가들의 노력이 절실하다. 그것은 생태주의적인 인식과도 연결될 수 있다고 본다. 할망이 제주섬을 창조하였다는 것은, 땅덩어리를 만든 데서 그친 것이 아니라, 제주섬이라는 세상에 새로운 생명을 불어넣었음을 뜻하는 것이다.

그런 의미에서 홍진숙이 그린 「탐라의 꿈」(2010)은 시사하는 바가 크다. 할망이 입김을 불어넣어 생명을 싹틔우는 모습이 경외감을 불러일으킨다. 마그마를 지하에서 뽑아 올리는 화산 폭발도 할망의 대자연 창조 행위의 과정임이 이 작품에서 감지된다. 할망이 제주섬의 대자연을 탄생시키기도 했거니와 할망이 제주섬 그 자체라는 점도 잘 담아낸 작품이다.

홍진숙, 「탐라의 꿈」(2010)

# 농경신 자청비를
# 어떻게 만날까

## 자청비설화의
## 내용과 의미

자청비설화는 「세경본풀이」라는 제주
도 서사무가에서 출발했다.[1] 그런데 「세경본풀이」는 그 내용이 매
우 흥미로워서 굿판을 떠나서도 널리 구전되었다. 신화만이 아닌,
민담과 전설 형식으로도 파생되어 다양하게 전승되고 있다는 것이
다.[2] 여기서의 '자청비설화'는 이러한 무가(신화)와 전설·민담을 모
두 통튼 개념이다. 바로 이 자청비설화가 제주설화 중에서 가장 전
승범위가 넓고 흥미로우며 인지도도 높은 설화로 꼽힌다.

현용준은 지금까지 조사·보고된 「세경본풀이」들이 각기 표현기
법의 섬세함에서 차이가 있을 뿐, 그 서사 전개는 거의 같다면서, 자
신이 채록한 안사인본을 중심으로 이본들의 내용을 첨가하여 그 요

지를 정리한 바 있다.3) 여기에 그것을 좀더 요약하여 제시함으로써 구조와 내용을 확인키로 하자.

① 짐진국(김진국, 임정국) 대감과 ᄌ지국(조진국) 부인이 부부가 되어 천하거부로 살았는데, 늦게까지 자식이 없었다.

② 동개남절의 중이 백근 시주를 차려 백일 불공하면 자식을 낳는다고 하자, 부부는 그날부터 불공을 드리기 시작했다.

③ 절에서는 시주가 99근이므로 여자아이를 낳을 것이라 했다.

④ 부부가 감주에 호박안주 먹는 태몽을 꾸고 천하일색 딸을 낳아 '자청비'로 이름 지었다.

⑤ 열다섯 된 자청비는 빨래 덕에 여종의 손발이 고움을 알고 주천강 연못에 빨래하러 갔다.

⑥ 거무선생에게 글공부 가던 하늘나라 문선왕의 아들 문도령이 자청비의 미모를 보고 물을 달라 하자, 자청비는 물바가지에 버들잎을 띄워 건넸다.

⑦ 물에 체하지 않게 하기 위함이라고 하여 감복시킨 자청비는 남동생과 글공부를 같이 가라며 문도령을 기다리게 했다.

⑧ 부모에게 허락받은 자청비는 남장하고 남동생인 척하여 문도령과 함께 길을 떠났다.

⑨ 둘은 서당에서 공부하는 3년간 한 이불에 잤다. 자청비는 둘 사이에 물 떠놓고 자면서 경계하는 한편, 씨름과 오줌 멀리 갈기기 시합 등에서 이김으로써 남자임을 믿게 했다.

⑩ 서수왕 따님에게 장가들라는 문선왕의 편지를 받은 문도령은

서당을 떠나게 됐다.

⑪ 문도령과 함께 서당을 나오다 목욕하게 된 자청비는 버들잎에 글을 써 아래쪽의 문도령에게 띄워 보내 여자임을 밝혔다.

⑫ 귀가한 자청비는 부모에게 문도령의 나이를 속여 자기 방에서 동침했다.

⑬ 문도령은 복숭아씨를 주며 그걸 심어 꽃필 때까지 온다 약속하고 빗 반쪽을 남기고 떠났다.

⑭ 복사꽃 피어도 문도령 소식이 없자 자청비가 종 정수남이에게 투정한다. 정수남이는 굴미굴산에 나무하러 갔다가 소와 말 아홉 마리씩을 굶겨 죽이고 그 고기까지 먹어버렸다.

⑮ 정수남이는 오리를 잡으려고 도끼를 던졌는데, 도끼만 물에 빠져 옷 벗고 들어가 찾았으나 허사였고, 그 와중에 옷을 도둑맞자 나뭇잎으로 사타구니를 가려 귀가해 장독대에 숨었다.

⑯ 자청비에게 들킨 정수남이는 문도령이 선녀들과 노는 것을 구경하다 그리 되었다고 속였다.

⑰ 정수남이는 문도령 만나러 간다며 자청비를 속여 골탕 먹이고 자청비를 겁탈하려 하므로 그제야 속았음을 안 자청비가 지략으로 정수남이를 죽이고 내려왔다.

⑱ 자청비 부모는 종을 죽였으니 종의 일을 해보라며 좁씨를 뿌려 다시 거둬오라 했다. 마지막 좁씨 한 알을 개미가 물고 가는 걸 보고 빼앗아 밟으니 개미허리가 홀쭉하게 됐다.

⑲ 쫓겨난 자청비는 남장으로 다니다 서천꽃밭을 해치는 부엉이를 잡은 공으로 꽃감관 막내딸과 결혼하나, 과거 보러 가는 중이라

몸 정성을 한다고 하여 동침을 피한다.

⑳ 자청비는 서천꽃밭의 환생꽃 등을 따다가 정수남이를 살려내어 부모에게 바쳤다.

㉑ 부모는 "사람을 죽였다 살렸다 하는 딸을 용서할 수 없다."고 하여 다시 쫓아냈다.

㉒ 배회하다가 주모할머니 집에 유숙하게 된 자청비는 비단을 잘 짜서 수양딸이 됐다.

㉓ 주모할머니가 짜는 비단이 문도령의 결혼에 쓸 혼수임을 안 자청비는 비단에 이름을 새겨 자신의 소재를 알렸다.

㉔ 문도령이 찾아갔으나 자청비의 장난으로 상봉에 실패한다.

㉕ 자청비가 그리운 문도령이 그녀와 목욕하던 물을 떠오라고 궁녀들에게 명하니, 자청비는 그것을 계기로 궁녀들을 만나 함께 승천했다.

㉖ 문도령을 찾아간 자청비는 얼레빗을 맞춰 본인임을 확인하고 문도령 방에서 만단정화를 나눴다.

㉗ 그들은 낮엔 병풍 뒤에 밤엔 한 이불 속에 자면서 지냈다.

㉘ 하녀가 눈치채자 자청비는 문도령에게 부모와 수수께끼 내기를 하여 사실을 알리게 했다.

㉙ 문도령 부모는 숯불 위의 칼날을 맨발로 넘는 이를 며느리 삼겠다고 했다. 실패한 서수왕 따님은 방에 갇혀 죽어 새가 되고, 자청비는 하늘에 축수해 비 내리게 함으로써 칼날 위를 걸어 합격했다.

㉚ 문도령과 자청비는 정식 결혼에 성공해 행복하게 지내게 됐다.

㉛ 자청비는 서천꽃밭 막내딸과 혼인한 사실이 걱정되어 문도령에게 거기 가서 보름을 살고 나머지 보름은 자기와 살도록 했는데, 문도령은 한 달 넘도록 돌아오지 않았다.

㉜ 자청비가 편지 보내자 문도령은 급히 행전을 둘러쓰고 두루마기를 한쪽만 걸치고 말을 거꾸로 탄 채 돌아왔고, 머리 풀어 손질하던 자청비는 지푸라기로 묶은 채 마중했다.

㉝ 자청비와 문도령을 시기한 하늘나라 청년들이 문도령에게 독약 탄 술을 먹여 죽였다.

㉞ 자청비는 서천꽃밭에서 환생꽃을 따다가 문도령을 살려냈다.

㉟ 하늘나라에 난리가 나자 평정하는 자에게 땅과 물 한 조각씩 나눠준다는 방이 붙었다.

㊱ 자청비는 서천꽃밭에서 멸망꽃을 따다가 뿌려 이를 평정했다.

㊲ 자청비는 땅과 물 대신 오곡씨를 요청하여 문도령과 함께 7월 14일 인간세상으로 내려왔는데, 이날이 백중제일이 됐다.

㊳ 정수남이가 배고프다 하니, 자청비는 소 아홉 마리로 밭가는 부자 밭에 가서 점심을 부탁했다. 밭주인이 밥을 안 주자 흉년 들게 했다.

㊴ 호미로만 농사짓는 노인 부부가 정성껏 밥을 주니 씨를 잘 골라줘 부자 되게 했다.

㊵ 하늘에서 메밀씨를 얻어와 늦게 파종해도 수확해 먹을 수 있게 해줬다.

㊶ 문도령은 상세경, 자청비는 중세경, 정수남이는 하세경이 됐다.

이렇게 볼 때, 자청비설화는 기본적으로 자청비를 비롯하여 문도령과 정수남이가 농경(세경)신으로 좌정하기까지의 내력을 담은 이야기다. 물론 그 중심인물은 자청비다. 이 설화의 구조는 (1)자청비의 출생(①~④), (2)문도령과의 조우와 사랑(⑤~⑫), (3)이별과 시련(⑬~㉔), (4)재회와 시련의 극복(㉕~㉞), (5)농신으로 좌정(㉟~㊶) 등 다섯 부분으로 정리할 수 있다. (5)단계를 제외하면 한국 고소설에서 확인되는 '영웅의 일생 구조'와 동일하다.[4)]

자청비설화를 한반도 지역의 무속신화들과 대비해 보면 몇 가지

제주시 이도2동 자청비거리

공통점과 특이성을 확인할 수 있다. 먼저 이 설화의 영웅의 일생 구조는 한국의 무속신화들에서 거의 공통적으로 나타나는 구조다. 또한 삽화 면에서 천신(天神, 문도령)과 지신(地神, 자청비)의 결합이 나타나고 이 결합에서 지신계(地神系)가 수난을 당하는 모습을 보여주고 있는 것이라든가, 천상계(문도령)·인간계(자청비)·지하계(정수남)의 3분된 세계관도 다른 지방의 무속신화와 매우 유사하다. 그러나 여주인공의 인격에서 다른 지방 어떤 신화의 여주인공들에게서도 볼 수 없는 정도의 용감성과 적극성이 나타나고, 신직(神職)에 있어서 한국 신화에서는 거의 유일한 영농신이며, 신의 성격에서 1년 주기로 새로 태어난다고 볼 수 있는 점 등에서 특이한 면모가 있으며, 놀이(세경놀이)를 수반하고 있고 하나의 신화 속에 여러 신들의 신화가 복합되어 있는 점 등에서 차별성이 있다.5)

위에서 말하는 자청비설화의 여러 특징 가운데 가장 주목되는 것은 여주인공의 행적과 그 의미다. 진취적이고 강인한 여성으로서의 자청비가 가장 의미 있는 맥락이다. 자청비는 가부장제 사회구조에서 불완전한 존재로 취급되는 여성으로 태어났으나, 주위의 시선을 무시하고 적극적으로 자신을 표출하였다. 관습적으로 볼 때에는 남성처럼 행동하는 것처럼 보이지만, 그녀의 이런 행동은 결국 가부장제 사회구조 안에서 적극적인 여성이 취할 수 있는 행위를 보여주는 것임을 볼 수 있다. 그녀는 남성과의 만남과 이별, 그리고 결연을 통해 부분적이고 불완전한 존재에서 좀더 완전하고 총체적이며 독립적인 영웅적 인간으로 거듭날 수 있었다. 남성성·여성성의 구분을 뛰어넘은 존재인 것이다.6)

그래서 자청비는 "여성 중의 여성"[7]으로서 제주 여성들의 표상으로 인식된다. "문화적 여성 영웅"으로서 "전통과 현재 혹은 미래를 잇는 가교 역할을 담당"하는 "자유(自由)의 여신, 생산(生産)의 여신, 풍요(豊饒)의 여신, 기원(祈願)의 여신"이라는 평가[8]가 내려지기도 한다. 이런 것들이 자청비설화가 문학작품에 자주 수용되는 주된 이유로 작용함은 물론이다.

현대소설에서 자청비설화가 소설 전체 구조로서 수용되고 있는 작품들로는 한림화의 「자청비」(『꽃 한송이 숨겨놓고』, 한길사, 1993), 이명인의 『집으로 가는 길』(문이당, 2000), 이석범의 「자청비」(『할로영산』, 황금알, 2005), 현길언의 『자청비, 자청비』(계수나무, 2005) 등을 꼽을 수있다. 이들 네 작품이 각기 어떤 방식으로 자청비설화를 수용하고 있는지 그 양상을 살펴보고, 각각의 작가가 새롭게 창조하고자 했던 주제의식을 구명해 봄으로써 자청비설화 수용에서의 문제와 과제를 짚어보기로 한다.


## 텍스트의 반복 혹은 대중화:
## 이석범의 「자청비」

이석범(1955~ )의 「자청비」는 '소설로 읽는 제주도신화'라는 부제가 달린 『할로영산』에 수록되어 있다. 작가는 제주도신화를 "이야기답게 만들어내"기 위해 "채록된 이야기들을 일정 부분 삭제하고, 첨가하고, 이어 붙여 각편의 변별성과 함께 전체적인 연계성을 강화하는 데 주력"9)했다고 밝혔는데, 『할로영산』에는 「자청비」를 비롯하여 소설로 쓴 제주도신화가 모두 10편 실려 있다. 이석범의 「자청비」의 내용을 작품에서 설정된 장별로 요약하면 다음과 같다.

① 천지왕은 하늘을 삼분하여 동수왕·서수왕·문성왕에게 다스리게 했다.

② 문성왕은 바람둥이 아들 문도령을 공부시키기로 하고 지상의 스승에게 글을 배우라고 명했다. 문도령은 땅에도 아름다운 여인들이 있겠거니 하는 기대를 가졌다.

③ 15세 된 자청비는 계집종 손이 고운 게 주천강 연못에서 빨래한 탓임을 알고 빨래하러 갔다. 거무선생 서당으로 가던 문도령이 자청비를 보고 물을 청하니, 자청비는 버들잎 띄운 물바가지를 건넸다. 자청비는 남장하여 문도령을 따라나섰다.

④ 서당에서 문도령과 함께 지내게 된 자청비는 둘 사이에 물 떠놓고 자며 여자임을 숨겼다. 문도령과 거무선생이 여자로 의심하자 가슴을 딴딴히 하고, 대나무와 솔방울을 사타구니에 매달아 달리고, 대막대기를 하문에 꽂아 오줌을 갈겨 위기를 넘겼다.

⑤ 3년 후 문도령은 서수왕 딸과 결혼하라는 문성왕의 편지를 받았다. 문도령을 따라 나선 자청비는 목욕하자고 하여, 위쪽 물통에서 여자임을 밝히는 글을 버들잎에 새겨 보냈다. 자청비는 집에 따라온 문도령을 15세 미만의 여자라고 부모를 속여 합방했다.

⑥ 합환하고 날이 밝자 이별하는데, 문도령은 복숭아씨를 주며 꽃 피면 돌아온다고 약속하고 하늘로 갔다. 복숭아꽃이 피어도 문

도령은 돌아오지 않았다.

⑦ 자청비의 심술에 정수남이는 굴미굴산에 나무하러 갔다가 소·
말 아홉 마리씩을 굶겨 죽여 구워 먹었다. 가죽만 지고 오다가
오리 잡으려고 도끼를 던졌으나 도끼만 물에 빠져 옷 벗고 들어
갔지만 못 찾았다. 옷과 가죽도 없어져 나뭇잎으로 아랫도리를
가리고 귀가해 장독대에 숨었다가 자청비에게 들키자 문도령이
선녀들과 노는 걸 보다가 그리 됐다 속였다.

⑧ 이튿날 문도령 만나러 간다며 자청비와 함께 길을 나선 정수남
이는 속임수를 써서 자청비의 밥을 빼앗아 먹고 대신 짐 지어 걸
어오게 하는 등 골탕 먹였다.

⑨ 옷을 벗기는 등의 희롱에 자청비는 뒤늦게 속았음을 깨달았다.
그녀는 움막을 짓게 하여 시간을 지연시킨 후 정수남이를 무릎
에 눕혀 머릿니를 잡아주다가 귀에 덩굴을 찔러 죽였다.

⑩ 말 타고 가던 자청비는 신선의 도움으로 말꼬리에 달린 정수남
이의 그림자를 퇴치했다. 자청비 부모는 머슴을 죽였으니 머슴
일 해보라며 좁씨를 뿌려 모두 주워오라 했다. 마지막 좁씨를 개
미가 물고 가는 걸 보고 허리를 후려치니 그 허리가 잘록해졌다.

⑪ 남장하여 집 나온 자청비는 정수남이를 살릴 도환생꽃을 얻으
러 서천꽃밭을 찾아갔다. 꽃감관 할락궁이는 꽃밭 망치는 부엉
새를 잡아주면 사위 삼겠다 했다.

⑫ 알몸으로 누워 부엉새가 된 정수남이의 혼령을 부른 자청비는
화살로 귀를 찔러 죽였다.

⑬ 할락궁이 딸과 결혼한 자청비는 과거 보러 가던 길이라 동침 못

한다 둘러대고 각종 꽃을 구해놓았다. 도환생꽃 등으로 정수남이를 살려내어 부모한테 갔으나 해괴한 짓 한다며 내쫓겼다.

⑭ 청태국할머니 수양딸이 된 자청비는 양어머니가 짜는 문도령의 혼수용 비단에 이름을 새겼다. 만나러 왔던 문도령이 장난에 화나서 가버리자 양어머니에게 내쫓긴 자청비는 비구니가 됐다.

⑮ 문도령이 자신과 목욕했던 물을 찾아다닌다는 궁녀들을 만난 자청비는 물을 길어 함께 승천해 달밤에 문도령과 재회했다. 병풍 뒤에 숨어 살다가 신녀들이 눈치채자, 문도령은 자청비의 귀띔대로 자청비와 결혼하겠다고 부모에게 말했다.

⑯ 문성왕은 숯불 위의 작두날을 맨발로 걸어 넘으면 며느리 삼겠다고 했다. 자청비는 천지왕에게 빌어 비를 내리게 해 건넜는데, 마지막에 뒤꿈치가 베여 나는 피를 속치마로 닦았다.

⑰ 파혼 통보를 받은 서수왕 딸은 방문을 잠근 채 드러누웠다. 백일 후 방문을 부수고 들어가니 두통새·흘근새·악숨새·해말림새 등의 새로 환생하는 중이었다.

⑱ 행복한 결혼생활을 하던 자청비는 할락궁이 딸이 걱정돼 문도령에게 보름씩 오가며 살게 했다. 두 달 넘도록 돌아오지 않자 자청비가 편지를 보내니, 문도령은 옷도 제대로 못 걸친 채 말을 거꾸로 타서 돌아왔는데, 할락궁이 딸은 각종 꽃을 선물했다.

⑲ 서수왕 딸의 오라비들은 독약 탄 술을 먹여 문도령을 죽이고 자청비를 푸대쌈하러 찾아갔다. 자청비는 꾀를 내어 그들을 물리친 후, 환생꽃으로 문도령을 살려냈다.

⑳ 세 하늘 간의 세력 다툼이 일어나니, 천지왕은 난을 평정하는 자

에게 땅 한 조각, 물 한 적을 갈라주겠다고 했다. 자청비는 서천
꽃밭 수레멜망악심꽃으로 난리를 수습했다.

㉑ 자청비가 땅과 물 대신 오곡 씨앗을 청하니, 천지왕은 농사신이
되게 했다. 자청비는 7월 보름날 문도령과 함께 인간세상에 내
려왔는데, 천지왕은 이날 백중제를 지내게 했다.

㉒ 정수남이를 만난 자청비는 부자에게 점심을 청했는데 거절당하
자 흉년들게 하고, 가난한 노인 부부가 밥을 주니 풍년들게 했
다. 자청비·문도령은 농신, 정수남이는 목축신이 됐다.

위의 개요에서 보듯이, 이 작품의 구조는 원텍스트인 설화와 똑
같다. 그 내용이나 모티프 등에서도 설화와 다른 점을 찾기 어려울
정도다. 작가가 설화 각 편들을 검토하여 연계성이나 짜임새를 강
화하는 방식으로 쓴 것이기 때문이다. 앞에서 언급했듯이 현대소설
에서의 설화 수용은 대부분 패러디의 형식으로 나타나지만, 이 소
설은 그렇게 보기 어렵다. 원텍스트를 단순히 반복·정리하는 데 그
쳤을 뿐, 설화라는 원텍스트에 대해 차이를 통해 비평적 거리를 드
러내지 못했다고 할 수 있기 때문이다. 문충성의 서사시 「자청비」
(1980)가 "자청비설화를 다시 한번 되풀이한 데 그친"10) 것과 마찬
가지의 양상이라고 할 수 있다.

작품 서술에서도 설화와의 차별성이 거의 드러나지 않는 부분이
많다. 현용준이 정리한 「자청비」(㉠)와 이석범의 소설 「자청비」(㉡)의
한 부분을 비교해 보면 그것이 확인된다.

⊙ 문도령은 번 문 밖에서 기다리고 있었다./ "처음 뵈옵니다."/ 자청비의 남동생인 체하여 자청비가 먼저 인사를 했다./ "예, 나는 하늘 옥황 문왕성 문도령이 됩니다."/ "예, 나는 주년국 땅 자청 도레(道令)이온데, 누님한테 말씀 잘 들었습니다."/ 남매가 얼굴이 비슷할 거야 당연한 일이겠지만, 이렇게도 닮을 수가 있는가고 문도령은 생각했다./ 둘이는 어깨를 나란히 하여 거무 선생에게로 갔다./ 그날부터 둘이는 한솥의 밥을 먹고 한이불 속에서 잠을 자고, 서당에 같이 앉아 글을 읽기 시작했다.[11]

ⓛ 문도령은 문 밖 멀리서 기다리고 있었다./ "처음 뵈옵니다."/ 자청비의 남동생인 체하여 자청비가 먼저 인사를 했다./ "나는 자청 도레(道令)이온데, 누님한테 말씀 잘 들었습니다."/ "반갑소. 나는 중하늘 문성왕의 아들 문도령이오."/ 인사를 하면서도 문도령은 기이하게 생각했다./ '남매가 얼굴이 비슷할 거야 당연한 일이겠지만, 이렇게도 닮을 수 있는가?'/ 둘이는 나란히 말을 타고 거무 선생 서당으로 갔다./ 그날부터 문도령과 자청 도레는 둘이서 한솥의 밥을 먹고 한이불 속에 잠을 자고 서당에 함께 앉아 글을 읽기 시작했다.(109~110쪽)[12]

설화 ⊙과 소설 ⓛ은 거의 그대로 옮겨졌다고 할 정도로 아주 대동소이하다. 이석범의 「자청비」가 설화를 개변·첨삭·정리한 수준에 머무르고 있다는 것이다. 물론 이 작품에서 개성적인 면모가 전혀 나타나지 않는 것은 아니다. 문도령이 바람둥이로 설정되었다는 것은 이 작품의 특징적인 부분으로 꼽을 수 있다. 두 번째 장의 제목은 아예 '바람둥이 문도령'으로 명시되어 있다.

> (…) 문도령은 워낙 잘생긴데다 신녀(神女)들한테 관심이 많아 하늘궁전의 바람둥이로 소문이 나 있었다. 오늘은 동수왕 누이를 따라다니는가 하면 다음날은 서수왕 이모를 집적거리는 등 문도령을 싸고도는 숱한 염문 때문에 문성왕이 골치를 앓았다./ 문성왕은 근심 끝에 아들한테 일단 공부를 시키기로 마음먹었다.(…)/ "더 늦기 전에 땅으로 내려가 훌륭한 스승한테 글을 배우도록 하라."/ 문도령은 귀가 번쩍 뜨였다./ '땅에도 물론 아름다운 여자들이 있지 않겠는가!'/ 아버지 문성왕의 기대와는 달리 문도령은 이젠 땅의 여인들한테 관심을 가지게 되었던 것이다.(106쪽)

이 작품의 문도령은 숱한 염문을 뿌리고 다니는 바람둥이여서 아버지 문성왕의 골칫거리다. 공부를 통해 그것을 바로잡으려는 문성왕의 의도와는 반대로 문도령은 또 다른 여자들을 만나려고 지상에 내려왔다. 그런 마당에 빼어난 미모의 자청비를 만났으니 문도령이 그냥 지나칠 리 만무하다. 작가는 "문도령이 누구인가. 미인을 발견한 터에 도저히 그대로 발길을 돌릴 수 없었다."(107쪽)고 서술하고 있다. 뒷부분에서도 서천꽃밭 막내딸과 보름씩 오가며 살라는 자청비의 제의를 받고서 "바람둥이 문도령으로서야 마다할 이유가 없었다."(143쪽)고 한다든가, 서천꽃밭 막내딸과 달콤한 삶을 사는 부분에서는 "아리땁고 순종적인 데다 야들야들 부드러운 몸이 자청비와 또 맛이 달랐"기에 "바람둥이 문도령은 자청비를 잊어버렸다."(144쪽)는 식으로 '바람둥이 문도령'을 도처에서 강조한다.

아마도 작가는 독자들의 흥미를 돋우기 위한 방편으로 문도령이 바람둥이임을 강조한 것이 아닌가 한다. 물론 문도령이 서천꽃밭 막내딸의 남편 구실까지 해야 하는 특수한 상황을 받아들이는 인물이니, 그 리얼리티를 강화하기 위한 장치로도 볼 수 있다.

이렇듯 이석범의 「자청비」가 보여주는 소설적 의미는 그만큼 약화될 수밖에 없다. 다만, "제주신화의 대중화를 더 높은 수준으로 옮겨 놓았다."[13]는 평가는 가능하다고 본다. 다시 쓰기를 통해 제주설화를 대중화하는 것이 매우 의미 있는 작업임은 틀림없다. 하지만 좀더 탄탄한 짜임새에다가 디테일 면에서도 더 많은 노력을 기울여야만 제주설화의 대중성과 더불어 소설로서의 의미를 분명히 획득할 수 있을 것으로 본다.


## 기독교적 '평화의 신'으로 변용:
## 현길언의 『자청비, 자청비』

현길언(1940~2020)의 『자청비, 자청비』는 소년소설이다. 이전에 작가는 어린이도서인 『제주도 이야기』(창작과비평사. 1984)에서 「농사를 맡은 신 자청비」를 소개한 적이 있지만, 『자청비, 자청비』는 작가의 의도에 따라 꽤 변용된 양상의 소설로 다시 쓰인 작품이다. 작품에서 구분된 12개의 장에 따라 개요를 작성하면 다음과 같다.

① 1000일 기도로 태어난 자청비는 남자처럼 키워졌다. 여자임에 속상해하던 자청비는 물을 청하는 사내에게 버들잎을 띄운 물을 건넸다. 사내가 하늘나라의 천세동이고 도원마을에 글공부하러 가는 길임을 알자 제 동생도 함께 가게 해달라고 했다.

② 급히 남장해 부모 허락을 받은 자청비는 천세동에게 남동생이라 속여 함께 떠났다.

③ 그들은 도원선생을 찾아가 한 방에서 기거하며 공부했다. 처음엔 여자임을 감추려고 둘 사이에 물그릇을 놓고 자던 자청비는 점점 천세동에게 마음을 뺏겨 공부가 잘 안 됐다.

④ 1년이 지나도 천세동은 자청비가 여자임을 몰랐다. 자청비는 자신이 여자임을 알리려고 팔씨름, 씨름, 오줌 멀리 내갈기기 등의 시합을 하지만, 천세동은 눈치 채지 못했다.

⑤ 3년이 지나 도원선생이 역적으로 몰려 잡혀가자 귀향하게 됐다. 둘이 샘에서 목욕하면서 자청비는 버들잎에 글을 써서 여자임을 밝히고 귀가했다. 쫓아간 천세동이 집밖에서 밤새 기다려 자청비를 만나고는 빗 반쪽과 함께 박씨를 주면서 그걸 심어 박이 열리면 돌아와 결혼하겠다며 떠났다.

⑥ 1년 지나도 천세동의 소식이 없자 자청비는 하늘나라를 찾아 나선다. 한 마을에서 부엉이 한 마리를 놓고 다투는 아이들의 싸움을 해결해주고 서천꽃밭으로 향했다.

⑦ 자청비가 서천꽃밭의 꽃을 망치는 부엉이를 화살로 내쫓자, 왕은 막내사위로 삼았다. 자청비는 공주에게 과거에 급제할 동안은 잠자리를 같이 하지 말자고 하여 여자임을 숨겼다. 여섯 달

후 과거 보러 떠난다고 하니, 공주는 생명꽃을 내주었다.

⑧ 하늘나라 가던 중 길 잃어 동냥질하던 자청비는 노파의 양녀가 되어 비단 짜는 것을 배웠다.

⑨ 천세동 혼사에 쓸 비단에 자청비가 천세동에게 전하는 글을 써 보냈다. 소식을 알고 천세동이 보낸 선녀들에게 양어머니는 시집갔다고 거짓말했다. 이후 천세동이 내려오자 양어머니는 자청비로 위장해 바늘로 천세동 손을 찔렀다. 천세동이 실망해서 떠난 사실을 안 자청비는 그 집을 나왔다.

⑩ 떠돌던 자청비는 천세동의 목숨이 위급하다는 말을 선녀들에게 듣고는 샘물을 길어 하늘나라로 함께 갔다. 둘은 재회했지만 왕이 혼인을 불허하자 천세동은 병이 깊어져 죽었다. 자청비가 서천꽃밭의 꽃으로 천세동을 살려내 결혼하니, 하늘과 땅의 구별이 없어지게 됐다.

⑪ 자청비는 과수원에서 일하면서 천세동과 함께 하늘나라를 구경하고 하늘나라 말을 배웠다. 계급도 지위도 없이 모두 열심히 일하며 즐겁게 사는 하늘나라에서 행복한 나날을 보냈다.

⑫ 자청비는 결혼 1년 후부터 부모와 도원선생 꿈을 꾸게 되자, 세상으로 내려가 평화로운 하늘나라에 대해 전하고 세상을 하늘나라처럼 만들면 돌아오겠다고 했다. 결국 천세동과 헤어져 귀가했으나, 집안에서는 바깥출입을 못하게 뒷방에 숨겼다. 자청비는 몰래 집을 나온 후 이곳저곳 돌아다니며 하늘나라의 일을 들려주지만, 사람들은 미친 여자로 취급했다.

이상에서 보면 『자청비, 자청비』의 전체적인 구조는 원텍스트인 설화와 거의 다를 바 없다. 그런데도 작품의 주제의식 면에서 판이하고, 일부 삽화들도 주제에 맞게 의도적으로 변형되었다.

> 자청비 이야기가 매우 아름답고 귀하다고 생각되어, 여러 어린이들에게 전하려고 새로운 작품으로 만들었습니다. 그녀의 이야기가 소중한 것은 뜻을 이루려고 온갖 고생과 위험을 이겨내며 살아온 그 용기와 끈기 때문이고, 행복한 하늘나라를 버리고 사람들을 위해서 땅으로 내려온 그 마음 때문입니다. (…) 농사를 관장하는 신이었던 자청비를 이 작품에서는 평화로운 세상을 만들기 위해서 땅으로 내려온 인물로 바꾼 이유는, 인류가 소망하는 가장 귀한 가치가 평화이기 때문입니다. 농사를 짓기 시작한 것은 우리 사람들에게 매우 중요한 사건입니다만, 그 다음에 우리가 해야 할 일은 이 땅에 평화를 심는 일입니다. 그래서 자청비는 하늘나라를 버리고 땅으로 내려왔습니다.[14)]

위와 같은 작가의 언급을 통해서도 확인되듯이, 이 작품에서 자청비는 농사를 관장하는 신이 아니라 '평화의 신'이다. 현길언은 이 작품에서 '평화'라는 가치를 내세워 자청비설화를 자신의 의도에 맞게 비틀어 썼는데, 그 의도란 다분히 종교적인 것으로 판단된다. 여기서 설화의 문도령은 '천세동'으로 등장하는바, 이는 '天世童', 즉 '하늘의 아이'라는 뜻으로 풀이된다. 그리고 이 소설의 자청비는 하늘의 뜻인 평화의 사상을 전파하는 신이 되므로, 말하자면 자청비

강요배, 「여신 자청비」(1999)

는 예수의 분신이라고 할 만하다. 따라서 여기서의 평화는 일반적인 의미가 아니라 기독교적인 의미가 강하다고 할 수 있다.

> 자청비는 이 곳(하늘나라: 인용자 주) 사람들이 들짐승이나 공중의 새처럼 아주 자유롭게 살고 있다는 것을 알았다. (…) 사람들은 말소리를 크게 내지 않았다. 그래도 그 말소리는 마치 새소리를 듣는 것처럼 곱고 똑똑하게 들렸다. 큰 소리를 지르는 사람도 없었다. 사람 우는 소리나 고함 소리도 들을 수 없었다. 얼굴을 붉히면서 불평을 늘어놓거나 다투는 사람도 없었다. 이상한 것은 왕자인 천세동과 같이 다녀도 허리를 굽혀 인사하는 신하가 없다는 것이었다. 모두들 서로를 친구처럼 대했다.(172~173쪽)

이 소설에 형상화된 하늘나라, 즉 천국(天國)의 모습이다. 자청비는 "하늘나라에서는 모두가 만족하고, 모두가 서로 사랑하며 살아가기 때문에 모두가 행복한데 땅은 그렇지 못"하기에 "땅으로 내려가서 하늘나라 사람들이 행복하게 살 수 있는 비결을 전"(182쪽)하겠다는 결심을 한다. 진정한 평화는 오로지 하늘에만 있다는 기독교적인 메시지로 해석되는 것이다.

> 며칠 동안 궁리한 끝에, 자청비는 무슨 수를 써서라도 세상 사람들에게 하늘나라 사정을 전해야겠다고 결심했다. 그래서 한밤중에 몰래 집을 뛰쳐나왔다. / 그 날로부터 자청비는 거리에서 사람들을 붙잡고 하늘나라의 사정과 그 곳 사람들이 살아가는 형편을 전했

다. 그러나 사람들은 자청비의 말을 믿지 않았다. / "미친 여자가 다 있군." / 사람들은 그녀를 보면 피하면서 혀를 찼고, 어떤 때에는 돌 팔매질까지 했다. / 그러나 그녀는 쉬지 않고 사람들에게 하늘나라 이야기를 전했다. / 이 땅 사람들은 여전히 서로 경쟁하고, 미워하고, 싸우고, 자랑하고, 즐기기 위해 애쓰면서 번거롭게 살아가고 있다. 세계 곳곳에서 전쟁은 그칠 날이 없고, 사람들은 질병과 배고픔으로 고통을 받고, 자연의 재앙에 두려워하고 있다. 그래도 자청비가 전하는 하늘나라 이야기를 믿지 않고 듣지도 않았다.(191~192쪽)

작품의 말미에서 나타나는 이러한 자청비의 수난은 예수의 고난에 비견된다. 전쟁, 갈등, 분쟁이 만연한 세상에서 하늘의 뜻을 알리기 위해 숱한 고난에도 굴하지 않고 쉼 없이 복음을 전하는 예수의 모습이 자청비에 투영된 것이다.

"내 소설의 자양과 바탕은 성경과 제주설화에 있다."[15]고 직접 언급한 데서도 알 수 있듯이 기독교는 현길언 문학을 이루는 중요한 축의 하나다.[16] 특히 그는 '평화의 문화 연구소'를 설립하여 2005년부터 15년 동안 기독교적 성향이 짙은 계간지 『본질과 현상』이라는 계간지를 발행하였는데, 『자청비, 자청비』는 바로 계간지 창간 직후에 나온 작품임을 주목할 필요가 있다. 이 소설이 기독교적인 평화 메시지를 의도한 작품임은 변형된 삽화들을 통해서도 확인할 수 있다.

『자청비, 자청비』에서 현길언은 불교·유교 등의 다른 종교와 관련된 설화의 원래 내용을 거의 없애거나 기독교적인 것으로 바꾼다. 설화에서는 불공을 드려서 자청비를 얻는다고 했으나,[17] 이 소설에서는 자청비의 어머니가 "하느님께 자식을 얻게 해달라고 기도"(19쪽)하였다고 한다. 하늘에 빌어 태어난 자청비는 천세동을 만나기 전부터 "저 하늘나라에는 누가 살까?"(14쪽) 하고 늘 궁금해 한다. 비단 짜는 할머니 집에서 나온 이후 비구니가 되어 돌아다닌다는 삽화는 이 작품에 아예 나타나지 않는다. 문도령을 따라 서당에 가고자 하여 부모에게 고할 때 글을 배워야 축문(祝文)을 쓸 수 있지 않느냐는, 즉 유교적 조상봉사(祖上奉祀)를 내세워 글공부의 당위성을 주장하는 발언도 이 작품에는 없다.

물론 종교적인 면 외에도 달라진 내용들이 더러 보인다. 자청비가 탐진 출신(48쪽)이며 "아버지가 먼 제주 땅으로 귀양을 갔"(178쪽)다는 언급에서 제주도를 공간적 배경으로 삼지 않았음이 확인된다. 자청비가 오히려 여자임을 알리려고 팔씨름 시합을 벌인다는 점, 정수남이가 등장하지 않는다는 점, 양어머니가 직접 천세동 손에 바늘을 찔러 자청비를 떠나보내지 않으려 한다는 점 등도 달라진 부분이다. 하지만 전반적으로 볼 때 『자청비, 자청비』는 기독교적인 평화의 메시지를 전하기 위해 설화를 변용한 작품임이 가장 특징적인 면모다.

## 제주 여성의 정체성 강조:
## 한림화의 「자청비」

한림화(1950~ )는 중편소설 「여정(女丁)들」[18]의 앞부분에서 자청비설화를 소재로 취한 바 있는데, 그것은 설화 내용을 요약하며 전언하는 단순한 방식의 수용이었다. 그에 비해, 「자청비」는 자청비를 변용한 김달린이라는 잠녀(해녀)를 내세워 바닷가에서 잠녀굿판을 벌인다는 점에서 변용의 정도가 퍽 다르다. 자청비가 풍농을 기원하는 세경신이 되었다는 내용은 이 소설에서 잠녀굿을 통해 풍어를 기원하는 이야기로 변모되어 나타난다.

① 상군 잠녀인 김달린은 잠녀굿에서 씨 뿌리는 사람으로 처음 선출되어 굿판에 나왔다.

② 11년 전 달린의 남편은 둘째 아이를 잉태시킨 정사를 벌인 날 밤에 당분간 떠나겠다는 말만 남긴 채 먼 바다로 사라졌다.

③ 달린이 딸을 낳은 이듬해에 남편은 일본 대판의 피혁공장에 있다는 소식과 함께 돈도 보내왔다. 그 후 6,000평 토지를 마련하며 억척스럽게 살아온 달린에게 남편은 간간이 소식을 보내다가 큰딸이 입학한 후 연락이 끊겼다.

④ 달린은 연초에 주소만 갖고 남편을 찾아갔다가 남편이 일본 여자와 결혼해 살면서 자신을 일본 아내에게 여동생이라고 소개하자 즉시 돌아서 나왔다.

⑤ 한 달여를 일본에 머물다 귀향한 달린은 이웃들에게 거짓으로

남편 자랑을 했다.

⑥ 용왕맞이를 끝내고 심방이 씨 뿌릴 순서라고 하자 달린은 뛰어
내달려 씨를 뿌려 나갔다.

⑦ 남편이 떠난 검은여에는 흉년을 기원할까 망설이다가 다시 남
편을 실어올 수도 있으리라 여겨 더 골고루 씨를 뿌리고, 일본
여자에게는 남편이 싫어지면 자신에게 보내주기를 바랐다.

달린은 자청비처럼 아름답고 강인한 여성이다. 잠녀굿에서 바다
에 씨를 뿌릴 사람은 상군 대열에 끼인 잠녀여야 하고, 그해에 일가
친척의 상을 당하지 않은 사람으로 고르는데, 김달린은 그해의 '서
펜 바당'(서쪽 바다)에 씨 뿌릴 선수로 만장일치로 선출되었다. 달린
은 "서른다섯 살 먹은 두 아이의 어머니라고는 도저히 믿어지지 않
게" 여린 모습이며 "그럼에도 불구하고 동착마을에서 제일 빨리 달
리는 여자, 제일 악바른 상군 잠녀"(236쪽)로 묘사된다.

달린의 남편은 문도령에게 빗댈 수 있다. 그녀의 남편은 문도령
처럼 신분이 고귀하진 못하지만 비범한 면이 있는 남자였다. 그는
장사이면서 일도 잘하는 인물이다. "오랫동안 동네 어귀에 버려졌
었던 '뜽돌'을 번쩍 들어올려서 사람들을 놀라게" 하는 등 "스물 안
팎에 장사 소리를 들을 정도로 힘이 세었"는데 "증조부가 겨드랑이
에 날개가 달린 장수였다고 전해오는 집안"(239쪽) 출신임도 비범함
이 드러나는 면모라고 볼 수 있다.

설화에서 문도령과 자청비의 결합에 우여곡절이 많았던 것과는
달리, 달린과 남편은 같은 마을의 위 아랫집에서 함께 자라다가 달

린이 스물한 살이 되자 남편이 얼른 제 색시로 만들어 버리면서 비교적 쉽게 결합이 이루어진다. 특별한 시련이나 우여곡절이 없이 결혼이 성사되도록 한 것은 사랑 자체보다는 제주 여성의 강인한 삶을 달린을 통해 보여주려는 데 주안점을 두었기 때문이다.

이 작품은 자청비를 신적 존재로가 아닌, 강인한 제주 여성으로 보편화하여 부각시키기 위한 변용으로 판단된다. "십일 년을 남편 없이도 잘 살았다."(245쪽), "예로부터 제주 여인은 남성 못잖게 자기 앞가림이 밝았으니"(246쪽), "제주 여인으로서의 기백"(248쪽)이란 작품 속의 언급에서 제주 여성의 강인함과 현명함을 부각시키고자 한 의도를 엿볼 수 있다.

문도령이 자청비만이 아니라 서천꽃밭 막내딸과도 살았던 것처럼 달린의 남편은 아내와 자식을 남겨 둔 채 일본으로 밀항하여 아주 간간이 소식을 전해온다. 11년이 지나 일본으로 찾아간 그녀는 남편이 이미 일본 여자와 결혼했다는 충격적인 사실을 알게 된다.

> 그는 뱃심 좋게 그의 지금의 처지를 달변으로 설명했다. 등록이 없다보니 늘 경찰에 쫓기는 몸이 되었다. 할 수 없이 다니던 공장의 사장 소개로 일본 부잣집의 데릴사위로 들었노라고, 이해해주리라 믿으며 먼길을 왔으니 제발 자기 누이 행세를 해준다면 집으로 돌아갈 때는 사례를 섭섭잖게 하겠노라고 쉬임없이 지껄였다./ 달린은 소리소리 질러대었다. 시끄럽다. 이놈아, 나도 돈 있다. 네놈이 떠나버린 후로 전답을 육천 평씩이나 마련한 나다. 돈이라고, 돈이라고- 한 마디도 소리가 되어주지 않는 고함을 안으로만 질러대다

가 돌아서서 방을 나왔다. 그가 따라나오며 그녀를 붙잡으려 했다. (…) 그가 그녀의 꼬릴 한사코 잡아도 뒤도 돌아봄이 없이 곧장 한 길로 걸었다.(248~249쪽)

비록 입 밖으로 내뱉은 것은 아니지만, 달린은 남자에게 매달리지 않고 자존을 세우고 있다. 고함을 안으로만 지른 것은 관용의 자세에서 기인한 것이다. 작품 말미에서는 관용을 베풀 줄 아는 제주 여성의 모습이 좀더 구체적으로 드러나고 있다.

처녀 심방이 용왕맞이를 끝내고, 자, 씨뿌릴 차례우다 하고 소릴 지르며 연물을 잦은 가락으로 연주하자 달린은 산노루처럼, 청총 마처럼 뛰어 내달려 씨를 뿌려나갔다. 동펜 바당의 끝 검은 여까지 달려나갔다./ 내 서방과 생이별하게 한 미운 검은 여. 여기랑 흉년 들게 해불카부다./ 순간 악심이 달린의 오금을 늦추었다. 그러나 되생각해보면 바다 탓이 아닌 성싶었다. 그 바다 어느 끝에서 회심이 솟구쳐 아이 아버지가 다시 돌아올지도 모른다. 그를 실어갔듯이 실어오기도 할 것이다. 달린은 다리에 힘을 주어 검은 여를 펄펄 날면서 더 골고루 씨를 뿌렸다./ 이 씨는 서방 우른 씨앗, 이 씨는 시앗 우른 씨앗이여. 우리 서방 박접 말앙 왜놈의 계집아이야. 천년만년 잘 데령 살당 싫으건 나헌티로 보내어도라./ 달린은 씨를 다 뿌리고 달려와 제단 앞에 씨부게기를 바쳤다.(250쪽)

작가는 달린이 처자식을 버리고서 일본 여인과 살고 있는 남편이 박한 대접 받지 않길 기원하고, 일본 여인에게는 남편이 싫어지면 보내달라고 함으로써 남편의 허물을 덮어주려는 태도를 드러낸다. 이러한 달린의 태도를 통해 작가는 대범하고 포용력이 있는 제주 여성의 모습을 투영시키고 있다.

한편, 이 소설에서의 자청비는 바다에 해산물의 씨를 뿌려준다는 영등할망의 요소와 결합되어 나타난다고도 볼 수 있다. 일반적으로 「세경본풀이」는 큰굿 속에서 풍요 기원의 제차에서 치러지고, 풍농을 위한 '멩감'(새해를 맞아 1년 동안의 행운을 비는 굿)이나 우마 증식을 위한 마불림제 등과 같은 당굿에서 불리지만, 풍어를 기원하는 용왕맞이·영등굿 등에서도 불린다[19]는 점을 고려하면 영등할망의 성격이 반영되는 점은 자연스럽다고 본다.

결국 이 작품에서 작가는 제주 여성의 정체성을 자청비를 변용한 해녀 김달린을 통해 드러내려 했다. "제주 여성들의 능동적이고도 자발적인 삶을 보곤 천하를 얻은 것만큼이나 포만한 기쁨을 간직했다. 해녀라고 부르는 잠수세계를 보면서, 지금 우리들 여성계가 혼신을 다해 이루어내려는 여성사회가 여기 있는데, 하고 자부하게 되고 그래서 이 긍정적인 사회를 잘 알리고 싶어서 나는 거기에 적절한 그릇을 여러 가지로 마련해보기도 했다."[20]는 한림화의 언급에서도 그러한 점은 충분히 확인된다. 다만 그 내용이나 갈등 구조가 단순하고 평이하게 처리됨으로써 작품 자체의 흡인력이 다소 약하다. 자청비설화를 단편적이고 평면적으로 수용한 점이 아쉽게 느껴지는 작품이라는 것이다.

## 과감한 변용의 득실:
## 이명인의 『집으로 가는 길』

이명인의 장편소설 『집으로 가는 길』은 자청비설화(세경본풀이), 설문대할망설화, 차사본풀이, 서귀포본향당신화 등 여러 제주설화가 섞이어 변용된 소설임은 이미 앞의 「제주섬을 만든 설문대할망 이야기」에서 살핀 바 있다. 모두 10개의 장으로 구성되어 있는 이 소설의 개요도 42~43쪽에 소개해 놓았다.

『집으로 가는 길』에서 자청비설화는 본래의 모습을 쉽게 포착하지 못할 정도로 큰 폭에서 변용이 이루어졌다. 하지만 주요 인물과 주요 모티프에서 볼 때 자청비설화가 근간을 이루고 있음은 분명하다. 자청비설화의 문도령과 자청비는 이 작품에서 문홍로와 청비로 등장했다. 홍로의 부인 사라는 서천꽃밭 막내딸(할락궁이 딸)을 수용한 인물이다.

설화의 자청비는 적극적이고 당찬 여성이지만, 이 소설 속의 청비에게는 그런 면이 비교적 덜 부각된다. "물질도 잘해서 열 길 물속도 드나드는 당찬 처녀"(37쪽)라는 점에서 자청비의 강인성이 투영되어 있기는 하나, 사랑하는 남자와 확실한 짝으로 결합하기 위한 행위의 적극성은 떨어진다. 즉 청비는 구덕혼사를 한 홍로와 유채꽃밭에서 육체관계를 맺고 며칠간의 꿈같은 날을 보내지만 홍로의 야반도주로 그 사랑을 이루지 못한 채로 채운을 낳고서 죽고 만다. 훗날 홍로가 청비의 묘비를 세우는 것으로 저승에서나마 사랑을 확인하였다고 볼 수 있지만, 설화와는 달리 비극적 양상으로 마무리

되고 있다.

　문홍로도 설화 속의 문도령과는 달리 비극적 인물로 변형되어 나타난다. 사랑하는 청비와 혼인을 약속하지만 아버지의 죽음과 빚으로 인해 야반도주로 제주도를 떠나 30여 년 동안 연락을 끊은 채 지내다가, 결국 채운이 자신과 청비 사이의 딸임을 확인함으로써 채운과 강림의 사랑을 끝내 파국에 이르게 하는 인물이다. 홍로에게서 천신(天神)의 이미지는 찾을 수 없다.

　또한 설화 속의 문도령은 서천꽃밭 막내딸과의 이중살림을 거리낌 없이 하는 인물인 데 반해, 소설의 문홍로는 그렇지 않다. 그는 청비와 헤어진 후 사라와 결혼하여 두 아들을 낳고 살면서도 청비와의 이루지 못한 아픈 사랑을 가슴에 간직하고 살아간다.

　이 소설에서 채운이 그린 해녀 그림은 설화에서 자청비가 서천꽃밭 막내딸 집에 살면서 돌아올 줄 모르는 문도령에게 보낸 편지와 같은 역할을 하는 것으로 해석된다. 그 그림이 홍로에게 30여 년 전의 제주를 만나게 한다.

　　강림이 펼친 그림을 보는 순간 홍로의 눈이 커다랗게 떠졌다. 그러고는 얼굴로 확 솟구치는 열기에 당황해서 두 손으로 얼굴을 감쌌다./ (…)/ 신문지 반쪽보다 조금 더 클 성싶은 캔버스에 바다가 섬뜩할 정도로 푸르렀고, 그 바다로 들어가려는지 혹은 나오려는지 상반신의 옆모습만 드러낸 해녀가 먼데를 바라보고 있었다.(9쪽)

해녀 그림이 홍로 집에 걸린 후부터 집안에 변고가 생기기 시작한다. 사라가 수영장에 갔다가 응급실에 실려 가는 일이 생기는가 하면, 유림이 바다에 빠져 죽을 뻔한 일도 발생한다. 그림이 매개가 되어 강림과 채운이 사랑을 꽃피워가게 되었고, 급기야 홍로가 제주로 귀향하여 청비(묘소)를 찾기에 이른 것이다. "채운 씨 그림이 날이 제주로 부른 거예요."(66쪽)라는 것은 아들 강림의 말이긴 하지만, 홍로의 말로도 들린다. "청비가 시킨 일"(243, 244쪽)이라는 상국의 발언에서도 해녀 그림이 자청비의 편지 역할을 하고 있음을 감지할 수 있다. 그것이 청비와의 사랑을 나누던 '집으로 가는 길'을 찾는 계기가 된 것이다.

아울러 홍로가 청비에게 주었던 목걸이는 설화의 문도령이 남긴 얼레빗의 반쪽과 같은 증표였다. "칡덩굴에다 예쁜 전복껍데기와 그 양옆에 조개껍데기 세 개씩을 꿰어 만든 그 목걸이"(57쪽)는 빗 반쪽 혹은 복숭아씨의 기능을 한다.

> 유채꽃 첫날밤을 보냈던 다음날, 홍로는 청비에게 무언가를 해주고 싶어서 미친 듯이 들로 바닷가로 쏘다녔었다. 해주고 싶은 마음은 굴뚝같은데, 해줄 게 없는 환장하게 서러운 가난. 홍로는 칡덩굴 껍질을 얇게 벗겨서 비벼서 꼬았다. 그런 다음 청비가 간간이 가져다주었던 작은 전복껍데기를 가운데 끼우고 양쪽으로 보말껍데기를 서너 개 끼워서 목걸이를 만들었다. 지천으로 널린 칡덩굴이었고 조개껍데기여서 초라했지만, 청비는 기쁘게 받았다.(224쪽)

칡덩굴로 엮은 조개목걸이는 청비가 죽은 후 상국이 보관하고 있다가 채운에게 전해졌다. 30여 년 후 홍로는 채운의 목에 걸린 목걸이를 보게 되는데 그것이 결국 그녀가 청비와의 사이에 낳은 딸임을 확인하는 결정적인 단서로 작용했다.

사라와 서천꽃밭 막내딸의 유사성은 이미 사랑하는 여자가 있는 홍로와 결혼했다는 점만이 아니라, 그 집안 환경에서도 알 수 있다. 사라의 친정아버지는 "서울 장안에서 몇 대째 이어오던 갑부"였다. 비록 아버지가 정치에 빠져서 있는 가산 다 날리고 화병이 나서 부부가 연이어 죽었지만, 사라는 모진 고난을 겪었음에도 불구하고 "살림이 퍼지면서 뽀시락뽀시락 귀티를 내며 살"았다. 홍로가 그런 사라를 지켜보면서 "사람이란 근본은 어쩌지 못하는가 보다."(25쪽)고 생각한다는 것을 보면 좋은 집안의 딸이라는 설정을 설화에서 따왔음이 확인된다.

한편, 문강림은 이승에서 죽은 자의 영혼을 잡아가는 차사본풀이의 강림차사[21]를 변용한 인물이다. 강림은 제주도에 갔다가 해녀 그림을 접한 것을 계기로 채운과 만남으로써 아버지 홍로에게 제주를 다시 찾게 한다. 그는 결국 이승의 홍로와 저승의 청비를 이어주는 역할을 한 셈이다. 홍로의 어머니 설씨는 설문대할망에서 따온 인물이다. 소설에서 설씨는 남편이 죽자 머뭇거림 없이 외아들인 홍로로 하여금 남편을 암매장하게 하고 제주를 떠나 아들이 자수성가하도록 이끌면서 자신은 "팔순이 넘도록 혼자 끼니 해먹으며 노인정에서 인형눈을 붙"(15쪽)이며 살아가는 인물로 그려지고 있는데, 이는 설문대할망의 창조 정신을 부분적으로 수용한 것으로 볼 수 있다. 상국과 풍도는 서귀포 본향당에 좌정한 신인 고산 국과 바라뭇또(바람웃도)[22]를 수용한 인물이다. 소설 속 상국의 운 명은 「서귀포 본향당 신화」에서 그대로 빌려왔다.[23] 신화 속의 고산 국이 차마 바라뭇또와 동생을 죽이지 못하고 경계를 달리하여 살았 던 것처럼, 소설 속의 고상국은 평생 남편의 옷을 장롱 깊숙이 간직 해 두고 사는 여인으로 나온다. 상국은 자청비설화에서의 비단 짜 는 양어머니로도 생각할 수 있다. 자청비가 집에서 쫓겨나서 노파 의 집에 유숙한 것을 계기로 수양딸이 되었듯이, 혼자 남아 임신한 청비도 홀몸의 상국을 찾아간 데서 유사성이 있다.

　『집으로 가는 길』에서 자청비설화를 비롯한 여러 설화를 뒤섞어 과감한 변용을 시도한 점은 주목할 사항이다. 하지만 제주설화 본 래의 맛깔을 희석시킨 부분은 문제로 지적될 수 있다. 예컨대 자청 비 특유의 강인하고 당찬 성격이나 이미지를 크게 약화시켜버린 점 은 수긍하기 어렵다는 것이다.


## 자청비설화 수용의
## 과제와 방향


　이상에서 살핀, 현대소설의 자청비설화 수용 양상을 통해 그 과 제와 방향을 생각해 볼 수 있다. 여기서 제기한 과제와 방향은 비단 자청비설화의 현대소설 수용에만 국한되는 것이 아니라 제주설화 전반에서 검토할 문제이기도 하다. 아울러 이 작업은 작가들의 창작 방향만이 아니라 문화콘텐츠 분야의 활용에도 시사하는 면이 있을 것이다.

먼저, 원텍스트인 설화에 대한 좀더 정확하고 심층적인 이해가 필요하다는 생각을 갖게 된다. 설화의 각 편들을 충분히 검토하여 그 의미를 온전히 뽑아내지 못함으로써 설화의 일면만 단편적이고 평면적으로 수용하는 데서 그다지 나아가지 못한 경우들이 있기 때문이다. '차이가 있는 반복'24)을 강화하기 위해서도 설화에 대한 아주 깊이 있고 확실한 이해가 필수적이다. 자청비설화를 수용한 소설의 경우 아직까지 설화의 참맛을 역동적으로 독자에게 전달하는 작품을 접하기 어려운 것은 작가들의 원텍스트에 대한 충분한 탐색이 모자란 데 따른 결과로 보인다.

나아가 원텍스트에 대한 구체적·심층적인 이해를 바탕으로 적

탐라국입춘굿놀이의 자청비 신상

극적인 의미의 패러디를 시도할 필요가 있다. 결합된 모티프(빼내어 버릴 수 없는 모티프)를 잔다듬고 자유로운 모티프(작가의 비평적 거리에 의한 차이)[25]를 적극 활용·변용할 때 성공적인 의미의 패러디가 될 가능성이 높은 것이다. 그러나 원텍스트인 자청비설화를 훌쩍 뛰어넘는 성취를 보인 소설을 찾기가 쉽지 않다.

위에서 살핀 네 작품에서 보면, 그 변용이 거의 없는 이석범의 「자청비」를 제외하고는, 농신의 이미지를 제대로 살리지 못하고 있다. 한림화의 「자청비」와 이명인의 『집으로 가는 길』에서는 오히려 해신의 이미지에 더 가깝게 형상화하였다. 이는 제주도가 바다로 둘러싸인 섬이라는 점에 주목했기 때문으로 판단된다. 그러나 제주를 섬으로 인식한 흔적을 원텍스트인 자청비설화에서는 찾을 수 없다는 점을 유념해야 할 것이다. 제주도에서 농경과 목축의 역사적 전통은 매우 오래되었고 지금도 절실한 현실적 삶의 문제다. 제주 문화에 나타난 농경문화와 목축문화의 면모를 치밀하게 탐색함으로써 세경신으로서의 자청비의 모습을 온전히 보여주어야 한다.

자청비야말로 지극히 현대적인 면모를 보이는 여성이라는 점도 좀더 밀도 있게 포착해야 마땅하다. 남성중심적이고 가부장적인 오늘날의 사회구조에서 여성해방과 인간해방의 문제에 대해 자청비를 통해 진지하게 탐색하는 것이 충분히 의미가 있다고 본다. "자청비는 평등과 해방을 갈구하는 여성이 아니라 이미 남성을 지배하는 여성의 이미지를 보여주기도 하고 오히려 남성들을 성적 노리개로 조롱하는 역차별의 통쾌함을 보여주기도 한다. 그리고 더 나아가 그녀는 다양한 가족과 부부와 심지어는 동성애적 관계를 포함한 인간관계의 형태를 보여준다는 점에서, 또 개인적이라 할 수밖에 없는 다양한 감성과 본능의 영역을, 더불어 살아가는 인간임을 잃지 않으면서 보여준다는 점에서 선구적이기도 하다."[26]는 언급도 있음을 유념할 필요가 있다.

민중성에 대한 고려가 부족하다는 것도 아쉬운 부분이다. 민중 연희로서의 굿판에서 비롯된 설화인 만큼, 자청비설화는 신의 내력담이면서도 짙은 민중적 정서를 담아내고 있는 이야기다. 물론 이 글에서 검토한 소설들에서도 민중성이 감안되지 않은 것은 아니지만, 그다지 강력한 정서로 작용한다고 보기 어렵다. 따라서 민중적인 정서를 좀더 생동감 있게 강화하는 것이 작가들에게 부여되는 중요한 과제가 될 수 있다. 이와 관련하여 제주어(濟州語)에 대한 깊이 있는 탐색, 제주 민중의 세부적인 생활사에 대한 고찰 등이 필요하다고 본다.

아울러 현실의 구체적인 삶의 문제와 주도면밀하게 연계하여 형상화하는 작업이 절실하다. "굿은 환상이 아니고 현실"[27]이라는 말마따나, 설화도 환상이 아니라 직면한 현실의 문제임을 유념해야 한다. 여전히 신화·전설·민담으로만 머물게 해서는 곤란하다. 작가들의 치열한 현실 인식이 제주설화의 수용에서도 반드시 필요한 것이다.

# 김녕사굴과 광정당의
# 역사와 설화

## 설화와 소설의
## 상상력

    소설의 핵심은 이야기인바, 설화는 이야기를 이루는 요긴한 원천이 된다. 그런데 설화가 소설에 수용된다는 것은 단순한 소재 차원을 넘어서는 중요한 의미를 지닌다. 설화는 향유자들의 표현 욕구나 세계에 대한 반응을 진솔하게 형상화함으로써 전승집단의 가치관·세계관·공동체의식 등을 잘 보여주기 때문이다. 아울러 소설에서 설화를 수용하는 것은, 설화라는 "원전을 재문맥화(recontextualize)하고 재구성하여 새롭게 변형"[1]시킨다는 면에서, 일종의 패러디라고 할 수 있다. "설화를 소설로 패러디하는 것은 전통에 기반하여 작가의식을 표출하려는 것이므로, 전통의 생산적·창조적 계승이란 측면에서 바람직한 현상"[2]이다. 이런 측면에서 볼 때 설화의 소설 수용의 문제를 구체적으로 검토하는 것은 여러모로 유용한 작업이라고 믿는다.

　제주설화가 현대소설 속에 수용된 경우도 꽤 많다. 본풀이로 전승되는 제주의 각종 신화와 곳곳의 다양한 전설·민담들이 소설의 모티프, 삽화, 구조 등으로 다시 태어나고 있다. 작가들 중에서는 현길언이 일찍부터 제주설화에 관심을 갖고 성과를 내었다. 소설가이면서 학자인 현길언의 학문적 출발은 현대소설이 아니라 설화에 있었다. 그의 석사논문(「박씨전과 민간설화의 비교연구」), 첫 전국학회 발표 논문(「제주설화에 나타난 제주인의 의식」), 첫 저서(『제주도의 장수설화』) 등이 모두 설화와 관련된 것이었다.[3] 그는 학자로서 제주설화를 채록하였을 뿐만 아니라(『한국구비문학대계 9-3』, 『제주설화집성』),[4] 관련 연구논문도 다수 발표하였으며,[5] 그것을 어린이용 도서[6]로 꾸며 출간하기도 했다. 이런 일련의 작업들은 자연스럽게 소설 창작에서의 활용으로 연결되었다.

　현길언의 단편소설들인 「김녕사굴(金寧蛇窟) 본풀이」(1984)와 「광정당기(廣靜堂記)」(1984)는 그의 창작집 『용마의 꿈』(문학과지성사, 1984)과 『우리들의 스승님』(문학과지성사, 1985)에 각각 수록되었다. 모두 제주도의 무속신앙과 관련되는 전설을 담아낸 소설인바, 그 구조와 의미 면에서 볼 때 서로 유사성이 크다. 수용된 설화의 성격과 그것을 해석하는 방식 등에서도 두 작품은 공통되는 부분이 많다. 조선시대 제주의 역사적 사실과 연관을 갖는 작품들이기도 하다.

## 「김녕사굴 본풀이」와
## 「광정당기」의 설화 수용

「김녕사굴 본풀이」부터 살펴보자. 이 소설은 처음에 핵심 제재이자 공간적 배경인 김녕사굴의 모습을 묘사하면서 시작하고 있다.

제주도 제주시에서 동쪽으로 버스를 타서 30분 거리, 구좌읍 동 김녕리라는 마을을 벗어나 일주도로에서 한라산 쪽으로 10여 분 거리에 옛날에 큰 뱀이 살았었다는 동굴 김녕사굴(金寧蛇窟)이 있다. 잡목이 어우러져 있는 반달형의 굴 입구를 지나 안으로 들어가면 폭과 높이가 10여 미터나 된다. 굴 천장에는 군데군데 용암 무더기가 널려 있는데 옛사람들은 이것을 뱀의 비늘이라 하였다. 굴 밖 모래땅 일대엔 잡풀과 돌멩이들 틈에 키 작은 해송들이 바다 바람에 온종일 시달리고 있다.(93쪽)

서울에서 온 이 교수가 김녕사굴에 얽힌 전설에 대해 조사하던 중 80이 넘은 여자 심방에게 들은 이야기를 전한다. 이야기의 핵심은 제주에 새로 부임한 젊은 관리가 신당(神堂)을 파괴하는 사건에 있었다. 소설의 개요는 다음과 같이 정리된다.

① 이 교수가 김녕사굴에 얽힌 전설과 본풀이를 조사함.
② 마을 사람들이 모여든 가운데 수심방이 김녕본향당 굴 앞에서 굿(신과세제)을 함.

③ 신임 판관은 백성들이 굿에 참여하느라 관명을 받들지 않음을 알고 충격을 받음.

④ 판관은 무당에게 뱀으로 변한다는 본향당신을 불러내라 위협함.

⑤ 굿이 사흘 동안 계속되었으나 당신이 나타나지 않자 무당을 포박하고 당을 불태움.

⑥ 1년 후 판관이 노루사냥에서 낙상하여 죽자, 마을 사람들은 본향당신의 조화라고 여김.

위의 개요를 보면, 이 소설은 '지하국대적제치형'으로 분류되는 「김녕뱀굴」 설화를 근간으로 하고 있음을 쉽게 알 수 있다. 조선 중종 때 제주 판관(判官)을 역임한 서련과 관련하여 인신 공희(人身供犧)의 극복을 다룬 「김녕뱀굴」 설화는 제주도에서 여러 편이 수집되었는데, 그중 대표적인 것은 다음과 같은 내용이다.

① 김녕리 동굴에는 큰 뱀이 살고 있었음.

② 뱀이 흉년 들게 하므로 주민들은 해마다 처녀를 제물로 바쳐 굿을 했음.

③ 중종 때 서련이 판관으로 부임하여 굿판에 나타난 뱀을 죽임.

④ 무당이 서련에게 화를 피해 달아나게 하면서 절대로 뒤돌아보지 말고 가라고 당부함.

⑤ 피비가 온다는 군사의 외침에 무심코 뒤돌아본 서련이 그 자리에 쓰러져 죽음.[7]

김녕사굴 입구에 세워진 서련판관기념비(사진: 강정효)

소설 「김녕사굴 본풀이」 개요의 ① 부분은 소설의 도입부로, 확장된 제사(題詞) 혹은 프롤로그로서의 기능을 하는 외부이야기다.[8] 따라서 ①을 제외하여 ②~⑥ 부분만을 본다면 그 전체적인 구조와 내용이 설화 「김녕뱀굴」과 그다지 다르지 않음을 알 수 있다. 소설의 ②에서는 심방이 본향당신의 내력을 풀어내는 사설의 경우, 「김녕큰당 본풀이」·「궤네깃당 본풀이」 등 여러 당신본풀이들이 뒤섞여 작가에 의해 재구성된 것으로 판단된다. 또한 사설 중에 무쇠석함 이야기가 나오는데 이는 「사신칠성(칠성본풀이)」·「궤네깃당 본풀이」

등을 원용한 것으로 보인다.[9] 결국 이 작품은 서련의 제주 판관 부임이라는 역사적 사실과「김녕뱀굴」설화를 근간으로 삼고「칠성본풀이」·「궤네깃당 본풀이」등이 부분적으로 혼합되면서 이루어진 소설인 셈이다.

다음,「광정당기」는 한라산 남서쪽 안덕면 덕수리의 광정당에 얽힌 이야기로, 신당 파괴를 둘러싼 사건들이 그려져 있다. 주요 제재인 광정당과 관련된 배경과 정보를 제시하면서 소설이 시작된다.

> 제주도 남쪽 안덕면 덕수리(德修里) 마을 해안가에 산방산이 있고, 그 북쪽 기슭에 광정당이란 신당(神堂)이 있었다. 지금은 그 자취를 찾아볼 수 없으나, 옛날에는 산방산 울창한 삼림을 뒤에 두고 한라산을 향해 떡 버티어선 수백 년 묵은 팽나무들이 서로 어우러 숲을 이루어, 대낮에도 지나가는 사람들의 간장을 섬짓하게 만들었다 한다. 이 주변 사람들은, 이 당이 바로 크고 작은 일들을 주관하는 당신이 거처하는 곳으로 알아서, 누구든지 이 당 앞을 지날 때에는 하마(下馬)를 하였다 한다.(54쪽)

지난 여름방학 때 학생들과 더불어 학술조사차 며칠간 덕수리에 머물면서 마을 사람들에게 전해들은 이야기를 소개한다는 프롤로그와 5개의 장으로 짜인 작품이다. 그 개요는 다음과 같다.

① 화자가 덕수리 학술조사에서 수집한 '목사가 광정당을 부순 이야기'를 소개함.

② 신임 목사의 신당철폐령이 내린 가
   운데 영험이 세다는 광정당에서 당
   제가 행해짐.

③ 목사는 신당철폐가 더디 진행돼 심
   기가 불편하던 차에 조정에 청원한
   사항에 대한 윤허가 내려오자 '제주
   백성대회'를 열도록 함.

④ 목사는 백성들에게 임금의 윤허사
   항들을 발표하고 나서 성은에 보답
   하기 위해 신당철폐에 적극 참여하
   라고 독려함.

⑤ 신당철폐가 속속 진행되는데도 광
   정당이 건재하다는 소식에 목사는
   그곳으로 행차해 무당을 부름.

이형상 자화상

⑥-1. 목사는 당신을 불러내라 명한 뒤 하룻밤 굿을 지켜보더니 무
    당을 포박하고 신당을 철폐시킴.

⑥-2. 목사가 파직돼 떠난 후 그의 세 아들이 죽었다는 소문이 퍼지
    고 사람들은 신당을 복원함.


「김녕사굴 본풀이」와 마찬가지로 ①은 도입부이며, 나머지 부분
에서 3인칭 시점으로 본격적인 서사가 진행된다. 이 소설의 바탕은
광정당에 얽힌 설화와 역사로, 그것은 제주 목사(牧使)를 지냈던 이
형상의 행적과 연관된다. 여기에 관련된 설화로는「광정당 말무덤」·

「광정당과 이형상 목사」 등이 있는데, 각각의 개요는 다음과 같다.

### 「광정당 말무덤」

① 광정당은 신령이 세기로 유명해서 그 앞을 지날 때면 누구나 말에서 내려야 했음.

② 신임 목사 이형상이 하마 권고를 무시하자 말이 쓰러짐.

③ 이 목사는 무당을 불러 굿을 하게 함.

④ 당에서 큰 뱀이 나와 혀를 날름거리자 이 목사가 뱀을 처단함.

⑤ 죽은 말을 그 앞에 묻어주어 말무덤이 생김.[10]

### 「광정당과 이형상 목사」

① 목사가 순력 도중 굉징당에서 하마하지 않아 말 다리가 부러짐.

② 굿을 하는 데서 뱀이 나오자 죽여 태우니 그것이 장끼가 됨.

③ 목사의 꿈에 골총귀신이 나타나 돌담 쌓아주길 부탁하자 그리해 주고, 골총귀신의 말대로 해서 무사히 육지로 감.

④ 고향 집에 가보니 아들 형제가 죽어 있었음.[11]

「광정당 말무덤」 설화의 경우 ①~③ 부분이 소설 「광정당기」에 활용되었고, ④는 소설 「김녕사굴 본풀이」에 나오는 부분임을 알 수 있다. 「광정당과 이형상 목사」 설화에서는 ①과 ④가 소설 「광정당기」에서 주로 수용되었다. 「광정당기」는 「김녕사굴 본풀이」에 비한다면 역사적 사실의 비중이 좀더 높은 편이다. 물론 그렇다고 그것이 역사적 사실을 더 중시하는 작품임을 의미한다는 것은 아니다.

# 역사의 재해석과
# 대항 이데올로기

「김녕사굴 본풀이」의 서련과 「광정당기」의 이형상은 역사적 인물이면서 설화적 인물이다. 따라서 그 두 가지 측면을 어떻게 형상화했는지를 살피는 것이 이 두 소설을 해석하는 가장 중요한 맥락이 된다.

서련(徐憐: 1494~1515)은 조선조의 무신으로 중종 때 제주 판관을 역임한 인물이다. 1511년(중종 6) 무과에 장원급제하고 1513년 2월 최양보의 후임으로 제주 판관으로 발령받아 재임하던 중 1515년 4월 10일 죽었다.[12] 전설에서 전하는 바와 같이 서련이 뱀을 퇴치했는지는 확실치 않다. 그런데 이처럼 뱀을 퇴치하는 전설은 한반도(육지부)에서도 흔한 전설이지만 결말 부분은 한반도의 것과 제주의 것이 꽤 다르다. 제주의 전설은, 용기 있는 관원이나 지방 수령이 백성들을 괴롭히는 악귀를 퇴치했다는 공안(公安)전설을 근간으로 하면서도, 마지막에 서련이 화를 당하는 상황을 설정함으로써 결국에는 반공안(反公安)전설이 되고 있다.[13]

이형상(李衡祥: 1653~1733)은 조선 숙종 때 제주 목사를 역임한 인물이다.[14] 1702년(숙종 28) 제주 목사로 부임하여 유교적 도덕정치를 구현하기 위해 여러 가지 개혁을 단행했다. 특히 수많은 당과 절을 철폐한 인물이다. 하지만 설화에서는 그가 강력히 추진한 유교적 도덕정치가 도민들의 원성을 샀음을 보여준다. 중앙에서 파견된 관리에 의해 전개되는 유교적 개혁에 대해 제주 민중들이 신뢰하지 않았기 때문에 설화에서 그가 긍정적으로 그려지지 않은 것이다.

결국 이런 점들은 중앙 중심의 지배이데올로기에 대한 제주인의 저항의식을 표출한다고 할 수 있다.[15] 제주설화를 분석하면서 이러한 면모를 포착한 현길언은 창작에서 그것을 좀더 구체적으로 재현해낸다.

「김녕사굴 본풀이」에서 신임 판관은 "섬사람들이 살아가는 모습을 측은한 눈으로 안타깝게"(100쪽) 바라보면서 "관명(官命)에는 관심이 없고 제각각 살아갈 궁리나 하면서 무당들을 좇아 굿이나 하여 복을 얻고 화를 면하려"(106쪽) 하는 데 대해 개탄한다. "공자님이나 맹자님의 가르침 속에 (…) 성은을 입고 살아가고 있"(111쪽)는 백성으로서의 도리가 아니라는 것이다. 그래서 과감히 신당을 철폐해 버리지만 그는 끝내 화를 입게 된다. 판관은, 신당 철폐 후 1년이 못 되어, 노루 사냥을 갔다가 낙상하여 앓더니 결국 죽고 만다. 섬사람들은 판관의 죽음이 바로 본향당신의 조화에 의한 것이라고 믿게 된다.

> 더 신나게 사람들은 그 이야기를 퍼뜨렸다. 마을 사람들은 앉으면 판관의 죽은 이야기를 하였다. (…) 그런 이야기를 하면서 비로소 사람들의 얼굴에는 생기가 돌기 시작했다. 그날 그 높새바람이 지독하게 몰아치고 진눈깨비가 분분하게 내리던 날, 판관에 의하여 본향당이 쑥밭이 된 이후로 기가 죽고 손에 일이 안 잡히던 사람들이, 갑자기 어깨가 으쓱 힘이 솟고 손이 가벼워지고 이야기를 전하는 입술이 즐거워지면서 이야기는 멀리멀리 퍼져 나갔다.(117쪽)

섬사람들은 궁극적으로 자신들이 승리했다고 인식하고 있다. 그러면서 그들은 본향당을 중심으로 이루어진 자신들의 공동체를 복원할 수 있게 된 셈이다.

중앙의 유교적 이데올로기에 맞선 제주인들의 대항이데올로기는「광정당기」에서도 마찬가지로 나타난다. 목사는 "우리가 할 일은 공맹의 도리를 열심히 상고하여 지키는 일"(67쪽)이라며 "각 마을의 신당의 철폐를 명하며 무당과 더불어 하는 어떤 기복(祈福) 행위도 관명으로 금"(68쪽)한다고 엄명한다. 목사는 온 섬의 신당을 없애고 마지막에 남아 있던 광정당을 직접 찾아가 철폐시키고야 만다. 그런데 그 결과는 역시 좋지 않았다.

> 그런데 목사는 이상한 일에 연루가 되어 임기 이 년을 마치지 못하고 파직되어 육지로 쫓겨나듯 떠났다. 그때부터 이상한 소문이 소근소근 퍼지기 시작하였다. 광정당 신의 복수로 목사는 파직되었다는 이야기로부터, 목사가 고향에 돌아가 보니 세 아들이 급질에 걸려 죽어 있었다는 이야기며, 그 후에는 그 목사가 죽어 묻힌 무덤에는 광정당 신이 뱀으로 환생하여 늘 서려 있다는 둥, 광정당 팽나무가 쓰러지고 무당들 잡혀가던 날부터 영 기운이 없고 흡사 초상집의 상주처럼 어둑어둑한 얼굴로 다니던 부락 사람들이, 그 이야기를 듣고 전하면서 얼굴에 생기가 나고, 하는 일에 힘이 붙어 흥얼흥얼 신이 나는 듯 싱글벙글하였고, 그들은 다시 쓰러진 팽나무 밑둥지에 단을 쌓아 매달 초이레마다 없는 살림에도 정성껏 제물을 만들어 드나들기 시작하였다.(76~77쪽)

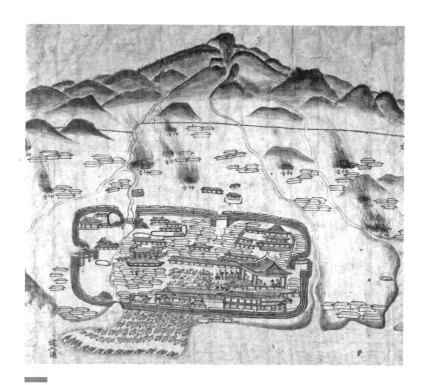

『탐라순력도』의 「건포배은」에 나타난 신당 파괴 장면

　「김녕사굴 본풀이」의 판관이나 「광정당기」의 목사는 모두 유교적 합리주의자다. 그들은 공히 자신들의 이상과 소신을 제주도에서 과감하게 실천하였다. 무당들의 제의(祭儀)를 그들이 하나의 민폐라는 현실적 문제로 인식한 것은 "백성들을 구제한다는 명분을 통해 자기권력의 비약을 시도한 것"16)으로 해석된다. 현실적 권력의지의 반영이라는 것이다. 하지만 두 소설의 결말은 그들에게 불행을 부여함으로써 섬사람들이 끝내 거기에 굴복하지 않았음을 보여준다. 따라서 현길언의 「김녕사굴 본풀이」와 「광정당기」는 지배이데올로기에 대한 제주 민중의 저항을 통해 주변성의 의미를 탐색한 작품이라는 데서 주목되는 것이다. 결국 작가가 이 두 작품에서 설화를 수용하는 태도는 비판적인 현실 인식에서 비롯된다. 현실에서도 여전히 지속되는 중앙집권적 행태의 폐해에 대한 작가의 비판적 인식이 작품을 통해 주도면밀하게 표출된 것이다.

제주도의 경우 1973년부터 1981년까지 국제관광지로 만드는 청사진인 '제주도관광개발계획'이 추진되는가 하면, 1980년 11월부터 외국인 관광객 무사증입도(無査證入道) 제도가 실시되어 비자 없이 15일 동안 체재할 수 있게 되는 등 중앙정부 차원의 대대적인 관광개발이 전개되었다.[17] 문제는 그것이 지역주민의 삶의 질 향상을 제대로 고려하지 않은 채 추진되었다는 것이다. 따라서 무분별한 개발로 인한 폐해가 많아지게 되었으며 주민들은 그에 대한 문제점을 점차로 인식하기 시작했다.

고려시대에 한반도 권력에 편입되면서 지속되었던 수탈의 양상 혹은 지역 문화와 현실을 고려하지 않은 정책의 문제점이 1970~80년대에서도 계속해서 드러나고 있었다. 현길언은 제주지역의 이런 현안 문제에 대해 설화를 변용하면서 발언한 것이다.


## 신념과 신앙

이처럼 현길언의 「김녕사굴 본풀이」와 「광정당기」는 제주도의 무속신앙과 관련된 소설로, 각각 조선시대에 제주에 파견되었던 실존 인물인 서련 판관과 이형상 목사 관련 설화를 수용한 작품이다. 작가는 특히 한반도(육지부)에서 내도한 두 관리가 유교적 합리주의의 실천을 위해 신당을 파괴함에 따라 화를 입게 되었다는 설화를 수용하였다. 이는 제주 민중의 지배이데올로기에 대한 저항의 양상을 보여준 것으로, 그런 양상이 여전히 현재적 상황으로 이어지고 있음을 확인시켜주는 작품이라고 할 수 있다.

그러나 현길언의 이런 면모는 점차 약화되어가는 양상을 보인다. 지배이데올로기에 저항하는 제주 민중의 역사의식, 암울한 사회현실에 대한 비판적 인식 등이 그의 문학세계의 영역에서 서서히 축소되어 간다. 나는 이것이 현길언의 소설적 토양의 또 다른 축인 '성경'과 무관하지 않다고 본다.

현길언은 제주를 떠난 1980년대 후반부터 기독교에 대한 관심이 많아지는 가운데 상대적으로 제주설화에 대한 탐색은 줄어드는 경향을 보였다. 문학연구에서도 창작에서도 기독교에 더 기울어졌다. '제주설화'와 '성경'은 현길언의 세계를 이루는 중요한 두 축임은 분명한데, 그것이 같은 비중으로 병행하였다기보다는 점차 이동하였다고 보는 편이 합당하다. 다시 말하면 두 축의 지속적인 병존이 아니라 제주설화의 축에서 성경 혹은 기독교 축으로의 변모가 이루어졌다고 할 수 있다. 결국 무속신화의 비중이 큰 제주설화 역시 그의 기독교적 신념과 열정이 강화됨에 따라 부지불식간에 차단되어 버리는 결과를 가져온 것으로 판단된다.

# 인간 김만덕과
# 상찬계의 진실
## - 조중연 장편소설『탐라의 사생활』

### 잘린 나무에서
### 진실의 싹이 움트기까지

충청남도 부여 출신인 조중연(1972~ )
은 2002년부터 제주에 정착해 살고 있다.「무어의 집」(2008)이라는
단편소설로『제주작가』신인상을 수상하면서 등단한 이후, 주로 제
주와 관련된 장편을 쓰는 작가다.『탐라의 사생활』(삶창. 2013)은 그
가 처음 펴낸 장편소설로, 공을 많이 들인 야심작이다. 매우 흥미진
진한 스토리일 뿐만 아니라 메시지가 퍽 묵직하다. 역사와 현실을
넘나드는 가운데 시종일관 독자를 긴장시킨다.
　프롤로그에서 작가는 적당한 정도의 밑밥을 던져 놓았다. 빗속
에서 한 사내가 한라산 자락의 소나무 밑에 구덩이를 파서 어떤 문
서가 담긴 항아리를 묻는다. 그때 둘레지 가면의 한 무리가 나타나

그를 살해하고 문서를 탈취한다.

이렇게 던져 놓은 프롤로그에 이끌려 독자들은 시나브로 이야기의 탄탄한 그물 속으로 질주한다. 도대체 어떤 문서이기에 사내를 죽음까지 몰고 갔을까? 죽은 사내는 누구일까? 들쥐 가면의 실체는? 소나무에 얽힌 사연은?

작가는 이런 의문들의 추적을 이형민에게 맡겼다. 도청 공보실에서 계약직으로 일하는 이형민은 작가 조중연처럼 충청도 출신에다 무연고인 제주섬의 역사와 문화에 관심을 가진 노총각 소설가다. 독자들은 이형민을 따라 이야기의 실타래를 하나하나 풀어가는 가운데 놀라운 진실을 향해 나아간다.

소나무의 사연은 뿌리가 깊다. 이형민은 『제주도』지 원고 수합차 서귀포 다녀오는 길에 아라동의 '제대 소나무' 제거 작업을 목격한다. 이 소나무는 200년 가까이 된 해송으로, 도로 확장 공사 실시에 따라 보존이냐 제거냐 시비가 있던 중에 누군가의 제초제 투여로 말라죽어 버린 것. 『증보 탐라지』 79쪽의 녹나무 관련 의문점을 추적하던 이형민은 고정녑이 그 부분을 집필했으며, 1954년에 바로 그 소나무에서 그가 희생되었음을 알아내게 된다.

의문의 죽음을 당한 고정녑은 누군가? 그는 담수계의 일원으로 『증보 탐라지』의 명소고적 편을 집필한 향토사학자였다. 그는 문제가 된 79쪽의 사본을 아들에게 남겨둔 채 피살되었다. 그 아들이 『제주도』지 특집 원고 집필 예정자인 고문석이요, 고문석의 딸이 핑크, 바로 이형민이 주목하는 여자다.

어린 고문석은 아버지에 이어 어머니마저 여의게 되었다. 그는

왼쪽에 제주대학교 입구에 있던 소나무가 보인다.(출처:『사진으로 보는 제주역사』)

그것이 모두 아버지가 황급히 전해준 문서와 관계가 있으며, 거기에는 어떤 거대한 세력의 음모가 있음을 감지했으나, 그걸 세상에 알리기 위해선 '지운(地運)'이 열릴 때를 기다려야 했다. 그 '때'는 60년 가까이 지나서야 비로소 찾아왔고, 임종에 즈음하여 이형민과 사무관의 도움을 얻으면서 음모와 진실을 만천하에 드러내는 계기를 마련하게 된다.

그렇다면 죽음을 불러온 그 문서의 실체는?『증보 탐라지』79쪽에 삭제된 부분은 문제의 아라동 소나무(閏月의 木)와 관련된 내용이었다. 고정념은 소나무에 세워졌던 비문의 내용을 소개하려다가 피살된 것이다. 비석에는 "윤월(閏月), 바다의 나무가 쓰러지면 지운(地

運)이 열린다./ 유배(流配) 간 아들이 돌아오는 날, 자손(子孫)이 탄생(誕生)하는구나."라는 문구가 새겨져 있었다.

비문이 왜 문제가 되었을까? 비문에 언급된 '바다의 나무'는 제대 소나무였는바, 그것은 18세기 후반에서 19세기 초반까지 전개된 일련의 역사적 상황을 말하는 것이면서, 그 이후에도 지속적으로 막강한 영향을 끼쳐온 어떤 세력과 관련된 경계의 표현이기도 했다. 그런 비문의 내용이 알려질 경우 자신들에게 치명적인 타격을 줄 수 있다고 염려하는 세력이 있었다. 바로 들래지 가면을 쓴 세력이다.

들래지 가면으로 상징되는 그 세력은 '상찬계(相贊契)'를 말함이다. 그것은 제주섬의 토호들로 이루어진 비밀 결사 모임이었다. 실제로 이 상찬계는, 근래에 이강회(李剛會)의 「상찬계 시말(相贊契始末)」(『탐라직방설(耽羅職方說)』에 수록됨)이 소개되면서 학계에 알려지게 되었으며, '양제해(梁濟海) 모변 사건(1812)'에 대한 새로운 해석의 자료로 주목받았다.[1] 양제해가 상찬계의 폐해를 막기 위해 등소(等訴)를 도모하던 도중에 윤광종의 사전 고변으로 인해 미리 관가에 체포되어 급기야 옥사하는 일이 발생하자, 상찬계와 목사가 이를 모변 사건으로 꾸며서 조정에 보고했다는 것이다.

이 작품에서는 『탐라직방설』의 '상찬계 시말'을 바탕 삼아 그것을 훨씬 뛰어넘는 과감한 상상력이 발휘되었다. 의녀요, 거상이요, 노블리스 오블리제의 표상으로 널리 각광받고 있는 김만덕(金萬德: 1739~1812)[2]을 그 중심에 서도록 함으로써 독자들의 민감한 촉수를 화들짝 놀라게 한다.

작가가 내세운 것은 새로운 「만덕전(萬德傳)」, 아니 『조생전(曹生傳)』이다. 제1부에는 당시 제주에서 집필되어 구체적으로 김만덕의 행적을 담아낸 「만덕전」을 내보였고, 제2부에는 그것을 수록한 『조생전』 전체 내용을 마저 소개하면서 충격적인 사건의 전말을 풀어내었다. 물론 『조생전』은 실제 전해지는 책이 아니다. 조신선(曹神仙)으로도 알려진 조생은 책 장수로 유명했던 실존 인물이긴 하지만, 이 소설 속의 『조생전』은 꾸며낸 텍스트다. 추재(秋齋) 조수삼(趙秀三; 1762~1849)의 「육서 조생전」과는 다른 것이다. 이 작품에서 『조생전』은 조생의 제자가 스승의 명으로 직접 취재해서 쓴 이야기로 설정된다. 조생은 『탐라직방설』을 접하고는 그것이 김만덕과의 관련성을 제대로 밝히지 않았음을 알고서 제주섬 현장 취재와 집필을 제자에게 부탁했다. 조생은 상찬계 발족을 지켜본 인물이었기에, 그리고 만덕과의 인연이 각별했기에 일련의 상황을 좀더 구체적으로 전해야 한다는 소신을 지녔던 것이다.

소설에서 『조생전』이 오늘날에 전해지게 되는 과정은 매우 극적이다. 조생의 제자는 만덕이 건네준 자료들과 스스로 직접 취재한 내용을 종합해서 『조생전』을 완성한다. 만덕의 치부 과정과 구휼, 상찬계의 결성과 활동, 만덕과 조생의 인연, 홍랑의 사랑과 죽음, 양제해 사건의 전모 등이 모두 거기에 담겨 있었다. 그것은 석공 서씨에게 은밀히 전해진다. 지운이 열릴 때까지 제주섬에 있어야 가치가 빛날 것이라고 했다. 존재를 숨긴 채 잠들어 있던 이 책은 세월이 흘러 마침내 운명처럼 고문석에 의해 발견되었다. 서씨가 동강 난 돌하르방 사이에 집어놓고서 보수해 놓았기에 미궁 속에 영원히 갇힌 문서나 다름없었는데 청년 고문석이 시위 도중에 다시 동강 난 돌하르방을 만나면서 그것을 손에 넣게 된 것이다.

『조생전』은 또한 소설적 현재에서도 엄청난 폭발력을 지닌 존재다. 현재의 후손들에게 김만덕은 거의 신적인 존재가 되어버렸는데,『조생전』이 그를 결함과 과오도 있는 인간적인 존재로 인식할 수 있게 만들었다.『조생전』은 만덕을 뇌꼴스럽게까지 묘사했으니 사회적 파장은 엄청났다. 게다가 상찬계는 제주사회에서 여전히, 더욱 강력하게 존재하고 있다. 1950년대에『증보 탐라지』편찬 과정에서도 그랬듯이, 제주특별자치도 기관지인『제주도』지 발간 과정에서도 물밑싸움이 치열한 것은 상찬계의 위세 때문이었다.

결국 이 소설의 매력은 무엇보다도 김만덕 이야기의 새로운 해석, 그것의 현대적 의미에 있는 것으로 판단된다. 그것은 매우 충격적인 상상력이 아닐 수 없다. 역사자료의 적절한 활용과 추리소설적인 기법이 그 흥미를 배가시켰음은 물론이다.


## 낯설게 다가선
## 인간 김만덕의 면모

이 소설에서 김만덕은 크게 두 가지 점에서 독자들에게 낯설게 다가선다. 그 하나는 상찬계와의 관련성이요, 다른 하나는 여인으로서의 지고지순한 사랑이다. 이러한 낯섦이야말로 이 작품의 강력한 특장이다.

상찬계를 김만덕과 연계하여 소설에 수용한 게 이 작품이 처음은 아니다. 현길언의 장편『섬의 여인 김만덕, 꿈은 누가 꾸는가?!』(2012)에서 상찬계의 권모술수에 어려움을 겪는 피해자로 만덕을 그린 바 있다. 거기서의 김만덕은 상찬계의 온갖 악행을 극복하며 그에 맞서 제주의 목민관에게 선정을 베풀도록 영향력을 행사한 인물로 나왔다. 상찬계가 일반적으로 알려진 역사적 사건을 새로이 꾸미는 구실을 하긴 했어도, 그것이 김만덕이라는 캐릭터에 별다른 영향을 끼친 건 아니라는 말이다.

그러나 조중연의『탐라의 사생활』은 확연히 다르다. 이 소설에서 김만덕은 상찬계의 한복판에 있다. 상찬계 결성은 홍랑이 김시구 목사로 인해 억울하게 죽은 일에서 비롯되었다. 유배 중인 조정철을 제거하기 위해 제주목사를 자원한 김시구는 조정철에게 대역죄를 뒤집어씌워 초주검으로 몰고 갔는데, 그를 사랑하여 딸까지 낳은 홍랑이 극진한 보살핌으로 살려놓았다. 이에 분기탱천한 김시구는 홍랑을 잡아다가 때려죽이고 말았다. 만덕은 울분을 토했다. 남의 고을에 와서 정적을 제거하려고 멀쩡한 홍랑을 죽이고 역적모의를 했다고 꾸민 데 대해 참을 수 없었다. 더구나 자신도 조정철에게 식량을 제공한 사실이 있기에 마냥 두고 볼 수만은 없다고 판단했다. 결국 제주 향리와 서울의 관리를 돈으로 매수하여 김시구 제주목사를 파직시키는 데 성공한다.

"더 강해져야 한다고 생각했습니다. 제주도 안에서 가장 광포한 신을 가지고 있어서 아무도 함부로 나대지 못하도록 말입니다. 외

김만덕 표준영정

지에서 오는 고위 관리들이 제멋대로 행동하지 못하게 말입니다. 제주목사가 함부로 백성을 죽일 수 없도록 말입니다. 그게 제주 백성을 위한 길이라 생각했습니다."(181~182쪽)

만덕은 이후 상찬계 모임 결성을 주도하게 된다. 제주목 이방과 세 고을 아전 등 10명이 만덕의 주선으로 만덕의 산지천 객주의 비밀장소에서 첫 회합을 가진다. 그들이 상찬계를 결성한 이유는 분명하다.

"(…) 나라에서 하는 일이 이토록 가소로우니 우리가 서로 힘을 합하여 제주도의 왕이 됩시다. 우리 계대 스스로 왕이 되잔 말입니다. 제주목사는 시간만 때우는 허수아비에 불과합니다. 우리가 서로 힘을 합쳐서 제주도를 지키고 스스로 왕위에 오릅시다."
"옳소. 우리가 힘을 합쳐서 왕이 됩시다. 서로 부유하게 됩시다."(189쪽)

당하고만 살 수 없다는 것, 나랏일이 가소로우니 스스로 지켜야 한다는 명분을 내세웠다. 이에 대해 당시 산지천 객주에 머무르다가 우연히 상찬계 탄생 과정을 접하게 된 조생은 만덕에게 심각한 우려를 표명한다. 하지만 만덕의 생각은 흔들리지 않는다.

"제주도는 좁은 곳입니다. 다른 방법으로는 살아갈 수 없습니다. 솔직히 배를 타고 들어오는 외지 상인을 믿을 것입니까, 1년의 임기만 끝내면 뒤꽁무니 내뺄 궁리만 하는 제주목사를 믿을 것입니까? 아니면 나으리처럼 뿌리 뽑혀 흘러 다니는 방랑자를 믿어야 하겠습니까?"(195쪽)

만덕은 결국 상찬계의 정신적 지주요 금고를 관리하는 물주가 된다. 이후 상찬계 세력은 점점 커져 난공불락의 조직이 된다. 양제해의 등소모의사건을 모변으로 돌변시키는 일도 서슴지 않는다. 이재수 찰리사는 상찬계의 실체를 알면서도 이를 타파하지 못했다. 200년 동안 세기의 위인이라 전해진 김만덕이 상찬계 비밀 모임의 창시자나 다름없고, 그 비밀 모임이 지금까지 이어져 자기들끼리 제주도를 좌지우지했다는 사실은 독자들을 충격으로 몰아넣기에 충분하다.

거기서 멈췄다면 만덕은 매우 부정적인 인물로만 비칠 수도 있다. 하지만 만덕은 점점 상찬계의 폐해를 절감하여 그것을 타파할 기회를 엿본다. 갑인년에 전 재산을 내놓아 굶주리는 백성을 구휼하는가 하면, 급기야 양제해에게 상찬계를 깨주기를 부탁한다.

김만덕의 사랑 또한 이 소설에서 주목되는 부분이다. 그의 사랑은 홍랑의 사랑과도 관련이 있다. 조정철과 홍랑(홍윤애)의 사랑은 실제로 꽤 널리 알려진 순애보인데, 여기서는 홍랑이 만덕의 수양딸로 나오는 점이 특이하다. 조정철을 살리려고 죽기를 각오하는 홍랑에게 만덕은 지청구한다.

"도대체 정철이 뭐가 그렇게 좋더냐? 네 목숨보다 더 중요하단 말이냐?"

　"알고 계시면서 그런 말 하지 마세요. 어머니 같은 분이 평생 사
랑이 무엇인지 알기나 하겠어요?"

　"무슨 놈의 얼어 죽을 사랑 타령이냐. 사랑이 밥을 먹여주느냐,
돈을 가져다주느냐?"(156쪽)

　만덕은 사랑 타령 말라고 홍랑을 질책했지만, 사랑을 위해 목숨
을 던지는 수양딸을 안타깝게 지켜보게 된다. 만덕도 결국 사랑의
힘에 의해 삶의 전환이 모색된다. 그는 조생을 연모하고 있었다. 조
생이 우려했던 점이 점차 현실화됨에 따라 상찬계와는 다른 행로를
도모한다. 만덕이 전 재산을 내놓고 구휼한 선행은 육지로 나갈 계
획을 세우려고 한 행동과 무관하지 않았다.

　　"내가 전 재산을 팔아 당신을 만나러 한양에 왔기 때문입니다. 당
　　신을 만나기 위해서 모질게 6년의 세월을 참고 견뎌냈습니다. (…)"
　　(358쪽)

　만덕에게 조생은 "평생을 그리워해도 좋은 남자"(357쪽)요, "오랜
세월, 그리워한 당신"(359쪽)이었던 것이다. 만덕은 상찬계를 부수
는 모습을 보여주고 싶어 제주로 내려오길 간청하지만, 조생은 외
면했다. 하지만, 사랑의 힘은 컸다. 조생이 제주로 오지는 않았어도
만덕은 결심을 실천하려고 노력했다. 만덕은 양제해에게 "상찬계
의 독이 백성들에게 민폐를 끼치니 장차 도래할 불행을 막아보라"

며 일을 꾸며놓고 생을 마감한다. 사후 1년여 지나서 양제해 사건이 벌어지는데, 양제해 사건이 김만덕과 관련되었음을 보여주고 있다.

이처럼 이 작품은 다른 어떤 텍스트보다도 김만덕의 인간적인 면모가 진지하게 탐색되었다. 김만덕이 비로소 이 소설로 인해 화석화되지 않은 인물로 다시 태어날 수 있게 된 셈이다.


## 여전히 계속되는,
## 제주섬의 안타까운 현실

작가는 "이 글은 소설이며, 소설로만 읽혀야 한다."고 '일러두기'에서 강조했지만, 이 글은 소설이되 소설로만 읽히지는 않을 것이다. 어느 누구도 현실의 삶과 연계시키지 않고서 소설을 읽지는 않기 때문이다. 특히 이 작품은 특정의 역사와 현실을 진지하게 끌어왔음이 주목되기에 더욱 그러하다. 세부적인 사항들이 정확히 실제에 부합되는 것은 아니지만, 이야기의 큰 틀은 역사와 현실에 대한 예리한 일침으로 읽힌다. 다만, 소설을 실제와 구별하지 못하는 어리석음으로 허튼 시비를 일삼지 말라는, 지극히 당연한 말을 작가가 당부하고 있는 것이다. 그만큼 민감하게 수용될 수 있는 사안들이 잔뜩 다루어진 문제작이라고 하겠다.

소설적 현재에서 상찬계는 시퍼렇게 살아 있다. 제주도의 행정, 경제, 경찰 등 여러 분야에 암세포처럼 퍼져 있다. 지방자치가 되면서 수차례의 선거를 치르는 과정에서 조직은 더욱 단단해졌다.

현대에 와서는 더 살아남기가 편했다. 공식적인 정치 라인으로 인정받았기 때문이었다. 정치 라인이란 말 아래로 비밀 모임이 위장되어도 어색하지 않을 세상이 된 것이다. (…) 근래 들어 도지사가 계속 상찬계에서 나오고 지방자치가 되면서 경제적으로나 정치적으로나 탄탄대로(…)(314쪽)

상찬계는 무소불위의 권력이다. 상찬계가 하고자 들면 못 하는 게 없다. 걸리적거리는 존재는 어떤 수단을 동원해서라도 없애버린다.

"방금 전에 제대 사거리를 지나다 보니 나무가 잘려서 시원하더군. 신호형 교차로가 생기면 깨끗하고 반듯한 도로가 될 거야. 탁 트인 도로가 되겠지. 시야가 확보되니까 답답하지 않을 테고. 숨은 일등공신을 소홀하게 대하면 안 되지."(168쪽)

제대 소나무의 제거도 상찬계의 소행이라는 것이다. 소나무에 제초제를 투입하는 작업을 담당한 공무원을 승진시키라는 지시에서 보듯, 상찬계는 신상필벌(信賞必罰)도 확실하게 한다. 각계의 핵심라인들을 죄다 장악하고 있으니 인사권 정도는 마음대로 휘두른다.

"(…) 우리 계에 속한 공무원만 해도 제주도의 40%에 육박하네. 고위직에서 말단 계약직까지. 그들의 궨당을 이용해야지. 자네가 도지사 옷을 벗으면 그들의 자리까지 위협받는다는 인상을 주란

말이야. 공포분위기를 조성하란 말일세."(172~173쪽)

해군기지 문제에도 깊숙이 개입한다. 도지사가 제주 해군기지 추진을 강행하자, 이를 반대하는 시민단체에서는 주민소환운동을 벌인다. 3분의 1이 투표하여 투표자 3분의 2가 찬성하면 도지사를 합법적으로 퇴진시킬 수 있기에, 그것으로 해군기지 반대의 강력한 명분으로 삼고자 했던 것이다. 하지만 상찬계는 조직을 총동원하여 아예 투표장에 가지 못하도록 분위기를 조성함으로써 이 운동을 무력화시킨다.[3]

> 투표 다음날, 도지사는 쿠데타에 성공한 군인처럼 위풍당당하게 기자회견장에 모습을 드러냈다. 그의 복귀 운동을 도운 지지자들이 호위무사처럼 뒤따랐다. 세를 과시하듯 여러 분야의 지지자들을 삼지창처럼 뒤에 세워놓고, 도지사는 비장한 표정으로 업무 복귀를 선언했다. 처음 도지사 당선 소감을 할 때처럼 목소리에 힘이 잔뜩 들어가 있었다. 도지사는 앞으로 해군기지뿐만 아니라 직무 정지 기간 동안 밀린 도정의 현안을 강력하게 밀어붙이겠다고 열변을 토했다.(288쪽)

이후 『조생전』이 언론에 공개되면서 곤경에 처한 상찬계 세력은 그동안 충성을 바쳐온 김 교수를 몰아세우면서 약속했던 자리에 다른 사람을 앉히고는 그를 완전히 제거하려고 했다. 결국 그는 자살을 택하면서, 죽기 전에 「상찬계, 제주도를 200년 동안 지배한 어둠의 세력」이란 글을 중앙지에 기고함으로써 큰 파문을 일으킨다. 하지만 그런 충격도 오래가지 않았다. 제주도는 한동안 혼란 상태를 보이다가 몇 달이 지나자 잠잠해졌다.

> 불가지론 같은 회의론. 아무리 노력해도 안 된다는 것. 조생전을 발표해도. 양심선언을 하고 자살을 해도. 만덕 할망조차 그토록 깨려 했던 상찬계. 200년 동안이나 비밀로 전해지다가 최근에 추악한 실체가 수면 위로 드러난 상찬계다. 하지만 여기까지가 딱 한계다. 더 이상 할 수 있는 일이 없는 것이다.(369쪽)

뜻있는 이들이 진실 규명을 위해 최선을 다했지만 현실은 달라지는 게 없어 보인다. 상찬계는 약간의 상처를 입은 채로 여전히 건재한 반면, 사무관과 핑크는 행방이 묘연하고 이형민은 소백산 기슭에 숨어 지낸다.

## 자손이 다시
## 탄생할 날

상찬계는 굳건한 카르텔이나 다름없다. 이 세상을 자신들만의 리그처럼 여긴다. 하고자만 들면 못 하는 게 없는 세력을 자처한다. 그러니 만덕이 양제해에게 전하는 간절한 부탁은 현재의 시점에서도 여전히 유효하다.

"꼭 깨지 못해도 괜찮아. 타협을 하지 말아야 해. 그놈들의 계략은 성기고 비열하고 간특하기 이를 데 없으니까. 하지만 누군가는 그런 시도를 자꾸 해야만 할 걸세. 그런 모습을 자꾸 백성들에게 보여줘야 하네. 어리석은 백성들이 자각할 수 있도록 말일세. (…)" (258쪽)

위의 전언을 곱씹어 보면, 만덕에게 양제해만 양제해가 아님을 알 수 있다. 고정념, 고문석, 사무관, 이형민, 핑크 등이 모두 양제해다. 이들은 왜곡을 바로잡으면서 불편한 진실에 다가서는 장정(長征)에서 일정한 역할을 수행했다. 만덕 이후 200년 세월이 흘러 고문석은 뼛속 깊은 신념을 피력한다.

"역사는 늘 왜곡되어 왔지. 진실이 사람들을 불편하게 만들기 때문이야."
(…)
"누군가 반드시 바로잡아야 할 걸세."(106쪽)

이제 양일서를 떠올려 본다. 이 작품에서 보면, 양제해와 가족들이 몰살당했지만 넷째 아들 양일서만은 미리 도피함으로써 참화를 면하고 숨어 지내는 것으로 나온다. 성과 이름을 바꾸고 존재를 숨긴 채 살았던 양일서는 자손을 남기지 않았을까? 고정념-고문석-핑크가 그 후손은 아닐까? 혹시 사무관은 아닐까? 아니면 우리 중의 누구일 수도 있겠다. 바로 당신일 수도!

# 고소설로 읽은
# 19세기의 제주섬

## 「배비장전」을
## 다시 읽는 이유

　「배비장전(裵裨將傳)」은 판소리 열두 마당 중에서 창(唱)이 유실된 「배비장타령」에서 온 판소리계소설로, 1950년 김삼불(金三不)이 교주(校註)한 국제문화관본(일명 김삼불 교주본)과 1916년 간행된 신구서림본(구활자본)이 대표적인 판본이다. 국제문화관본과 신구서림본의 가장 큰 차이점은 배비장 봉욕 후의 이야기가 포함되었느냐 그렇지 않느냐 하는 것이다. 국제문화관본은 75장의 전사본(轉寫本) 중 59장까지만 택해 교주한 텍스트로, 60장 이후는 문장과 어법으로 보아 후인(後人)의 덧붙임이 분명하다고 교주자가 판단하여 제외했으며, 교주자의 주관으로 군말을 삭제한 곳도 있다. 신구서림본은 배비장이 목사의 배려로 애랑과 재결합하는 결말 부분이 포함되었으나 현대적 개작의 흔적이 있는 것이 문제로 지적된다. 말하자면 둘 다 조금씩의 문제를 갖고 있는 텍스트인 셈이다. 이렇게 「배비장전」이 정본(定本)이 불확실한 작품이라는 점은 연구의 난점이 되고 있다. 따라서 이 글에서는 어느 특정한 것을 정본으로 삼지 않고 두 가지를 모두 텍스트로 삼아 논의를 전개하고자 한다. 전체적인 이야기 틀은 신구서림본에서처럼 배비장의 출세담까지를 포함하여 논의를 전개하되, 내용 검토에서는 국제문화관본까지 함께 다루겠다는 것이다.[1]

배비장이란 인물의 존재는 유진한(柳振韓)이 1754년에 엮은 만화본(晩華本)「춘향가(春香歌)」에 처음 나타난다. 그 후 송만재(宋晩載)가 1843년에 쓴 「관·우·희(觀優戱)」, 조재삼(趙在三)이 1855년에 엮은 『송남잡지(松南雜識)』「춘양타령조(春陽打詠條)」 등에도 언급되었다. 특히 신재효(申在孝)의 「오섬가(烏蟾歌)」에는 제주 기녀 애랑이와 정비장의 이별 장면이 자세하게 나타나고, 배비장이 궤 속에 들어가 조롱당하는 이야기가 있어서 이미 전부터 「배비장타령」이 구연되었던 흔적을 찾을 수 있다. 또 방자가 배비장에게 책을 읽어주는 대목에서 「삼국지」·「수호지」·「구운몽」·「서유기」·「숙향전」 등의 고소설 제목이 나온다. 이러한 여러 사항들을 고려할 때 소설 「배비장전」은 19세기 중엽에 지어진 작품으로 추정되고 있다.[2]

「배비장전」은 조선조 한글소설 중에서 제주도를 주 무대로 펼쳐지는 작품으로는 유일하다. 그러나 지금까지 「배비장전」 연구는 대부분 풍자성과 해학성의 규명 등에 치우쳤고, 그 지역성에 주목한 경우는 거의 없다. 물론 고소설의 공간적 배경은 현대소설의 그것에 비해 그 비중이 약한 것으로 인식되고 있기는 하다. 고소설의 공간은, 신화에 비해서는 현실적이지만 인물과 플롯의 하위 요소로서 기능하기 때문에, 구체적인 삶의 터전으로서 의미를 지니면서 인물과 플롯을 지배하기도 하는 현대소설에 비해서는 상투적으로 나타난다는 것이다. 그렇다고 해서 고소설의 공간이 작품을 해석하는 데에 무의미한 요소는 결코 아니다. 고소설의 공간적 배경을 주목하면 작품을 좀더 풍성하게 해석하고 두껍게 읽어낼 수 있다. 말하자면 「배비장전」은, 일반적인 세태소설이나 풍자소설과는 다른 차원에서, 제주도를 중심에 놓고 읽을 수 있는 근거가 충분하다는 것이다. 「배비장전」에 대해, 소설 텍스트로서 문학적인 분석에 중점을 두기보다는, 옛 문헌의 하나로서 제주도의 무엇을 어떻게 반영하고 있는지에 주목해 보기로 한다.

## 제주에 대한
## 인식

「배비장전」에는 제주도에 대한 옛사람들의 인식을 가늠할 수 있는 부분들이 적잖이 산견된다. 우선 작품 앞부분에는 배경 공간으로서의 제주도에 대해 서술하는 가운데 애랑을 소개하는 부분이 나와 있다.

호남 좌도 제주군(濟州郡)은 동으로 일본해협(日本海峽) 서으로 조선해협(朝鮮海峽) 연화부수 형국(形局)으로 남해(南海) 중에 돌출(突出)하니, 그 중에 한라산(漢拏山)은 도내(島內) 제일(第一) 명산(名山)이요, 탐라 고국(古國) 주봉(主峰)이라. 백천(百川)이 조종하고 만악(萬嶽)이 경수(競水)하야, 산정신(山精神) 수정기(水精氣)로 애랑(愛娘)이가 생겨났다.(245쪽)

인용문에서 보면, 일본해협과 조선해협을 사이에 두고 남해에 돌출한 섬이라고 제주도의 위치를 분명히 하고 있으며, '연화부수'(蓮花浮水) 형국이라 하여 제주도가 연꽃이 물 위에 떠 있는 모양의 섬이라고 표현하고 있다. 당시는 일개 군(郡)에 불과하지만 과거에는 탐라국이었음도 언급되었다. 이런 섬의 주봉인 한라산의 정기를 받아 애랑이라는 범상치 않은 인물이 태어났음이 강조되었다.

제주 목사(牧使)로 제수된 김경은 서강(西江) 사는 배선달에게 예방(禮房) 소임을 맡긴다. 이에 배비장은 주저하지 않고 제주로 떠나기로 작심하고서 대부인(大夫人: 배비장의 어머니)에게 다음과 같이 말하는데, 여기에서도 제주에 대한 인식이 확인된다.

"팔도강산 명구승지(名區勝地)를 낱낱이 보았으되, 제주는 도중(島中)이라 시하에 이측키 어려워서 지우금(至于今) 못 갔더니, 다행히 친한 양반 제주 목사 제수되어 도임 길 떠나면서 비장으로 가자 하니 한 번 다녀오리다."(246~247쪽)

배비장은 명구승지로 이름난 제주도에 가고 싶어도 떠나지 못하고 있던 차에 벼슬을 얻어 '다행히' 가게 되었다고 말하고 있다. 전국의 경치 좋은 곳은 거의 다 가보았던 배비장은 기회만 닿으면 제주도에 가리라는 생각을 갖고 있던 터였던 것이다. 조선시대 사람들에게도 제주도가 명승지로 꼽히고 있었음을 알 수 있는 부분이다.

하지만 대부인은 "제주라 하는 곳이 육로(陸路) 천리, 수로(水路) 천리, 이천 리 원정"(247쪽)임을 들어 반대한다. 험한 길을 떠났다가 돌아오지 못할 수 있으니 부임을 단념하라는 것이다. 제주도는 풍광이 빼어난 곳이긴 하지만, 방문하기에는 매우 힘든 곳이라는 당대인의 인식을 엿볼 수 있다.

배비장의 아내는 다른 이유로 만류한다. "제주는 도중이나 물색이 번화(繁華)하여 자래(自來)로 색향이라. 만일 그곳 가셨다가 주색(酒色)에 몸이 잠겨 회정치 못하면"(247쪽) 어쩌겠느냐는 것이다. 여기서 제주가 오래전부터 색향(色鄕)으로 알려졌다는 언급은 어떻게 받아들여야 할까. 과연 제주가 본디 색향이었을까. 이는 제주가 절해고도여서 왕래가 어려운 곳이었던 점과 관련성이 깊다고 본다. 중앙에서 제주에 파견되는 관리는 처자를 두고 홀로 부임할 수밖에 없었을 뿐만 아니라,3) 재임기간 동안에도 가족을 만날 수 있는 기회를 얻기 어려웠다. 그런 와중에 주변에 관기(官妓)들이 있었기에 외로운 처지의 중앙 관리들이 여색에 빠지기 쉬운 환경이었던 것이다. 따라서 중앙 양반가의 눈으로는 제주가 색향으로 인식될 여지가 많았던 것이지, 본디 색향이었다고 규정할 수는 없지 않을까 한다. 색향이라는 인식은 제주 민중의 실제적인 삶과는 무관한 셈이다.

말하자면「배비장전」의 뼈대인 남성 훼절담(毁節談)을 전개할 만한 최적의 공간이 제주였던 것이다. 배비장이 제주 생활을 시작하기에 앞서 망월루에서 장황하게 펼쳐지는 정비장과 애랑의 이별 장면은 그것을 잘 보여준다. 정비장이 제주에서 근무하던 3~4년 동안 애랑과 연분을 맺었다가 헤어지게 된 상황인데, 이는 재회가 기약된 당분간의 이별이 아니라 사실상 더 이상의 만남이 차단된 완전한 이별이다. 정비장은 다시 제주에 오기가 어렵고, 그렇다고 애랑을 데리고 갈 수도 없다. 애랑이 정비장을 만나러 바다 건너 갈 수도 없는 처지다. 그래서 정비장은 "잘 있거라, 나는 간다. 인제 가면 언제 보리? 너를 두고 가자 하니 걸음걸음 피가 되고, 너를 데려 가자 하니 시하 엄훈(侍下嚴訓) 어려워라."(257쪽)라고 말하고, 애랑은 "살아서 못 볼 임을 죽어 환생(還生) 다시 볼까."(272쪽) 하며 탄식하는 것이다. 그런 마당이니 정비장은 애랑이 요구하는 대로 모두 내어주게 되는 것이요, 애랑은 애정의 신표를 얻으려고 온갖 요구를 하였던 것이다. 물론 애랑에게는 그것을 구실로 재물을 뜯어내려는 의도도 있었으리라고 본다.


## 제주 뱃길

육로 천 리, 수로 천 리, 이천 리 먼 길인 제주로 가는 여정에서 정말 힘든 것은 물길, 즉 뱃길이었다. 「배비장전」에서도 육로는 "때는 마침 방춘(芳春)이라. 이화(梨花), 도화(桃花), 행화(杏花), 방초(芳草), 양류(楊柳) 청청(靑靑), 녹수(綠水) 잔잔(屛屛), 만산 화개경 좋은데, 사면을 둘러보며 산호금편 권마성에 가는 길을 재촉하야 연로(沿路) 각읍(各邑) 중화 숙소(宿所), 강진·해남 언뜻 지나 해남 관두 다다르니"(248쪽)로 간단히 처리되었으나, 배를 타고 가는 장면은 상세히 그려졌다.

목사가 떠나는 곳은 전라도의 해남(海南) 관두(館頭)⁴⁾다. 목사가 사공에게 "여기서 배를 타면 제주를 몇 시간에 가겠느냐?" 물으니 "일기(日氣) 청명(淸明)하고 서풍(西風)이 솔솔 부오면 순루로 돛을 달아 일일 내에도 가겠삽고, 중류에서 불행하야 초풍을 만나오면 안남·면천 표박하야 구미(歐美)에 가기도 쉽사오며, 만일 다시 불행하면 쪽박 업는 물도 먹고 고기 배[腹]에 이사(移徙)도 하나이다."(248~249쪽)라고 답한다. 날이 좋으면 하루에도 가지만, 사나운 바람을 만나면 베트남·미얀마 쪽으로 표류하고 구미까지 갈 수도 있고, 심지어 고기밥이 되기도 한다는 것이다. 이에 목사는 당일 내에 도달하면 중상(重賞)을 주겠다고 사공에게 말한다. 제주 뱃길은 그만큼 위험하고 부담스러운 항로였다는 말이다.

마침 하늘이 편리를 도모하여 순풍이 부니 속히 승선하라는 사공의 말에 목사 일행은 크게 기뻐 선뜻 배에 올라탄다. 목사 일행의 배는 마치 임시 관아처럼 이런저런 치장을 하고 있었다. 병풍을 겹겹이 둘러치고 돗자리가 깔렸으며, 비단에 수놓은 방석과 베개, 밝은 등과 화로 등을 마련해 놓았다. 게다가 목사가 있는 자리에는 아무나 드나들 수 없도록 장막 밖에 하인들이 지켜 섰다. 이런 분위기였으니 목사는 "술 들여라. 먹고 놀자. (…) 너도 먹고 나도 먹자."(250쪽)라며 취흥에 겨워 시를 주고받으며 즐긴다. 목사는 급기야 "누구서 제주배 타기가 어렵다 하든고? 지금 내가 실지(實地) 시험을 하여 보니 유쾌하기 한량(限量)없다."고 큰소리치기에 이른다. 사공이 이 말을 듣고는 겁에 질려, 작은 고개나 연못도 지키는 영신이 있으니 "이러한 대해를 건너시며 취중 과담(誇談) 마옵소서."(251쪽)라고 간한다.

아니나 다를까, 목사 일행의 배는 험한 풍랑을 만난다. 미역섬5)을 지나 추자도(楸子島)에 다다르고 나서 다시 만경창파로 나아가는데 "해천(海天)이 일색(一色)이요, 노도 경각(頃刻)에 풍우(風雨)가 대작(大作)"한다. 동서남북이 아득하여서 끝이 없는 상황에서 "집채 같은 큰 물결이 돌바위를 쾅쾅 부숴 내며 바람을 따라 여기서도 우러렁 쫠쫠 저기서도 왈랑왈랑, 키다리 꺾어져 용충줄·마룻대 동강, 고물이 번듯 이물로 숙여지고, 이물이 번듯 고물로 기울어져 덤벙뒤뚱 조리질하니, 무인절도(無人絶島)에 난파선(難破船)"(251~252쪽)과 다름없는 처지가 되었다.

급기야 목사는 용왕에 고사를 지내라고 사공에게 분부한다. 사공이 급히 음식을 마련하고 북을 울리며 "앞길의 순풍(順風)을 인도하사 일선중(一船中) 사람이 무사히 제주성하(濟州城下)에 득달키를 천만복축(千萬伏祝)"(255쪽)하자 이윽고 달빛이 밝고 맑아지며 풍랑이 한번에 멎었다. 그리고 어언간 순풍을 따라 제주섬에 도착했다. 이렇게 추자도를 지나면서부터 풍랑을 만나 고생하는 장면은, 전라도에서 추자도 사이의 바다에 비해 추자도에서 제주도 사이의 바다가 상대적으로 험난한 실제의 해상 사정과 일치한다.

그렇다면 목사 일행이 배를 댄 곳은 제주섬의 어디일까. 신구서림본에서는 나타나지 않지만 국제문화관본에서는 다음과 같이 서술되어 있다.

> 환풍정(喚風亭) 배를 내려 화북진(禾北鎭) 좌기(坐起)하고, 사면을 둘러보니 제주가 십팔경(十八景)이라. 제일경은 망월루(望月樓)였다.(신구문화사, 20쪽)

화북포(禾北浦)에 있었던 환풍정[6]이 나오는 점이라든지 화북진에서 공무를 시작했다는 언급을 보면 화북포(별도포)[7]에 도착했음을 확인할 수 있다. 목사 일행은 해남에서 출발하여 추자도 인근 해상을 지나 화북을 통해 입도했다는 것이다.

전임 목사 일행, 즉 정비장이 떠난 곳도 화북포로 보아야 한다. 김경 목사 일행이 화북진에서 첫 일을 보고 나서 사방을 둘러보던 중 망월루를 접하게 되었고, 그때 마침 망월루에서 애랑과 정비장이 이별하는 장면을 목격하게 되는 것으로 상황이 설정되었기 때문이다. 그렇다면 망월루 역시 화북 쪽에 있는 누각인 셈이다. 기록상으로 망월루를 확인할 수는 없지만, 망양정(望洋亭)[8]이나 영송정(迎送亭)[9]을 말하는 것일 수도 있다.

작품 후반부에서 배비장이 동헌에서 봉욕을 당한 후, 목사에게 하직인사하고 한양으로 돌아가기 위해 처량한 모습으로 걷다가 다

『탐라순력도』의 「화북성조」에 나오는 화북(별도) 일대

다른 곳은 '조부진'으로 나와 있다. 전후 정황으로 미루어 조부진이 제주성의 밖임을 알 수는 있으나 딱 들어맞는 지명은 없다. 다만 조부진과 관련된 제주성 인근의 지명으로 '조부포(藻腐浦)'가 있어서,[10] 그 위치 추적의 단서로 삼을 수 있다. 조부포는 '듬북개'의 차자표기로, 조부연대(藻腐煙臺)가 있던 외도2동(연대동) 지경과 동귀리 사이에 있는 포구를 말한다. '포'가 아닌 '진'으로 명기되어 있음

을 고려하면 애월진(厓月鎭)도 상정해 볼 수 있으나, 아무래도 듬북 개로 보는 것이 더 타당할 듯하다.

또한 여기서도 배비장이 해남 가는 배를 얻어 타서 떠나기로 한 것을 보면 해남이 제주를 오가는 주요 뱃길이었음을 확인할 수 있다. "제주 성내에 사는 부인 한 분이 친정이 해남(海南)"(318쪽)이라는 언급에서 보면, 해남이 뭍으로 나가는 주요 통로였다는 사실과 함께 그로 인해 해남과 제주가 통혼권(通婚圈)이었음도 추정해 볼 수 있다.


## 제주의 풍광

목사 일행이 제주에 도착하고서 접한 풍경은 매우 아름답고 평화롭게 그려진다. 아마 듣던 바대로 명승지라고 생각했을 것이다.

> 제주성하 다다르니 지세(地勢)도 좋거니와 풍경도 아름답고, 초강(楚江)에 어부들은 고기 낚아 회를 치고, 전간(田間)에 농부들은 술 부어 권하면서 격양가 한 소리로 성은을 축원하야 연호만세(連呼萬歲) 한 연후에, 신관사또(新官使道) 구경코자 전후(前後)로 모여 섰다.
>
> 목사 배에 내려 사면을 살펴보니 난산잔록은 화병을 둘렀는 듯, 주륜취각은 반공(半空)에 솟았는 듯, 제일 명승 망월루(望月樓) (⋯)(256쪽)

목사 일행의 제주에 대한 첫인상은 지세도 좋고 풍경도 아름답다는 것이다. 산은 그림 병풍을 두른 듯 푸르고, 곱게 단청한 누각은 하늘로 솟아 있다. 어부들은 고기를 낚아 회를 치고, 밭에 있는 농부들은 술을 주고받으면서 「격양가」를 부르는, 무척이나 평화로운 모습이다. 제주의 아름다운 풍광은 추후 목사 일행이 한라산에 꽃놀이 가는 장면에서 더욱 구체적으로 그려진다.

> 한라산 중턱에 올라서니 벽해(碧海)는 양양하고 대야(大野)는 망망이라. (…) 다시 점점 올라가니 이조명춘으로 온갖 새 울음 운다. 꾀꼬리 고긔고긔, 뻐꾹새 뻑국뻑국, 할미새 가불갑죡, 접동새 으흥으흥, 여기서도 꼬악, 저기서도 프드득, 백화산 제 백조가 이 산에 모다 모였다. 양류청청(楊柳靑靑) 늘어진 가지, 벽계잔잔 호춘풍에 얼크러지고 뒤틀어져서, 손[客]을 보고 읍(揖)을 하고, 명주분분 폭포수는 범증(范增)의 옥(玉) 부수듯 와르르 쾅쾅, 노룡(老龍)이 잠을 깨고, 산곡(山谷)이 상응(相應)하니 해외(海外) 삼신 어디런고? (…) 경개를 살펴보니 영주(瀛州) 사면 푸른 물결 장천일색 둘렀는데, 쌍쌍 백구(白鷗)는 물결 따라 흘니 뜨고, 점점 어선은 돛을 달고 왕래하니 산수(山水) 춘풍(春風) 무한경(無限景)이 보든 바에 처음이라.(278~279쪽)

한없이 넓은 푸른 바다와 드넓고 아득하게 펼쳐진 들판은 한라산 중턱에서 포착되는 기막힌 풍광이다. 더 올라가 숲으로 들어가면 온갖 새들이 울음 울고 계곡 물이 맑게 흐르며 폭포수도 보인다.

「배비장전」의 무대인 방선문(사진: 강정효)

작품에 나오는 꾀꼬리·뻐꾹새·할미새(할미새사촌)·접동새(두견이) 등의 새들이 모두 제주에서 확인되는 조류들[11]인 점은 주목할 필요가 있다. 「배비장전」이 어느 정도 리얼리티를 확보한 소설임이 여기서도 입증되고 있기 때문이다.

여기서 목사 일행이 간 곳은 '들렁궤(들렁귀)', 즉 '방선문(訪仙門)'임이 거의 확실하다. 한천(漢川) 상류 약 6km 지점의 방선문은 한라산 계곡물이 바다로 뻗어가는 거대한 계곡으로, 영주10경 중 '영구춘화(瀛丘春花)'의 아름다움을 간직한 곳이다.[12] 그러한 뛰어난 절경을 간직하고 있어 예로부터 제주에 부임한 목사와 육방관속이 봄이면 빠짐없이 행차하여 이곳에서 풍류를 즐겼다고 한다.[13] 홍중징, 김영수, 한정운, 이의겸, 한창유, 김치 등이 풍류를 즐기며 마애명(磨崖銘)을 남긴 곳이기도 하다. 게다가 방선문에서는 선비들이 반석 위에 앉아 바둑을 두곤 했는데 어느 선비가 하늘에서 선녀들이 내려와 거기서 목욕하고 간다는 사실을 알고 바둑 시합이 끝나고도 혼자 남아 바위틈에서 선녀들의 몸매를 훔쳐보았다는 전설도 있다. 이런 내용은 "암상(嵒上)에 독좌(獨坐)하야 남 노는 것 비양하"(279쪽)던 배비장이 푸른 숲 사이로 보이는 미인 애랑에게 반하여 "뒤쳐질 마음 두고 꾀병으로 배 앓는다"(282쪽)며 남아서 애랑의 목욕 장면을 훔쳐보는 상황과 퍽 유사하다. 이는「배비장전」의 무대가 방선문임을 뒷받침하는 근거가 된다.

이렇듯「배비장전」에 나타난 제주의 풍광은 아름답기 그지없다. 그래서 배비장은 "내 본디 경성(京城)에 생장(生長)하야 팔도강산 명구승지(名區勝地) 아니 본 곳 없건마는 제주같이 좋은 강산 보던 바 처음이요"(281쪽)라며 탄복한다. 제주의 풍광이 뛰어나다는 세간의 인식이 틀림없음을 몸소 확인한 셈이다.


## 목사의 행차와
## 관가 주변의 모습


「배비장전」은 중앙의 관리가 제주에 와서 겪은 일을 다룬 작품이므로 목사를 비롯한 경래관(京來官)의 행적, 그리고 그들이 근무하는 관가 주변의 모습을 잘 보여준다. 이런 점은 역사적 풍속의 재현이나 유적의 복원 등과 관련해서도 주목할 사항이다.

　우선 목사가 부임할 때 화북에서 출발한 후 어떻게 관아까지 이르렀는지를 살펴보자. 목사 일행의 이동 경로와 더불어 조선시대 제주목(濟州牧)의 관가 주변 모습을 확인해 볼 수 있다.


　　영무정(永舞亭) 바라보고 산지(山芝)내 얼풋 건너 북수각(北水
　　閣) 지나 놓고 칠성(七星)골 너른 길로 관덕정(觀德亭) 돌아들어
　　전알전에 사배(四拜)하고, 만경루(萬景樓)에 도임할 제, 일읍(一

제주목관아의 망경루

읍)의 남녀노소 구름같이 구경한다.(275쪽)

목사 일행의 움직임을 따라 제주의 모습이 퍽 구체적으로 그려
지고 있다. 앞에서 살핀 것처럼 목사 일행은 화북포의 환풍정 인근
에서 배를 내려 화북진에서 첫 공무를 이행하고(아마 입도에 따른 공
식적인 절차였을 것이다.), 망월루의 이별 장면을 보면서 제주성 쪽으
로 향했다. 이어 영무정(연무정: 演武亭)[14]을 바라보며 산지천을 건너
고 북수각[15]을 지나서 "동문(東門) 안 대로(大路)"(274쪽)를 거쳐 칠성
골의 너른 길로 관덕정으로 들어섰다. 그리고 전알전(展謁殿)[16]에
서 임지에 부임했음을 임금에 고하는 절차를 밟아 만경루(망경루: 望
京樓)[17]로 올라섬으로써 부임의 일차적인 절차가 끝났다. 화북포·
화북진·산지천·칠성골 등의 지명과 환풍정·연무정·북수각·동문·
망경루·관덕정 등의 건축물들은 실제와 모두 일치하고 있다. 따라
서 「배비장전」 속의 제주도는 추상적이고 막연한 공간이기보다는
구체적인 실제의 장소로서 구현되고 있음을 알 수 있다.
　제주 목사의 부임 행차는 아주 웅장하고 화려했다. 이 작품에서
그 장면은 비교적 장황하게 묘사되고 있다.

　　구관은 인교대하고, 신관은 도임이라. 좌우 청장 번듯 들고 호기
　　있게 들어갈 제, 전배·후배·사령·군로, 삼승 섭수·노랑 홍의(紅
　　衣)·남견대 눌러 띠고, 인모 전립·우렁 상모 날낼 용자(勇字) 딱 부
　　치고, 곤장·주장 번듯 들고, 쌍쌍이 늘어서서 '에이짜루 에이짜루'
　　혼금이 엄숙한데, 청일산(靑日傘)하(下) 취타성이 원근(遠近) 산

천(山川) 움직인다. '이나노 나노 뚜똬 쳐르르.'

앵무 같은 고은 기생, 나이 맞춰 골라 뽑아 물색(物色)으로 단장하여 동문(東門) 안 대로상(大路上)에 쌍쌍이 늘어서고, 청도(淸道) 한 쌍, 순시(巡視) 두 쌍 오색기치(五色旗幟) 찬란하고, 전배 비장 대단천익(大緞天翼), 순은 장식 쇄금(灑金)하여 갖은 궁전(弓箭) 빗기 차고, 저모전립(猪毛戰笠) 밀화패영(蜜花貝纓) 은입사(銀入絲) 맹호수(猛虎鬚) 보기 좋게 꽂아 쓰고, 공주면주(公州綿紬) 사마치를 가뜬하게 떨쳐 입고, 은안백마(銀鞍白馬) 호피 도듬 덩그렇게 높이 앉아 운종룡 풍종호(雲從龍風從虎)로 서슬 있게 나아가니, 승피백운 선인(乘彼白雲仙人)들이 이에서 더할쏘냐?(274~275쪽)

각양각색의 화려한 의상을 차려 입은 관리, 군병, 관노, 기생 등이 군기를 따라 흥겨운 풍악 연주에 맞춰 위엄 있게 행진하고 있다. 목사는 아마도 가마를 탔을 것이다. 이처럼 화려한 목사의 부임 행차는 제주 목사의 절대적인 권위를 말해준다. 제주섬은 약 900년 전까지 독립국가로 존재하고 있었다. 서기 938년 탐라국이 고려의 속국이 되었다가, 1105년 탐라군으로 복속되면서 독립성을 완전히 잃었다. 이때부터 중앙정부의 관리[京來官]가 파견되기 시작하였던 바, 제주 목사는 옛 탐라국의 왕에 버금가는 절대권력이었던 것이다. 부임 후에도 목사의 행차는 언제나 화려하였다.

용두(龍頭) 새긴 주홍(朱紅) 남여 호피 도듬 높이 타고, 전월 부

월, 삼영 집사, 순시 영기(巡視令旗) 벌여 세우고 대로상(大路上)
나아갈 제, 녹의홍상(綠衣紅裳) 미색(美色)들은 백수 한삼 높이 들
어 풍악(風樂) 소리 화답하야, '지야자 지야자' 만수화림 깊은 곳에
꽃도 같고 새도 같다.(278쪽)

위의 인용문은 목사 일행이 꽃놀이 갈 때의 장면이다. 목사는 용
머리를 새긴 주홍색 가마에 호피를 깔아 높직하게 타서 문무 관리
들과 기생들을 거느리고 깃발을 앞세워 풍악을 울리며 행차하고 있
다. 이는 그 성격상 다소 다른 면은 있지만, 『탐라순력도』에 나타난
이형상 목사의 순력 행차와 견주어 볼 수 있을 것이다.[18] 이렇게 볼
때 「배비장전」은 제주 목사의 각종 행차를 오늘날의 볼거리로 재현
하는 데에도 유용한 텍스트로 활용될 수 있는 여지가 충분하다.


## 경래관의 수탈과
## 제주인의 삶

배비장은 동헌 마당에서 알몸의 구경거리가 되는 봉욕을 당한
후에 제주를 벗어나려다가 실패한다. 이후 애랑의 집에서 한 달 넘
게 지내고 있던 중 느닷없이 정의 현감으로 임명된다. 김경 목사의
천거로 현감이 된 배비장은 뛰어난 능력을 발휘한 것으로 나온다.

배현감(裵縣監) 정의(旌義)에 도임한 후 치민선정하야, 거리거

리 송덕비(頌德碑)를 세우고, 시화연풍하며 산무도적(山無盜賊)하고 야불폐문(夜不閉門)하니, 표폄[褒貶]에 상등(上等)이요 정치(政治)에 거갑이라.(327쪽)

태평하고 곡식이 잘 되어 산에 도적이 없고 밤에 대문을 닫지 않고 지낼 정도로 수령 노릇을 잘 하여 거리마다 송덕비가 섰다는 것이다. 그러나 실제로 조선시대 제주에 파견된 목민관들 중에서 선정을 베푼 이는 그다지 많지 않았다. 위에 인용된 부분은 해피엔딩을 위한 의례적이고 자동적인 서술이라고 보아도 무방할 것이다.

제주 민중의 처지에서 볼 때 경래관들은 대부분 수탈자였다. 「배비장전」에서 수탈자로서의 경래관의 모습은 애랑과 정비장의 이별 장면에서 확인해 볼 수 있다. 정비장의 '뱃짐'19)이 바로 경래관의 행적을 엿볼 수 있는 중요한 근거가 된다. 정비장이 애랑에게 풀어 주는 뱃짐의 품목들은 다음과 같이 아주 많다.

중량(中凉) 한 통, 세량(細凉) 한 통, 탕건(宕巾) 한 죽, 우황(牛黃) 열 근, 인삼(人蔘) 열 근, 월자(月子) 서른 단, 마미(馬尾) 백 근, 장피(獐皮) 사십 장, 녹피(鹿皮) 이십 장, 홍합(紅蛤)·전복(全鰒)·해삼(海蔘) 백 개, 문어(文魚) 열 개, 삼치 서 뭇, 석어(石魚) 한 동, 대하(大蝦) 한 동, 장곽(長藿)·소곽(小藿) 다시마 한 동, 유자(柚子)·백자(柏子)·석류(石榴)·비자(榧子)·청피(靑皮)·진피(陳皮)·용(茸), 얼레·화류(樺榴)살쩍·삼층난간용봉장(三層欄干龍鳳欌)·이층문갑(二層文匣)·가께수리·산유자(山柚子)궤·뒤주 각

여섯 개, 걸음 좋은 제마(濟馬) 두 필, 총마(驄馬) 세 필, 안장이 두 켤레, 백목(白木) 한 통, 세포(細布) 세 필, 모시 다섯 필, 면주(綿紬) 세 필, 간지(簡紙) 열 축, 부채 열 병(柄), 간필(簡筆) 한 동, 초필(草筆) 한 동, 연적(硯滴) 열 개, 설대 열 개, 쌍수복 백통(雙壽福白銅)대 한 켤레, 서랍 하나, 남초(南草) 열 근, 생청(生淸) 한 되, 숙청(熟淸) 한 되, 생율(生栗) 한 되, 마늘 한 접, 생강 한 되, 나미(糯米) 열 섬, 황육(黃肉) 열 근, 후추 한 되, 아그배 한 접(신구문화사, 22~24쪽)

중량 한 통, 세량 한 통, 탕건 한 죽, 우황 열 근, 인삼(人蔘) 열 근, 월자 백 개, 마미 백 근, 장피 십 장, 녹피 오 장, 홍합(紅蛤)·전복(全鰒)·해삼(海蔘)·문어(文魚) 곁들여서 일백 개씩, 삼치 서 뭇, 석어 한 동, 장곽·소곽·다시마 묶은 채로 각 두 동씩, 대하 한 궤, 유자(柚子) 열 궤, 백자 두 말, 진피 백 근, 삼층난간용봉장·이층 문갑·가께수리·백목·세포·물면주 잡히는 대로 내어 놓고, 걸음 좋은 제마 이 필, 은안금편 갖춘 대로 급히 풀어 내어주고, 간지 백 축, 부채 백 병, 심지어 생강·마늘·겨자·호초·쑥갓·부추·간장·된장·김치·깍두기, 먹다 남은 과자쪽까지 있는 것이라고는 모다(259~260쪽)

두 판본에 나오는 뱃짐 품목들은 대동소이하다. 이런 품목들은 바로 공납(貢納)으로 바치는 것들이라고 볼 수 있다. 양태(중량·세량), 탕건, 말총, 전복, 해삼, 미역(장곽·소곽), 다시마, 유자, 비자, 귤껍질(청피·진피), 노루가죽 등의 품목들은 제주특산[20]이었음이 확실하므로,

정비장의 뱃짐을 진상품과 같은 것으로 보아도 큰 무리가 없다. 아울러 사슴가죽, 녹용, 꿀 등도 제주의 진상품이었다.[21] 목민관 이하 관리들이 진상제도를 남용해 자신들의 재산을 증식하는 기회로 도구화하는 등의 폐단이 심했으니, 서울로 떠나는 정비장의 뱃짐은 곧 사욕을 채우는 양반 관리들의 수탈 품목으로 받아들여질 수 있는 것이다.[22]

경래관들은 제주에 올 때부터 한몫을 단단히 잡으려고 했던 것 같다. "나는 형세가 가난하여, 제주가 양태 소산(所産)이라, 양태 동이나 얻어다가 가용(家用)에도 쓸 것이요, 우리 마누라 속곳이 없어 한 벌 얻어 입힐까 하고 나왔더니"(신구문화사, 17쪽)라는 비장의 말에서 보면, 제주가 양태 특산지여서 그것으로 가계 수입을 올려보려는 심사였음을 읽을 수 있다.

김경 목사 일행이 제주에 들어오는 장면에서 보면, "술 부어 권하면서 격양가 한 소리로 성은을 축원하야 연호만세(連呼萬歲)"(256쪽)를 하였다고 언급되고 있다. 하지만 실상을 들여다보면 제주인의 삶은 「격양가」와 거리가 멀다. 후반부에 "해도중(海島中)이라는 데는 참 못 살 곳이로구."(317쪽)라며 탄식하는 배비장의 말에서도 제주도가 태평성대를 누리는 평화로운 고장이 아니었음이 감지된다.

「배비장전」의 등장인물 중 제주 사람으로는 애랑, 방자, 해녀, 사공 등을 꼽을 수 있다. 이들은 제주인의 삶의 양상을 부분적으로 보여주면서 각기 처한 입장에서 경래관들의 행태를 풍자한다. 우선 제주의 해녀에 대한 묘사를 보자.

별안간 물속으로 거무스름한 물건 하나가 털벙털벙 나오는지라, (…) 귀신은 아니요 물속에 들어가 전복 따 가지고 나오는 계집이라. 머리는 다방나룻 비슷, 몸은 물때가 올라 숯검정 한 가지 모양인데 발가벗은 몸에 개짐 한 폭만 말 재갈 먹이듯 잔뜩 차고 나오는 체격은 처음 보는 사람은 뉘라 할 것 없이 기겁질색(氣怯窒塞)을 하겠더라.(316쪽)

인용문은 배비장이 봉욕당한 후에 제주를 빠져나가려고 배를 구하려다가 해녀를 만나는 장면의 한 부분이다. 거의 나체 상태로 작업하여 피부가 검기에 기겁하여 질색할 정도의 모습이라는 표현에서 제주해녀의 고통스러운 삶을 짐작할 수 있다. 여기에서 해녀가 "오래지 아니하야 우리 집 남정네가 물속에서 전복 따 가지고 나오게 되면"(317쪽)이라고 말하는 부분을 보면, 과거 제주도에서는 여자만이 아니라 남자도 '물질(나잠어로)'을 했음을 확인할 수 있다.[23]

"양반 양반 무슨 양반이야 행금이 좋아야 양반이지, 양반이면 남녀유별(男女有別) 예의염치(禮義廉恥)도 모르고 남의 여인네 발가벗고 일하는 데 와서 말이 무슨 말이며, 싸락이 밥 먹고 병풍 뒤에서 낮잠 자다 왔음나? 초면(初面)에 반말이 무슨 반말이여? 참 듣기 싫군, 어서 가소."(317쪽)

양반이라고 뭐 대수냐는 투의 발언이다. 해녀가 양반에 대해 아주 부정적인 인식을 하고 있음이 나타나고 있다. 배비장은 해녀에게 봉변당한 후 사공을 만난다. 배를 구하려고 사공에게 반말을 하자, 사공은 그것에 비위가 뒤틀려 "어, 사공은 왜 찾아."라고 하는가하면 어디 가는 배냐는 물음에도 "물로 가는 배여."(318~319쪽)라고되받아친다. 여기서의 냉소는 경직함을 넘어서 대상에 대한 증오와비판의 의미를 담고 있다고 할 수 있기에, 배비장 개인에 대한 풍자가 아니라 배비장을 포함한 양반사회 혹은 제주관아의 관인들에 대한 풍자가 된다는 것이다.[24] 경래관에 대한 제주인의 비판적 인식의 발현인 셈이다.

방자와 배비장의 신분적 대립을 주목해 보면 방자의 시각이 제주도민의 그것과 일치함을 알 수 있다. 특히 "근래 서울 양반들, 양반 자세(藉勢)하고 계집이라면 체면 없이, 욕심낼 데 아니 낼 데 분간없이 함부로 덤벙이다 봉변도 많이 당합디다."(신구문화사, 58쪽)라는방자의 발언은 제주 사람들의 중앙과 양반층에 대한 시각을 보여주는 것이다. 애랑 역시 방자와 마찬가지로 배비장을 풍자하는 데 주도적으로 참가한다. '구대정남'을 '배걸덕쇠'로 전락시키고, 거문고로 만들어 조롱하고, 엄궤신으로 만들어 급기야 나체로 동헌 마당을 뒹굴게 만든다.[25]

이처럼 작품의 내면에 양반의 권위를 인정하지 않으려는 집단적공분의 모습을 주목할 수 있는바, 이는 당시 전개된 수탈의 양상과관련이 있다. 해녀와 사공은 수탈구조의 밑바닥에서 희생된 이들이었고 그들의 풍자가 냉소적임은 당연하다는 것이다. 특히 이런 점으로 인해 1862년에 제주에서 일어난 임술민란(壬戌民亂)이 19세기에 생산된 「배비장전」과 상관성을 지닐 것이라는 권순긍의 추론은 충분히 수긍할 만하다고 본다.

　이상에서 볼 때 「배비장전」 속의 제주도라는 공간은 상투적으로 막연히 제시된 추상적인 공간은 아니었다. 작품 속의 여러 상황과 지명·건축물·새 등에서 나름대로 리얼리티가 확보되어 있음이 확인되었다. 고소설의 경우도 지역의 눈으로 읽으면 얼마든지 새롭게 해석될 수 있다는 것이다. 따라서 제주에서는 「배비장전」을 문화콘텐츠로 적극 활용할 필요가 있다. 창이 유실된 판소리인 「배비장타령」의 재현, 마당극 공연, 목사 행차 장면의 재현, 캐릭터 상품화, 배비장 문화 축제 등을 기획한다면 주목을 끌 수 있지 않을까 한다.

# 이여도 담론의
# 스토리텔링 과정

## 이여도 담론
## 재검토의 필요성

　'이여도'[1]는 대체로 "아득히 먼 해상 (海上)에 있는 섬으로 한번 가면 돌아오지 못하는 이별의 섬이요, 눈물의 섬이며, 저승과 대등한 사후(死後)의 나라"[2]이면서 "제주도 바깥 어딘가에 있는 환상의 섬이자 낙원이며, 동시에 제주도를 대표하는 하나의 상징"[3]으로 인식되고 있다. 이제 이여도 이야기는 "이상향으로서의 섬 담론"[4]으로 자리 잡은 셈이다.

　하지만 현실적으로 이렇게 이여도 담론이 확고히 자리를 잡고서 매우 광범위하게 회자되고 있음에도 불구하고 이여도에 대한 제주 사람들의 인식의 역사는 그리 오래되지 않은 것으로 보인다. 이여도는 지역의 민중들에게 확고히 천착되지 않은 채로 널리 퍼져나간 담론으로 판단되는 근거가 적지 않다. 결국 이여도 담론은 제주 민중의 삶과 그다지 밀착되지 않은 채로 가공할 위력을 발휘하고 있는 대표적인 스토리텔링 사례라고 할 수 있다는 것이다.

현재 이여도가 이상향이라는 담론은 널리 퍼져 있지만, 사실 이여도의 실체는 없다고 해도 무방하다. 이는 이여도가 실재하지 않는 가상의 섬임을 강조하고자 하는 언사가 아니다. 그 가상의 섬이라는 인식조차도 근대에 가공된 것으로 보아야 한다는 말이다. 그런데 이것마저 근래 들어 수중 암초에 세운 해양과학기지의 이름과 뒤섞이면서 이여도의 존재가 또다시 변질되고 있다. 이제 이여도 담론을 면밀히 재점검해 보아야 할 시점이 되었다는 것이다.

이여도 담론에 대해서는 그동안 국문학자·민속학자·지리학자·사회학자 등 여러 연구자들이 많은 관심을 표출한 바 있다. 특히 근래 들어서 김진하[5], 조성윤[6], 주강현[7] 등은 이러한 이여도 담론의 형성 과정을 구체적으로 점검함으로써 새로운 논쟁거리를 제공한 바 있다.

여기서는 우선 기왕의 논의들의 의의와 문제점을 짚어보면서 이여도 담론이 어떻게 만들어졌는지를 새로이 확인된 자료와 더불어 재정리해 보고자 한다. 아울러 그것을 현실에서 어떻게 받아들이는 것이 바람직한지에 대해서도 논의키로 한다.

# 20세기 전반기(前半期)
# 이여도 담론의 양상

이여도에 관한 문헌적 기록은 20세기 초 구한말과 일제강점기에 몇몇 지식인들의 언급에서 확인된다. 현재까지 알려진 바에 따르면 이용호(李容鎬: 1842~1905)의 『청용만고(聽春漫稿)』「자서(自敍)」가 가장 오래된 기록이다.

> 내가 바다를 건너와서 관사(館舍)를 빌려 머문 지 며칠 째 되었을 때였다. 문득 담벽 너머로 와자지껄하게 사람들이 소리를 질러 대기에 처음엔 '웬 귀신이 처량하게 우는 소리인가'라고 생각했다. 그것을 노래라고 해야 할까, 그러기에는 절조(節操)와 박자(拍子)가 너무 희박하다. 아니면 곡(哭)소리를 내는 것이라고 할까, 그러기에는 원통하고 비탄에 잠긴 그런 소리의 행태는 더욱 아니다. 그래서 여러 사람에 물어보았더니, 그 중 관인(館人)은 이렇게 말하는 것이었다.
>
> "그건 이 섬 사람들이 부르는 '방애질소리[舂歌]'란 겁니다. 제주 섬은 그 옛날 몽골 오랑캐 놈들이 지배하던 원(元)나라 관할이었기에 해마다 목축할 땅을 바쳐야만 했답니다. 그래서 그 일을 수행하기 위해 나무속을 후벼 파서 만든 통나무배로 큰 바다를 가로지르며 끝없이 넓게 펼쳐진 대양을 건너다가 종종 상어와 악어 떼를 만나면 고기밥이 되기 십상이라 그래도 돌아오는 자가 열에 서넛밖에 되질 않았답니다. 그러니 집을 떠날 때면 가족들은 '이여도(離

汝島)'로 떠나보낸다는 전송(餞送)의 노래를 부르곤 했습죠."

　이른바 '너를 떠나보낸 섬[離汝島]', 곧 이여도란 곳이 지금 어디인지는 상세히 알 수 없으나, 토박이 사람들이 그 소리를 거듭 전하게 되면서 그게 풍속으로 자리 잡았던 것 같다. 대저 힘든 일을 벌이면서 공력을 쏟아 부을 때면 반드시 노래를 불러서 절조를 맞추곤 하는데, 이 '방애질[舂]'이란 일도 서로 번갈아가며 절구질하며 곡식을 찧는 일이다. 그기에 내가 우심히 그 소리를 듣고서 관찰해보니, 노래 곡절에는 반드시 '이여도(離汝島)'란 소리를 반복하면서 사투리로 잡다한 가사를 내고 있었고, 상조(商調)의 슬픈 가락이거나 우조(羽調)의 흥겨운 가락은 아니었다. 하늘이 내려준 작용 그대로 혀와 이빨에서 만들어낸 소리 그 자체이기에 자신도 모르게 그린 모습으로 나타남이니, 그래서 이른바 수고로움이란 오직 그 일을 노래로 부르는 일일지라.8)


　제주민요 방아노래(방애질소리)에 나오는 '이여도'에 대한 설명인바, 목축과 관련하여 원나라로 간 제주 사람들이 돌아오지 못하는 경우가 많았으므로, 가족들이 그들을 이여도(離汝島)로 떠나보내면서 불렀던 노래가 전승되고 있다는 것이다. 이에 따르면 이여도는 '너(원나라로 가는 뱃사람)를 떠나보낸 섬'이라고 했으니, 제주도에서 원나라 사이에 있는 섬이라거나 가면 돌아오기 어려운 섬이라는 의미로 유추할 수는 있다.9) 하지만 그것이 구체적인 언급은 아니다.

"그들이 떠날 때 가족(家族)이 이여도(離汝島)에서 전송(餞送)하며 노래 불러 결별(訣別)하였다 하나 이른바 이여도(離汝島)가 지금의 어느 곳인가는 잘 모른다."[10]는 해석도 있는데, 이 경우에는 이여도가 제주도이거나 인근의 섬이라는 말이 되므로, 함부로 속단해서는 곤란하다. 어쨌든 이용호의 기록에서 확인할 수 있는 점은, 객사에 근무하는 관인(館人)이 제주섬에 온 외지인들에게 특이하게 들리는 방아노래에 대해 답하면서, 민요 사설에 나오는 '이여도'에 대해 아는 바를 설명해주었는데, 원나라를 오가는 험난한 뱃길과의 관련성을 언급했다는 것 정도다.

이용호, 『청용만고』의 「자서」(현행복 옮김, 『청용만고』에서 발췌)

이용호는 1897년부터 신축제주항쟁(이재수란)의 여파로 전라남도 신지도로 이배되는 1901년까지 5년 동안 제주에서 유배생활을 했다. 『청용만고』는 이용호가 제주도를 떠난 후 정리한 것으로, 그가 1905년 사망하였음을 감안한다면, 1901~1905년에 이 글이 집필되었음을 알 수 있다. 19세기 말의 문헌이 아닌,[11] 20세기 초 구한말의 기록인 셈이다.

일제강점기에 접어든 이후에는 이여도에 관한 기록들이 여럿 보인다. 그 가운데 1923년 강봉옥(康奉玉)[12]의 「제주도의 민요 오십수, 맷돌 가는 여자들이 주고받는 노래」가 가장 앞선 기록이다.

> 이허도(離虛島)는 제주도(濟州島) 사람의 전설에 있는 섬[島]입니다. 제주도를 서남(西南)으로 풍선(風船)으로 4, 5일 가면 갈 수 있다 합니다. 그러나 누구나 갔다 온 사람은 없습니다. 그 섬은 바다 가운데 수평선과 같은 평토(平土)섬이라 하며, 언제든지 운무(雲霧)로 둘러 끼고 사시장춘(四時長春) 봄이라 하며 멀리 세상을 떠난 선경(仙境)이라고 제주도 사람들이 동경하는 이상향이올시다.[13]

‘이허도(離虛島)’로 기록된 여기서의 이여도는 제주도에서 풍선을 타고 서남쪽으로 4~5일 가면 닿는 평평한 섬이며, 언제든지 운무로 둘러싸여 있고 따뜻한 이상향으로 소개되었다. 풍랑에 좌초되어 머무르는 곳이라는 언급은 없으며, 바닷속의 섬은 아니다. 강봉옥은 “이허도(離虛島)러라 이허도러라./ 이허, 이허 이허도러라./ 이허도 가면 나 눈물 난다./ 이허 말은 마라서 가라./ 울며 가면 남이나 웃나/ 대로(大路)한길 노래로 가라.(노래 부르며 가거라는 말)/ 갈 때 보니 영화(榮華)로 가도/ 돌아올 땐 화전(花輀)이러라.(화전은 상여(喪輿)를 말함)"라는 이여도 관련 민요도 함께 소개하였다.

이여도에 관한 꽤나 구체적인 기록으로 일본인 학자 다카하시 도루(高橋亨; 1878~1967)의 논문 「민요에 나타난 제주여성」이 있는데, 이것 역시 민요와 관련이 깊다. 다카하시는 1929년 제주 방문을 계기로 제주민요를 조사하고 그것을 1933년에 논문으로 발표하였다.


　　제주의 노래는 방아 찧는 노래에도 뱃노래에도 농가(農歌)에도 그밖의 노래에도 노래의 첫 부분과 끝부분에 반드시 이여도야 이여도(또 이허도라고도) 하는 후렴이 붙어 있다. 어떤 이는 이허도(離虛島)라고 쓴다. 이 섬은 공상 속의 섬이며 제주와 중국과의 중간쯤에 있다고 믿어지고 있다. 가는 배이건 오는 배이건 이 섬까지만 오면 우선 안심한다는 곳이다. 그래서 떠나가는 배에 대해서는 이허도까지 무사하라고 비는 것이며 또 가서 돌아오지 않는 배가 있다면 최소한 이허도까지만 돌아오면 이 재난은 면할 수 있었을 것을 하고 슬퍼한다. (중략)

　　이러한 이여도란 후렴은 누가 부르기 시작했나. 옛날 고려시대 충렬왕(忠烈王) 3년 원(元)의 지배하를 받아 목관이 와서 통치하기 시작한 때부터 원말(元末)까지 제주에는 매년 공물을 중국에 보내지 않으면 안 되었다. 이 공선(貢船)은 북쪽의 산동(山東)에 가기 위해 섬의 서북쪽 대정의 모슬포에서 준비하여 출발했다. 언제인지 모르나 대정의 강(姜)씨라는 해상운송업의 거간인 장자(長者)가 있어서 이 공물선의 근거지를 이루고 그때마다 수척의 큰 배가 공물을 만재하여 황해를 가로질러 출발했다. 그런데 이들 공물선은 끝내 돌아오지 않았다. 강씨에게는 늙은 부인이 있었다. 그녀는 슬픔을 이기지 못하고 "아아, 이허도야 이허도"로 시작하고 끝나는 노래를 짓고 이를 불렀다. 적어도 내 남편이 이허도까지만이라도 가고, 왔으면 하는 의미이다. 그 곡조는 처참하도록 슬펐다. 따라서 같은 처지의 대정 과부들이 이것을 듣고 모두 동조했다. 다른 부인네들도 동정하며 동조했다. 이렇게 섬 전체로 퍼져갔다. 중국과의 교류가 끝나도 뱃사람이 많은 섬의 부녀자들은 역시 이 노래에 공명한다. 이렇게 해서 본디 의미는 이미 잊혀져버린 오늘날에 이르기까지 "이여도야 이여도"는 그네들 노래의 서두로, 끝맺음으로서 불리고 있다.[14]

다카하시의 글에서는 '이여도' 또는 '이허도(離虛島)'로 표기되었다. 그가 소개한 바에 따르면 이여도는 제주도와 중국 사이에 있는 공상 속의 섬이며, 불귀의 객이 된 사람들이 돌아가는 곳으로 해석된다. 민요 후렴에 나오는 이여도의 유래를 추적하여 구체적으로 적어놓았다. 13세기 후반인 고려 충렬왕 3년에 대정의 해상운송업자 강씨가 원나라 산동으로 가서 돌아오지 않자 그의 아내가 그 사연을 슬프게 노래한 이후 제주민요의 사설 속에서 이여도가 전승되기 시작했음을 말하고 있음이 특히 주목된다.

다카하시의 언급 이후 몇 년 지나지 않은 1930년대 중반에 김능인(金陵人: 1911~1937)[15]의 「제 고장서 듣는 민요 정조」에서 이여도가 보인다. 여기서는 '이어도(島)'로 표기되었다.

이것은 한(恨)과 원망(怨望)이 맺힌 섬살이의 비극(悲曲)입니다. 이어도(島)가 어대 있는지 모르면서도 남편을 중국(中國) 등지(等地)로 장삿길을 떠나보낸 섬 아낙네들은 목 맺히게 그들 남편의 무사(無事)히 이어도 넘기를 기원(祈願)합니다. 그것은 아무리 험난(險難)한 수로(水路)라도 이어도만 넘었으면 평온(平穩)해진다는 전설(傳說)이 있기 때문입니다. 그러나 이어도가 어대 있는지는 아모도 모릅니다. 보내는 사람이나 가는 사람이나 다만 이 꿈의 섬, 동경(憧憬)의 섬을 무사히 지나기를 원(願)할 뿐입니다.

제주도(濟州島)에 이어도가 존재(存在)함은 육지(陸地)에(도민(島民)들은 조선(朝鮮) 내지(內地)를 이렇게 부릅니다) 아리랑 고개가 있는 것과 같습니다.

육지의 아리랑 고개가 동경의 고개인 동시(同時)에 눈물의 고개인 것같이 이 섬 사람들의 이어도 역시 극(極)히 설운 고개입니다. 비록 무사히 이어도만 넘기만 해도 긴- 이별(離別)을 어쩔 수 없기 때문입니다.[16]

김능인 글에서의 이여도는 제주 사람들의 한과 원망이 맺힌 비극의 섬이다. 한반도의 아리랑고개와 비슷한 의미의 섬, 동경과 눈물의 섬이다. 정확한 위치는 모르지만 제주도와 중국 사이에 있다고 인식된다. 중국 등지로 장사 떠난 남편이 넘어야 하는 섬이라는 언급도 있다. 풍랑에 좌초되는 사태와 연관이 있는 것으로 설정되었다.

이에 앞서 김능인은 대중가요 「이어도」(1935)를 작사하기도 했다. "김능인 작사, 문호월 작곡, 김연월·이난영 노래, 오케 1777A"[17]로 나온 이 노래는 "작사가와 작곡가가 직접 제주도를 답사"[18]하여 제작한 것이다. 다음은 그 전문이다.

> 1. 이어도 어데런가 알지는 못해도/ 이어도만 넘어가면 님이 살아 온다네/ 바람불면은 섬색시 가슴이 떨리고/ 이어도 넘으라 소리에 목이 쉬이네
> 2. 이어도는 꿈의 나라 가 본 이 없다네/ 그렇지만 이어도는 님이 살어온다오/ 달 밝은 밤 물 우로 떠가는 물새는/ 섬색시 애타는 가슴을 전해 주련 듯
> 3. 바다에서 사는 몸이 이별이 많아서/ 삼 년 석 달 긴 세월을 눈물 속에서 보냈네/ 이어도의 소식은 아직도 안 오고/ 물결만 바위를 때리고 깨지네[19]

이 가요에서도 『삼천리』에 수록된 그의 산문과 마찬가지로 이여도를 인식하고 있다. 아마도 김능인은 이 대중가요를 작사한 인연으로 『삼천리』 편집자로부터 제주 민요에 대한 원고를 청탁받았던 것으로 보인다. 하지만 그가 작사한 「타향(타향살이)」(1934)이 크게 히트했음에 비해 「이어도」는 별로 인기를 끌지 못했다.

조윤제(趙潤濟; 1904~1976)도 1942년에 이여도에 관한 글을 발표했다. 이는 그가 1931년에 제주도를 방문하여 민요를 채록했던 경험을 살려 쓴 것이다.

우선 도민의 민요는 '이여도하라'라는, '박자를 맞추며 흥을 돋우기 위한 반주'가 반드시 붙지만 이 '이여도'라는 말 자체가 이미 애상(哀想)을 띠고 있다. 섬사람에게 들으면 '이여도'란 바닷속에 있는 하나의 섬이라고 하지만 물론 그 섬이 어디 있는가는 아무도 아는 사람이 없다. 말하자면 하나의 가상적(假想的) 섬으로 과연 그 섬이 좋은 섬인가 나쁜 섬인가, 그것조차도 뚜렷하지가 않다. 제주도의 일임으로 그것이 섬이란 것은 틀림없다고 생각되며 또 그에는 어떤 유래가 있었다는 것을 인정할 수 있지만 그러나 그것은 이미 다 잊혀져서 지금은 아무도 아는 사람이 없을 것이다. 섬사람에게 들으면 그 유래까지도 여러 가지로 설명하고 있는 것 같지만 그것은 제멋대로의 억지로, 우리들이 경청할 만한 가치가 없는 것이다. 지금의 민요에도 (중략) 있지만 이것으로는 어느 쪽으로도 해석이 되는 것으로, 이것을 갖고 곧 나쁜 의미의 섬이라고 판단할 수는 없다. 어쩌면 그와는 전연 반대로 제주도(濟州島)와 같이 울퉁불퉁한 돌투성이의 섬에 있어서 뜻밖에도 이상향을 찾아, 그것을 이렇게 불렀는지도 모른다.[20]

그런데 이 글에서는 이여도가 바닷속에 있는 섬이라고는 하지만 그 대강의 위치조차 언급하지 않고 있다. 게다가 '섬사람에게 들으면 그 유래까지도 여러 가지로 설명하고 있는 것 같지만 그것은 제멋대로의 억지로, 우리들이 경청할 만한 가치가 없는 것'이라 말하고 있음을 주목할 필요가 있다. 당시에 조윤제가 경성제국대학 제자로서 다카하시를 도와 제주민요를 조사하였음을 감안하면 더욱 그러하다.

한편, 일제 말기에 제주도에 머물면서 수집한 자료를 정리하여 1949년 탈고하고 사후(死後)에 출판된 석주명(石宙明)의『제주도 수필』에서 이여도는 '이허도(離虛島)'로 표기된다. 석주명은 "이허도(離虛島)는 제주도(濟州島)와 중국(中國)과의 중간(中間)에 있다는 가상(假想)의 섬이라 한다. 왕복(往復) 모두 이 이허도(離虛島)에 도착(到着)하면 안심(安心)을 하게 된다는 것인데 이것으로 보아도 옛날에 중국과의 교통(交通)이 많았던 것을 짐작하겠다."[21)]고 언급하고 있다. 이여도가 제주와 중국의 중간에 있는 점이 중국과의 왕래가 많았음을 보여주는 근거가 되고 있지만, 비극적인 공간으로 인식된 것은 아니다.

소설에서 이여도를 가장 먼저 등장시킨 작가는 김정한(金廷漢: 1908~1996)이다. 그가 남해도(南海島)에서 교원 생활을 하던 때에 창작한「월광한(月光恨)」(1940)은 바깥물질 나간 제주해녀와 육지 청년의 만남을 그린 작품이다.

> (…) 늙정이는 두 다리를 활짝 내뻗고, 사십 고개를 넘은 여자로선 놀라울 만치 맑은 목청으로 이여도를 시작했다. 두 팔을 앞으로 폈다 옹그렸다 배 젓는 흉내까지 내어 가면서-

이여도 하라 흥

이여도 하라 흥

양석 싸라 섬에 가세

총각 차라 물에 들게

이여도 하라 흥

이여도 하라 흥……


아마 자기의 남편도 이여도 먼 곳으로 흘러간 모양인지 너무도 애처럽게 부른다.

"너네 낭군 오기시냐?"

나는 서투른 말로써 이렇게 묻지 않을 수 없었다.

그러나 그는 귀치않은 듯이 대답 대신으로, 아직도 검은, 그러나 민숭민숭한 머리를 가로 흔들어 보일 뿐 다시금 이여도다.


이여 이여 이여도 하라

이여 이여 이여도 하라……


이여도를 부르는 그의 눈에는 오느룻 눈물이 그렁그렁 고여 있었다.

"고기잡이 갔다 못돌아 왔소. 그리고 십년이 지나도록……!"

금니쟁이의 해설조차 중동이 나게, 그는 미친 듯이 목청을 높인다.

가만히 듣고만 있던 은순이도, 불현듯이 일어서더니, 노랑치마

자락이 흩날리도록, 노래 따라 아기자기 춤을 추었다.[22)]

그런데 여기서 보면 제주해녀는 '이여도 하라'라는 사설이 들어
간 민요만을 부를 뿐이지, 이여도에 대해 특별히 말하지 않는다. '남
편이 이여도 먼 곳으로 흘러간 모양인지'라거나 '이여도 간 영혼을
부추기기나 하는 듯이'라는 언급은 경상도의 교사인 1인칭 화자의
인식일 따름이다. 다음 인용에서도 제주해녀 은순이가 이여도를 공
간적 존재로 인식한다고 보기 어렵다.

> "아주망!"
> 하고, 내려다보았더니 그는 짐짓 놀랬다는 듯이 머즘 하고 쳐다보
> 고는, 되려 그럴 줄 알았어요 하는 낯으로 안차고 다라지게,
> "왜 여태 안 돌아갔어요?"
> 하며 얄망스럽게 뼁글 했다.
> 나도 내뛴 맘이라 그저 어기뚱하게 나갔다-.
> "이여도에나 갈가 해서……."
> "이여도-?"
> 첨에는 무슨 뜻인지 미처 모르다가 이내 깨치고서,
> "언제나요?"
> "온 저녁쯤."[23)]

이여도로 가자는 것은 청년인 '나'의 제안이다. 제주해녀가 먼저
이여도에 의미 부여를 하지 않고 있다. 「월광한」의 창작 경위를 알

수 있는 수필 「8월의 바다와 해녀」(1967)[24]에 보면 이여도에 관한 내용이 전혀 나오지 않는다. 결국 소설 속의 이여도 관련 내용은 작가의 직접 체험이 아닐 가능성이 크다. 문헌 자료를 통해 알게 된 내용을 소설 창작 과정에서 활용한 것으로 보인다.

일제 말기에 제주 출신 소설가인 이시형(李蓍珩: 1918~1950)이 일본어 소설 「이여도(イ크島)」(1944)를 발표하였다.[25] 이여도 사설이 들어간 민요와 함께 관련 전설이 소개되고 있다.

갈매기 나는 머나먼 저 세상

님 있으리 복 많은 나라여

해녀 실은 하얀 돛배

마파람(南風) 뒷바람 받아

오늘도 간다, 님 사는 이여도에

아- 가고 싶구나, 나두야 가고 싶구나

이여도 사나 이여도 사나.


그것은 이 섬의 민요였다. 해녀들은 해변에서 피로를 잊기 위해 부르고, 뱃사공들은 노를 저으며 장단 맞춰 부르는 남해 특유의 서정미가 가득 찬 민요였다. 옛날부터 이 섬과 멀리 떨어진 동방에 이여도가 있다고 전해오고 있었다. 어선들이 폭풍우를 만나면 이여도에 피난한다. 이여도는 극락의 나라로 한번 가면 돌아갈 길을 잃어버리게 된다. 용궁을 방불케 하는 전설적인 곳이다. 고기 잡으러 출항했다가 돌아오지 않은 남편을 고대하던 해녀가 등뒤에서 우는 어린것을 달래며 자기도 낭군이 있을 이여도에 가고 싶다고 애수를 담고 불렀다는 것이 이 민요의 시작이라고 했다.[26]

이시형은 이 소설에서 이여도가 제주도의 동쪽에 있고, 어부들이 폭풍우를 만나면 가는 곳이며, 용궁을 방불케 하는 극락의 세계로 한번 가면 돌아올 길을 잃어버리는 곳이라고 설명하고 있다. 이여도의 위치를 제주도의 동쪽에 있다고 한 점이 유다르다.

이상에서 검토한 구한말과 일제강점기의 이여도 관련 언급들은 제주도에 관심을 가진 지식인들에 의한 것으로, 대부분 제주민요와 관련하여 논의하고 있다. 대체로 제주도와 멀리 떨어진 곳에 있는 저승의 섬이자 이상향으로 이여도를 인식한다는 데에 공통점이 있음을 알 수 있다.


## 조흥구에서 전설의 섬으로
## 변신 과정

20세기 초부터 1940년대까지의 이여도에 대한 언급들 중에서 다카하시의 글은 이여도 전설을 상당히 구체적으로 소개하고 있다는 데서 특히 주목된다. 이는 이여도 담론의 스토리텔링 과정에 대한 어느 정도의 추정 근거를 제공하는 자료이기도 하다.

다카하시가 소개한 전설에 따르면, 원 지배 시기에 강씨라는 해상운송업자 우두머리가 산동(山東)에 가기 위해 공물선을 타고 모슬포에서 출발하여 황해를 횡단하던 중 조난당하자, 강씨의 늙은 부인이 슬퍼서 '이허도(離虛島)'를 애절하게 불렀는데, 그 뒤로 비슷한 처지의 과부들이 그 소리를 따라 부르게 되면서 '이여 이여'를 사설에 담은 노래가 온 섬으로 퍼져갔다는 것이다. 그런데 이 전설은 꽤 허점이 많다.

우선, 앞에 인용한 다카하시의 글에 보면, '섬의 서북쪽 대정의 모슬포'라는 언급이 있다. 지리상으로 모슬포(摹瑟浦)는 제주섬의 서남에 있지 서북에 있지 않다. 다카하시 글의 신뢰성이 그만큼 떨어진다는 것이다. 좌혜경도 다카하시 글에 대한 해제를 통해 이 전설이 "다소 가공적인 느낌을 배제할 수 없다."[27]고 언급한 바 있다.

김진하는 제주 여인들이 전설 유래는 모른 채 그저 그것을 후렴으로 줄곧 불러왔다고 다카하시가 말한 점에 주목하여, 제주민요에 보편적으로 붙는 후렴이 단 하나의 전설로 수렴된다는 주장을 납득하기 어렵고, 한 개인의 노래가 모든 민요 가락의 발생 기원이 된다는 논리는 설득력이 약하다고 말하였다. 이어서 그는 "다카하시의 주장대로라면 이어도 후렴의 여러 변이형들인 '이여 이여', '이여싸 이여싸', '이여도홍 이여도홍' 등은 모두 이허도(離虛島)에 대한 무지의 소산인 셈이다. 이런 다카하시의 주장은 민중의 지혜를 간과하고 있다고 말할 수 있다. (…) 그 주장이 억지스러운 까닭은 논리적으로 원인과 결과를 뒤바꾸어놓고 있는 것으로 보이기 때문이다."[28]라고 강조하고 있는바, 매우 타당성 있는 지적이라고 본다.

우리는 여기서 이런 상황을 추정해 볼 수 있다. 다카하시가 제주민요를 조사하면서 '이여싸, 이여싸', '이여 이여, 이여도ㅎ라' 등의 사설을 자주 접하게 되니 그것이 무얼 의미하는지 풀고 싶었을 것이다. 물론 그가 1929년에 처음 제주도를 방문했으니 1923년『개벽』에 수록된 강봉옥의 이여도 관련 글 정도는 미리 읽어 두었을 가능성이 높다. 민요 사설의 조흥구(助興句)에 대해 아마도 구연자들은 별 뜻 없이 그냥 부르는 것이라고 답했을 것이지만, 그는 어떻게든 섬으로서의 이여도 전설의 존재를 확인하고자 애썼을 것이다. 그런 상황에서 그는 마침, 이전에 이용호나 강봉옥에게도 그렇게 제보하였겠듯이, 제주의 지식인 중에서 섬으로 해석하고 있는 이를 만났을 것이다. 이여도 전설은 그런 맥락에서 억지로 스토리텔링되었을 가능성이 충분하다. 민중들이 '충렬왕 3년'이라는 구체적인 연대를 대어가며 구술했을 리가 없다. '충렬왕 3년'은 제주의 어느 지식인의 제보였거나, 다카하시의 덧붙임 또는 가공이었을 것이다.

특히 다카하시는 당시 경성제국대학 교수였기에 그의 이여도 전설 언급은 파급력이 컸으리라고 본다. 그의 연구가 "경성제국대학을 중심으로 한 인문학의 원대한 비전을 위한 밑그림"이었으며 "광복 이후 한동안 한국문학 연구자들 사이에 일반적인 연구방법"[29]으로 인식되었음에 비추어 보면, 이여도와 관련된 그의 논의는 1930년대 이후 지식인들 사이에 상당한 영향을 끼쳤으리라고 어렵지 않게 짐작할 수 있다. 김능인·조윤제·김정한·이시형·석주명 등도 그의 언급에서 영향을 받았을 가능성이 적지 않다.

여기서 우리는 다카하시의 태도를 주목해 보아야 한다. 그는 일단 한국문학에 대해 상당한 편견에 사로잡힌 지식인[30]이었음을 간과해서는 안 된다. 그가 쓴 글에서 보면,[31] 조선의 지식인 문학을 아예 부정하는 태도가 뚜렷하고, 민요에 관한 해석도 악정(惡政)과 연관시켜 말하고 있음이 확인된다. 조선의 사대부나 지배계층에 대한 원천적인 부정에다가 민요마저 지배세력의 문제를 부각시키기 위한 방편으로 해석하고 있다. 말하자면 제주민요 연구가 일본의 조선침탈 정당성 확보의 명분으로 이용되고 있다고 볼 수 있다는 것이다.

이에 비춰볼 때 다카하시는 제주민요에서 대륙이 아닌 섬을 이상향으로 삼았다는 논리를 찾아낸 데서 더욱 큰 매력을 느꼈을 것이다. 이상향의 섬 이여도가 바로 섬나라 일본을 연상할 수 있기 때문이다. 이후 일제 말기 소설가 이시형의 경우는, 앞에서 살펴보았듯이, 거기에서 더 나아가 아예 이여도의 위치를 제주도 동쪽으로 삼으면서 다카하시의 의도를 추종하는 경향까지 보였다. 이시형 소설에 나타난 동쪽의 이여도는 아마도 가고 싶은 이상향으로서의 일본을 염두에 둔 설정으로 짐작된다.[32]

물론 해방 후에 이여도 전설이 채록된 경우도 있다. 진성기가 1958년 조천리에서 채록했다는 것, 현용준·김영돈이 1979년 동김녕리에서 채록한 것 등이 그것이다.

이 중 진성기가 1958년 조천리(朝天里)의 남무(男巫) 정주병(당시 54세)에게 채록했다는 전설은, 김진하가 논증했듯이,[33] 조천리 일뤠한집 본풀이를 재구성해놓은 것이다. 하지만 "그 과정에서 오해와 지나친 확대해석이 이루어지고 있"[34]어서 문제다. 본풀이[35]에 따르면 고동지 영감이 여도에 배를 대었고 거기에서 만난 여인과 함께 조천포구로 왔음은 분명하다. 하지만 그것만으로 '여도'가 '이여도'와 일치한다고 할 수 없으며, 그 외 과부들의 섬이라는 등의 이야기들은 모두 채록자가 덧붙인 것으로 보인다는 것이 김진하의 주장이다.[36)]

　동김녕리(東金寧里)의 김순녀(당시 57세)에게 채록되었다는 전설[37)]에 대한 분석에서도 김진하의 견해가 주목할 만하다. 그는 전설의 내용에 대해 "구전자가 여러 화소를 혼합하여 억지로 꾸며내었다는 의심"이 든다면서 "애초에 충청도 운운도 억지스러울 뿐만 아니라 내용전개도 어설프다. 제주의 전승에 기대어 보자면 구술자는 해녀 배 젓는 노래에 있는 '요 네 착이 부러진들/ 선흘 곳에 남 웃이라(이 네 쪽 부러진들 어떠하냐/ 선흘 숲에 나무들 많지 않더냐)' 대목을 서사무가에 나오는 문전본풀이와 뒤섞다가 만 형국이다."[38)]라고 밝혔다. 전설 채록 시점인 1979년은 이청준의 소설 「이어도」(1974)가 널리 읽히고 김기영 감독의 영화 「이어도(異魚島)」(1977)도 상영된 다음이었으니, 거기에 견인된 제보였을 가능성도 있으며, 20세기에 들어서서 지식인들에 의해 회자되어온 이어도 전설을 습득한 이의 제보였을 수도 있다. 실제 채록 과정과 관련된 기록을 보면 "민요 녹음을 한 것 중에 발음이 불분명한 것을 재확인하기 위해 창해 줄 몇 분을 모"은 자리에서 "한담 가운데 이 이야기가 나왔"으며 "해녀노래의 후렴 가운데 '이여도싸나'라는 후렴이 자주 나오므로 글에 대한 이야기를 하다가 나온 것"[39)]이어서 제보자가 이어도 전설에 대한 확고한 인식이 있었던 것으로 보이지 않는다. 채록된 『구비문학대계』의 자료를 보면, 제보자는 '무연도'라는 점을 강조하고 있으며 채록자들이 '이여도'와 연관시키려고 애쓰는 듯한 느낌이 있다. 마지막에 "이여도엔(이여도라고) 혼 섬이 있젠.(있다고.)"[40)]이라는 언급도 제보자가 아닌 청중의 발언이다.

고은이 채록했다는 이여도 전설[41)]도 있지만, 언제 어디서 누구에게 채록했는지 언급이 없다. 난파한 어부가 저승의 문턱에서 '이어도(離於島)'를 보았고, 그것이 어부의 아들에게 전해지고 다시 이웃에게 전해지면서 섬 전체로 퍼져나갔다는 것이 그 내용이다. 이에 대해 김은희는 "처음에는 산지포의 어부라고 했다가 뒤에 가서는 어부의 집이 애월이라고" 하는 등 "일관성이 없"[42)]다고 했으며, 김진하는 "혼란스럽"다고 하면서 "죽음의 끝에서 신비의 섬으로 제시된 이어도의 화소가 거의 고스란히 이청준의 소설에 편입되고 있음은 주목할 만하다."[43)]고 했다.[44)]

따라서 그나마 몇 개 채록되었다는 이여도 전설은 신빙성이 퍽 약하다고 할 수 있다. 김영돈도 "'이여도' 설화의 줄거리를 갖추어서 전하는 제보자는 제주도내에서도 좀처럼 드러나지 않는다."[45)]고 밝혔으며, 『이여도를 찾아서』의 저자 김은희도 "이여도에 관한 전설은 생각했던 것과는 달리 제주도 전역에서 발견되지 않"[46)]는다는 사실에 놀랐다고 했다.

이여도 전설의 빈곤 현상과 관련해 "제주민들 사이에 더 많은 이야기들이 전해져 왔을 수도 있는데, 우리 연구자들이 게을러 제대로 민요나 본풀이, 설화를 수집하지 못했는지도 모른다."[47)]는 입장도 있으나, 동의하기 어렵다. 그동안 제주 관련 본풀이나 설화들이 얼마나 채록되었고 관련 서지들이 얼마나 간행되었는지를 감안해 볼 때 연구자들의 게으름 탓으로 돌릴 수는 없다고 본다.

이여도가 오래전부터 제주 사람들의 이상향으로 인식되고 있었다면, 무가나 속담에는 등장해야 이치에 맞겠으나, "웬만한 신화적 메타포는 모두 포괄하고 있는 제주무가(巫歌)에조차 이여도가 없"으며 "제주 속담을 모아놓은 속담사전에도 한 줄 비치지 않"[48]는다. 적어도 옛 제주 사람들의 표해록(漂海錄) 정도에는 등장해야 마땅하겠으나, 거기에서마저 이여도를 찾을 수 없다. 폭풍을 만나 오키나와의 호산도(虎山島)에 표착하고, 왜구의 내습을 받는가 하면, 안남(安南)의 상선 상에서 봉변당하고, 청산도 근해에서 조난당하는 등의 파란만장한 표류담을 담은 애월 출신 장한철(張漢喆)의『표해록』(1771)에서도 이여도에 관한 언급을 찾아볼 수 없다. 이여도가 저승의 섬으로 인식되었다면 해상에서의 표류로 인한 죽음의 문턱에서 단 한 번도 떠올리지도 않는다는 게 도무지 말이 안 된다.

이는 설문대할망설화와는 아주 대조적이다. 설문대할망에 대해서는 장한철의『표해록』과 이원조(李源祚)의『탐라지초본(耽羅誌草本)』(1843) 등 옛 문헌에 기록되어 있고, 산신(山神)굿에서도 언급되며, 채록된 설화자료도 매우 많다.[49] 지금도 얼마든지 채록할 수 있음은 물론이다.

그러기에 이여도는 그 실체가 없다고도 할 수 있다. 그 '가상의 섬'이라는 인식조차 근대 지식인들에 의해 매우 인위적으로 스토리텔링 되었다는 말이다. 민요에 나오는 이여도는 '이여 이여' 하는 여흥구에서 나온 것에 불과하다. 민요 후렴구에 자주 등장하는 '이여도 사나'는 여러 사람이 힘을 합치면서 기운을 돋우려고 함께 내는 '영차'·'이여차' 정도의 의미를 지닌 조흥구(감탄사) '이여싸'를 늘인 것으로 판단된다. 이여도의 '도'는 조사로 덧붙은 것에 불과하고 '사나'는 '싸'를 늘인 것이다. 말하자면 '이여도 사나'는 '이여도에 살고 있나'라는 뜻이 아닌 셈이다.[50] 거기에다 구한말과 일제강점기 지식인 호사가들이 의미를 붙여 전설의 섬으로 둔갑시켰고, 이후 그것이 김정한의 「월광한」(1940), 이시형의 「이여도」(1944), 정한숙의 「TYEO도」(1960), 이청준의 「이어도」(1974) 등의 소설에서 제재로 즐겨 활용되었으며, 나아가 김기영 감독의 「이어도」(1977) 같은 영화와 KBS에서 방영한 「TV문학관 이어도」(1983) 등의 드라마로까지 제작되면서 급격한 대중적 확산이 이루어졌다고 할 수 있다.

결국 이여도 전설은 지식인들이 만들어낸 전설을 민중들이 받아들이는 특이 사례가 된 것이다. 이는 답답한 현실을 타개하기 위해 이상향을 추구하는 섬사람들의 염원이 반영된 결과라고도 해석할 수 있다. 하지만 이여도 전설은 오히려 거꾸로 섬사람들을 섬에서 떠나지 못하도록 가두어 두는 이데올로기로 작용됨으로써 제주 사람들에게 심리적 장애를 유발한 측면도 있다고 보아야 하지 않을까 한다. 이여도와 관련된 이러한 이데올로기가 '허위의식'으로 작용하여 '인지적인 쐐기'를 박게 되고,[51] 이와 같은 쐐기가 제주 사람들의 참된 의식의 실현을 억제하거나 방해해 왔다고 할 수 있다는 것이다. 특히 일제강점기의 담론 형성과정에서는 섬사람들의 대륙 진출을 봉쇄하면서 섬나라 일본에 대한 선호를 유도하려는 의도가 내재되었던 것으로도 해석된다.

# 이여도 담론의
## 현실적 위상과 그 향방

앞에서 우리는 이여도 전설이 20세기 지식인들에 의해 스토리텔링 된 담론임을 확인할 수 있었다. 그리고 이청준 소설 「이어도」 이후 더욱 급속하고 광범위하게 확산되어 가공할 위력을 발휘하고 있음도 살펴보았다. 물론 그것도 소중하다면 소중할 수는 있겠다. 이제는 서귀포시에 '이어도로'라는 도로명이 생겼을 정도로 제주도 사람들의 이상향으로 널리 인식되고 있다는 것이 엄연한 현실이기 때문이다.[52] 나아가 이상향이자 환상의 섬으로서의 이여도 이미지는 "한국 사람들 모두가 공유"[53]하는 상황이 되었다.

하지만 전설은 전설로 머무르게 하는 것이 바람직하다. 2003년 건설된 해양과학기지의 명칭과 동일시하는 경향이 있는데, 이는 매우 위험한 인식이다.

> 이제 이어도는 실재하는 섬이 되었다. 이것은 제주도민들이 그 섬을 찾아내서 현실로 만들었다기보다는, 자원 민족주의에 의해 해양 자원을 확보하려는 목적에서 이루어진 탐사 결과 찾아낸 섬의 이름을 그렇게 이어도라고 붙이게 된 것이다. 제주도민들에게 더 이상 이어도를 환상의 섬으로 부르거나 꿈꾸는 일은 더 이상 허용되지 않는다. 왜냐하면 그것은 실제로 존재하는 섬이기 때문이다.[54]

비록 근대에 스토리텔링이 이루어진 전설이라고 하더라도 존중될 필요는 있다. 하지만 그것을 위의 인용에서처럼 '실제로 존재하는 섬'으로 표현해서는 곤란하다고 본다. 해양과학기지의 이름은 편의상 근대의 전설에서 빌려와서 그렇게 붙인 것일 따름이다. 더군다나 해양과학기지는 섬이 아니다. 수중 암초 위에 세운 시설물일 뿐이다.

마라도 서남쪽 149km(북위 32도 7분 31초, 동경 125도 10분 58초)에 위치한 수중 암초인 '소코트라 록(Socotra Rock)'을 이여도와 연결시켜 말하게 된 것은 1980년대부터다. 영국 상선 소코트라(Socotra)호가 암초 접촉 사고를 낸 이듬해인 1901년에 영국 해군 측량선에 의해 발견되어 '소코트라 록'이라고 명명된 이 수중 암초는 '파랑도(波浪島)'로도 불렸다. 1984년 봄 KBS제주방송총국의 '파랑도 탐사'를 계기로 이것이 '이여도'로도 호칭되어갔으며, 1999년에 제주도청에서 거기에 '제주인의 理想鄕, 이어도는 제주땅'이라는 수중표석을 설치하였고, 2003년 6월 그 위에 한국해양원구원의 해양과학기지가 설치되면서 그 기지의 공식 이름을 '이어도(離於島)'로 명명케 된 것이다.[55]

이러한 역사적 사실에서도 확인되듯이, 파랑도로도 일컬어지는 소코트라 록이 전설의 섬의 실체로 인식되는 것은 지극히 작위적이요 마땅치도 않다. 파랑도 혹은 소코트라 록의 경우는 "암초로든 섬으로든 실존(實存)하는 게 사실이요, '이여도'는 실존하지 않는 환상의 섬, 피안(彼岸)의 섬일 뿐이라면, 이 둘 사이에는 어떠한 관련도 맺을 수 없"[56]음에 유의해야 한다. 이여도는 허구상의 관념일 따름이지 실체가 없는 불가시의 존재다.

그런데도 현실적으로 허구와 실재를 동일시하는 오류가 더욱 고착화되고 있어서 큰 문제라 아니할 수 없다. 2013년은 이어도해양과학기지 준공 10주년이어서 지역 언론을 통해 관련 기사가 많이 나왔다. 『제민일보』에서는 「제주 전설의 섬 이어도를 가다」[57]를 현장 취재로 2회 연재했는데, 표제가 '10년간 망망대해 지킨 해양강국 전초기지'와 '중국어선 점령한 우리 황금어장'이었다. 『제주의 소리』에서는 「이어도 과학기지 10년」[58]을 4회 연재하면서 '전설 속의 이상향, 과학기지로 결실', '이어도, 전설 밖으로 나오다' 등을 표제로 뽑았다. 『한라일보』의 「이어도(離於島)를 사랑합시다」[59]라는 칼럼에서는 "중국이 이어도 영유권 주장을 본격화하고 무력을 동원한다면 우리는 무엇을 할 수 있을까"라며 제주해군기지 건설의 당위성까지 역설하였다.

20세기 스토리텔링의 산물이 21세기에 들어와서 또다시 '국가적이익' 등을 들먹이면서 새로운 스토리텔링이 이루어지고 있는 현재의 상황은 과연 바람직한가. 이상향은 이상향으로 두어야 한다. 이상향을 억지로 바다 위로 끄집어내어서 자원 민족주의나 국가주의로 연결하려는 시도는 그만두어야 할 것이다. 오히려 그것이 전설에서 말하는 이상향의 공간이라면 평화공존의 원리가 지배하는 공간으로 논의해야 마땅하다. 우리나라가 국제적 분쟁에서 우위를 확보하기 위해 이어도 전설을 활용하는 것보다는 좀더 거시적인 차원에서 동아시아의 평화를 도모하는 상징적 공간으로 논의되어야 궁극적으로는 더 바람직하다는 것이다.

이어도해양과학기지(사진: 강정효)
이어도해양과학기지와 '이여도'는 엄연히 다르다.

따라서 나는 현재의 상황에서는 '이여도'와 '이어도'를 확실히 구분해서 사용하는 것이 좋다고 생각한다. 어차피 '이여도'를 '이어도'로 적을 당위성이 없던 차에 해양과학기지 이름을 '이어도'로 붙였으니 그것은 그것대로 존중하면서,[60] 근대에 제주인의 전설로 성립된 섬의 경우에는 '이여도'로 표기하자고 제안하는 것이다. 그럴 때 전설의 섬 이여도가 온전한 이상향으로 남을 것이고, 현실 속의 해양과학기지와 동일시되는 오해도 막을 수 있을 것으로 본다. 전설은 전설로 남겨두었을 때 그 의미가 존속되는 법이다.

제2부

항쟁의 섬,
현실의 언어

금기 깨기와 진실 복원의 상상력
봄을 꿈꾸는 겨울의 진실
'큰 문학'으로 거듭나는 봄날의 불꽃
제주어로 담아낸 그 시절의 기억
등 굽은 팽나무의 생존 방식
제주 원도심이 품은 문학의 자취

# 금기 깨기와
# 진실 복원의 상상력
## - 현기영 소설 「순이 삼촌」

### '식겟집 문학'을 끌어올린
### 제사 이야기의 힘

제주4·3항쟁은 오랫동안 논의 대상으로 떠오르는 것 자체를 차단당해 오던 역사였다. 말하자면 4·3항쟁이 금기이던 시절이 오랫동안 계속된 적이 있다. 4·3항쟁은 막강한 정치적 물리력에 의해 철저하게 통제되는 금기의 영역이었지만 그것은 늘 부상(浮上)을 꿈꾸고 있었다. 금기의 벽이 매우 견고했지만 민중의 저변에 끊임없이 회자되는 담론들까지 막을 수는 없는 일이었다. 비록 논의가 표면화하는 것은 차단되었을지라도, 제주 민중들은 이면의 영역에서 줄기차게 4·3항쟁을 환기하고 있었다. 민중들은 계속해서 사건을 떠올리며 전언(傳言)하였다. 그것은 일종의 문학행위였다. 그들은 구비(口碑)형식으로 4·3문학을 쓰고 있었던 것이다.

특히 제삿날이 되면 제삿집에서 그러한 4·3구비문학이 자연스럽게 발화되었다. 살아남은 자들이 모여서 죽은 이의 사연 등과 관련지으면서 그 시절의 이야기를 이어왔던 것이다. 사태를 체험하지 않은 세대들도 제삿집에서 유통되는 4·3구비문학을 통해 그 진실에 접근하고 있었다. 그래서 제주도에서는 4·3항쟁과 관련하여 한동안 '식겟집[1] 문학'이라는 용어가 일각에서 통용된 적이 있었다. '식겟집 문학'은 제주사회에서 검질기게 구비전승(口碑傳承)되던 4·3문학이었던 셈이다. 바로 그런 '식겟집 문학'의 위력이 현현(顯現)된 작품이 현기영(1941~ )의 중편소설「순이 삼촌」(1978)이라고 할 수 있다. 다음과 같은 부분을 보면「순이 삼촌」이 '식겟집 문학'의 양상을 분명하게 보여주는 작품임이 확인된다.

> 자정 넘어 제사 시간을 기다리며 듣던 소각 당시의 그 비참한 이야기도 싫었다. 하도 들어서 귀에 못이 박힌 이야기. 왜 어른들은 아직 아이인 우리에게 그런 끔찍한 이야기를 되풀이해 들려주었을까?(49~50쪽)[2]

> 그 흉물스럽던 까마귀들도 사라져버리고, 세월이 삼십 년이니 이제 괴로운 기억을 잊고 지낼 만도 하건만 고향 어른들은 그렇지가 않았다. 오히려 잊힐까봐 제삿날마다 모여 이렇게 이야기를 하며 그때 일을 명심해두는 것이었다.
> 어린 시절 제사 때마다 귀에 못이 박힐 정도로 들었던 그 이야기

들이 다시 머리 속에 무성하게 피어올랐다.(51쪽)

　제삿집에 모인 제주 사람들은 끔찍한 사태를 되풀이해서 이야기한다. '하도 들어서 귀에 못이 박힌 이야기'를 계속해서 되뇐다. 사람들은 오랜 세월이 흘렀어도 참혹했던 시절의 기억을 결코 잊지 않는다. '오히려 잊힐까봐 제삿날마다 모여' 당시의 사연들을 이야기하며 '그때 일을 명심해두는' 것이었다. 제주 사람들은 이 이야기를 '제사 때마다 귀에 못이 박힐 정도로 들었'기에 언제나 그 이야기들이 '머리 속에 무성하게' 살아 움직이고 있었던 것이다. 이렇게 제주 사람들은 제삿날마다 모여서 괴롭고 비참한 기억이지만 잊히지 않도록 명심하여 구전(口傳)하고 있었다. '식겟집 문학'의 실체는 바로 이런 것이었다. 현기영은 그런 응어리를 터뜨려 분출시킨 것이다. 그러기에 「순이 삼촌」은 '식겟집 문학'이 제도권 문학의 형식으로 현현된 증언문학이며, 아울러 4·3담론을 구전문학에서 기록문학으로 전환한 소설인 셈이다.

　「순이 삼촌」의 소설적 현재가 이루어지는 공간은 앞의 일부분을 제외하면 제삿집이다. 앞부분도 제삿집으로 가는 여정이다. 제삿집에 모인 사람들이 제사 시간을 기다리며 나누는 이야기를 담아낸 작품이다. 따라서 제사 모티브가 어떻게 작용하는지를 검토하는 것이 이 작품을 읽는 중요한 맥락이 되는 것이다.[3)]

　살아남은 사람들이 죽은 자들을 기억해야만 하는 것이 제삿날이다. 제삿날은 산 자들이 모여 죽은 이를 추모하는 시간이다. 그리고 산 자와 죽은 자들이 대화를 나누는 시간이기도 하다.

소설의 1인칭 화자 '상수'는 가족묘지 매입 문제로 상의할 일이 있으니 할아버지 제삿날에 맞춰 다녀가라는 큰아버지의 부름을 받고 8년 만에 고향 제주를 찾는다. 서울에서 대기업의 부장으로 근무하고 있는 그는 이틀간의 짧은 휴가를 얻어 제삿날에 귀향하였다. 그런데 그 제사는 보통의 기제사와는 성격이 다른 것이었다.

> 그 시간(자정이 넘은 시간: 인용자)이면 이 집 저 집에서 청승맞은 곡성이 터지고 거기에 맞춰 개짖는 소리가 밤하늘로 치솟아 오르곤 했다. 한날 한시에 이 집 저 집 제사가 시작되는 것이었다. 이 날 우리 집 할아버지 제사는 고모의 울음소리부터 시작되곤 했다. 이어 큰어머니가 부엌일을 보다 말고 나와 울음을 터뜨리면 당숙모가 그 뒤를 따랐다. 아, 한날 한시에 이 집 저 집에서 터져나오던 곡성소리, 음력 섣달 열여드렛날, 낮에는 이곳 저곳에서 추럼 돼지가 먹구슬나무에 목매달려 죽는 소리에 온 마을이 시끌짝했고 5백 위를 넘는 귀신들이 밥 먹으러 강신하는 한밤중이면 슬픈 곡성이 터졌다.(49쪽)

할아버지의 제사는 4·3항쟁과 연관된 것이었다. 할아버지는 마을에 집단학살이 있던 무자년 섣달 열여드렛날(양력 1949년 1월 16일) 희생되었다. 허벅지 상처 때문에 집에 남아 있었는데 불이 나자 병풍을 들고 나오다가 토벌대의 총에 맞아 죽었던 것이다. 상수네 일가는 이날 할아버지 제사만 치른 것이 아니었다. "그날은 하루에 두 집 제사라 큰당숙 댁에서 종조모 제사를 초저녁에 먼저 치른 다음

북촌리 순이 삼촌 문학비

모두 큰집에 모였"(36쪽)던 것이다. 하루에 여러 집 제사를 치르는
이들은 상수네 가족만이 아니었다. "한 집 제사를 끝내고 다른 집으
로 옮겨가는 사람들"(67쪽)이 있는가 하면, "두어 집째 제사를 끝내
고 마지막 집으로 옮겨가는 사람들"(80쪽)도 있었다. 그날 고향 서촌
마을의 제사 대상은 무려 '5백위'나 되었으니, 마을 전체의 제삿날
인 셈이다. 수백의 귀신들이 이날 밥 먹으러 강신하지만, 얻어먹지
못해 헤매는 귀신들도 적지 않다. 일가족이 몰살된 경우는 제사 지
낼 사람조차 없기 때문이다. 섣달 열여드렛날은 집단학살이 이루어
진 날이었으니, 이런 사건이 일어난 마을은 제주섬에서 한두 군데
가 아니었다. 그러한 집단학살의 참상과 그 상흔이 제삿집 사람들
에 의해 증언된다.

그러나 아직 제사도 올리지 못한 상황에서 작품은 막을 내린다.
이는 "합동위령제를 한번 떳떳하게 올리고 위령비를 세워 억울한
죽음들을 진혼하자"(72쪽)는 제주 사람들의 염원이 실현되지 않는
현실[4]과 무관하지 않다.


## 제삿집 사람들의
## 체험과 인식

제삿집에는 으레 여러 사람들이 모인다. 상수 할아버지의 제사
에도 많은 이들이 모였다. 오랜만에 귀향한 상수의 처지에서 "인사
올릴 만한 친척 어른들은 모두"(36쪽) 큰집에 모여들었다. 이날의 제

삿집 사람들은 4·3항쟁과 관련하여 몇 부류로 구분된다.

물론 가장 주목되는 인물은 '순이 삼촌'이다. 그녀는 마땅히 제삿집에 있어야 했지만 눈에 띄지 않았다. "큰집 제삿날마다 부주로 기주떡 구덕(바구니)을 들고 오던" 순이 삼촌은 "촌수는 멀어도 서너집 건너 이웃에 살아서 큰집과는 서로 기제사에 왕래할 정도로 각별한 사이였"(37쪽)다. 그런 순이 삼촌의 부재를 이상하게 여긴 상수가 무슨 일이 있는지 물어보는 데서 비극의 전모가 파헤쳐지기 시작한다. 결국 상수는 순이 삼촌이 최근에 사망했음을 알게 되었고, "순이 삼촌이 단서(端緒)가 되어 이야기는 시작되었다."(51쪽)

순이 삼촌은 스물여섯 살에 항쟁으로 인한 참사를 만났다. 그녀는 그 와중에서 엄청난 수난을 당한다. 다른 많은 제주 여성들처럼 그녀는 서청의 횡포에 마구 휘둘린다.

> 그들(서청: 인용자)은 또 여맹(女盟)이 뭣하는지도 모르는 무식한 촌 처녀들을 붙잡아다가 공연히 여맹에 가입했다는 이유로 혐의를 뒤집어씌우고 발가벗겨놓고 눈요기를 일삼았다. 순이 삼촌도 그런 식으로 당했다. 지서에 붙들어다 놓고 남편의 행방을 대라는 닦달 끝에 옷을 벗겼다는 것이었다. 어이없게도 그건 간밤에 남편이 왔다갔는지 알아본다는 핑계였는데, 남편이 왔다갔으면 분명 그 짓을 했을 것이고, 아직 거기엔 분명 그 흔적이 남아 있을 테니 들여다보자는 것이었다. 나는, 어느날 마당에서 도리깨질하던 순이 삼촌이 남편의 행방을 안 댄다고 빼앗긴 도리깨로 머리가 깨어지도록 얻어맞는 광경을 내 눈으로 직접 본 적이 있었다.(66쪽)

이 같은 수모를 겪던 순이 삼촌은 굴에 숨어 지내다가 오누이를 데리러 마을에 내려와 있던 중 음력 섣달 열여드렛날 학살 현장으로 끌려간다. 그녀는 군인들의 무차별 총질의 와중에서 까무러쳐 시체 더미에 깔려 있다가 기적적으로 살아났지만, 학살 현장에서 오누이를 모두 잃고 청상과부가 되고 만다. 임신 중이던 그녀는 아이를 낳고 살아갔으나 온전한 삶이 아니었다. 피해의식과 지독한 결벽증에 시달리고 신경쇠약에다 환청 증세까지 있어서 한라산 밑 절간에서 정양하기도 했으나, 사태로 인한 생채기는 더욱 깊어져 갔다.

> 하루는 이웃집에서 길에 멍석을 펴고 내다 넌 메주콩 두 말이 감쪽같이 없어졌는데 그 혐의를 평소에 사이가 안 좋던 순이 삼촌에게 씌워놓았다. 두 집은 서로 했느니 안 했느니 옥신각신 다투다가 그 집 여편네가 파출소에 가서 따지자고 당신의 팔을 잡아끌었던 모양인데 파출소 가자는 말에 당신은 대번에 기가 죽으면서 거기는 못 간다고 주저앉아 버리더라는 것이었다. 그러니 자연히 당신이 콩을 훔친 것으로 소문나버릴밖에. 당신이 그전서부터 파출소를 피해 다니는 이상한 기피증이 있다는 걸 아는 사람은 알고 있었지만 그건 일단 씌워진 누명을 벗기는 데 별 도움이 되지 않았다. 당신은 1949년에 있었던 마을 소각 때 깊은 정신적 상처를 입어, 불에 놀란 사람 부지깽이만 봐도 놀란다는 격으로 군인이나 순경을 먼 빛으로만 봐도 질겁하고 지레 피하던 신경증세가 진작부터 있어온 터였다.(47쪽)

순경과 군인은 4·3항쟁 때 그만큼 공포의 대상이었다. 순이 삼촌은 그런 트라우마로 인해 서울 상수네 집 생활이 순탄하지 않았다. 특히 상수 아내와 이런저런 갈등을 표출한다. 그러다가 일 년을 못 채우고 귀향한 뒤 한 달 만에 초등학교 근처 일주도로변의 후미지고 옴팡진 밭을 찾아가 스스로 누워버림으로써 쉰여섯의 생애를 마감하였다. 그 밭은 평생 일궈 먹던 밭이요, 오누이가 묻혀 있는 밭이요, 그녀가 시체 더미에 깔려 있던 밭이었다. 그러니 "30년 전 그 옴팡밭에서 구구식 총구에서 나간 총알이 30년의 우여곡절한 유예(猶豫)를 보내고 오늘에야 당신의 가슴 한복판을 꿰뚫었"(80쪽)다고 할 수 있다. "한 달 보름 전에 죽은 게 아니라 이미 삼십 년 전 그날 그 밭에서 죽은"(51쪽) 것이나 마찬가지였다.

가족을 직접 내세우기보다는 '순이 삼촌'을 더욱 부각시켜 내세운 것은 매우 중요한 맥락이다. 명명법(appellation) 차원에서 볼 때 '순이'는 아주 평범한 이름으로 순박한 여성이 그대로 연상된다. 그리고 제주도에서 '삼촌'이란, 작품에서도 "고향에서는 촌수 따지기 어려운 먼 친척어른을 남녀 구별 없이 흔히 삼촌이라 불러 가까이 지내는 풍습이 있다."(37쪽)고 언급하고 있듯이, 촌수는 상관없이 이웃집 어른을 말한다. 아주 평범한 이웃이 그렇게 비참하게 희생되었다는 것이다.

누가 순이 삼촌을 그렇게 만들었던가. 제삿집 사람 중에서는 고모부가 가해자적 성격의 인물로 떠오른다. 그는 평안도 용강 출신의 서북청년으로 해방 직후 섬에 들어와서 토벌에 참여하였다. 서청은 1947년 3·1사건 직후 본격적으로 제주에 투입된 이후 빨갱이

강요배, 「저승과 이승」(1992)
학살 현장의 시체 더미에서 기적적으로 살아난 순이 삼촌이 연상된다.

소탕이란 명분을 내세워 제주 사람들에게 갖은 피해를 입힌 세력이다. 서청이 무소불위의 권력을 휘둘렀기에, 할아버지는 서청 출신 군인이던 고모부를 얼러 고모와 결혼시킴으로써 딸의 안위를 도모했던 것이다. 섬에서 산 지 30년이 넘은 고모부는 나름대로의 논리로 당시 자신들의 처지를 항변한다.

"도민들이 아직두 서청을 안 좋게 생각하구 있디만, 조캐네들도 생각해보라마. 서청이 와 부모형제를 니북에 놔둔 채 월남해왔갔서? 하도 빨갱이 등쌀에 못니겨서 삼팔선을 넘은 거이야. 우린 빨갱이라문 무조건 이를 갈았디. 서청의 존재 이유는 앳세 반공이 아니갔어. 우리레 현지에서 입대해설라무니 순경두 되구 군인두 되었디. 기린디 말이야, 우리가 입대해보니끼니 경찰이나 군대가 엉망이드랬어. 군기두 문란하구 남로당 빨갱이들이 득실거리구 말이야. 전국적으로 안 그랜 향토부대가 없댔디만 특히 이 섬이 심하단 평판이 나 있드랬다. 이 섬 출신 젊은이를 주축으로 창설된 향토부대에 연대장 암살이 생기디 않나, 반란이 일어나 백여명이 한꺼번에 입산해설라무니 공비들과 합세해버리디 않나…… 그 백여 명 빠져나간 공백을 우리 서청이 들어가 메꾸었디. 기래서 우린 첨버텀 섬사람에 대해서 아주 나쁜 선입견을 개지구 있댔어. 서청뿐만이가서? 야, 그땐 다 기랬어. 후에 교체해 개지구 들어온 다른 눅지 향토부대두 매한가지래서. 사실 그때 눅지 사람 치구 이 섬 사람들을 도매금으로 몰아쳐 빨갱이루다 보지 않는 사람이 없댔디. 4·3 폭동이 일어나디, 5·10선거를 방해해설라무니 남한에서 유일하게

이 섬만 선거를 못 치렀디, 군대는 반란이 일어나디. 하이간 이런 북새통이었으니끼니……"(67~68쪽)

평안도 사투리로 발화되는 인용문에는 30년 전 서북청년의 인식이 그대로 드러나고 있다. 빨갱이 등쌀에 못 이겨 월남해 온 그들의 눈에 제주 사람들은 대부분 빨갱이로 비쳤다는 것이다. 경비대 연대장 암살 사건이 발생하고, 군인들이 입산하여 빨치산에 합세하고, 선거가 무효화되는 제주도의 사태를 보면서 섬이 온통 빨갱이 천지로 믿어졌다는 것이다. 그리고 그런 인식은 서청만이 아니라 육지(한반도) 사람들의 공통된 인식이었음을 강조하고 있다. 고모부의 이런 발언에 큰아버지·큰당숙·작은당숙이 못마땅한 표정을 짓자, 고모부는 제주 사투리로 말을 바꾸면서 서청도 문제점이 없지 않았음을 어느 정도 인정한다.

"성님, 서청이 잘했다는 말이 절대 아니우다. 서청도 참말 욕먹을 건 먹어야 헙쥬. 그런디 이 섬 사람을 나쁘게 본 건 서청만이 아니랐우다. 육지 사람 치고 그 당시 그런 생각 안 가진 사람이 없어서마씸. 그렇지 않아도 육지 사람들이 이 섬 사람이랜 허민 얕이 보는 편견이 있는디다가 이런 오해가 생겨부러시니…… 내에 참."(68쪽)

섬사람이 모두 빨갱이라고 판단한 것은 잘못이었고 사태 진압의 와중에서 욕먹을 일도 했다는 것이다. '편견'과 '오해'가 사태를 악화시킨 요인이 되었음을 시인하고 있다. 서청 출신 군인들은 연대가

교체되어 육지로 떠남에 따라 대부분 제주로 돌아오지 않았다. 그러나 고모부는 "휴전과 더불어 처가를 다시 찾아 입도한 후 지금까지 삼십 년간 이 고장 사람이 되어 살아온 것이었다."(67쪽) 30년이 지난 시점의 고모부는 도청 주사로서 제주시내에 살면서 규모 큰 밀감밭까지 갖고 있다. 고모부는 현실적으로 비교적 성공한 인물인 셈이다. 그렇다고 이 작품이 고모부를 적대시하고 있는 것으로 단정할 수는 없다. 그도 역시 제삿집의 일원이기 때문이다. 평안도 용강 사투리와 제주 사투리를 섞어 쓰는 그는 가해자이면서도 피해자이다. "극단적인 반공 외인부대로서 서청을 제주도에 투입하고 또 준국가기구화시켜 폭력을 사주·방조한 미군정과 극우세력에게 서청은 철저히 이용당한 측면이 있다."[5]는 점에서 그는 피해자이기도 한 것이다.

제삿집에는 젊은 목소리가 둘 있다. 사촌간인 길수와 상수가 그들이다. 상수보다 한 살 위의 사촌형인 '길수'는 현재 중학교 교사다. 열 살을 전후하여 사태를 겪은 길수는 진상규명에 대한 목소리를 가장 뚜렷하게 표출하는 인물이다.

> "면에서는 이 집에 고구마 몇 가마 내고 저 집에 유채 몇 가마 소출했는지 알아가도 그날 죽은 사람 수효는 이날 이때 한번도 통계 잡아보지 않으니, 내에참. (…)"(60쪽)

30년이 지나도록 당시 희생자가 몇 명인지조차 파악도 하지 않는 당국에 불만을 터뜨리고 있다. 그는 서청 등 당시 토벌대의 변명을 인정하려고 하지 않는다. 작전지역 내의 인원과 물자를 안전지역으로 후송하라는 명령을, 인원을 전원 총살하고 물자를 전부 소각하라는 것으로 잘못 해석한 데서 서촌 마을의 수백 명이 희생되는 불상사를 초래했다는 고모부의 말에 반론을 제기한다. "그건 웃대가리들이 책임을 모면해보젠 둘러대는 핑계라마씸. 우리 부락처럼 떼죽음당한 곳이 한둘이 아니고 이 섬을 뺑 돌아가멍 수없이 많은데 그게 다 작전명령을 잘못 해석해서 일어난 사건이란 말이우꽈? 말도 안 되는 소리우다. 이 작전명령 자체가 작전지역의 민간인을 전부 총살하라는 게 틀림없어마씸."(61쪽)이라면서 궁색한 핑계를 믿어서는 안 된다고 단언한다. 그리고 양민들이 영문을 모른 채 죽어간 사실을 간과해서는 안 된다고 강조한다.

> "하여간 이 사건은 그냥 넘어갈 수 없우다. 아멩해도(아무래도) 밝혀놔야 됩니다. 두 번 다시 이런 일이 안 생기도록 경종을 울리는 뜻에서라도 꼭 밝혀두어야 합니다. 그 학살이 상부의 작전명령이 었는지 그 중대장의 독자적 행동이었는지 누구의 잘잘못인지 하여간 밝혀내야 합니다. 우린 그 중대장 이름도 모르는 형편 아니우꽈?"(64~65쪽)

> "(…) 이대로 그냥 놔두민 이 사건은 영영 매장되고 말 거우다. 앞으로 일이십년만 더 있어 봅서. 그땐 심판받을 당사자도 죽고 없고, 아버님이나 당숙님같이 증언할 분도 돌아가시고 나민 다 허사가 아니우꽈? 마을 전설로는 남을지 몰라도."(65쪽)

제주 민중들의 억울한 죽음에 대해 더 이상 침묵해서는 안 된다는 점을 역설하고 있다. 이런 길수의 발언은 진상 규명을 촉구하는 작가의 목소리이자 제주 사람 전체의 목소리다.

상수의 경우 어머니는 사건 바로 전해 폐병으로 사망했고, 아버지는 사태 때 도피자라는 낙인이 찍혀 노상 마룻장 밑에 숨어 지내다가 피신하여 일본에서 살고 있다. 그날 길수와 함께 용케 학살을 면한 그는 할머니와 큰아버지 슬하에서 성장했고, 지금은 서울에서 살고 있다. 할머니 탈상 이후 8년 만에 귀향한 상수는 처음에는 큰아버지·큰당숙·작은당숙·고모부·길수 형 등의 대화를 경청하는 태도를 취한다. 그러다가 제삿집의 이야기가 진행될수록 길수 형과 같은 입장을 드러내며 점차 목소리를 높여간다. 후반부에는 고모부의 발언에 문제가 있음을 계속해서 지적한다. 도민 대다수에 좌익 혐의를 두자 "고모부님, 고모분 당시 삼십만 도민 중에 진짜 빨갱이 얼마나 된다고 생각햄수꽈?"(70쪽)라고 반박하고, '비무장공비'라는 고모부의 언급에 "도대체 비무장공비란 것이 뭐우꽈? 무장도 안한 사람을 공비라고 할 수 이서마씸? 그 사람들은 중산간 부락 소각으로 갈 곳 잃어 한라산 밑 여기저기 동굴에 숨어살던 피난민이우다."(70쪽)라고 일침을 가한다. 그는 당시 희생된 사람들 대다수가 피난민이었다고 강조하고 있는 것이다.

> "(…) 선무공작은 왜 진작에 쓰지 못했느냐는 말이우다. 처음부터 선무공작을 했으면 인명피해가 그렇게 많이 나지 않았을 거라마씸. 폭도도 무섭고 군경도 무서워서 산으로 피난간 양민들을 폭

도로 간주했이니……"(71쪽)

피난민들이기에 그들을 대상으로 초토화작전을 벌인 것이 잘못이었다는 주장이다. 그들에게 처음부터 선무공작을 전개했더라면 인명 피해는 크게 줄일 수 있었다는 것이다. 이런 점들을 볼 때 길수와 상수는 현기영의 분신으로 볼 수 있다. 작가의 연배와 처한 상황이 이들과 비슷할 뿐만 아니라 양민들의 무고한 죽음에 대한 진상 규명을 촉구하는 인물이라는 점에서 더욱 그렇다.

크게 두드러져 보이지는 않지만 제삿집의 어른들인 큰당숙·작은당숙·큰아버지도 의미 있게 짚어봐야 할 대상들이다. "흰 머리칼에 대조되어 얼굴에 핀 검버섯이 더욱 뚜렷하게 돋보이는 큰아버지, 주름신 눈에 항시 눈물이 질펀한 큰당숙어른"(36쪽)으로 묘사되고 있듯이, 이들은 그야말로 혈기왕성한 나이에 사태를 겪고 수십년간 인고의 세월을 견뎌온 인물들이다.

　　"거 무신 쓸데없는 소리고! 이름은 알아 무싱거(무엇)허젠? 다시 국 탓이엔 생각하고 말지 공연시리 긁엉 부스럼 맹글거 없져."(65쪽)

큰당숙은 진상이 명백히 밝혀져야 한다는 길수의 주장을 '쓸데없는 소리'라고 일축하고 있다. 진실에 대한 규명을 도모하려고 하지 않고 덮어두려고 하고 있다. 그들은 당시 상황을 회고하고 증언하기도 하지만, 대외적인 진실 규명 노력에는 주저한다. 사실을 사실대로 말할 수 없는 사회상황을 뼈저리게 인식하고 있기 때문이다. "섣불리 들고 나왔다간 빨갱이로 몰릴 것이 두려웠기 때문"(72쪽)인 것이다. 레드콤플렉스가 깊숙이 자리 잡았음을 알 수 있다. 6·25전쟁 때 제주 출신들이 이룩한 해병신화도 마찬가지의 차원으로 작가는 해석하고 있다.

> 때마침 6·25가 터져 해병대 모병이 있자 이 귀순자들은 너도나도 입대를 자원했다. 그야말로 빨갱이 누명을 벗을 수 있는 더없이 좋은 기회였다. 그래서 그들은 그대로 눌러 있다간 언제 개죽음당할지도 모르는 이 지긋지긋한 고향을 빠져나갈 수 있었던 것이다. 그러니까 현모형은 인천상륙작전에 참가한 해병대 3기였다. '귀신 잡는 해병'이라고 용맹을 떨쳤던 초창기 해병대는 이렇게 이 섬 출신 청년 3만 명을 주축으로 이룩된 것이었다. 그러나 그 용맹이란 과연 무엇이었을까? 그건 따지고 보면 결국 반대급부적인 행위가 아니었을까? 빨갱이란 누명을 뒤집어쓰고 몇 번씩이나 죽을 고비를 넘긴 그들인지라 한번 여봐라는 듯이 용맹을 떨쳐 누명을 벗어 보이고 싶었으리라.(69~70쪽)

제주 출신 해병대가 발휘한 용맹의 실체는 빨갱이 누명을 벗기 위한 반대급부적 행위였다는 것이다. 레드콤플렉스가 해병신화를 창조한 셈이다. 이처럼 이들은 누구보다도 큰 피해자이면서도 그 피해의식 때문에 목소리를 크게 내지 못하는 사람들이다. 제주 사람 대부분은 그렇게 목숨을 보전할 수밖에 없었다. 그들은 30년 전에 "공비에게 쫓기고 군경에게도 쫓겨 할 수 없이 이리저리 도망 다니는 도피자"(62쪽)로서 안팎으로 혹독하게 부대끼며 생사를 넘나들었던 사람들이다. 사태가 끝났어도 그들은 그 악몽의 섬을 떠나지 못한다. 학살 현장에서 고구마를 재배하면서 그 고구마의 시세가 폭락할까 봐 걱정하며 살아가는 사람들이다. 비록 그들은 진상 규명의 목소리를 높이진 못하더라도 참사가 잊히지 않도록 이야기하며 명심해 두는 사람들이다.

아내는 서울 사람이다. 그녀는 제사에 참석하지 않은 인물이다. 아내가 제삿집 부재자인 점은 의미하는 바가 자못 크다.

> 순이 삼촌이 하는 사투리를 아내는 알아듣지 못했다. 이해해 보려고 애쓰는 것 같지도 않았다. 저게 무슨 말이냐는 듯이 고개를 돌려 나를 바라볼 때 나는 나 자신이 무시당한 것처럼 얼굴이 붉어지는 것을 느껴야만 했다. 그건 신혼초에 아내가 무슨 일로 호적초본을 뗐다가 제 본적이 남편 본적인 제주도로 올라 있는 당연한 사실을 가지고 무척 놀란 표정을 지었을 때 내가 느낀 수치심과 비슷한 것이었다. 이렇게 사투리를 알아듣지 못하는 아내 앞에서 순이 삼촌의 처신은 어떻게 해야 옳은가? 그저 말수를 줄이고 시키는 말만 고분고분 따르는 수동적인 입장을 취할 도리밖에 더 있는가.(43쪽)

아내는 순이 삼촌이 하는 제주도 사투리를 알아듣지 못할뿐더러 이해해 보려고 노력하지도 않는다. 이는 곧 순이 삼촌의 고통을 알지도 못하고 알려고도 하지 않는 것과 다를 바 없다. 이런 사실은,

나아가 제주사태에 대한 한반도 사람들의 인식으로 해석할 수 있다.[6] 당시로선 한반도 사람들이 4·3항쟁에 대해 진지하게 경청하려는 태도를 보이지 않았다는 지적이기도 하다. 물론 4·3항쟁이 현실적으로 한국사회 전반에 잘 알려지지 않았던 까닭도 있다. 허나 문제는 알아보려고도 하지 않았다는 데 있는 것이다. 거기에 어떤 악의가 수반되지 않았을 수도 있지만 그런 상황은 당사자들을 매우 곤혹스럽게 만든다.

이렇게 볼 때, 「순이 삼촌」에서는 제삿집에 둘러앉은 사람들과 참석하지 못하거나 참석하지 않은 사람들을 통해 4·3항쟁의 과거와 현재가 동시에 조명되고 있다. 그들이 각기 처한 상황과 발언 또는 인식을 통해 4·3항쟁의 비극성과 함께 고통을 강요당하고 있는 현실을 확인할 수 있는 것이다.


## 제주공동체와
## 생태공동체


현기영 소설에서는 공동체적인 삶을 유난히 강조하는 경향이 강하다. 「순이 삼촌」에서도 마찬가지다. 공동체의 파괴와 4·3항쟁이 밀접한 관련이 있다는 인식이 작품 전반에 흐르고 있다.

이 작품에서 공동체는 크게 두 가지 의미를 지닌다. 하나는 지역적인 의미요, 다른 하나는 자연생태적인 의미다. 물론 그것들은 전혀 별개의 것이 아니라 밀접한 상관성을 갖는다. 이러한 공동체의 의미도 역시 제사와 연관 지어 파악할 수 있다.

우선 지역공동체는 제사공동체가 확산된 경우다. 친족뿐만 아니라 이웃도 함께 하는 것이 제사이기에 더욱 그렇다. 더구나 수백 명이 한꺼번에 희생된 서촌 마을의 제사는 온 마을 사람들이 함께 치르는 것이나 다름없다. 특히 제주 사람들은 공동체 의식이 강한 성향을 보인다. 그런 공동체가 현대사의 광풍 속에 크게 훼손되었다는 것이 작가의 시각이다.

무자년 4월 봉기가 일어나자 사람들은 좌충우돌하였다. 군경토벌대와 한라산무장대 사이에서 제주 사람들은 공동체를 지킬 수 없었다.

이렇게 안팎으로 혹독하게 부대낀 마을 남정들 중에는 아버지처럼 여러 달 전에 밤중에 통통배를 타고 일본으로 밀항해버린 사람도 있고 육지 전라도 땅으로 피신하는 사람도 있었다. 어떤 집에서는 아무래도 불길한 예감이 들었던지 사내아이들을 다른 마을로 보내기도 했다. 그것도 큰놈은 읍내 이모네 집에, 샛놈(가운데 아들)은 함덕 외삼촌한테, 막내놈은 또 어디에 하는 식으로 뿔뿔이 흩어놓았다. 그건 아마도 한군데 모여 있다가 몰살되어 씨멸족하면 종자 하나 추리지 못할까봐 생각해낸 궁리였으리라.

그러나 대부분의 남정네들은 마을에 그대로 눌러 있었는데, 이들은 폭도에 쫓기고 군경에 쫓겨 갈팡질팡하다가, 결국은 할 수 없이 한라산 아래의 목장으로 올라가 마른 냇가의 굴속에 피난했다.(63쪽)

나라 안팎을 가리지 않고 섬 밖으로 피신하는가 하면, 섬에 남아 있으면서도 가족끼리 떨어져 사는 경우가 많았다. '뿔뿔이' 흩어지는 게 당시의 어쩔 수 없는 생존전략이었다. 하지만 거기서 끝나지 않았다. 급기야 토벌대는 마을에 불을 지르고 사람들을 몰고 가서 일제사격으로 학살하였다.

군인들이 이렇게 돼지 몰 듯 사람들을 몰고 우리 시야 밖으로 사라지고 나면 얼마없어 일제사격 총소리가 콩볶듯이 일어나곤 했다. 통곡소리가 천지를 진동했다. 할머니도 큰아버지도 길수형도 나도 울었다. 우익 인사 가족들도 넋놓고 엉엉 울고 있었다. 우는 것은 사람만이 아니었다. 마을에서 외양간에 매인 채 불에 타죽는 소 울음소리와 말 울음소리도 처절하게 들려왔다. 중낮부터 시작된 이런 아수라장은 저물녘까지 지긋지긋하게 계속되었다.(59쪽)

무고한 양민을 끌어다 집단적으로 학살하니 마을 전체는 울음바다로 변하였다. 통곡 소리가 뒤엉켜 아수라장이 되었다. 이런 초토화작전은 온 섬에 걸쳐 자행되었다.

아, 떼죽음당한 마을이 어디 우리 마을뿐이던가. 이 섬 출신이거든 아무라도 붙잡고 물어보라. 필시 그의 가족 중에 누구 한 사람이, 아니면 적어도 사촌까지 중에 누구 한 사람이 그 북새통에 죽었다고 말하리라. 군경 전사자 몇백과 무장공비 몇백을 빼고도 5만 명에 이르는 그 막대한 주검은 도대체 무엇인가? 대사를 치르려면 사기그릇 좀 깨지게 마련이라는 속담은 이 경우에도 적용되는가. 아니다. 어디 그게 사기그릇 좀 깨진 정도냐.(71쪽)

결국 제주공동체가 4·3으로 인해 무너지고 만 것이다. 마을이 전소되고 수만의 인명이 희생되고 가축들도 타죽어 버린 북새통에서 무엇이 남았겠는가. 공동체를 무너뜨린 것은 바다를 건너온 외세였다. 미군정, 토벌군인, 서북청년단 등은 물론이고 좌우이데올로기도 외부에서 진입하였다. 그런 외부 세력에게 섬공동체는 무시해도 좋을 하찮은 존재로 인식되었던 것이다.

그러나 살아남은 자들은 다시 일어섰다. 그들은 "타죽은 소, 돼지도 각을 내어 나누"(74쪽)면서 공동체의 재건에 힘을 쏟았다. 학살의 와중에 죽은 어미가 안고 있던 두 살의 젖먹이도 살아났다. 외할머니 손에 자라난 '장식이'는 이젠 결혼하여 아들 둘을 낳음으로써 대를 이었다. "죽은 어멍 복을 입은 것"(57쪽)이라는 작은당숙의 말처럼, 죽은 이들도 공동체 재건에 한몫을 한다.

상수는 무너져내려 재건에 몸부림치는 공동체의 현장에서 떠나고자 하였다. 그는 서울에서 살면서 근래 8년 동안은 제주를 방문하지 않았다. 이때는 당연히 제사에도 참석하지 못했다. 고향의 비극에서도 멀어지려고만 했던 기간이었다. 그런 그가 귀향과 제삿집 담소를 계기로 비로소 공동체의 일원으로 복귀한 셈이다. 결국 그로서는 고향 떠난 8년은 '유맹(流氓)'(34쪽)의 세월이었으며, 자신의 인생이 아닌 '표절 인생'(44쪽)이었음을 인식한 것이다.

현기영은 이렇게 지역공동체를 무너뜨린 게 외세라는 사실을 강조하면서 그 복원을 꿈꾼다. 그의 관점이 지역의 의미를 강조하고 있지만 지역의 대립구도 속에서 선악을 가리자는 것은 아니다. 현기영은 제주 사람의 배타적인 성격을 부정하지 않으면서도 그것을 단순하게 생각해서는 안 된다고 하였다. 현기영이 생각하는 제주도의 배타성이란 어떤 것인가.

> (…) 그 배타성은 순수 아리안족의 혈통을 내세운 나치의 독선적이고 공격적인 배타성이 아니라 강력한 외세에 대한 약자로서의 부득이한 생존양식이었다. 국가의 경우에도 건전한 배타의식을 토대로 하지 않은 자주와 독립은 허망한 노릇이 아닌가. 4·3 당시 점령군인 미군을 외세로 파악했던 도민의 관점은 오늘에도 변함없이 유효한 것이다.[7]

제주도의 배타성은 약자로서 갖게 되는 자기방어적인 생존양식임이 강조되고 있다. 배타의식은 자주·자존의 의식과 상통하기에, 건강한 배타의식은 존중되어야 하는 것이다. 어느 지역이든, 물론 정도의 차이는 있겠지만, 그 지역성이 배타의식과 무관한 경우는 없다. 지역적 특수성을 인정하는 가운데 민족적 보편성이 추구되어야 마땅하다. 그러나 많은 이들이 지역의 의미를 축소시키려고 한다. 중앙집권의 관행이 빚은 현상이겠지만, 이제 바로잡혀야 한다. 따라서 현기영이 "나의 문학적 전략은 변죽을 쳐서 복판을 울리게 하는 것, 즉 제주도는 예나 지금이나 한반도의 모순적 상황이 첨예한 양상으로 축약되어 있는 곳이므로, 고향 얘기를 함으로써 한반도의 보편적 상황의 진실에 접근해보자는 것이다."[8]라고 언급한 의도를 정확히 인식해야 할 것이다.

자연생태계와 관련해서도 제사의 의미는 각별할 수 있다. 인간이 자연과 운명을 함께하는 공동체라고 할 때 제사는 산 자와 죽은 자 그리고 대자연의 세계가 함께 치르는 의식일 수 있는 것이다. 4·3항쟁 진압과정에서의 광포성(狂暴性)은 제주의 생태 질서를 크게 위협하였다. 국가가 근본적 폭력의 정당성을 동원하여 "민중의 생존권을 박탈하는 과정에서 민중의 삶터가 훼손당하고, 그 와중에 제주의 자연은 분단의 정치이데올로기 아래 합리화된 도구적 이성에 의해 무참히 파괴되"[9]고 말했다. 그런 까닭에 「순이 삼촌」의 자연생태계는 시종 음울하다. 겨울철의 음습한 자연이 주로 묘사되고 있다.

> 하늘은 낮은 구름에 덮여 음울해 보였고 한라산 정상은 구름떼가 잔뜩 몰려 있었다. 낯익은 제주도 특유의 겨울날씨였다. 그건 어린 시절의 겨울하늘을 낮게 덮고 벗겨질 줄 모르던 바로 그 음울한 구름이었다. 흐린 날씨 때문에 돌담은 더 검고 딱딱해 보이고 한라산 기슭의 질펀한 목장에 덮인 눈빛은 침침했다. 하늬바람이 불어와 귓가에 달라붙어 떨어지지 않는 바람소리, 쉴새없이 고시랑거리는 앞 머리칼. 나는 불현듯 가슴이 답답해왔다. 어린 시절의 그 음울한 겨울철로 돌아온 것이었다.(35쪽)

순이 삼촌과 할아버지 등 마을 사람들이 죽은 것도 겨울이고, 상

하늘로 떼 지어 날아오르며 세찬 바람을 타는 까마귀

수가 오랜만에 귀향한 시점도 겨울이다. 음울하고 침침한 제주의 겨울 표정을 통해서 무자·기축년의 황폐함이 적절히 제시되고 있다. 순이 삼촌의 죽음을 말할 무렵 "싸르락, 싸르락. 싸락눈 흩뿌리는 소리가 들려왔"(38쪽)음도 그녀의 생애가 너무나 비극적이었음을 의미한다. 까마귀가 시체를 파먹고 마을 개들도 시체를 뜯어먹는 가운데 생태계의 혼돈 양상이 펼쳐진다.

　생태공동체와 관련하여 「순이 삼촌」은 색채 분위기로 읽을 수 있다. 전반적으로 이 소설은 유난히 흰색·검은색 등 무채색이 전편을 지배하고 있는 가운데 거기에 붉은색이 떨어뜨려지면서 의미가 증폭되어 나타나는 작품이다.

흰색은 을씨년스러움, 공포, 궁핍 등의 의미로 제시된다. 창호지 창에 흩뿌리는 싸락눈(38쪽), 산디쌀로 만든 곤밥(49쪽), 고사리 꺾으러 갔다가 비를 만나 어느 동굴로 피해 들어갔을 때 굴속에 있던 사람의 흰 뼈다귀와 흰 고무신(64쪽), 무너진 돌담 위에 흰 무명적삼에 갈중의를 입은 노인(55쪽), 옴팡진 밭마다 혼전만전 허옇게 널려 있던 시체(52쪽) 등으로 작품 곳곳에 흰색이 널려 있다.

검은색도 비슷한 의미로 다가선다. 서청 순경들의 검은 복장(50쪽), 시체가 널린 보리밭을 까맣게 뒤덮고 파먹다가 심심하면 하늘로 떼지어 날아오르며 세찬 하늬바람을 타는 까마귀(50쪽), 마을 하늘을 날아오르던 까만 불티(55쪽), 불티가 까맣게 뜬 하늘(56쪽), 잿빛 바다 안으로 날카롭게 먹어들어간 시커먼 현무암의 갑(岬)(35쪽) 등 폭력과 파괴, 잔해의 의미로 나타난다.

거기에 불타는 마을의 불빛이 밀려와 붉게 물든 땅거죽(72쪽), 어두워질수록 더욱더 큼직하게 군림하는 불빛과 불빛에 물들어 붉은 내장처럼 꿈틀거리는 구름떼(73쪽), 더러운 피에 얼룩진 듯한 불그림자(73쪽) 등 붉은색이 뚜렷하게 작용한다. 물론 이 작품의 불은 죽음과 폭력의 불이다. "시간을 소멸시키고 모든 사물을 무로 만들"[10]어 버리는 불이다. 불의 붉은색은 생명과 피를 상징하는 것이지만, 여기서 그것은 정열이 타오르는 것이 아니라 생명의 파괴를 의미하고 있다.

반면, 이 작품에서 푸른색은 거의 존재하지 않는다. 푸른빛을 머금은 바다와 산이 금기의 공간이기 때문이다. 토벌대 등 외지세력이 들어와서 장악한 바다는 "주낙질은 물론 잠녀의 물질도 일체 허락되지 않"(76쪽)는 공간인 적이 많았고, 무장대의 근거지인 산도 함부로 범접하지 못하는 곳이었다. 들판에도 "썩어가는 보리이삭"(76쪽)이 무성할 뿐이었다. 늘 푸른색을 꿈꾸는 공동체이지만 아직도 현실은 무채색과 붉은색의 상황에서 그대로 갇혀 있는 것이다.

이렇듯이 「순이 삼촌」은 전반적으로 '외부세력, 전란↔지역사회, 생태적인 것'의 구도에 놓여 있다고 볼 수 있다. 이런 구도는 4·3의 비극성과 진실복원을 향한 몸부림에 적잖은 힘을 실어주는 작용을 한다.

## 희생담론의
## 전략적 한계

위에서 논의한 사항들은 각기 작품 속에 적절히 녹아들면서 독자를 힘있게 끌어들이는 역할을 하고 있다. 따라서 독자는 시종일관 긴장의 끈을 놓지 않는 가운데 작품에 몰입해 들어감으로써 묻혀버린 진실의 복원이라는 작가의 의도에 자연스럽게 호응하게 된다. 이러한 점 때문에 「순이 삼촌」은 탄탄한 작품성을 견지하면서 4·3 진상 규명을 향한 물꼬를 트는 역할을 해낸 기념비적인 작품이 된 것이다.

끝으로 짚고 넘어갈 문제는 「순이 삼촌」에 '폭동', '폭도', '공비'라는 표현이 종종 등장함을 어떻게 보아야 하느냐는 점이다. 이런 용어들은 흔히 공산폭동론으로 4·3을 인식하거나 논의할 때 사용되는 것들이지만, 그렇다고 당시 현기영의 4·3 인식이 공산폭동론을 견지했다고 보아서는 안 된다. 유신 말기인 당시로서는 공산폭동론에 맞서는 대항담론의 제기 자체가 용납되지 않는 상황이었기 때문에 '억울한 죽음'을 부각시키는 방향에서 희생담론을 제기하는 것마저도 상당한 모험이요 용기였다. 따라서 현기영은 당시의 공식적 용어인 '폭동', '폭도', '공비' 등의 표현을 동원하는 가운데 4·3에 대한 정서적 공감을 최대한 도모할 수 있는 방향으로 희생담론을 제기하는 전략을 세웠다고 할 수 있다. 오늘날의 시점에서는 분명한 한계로 지적될 수 있지만, 당시로서는 매우 주도면밀한 전략이었다고 판단된다. 그러한 희생담론의 제기가 성공을 거두었기 때문에 뒤이어 항쟁담론의 부상도 가능할 수 있었음은 물론이다.

# 봄을 꿈꾸는
# 겨울의 진실

## - 김경훈 시집『한라산의 겨울』과
## 강덕환 시집『그해 겨울은 춥기도 하였네』


### 86세대가 말하는
### 그 겨울


　　강덕환(1961~ ) 시인과 김경훈 시인 (1962~ )은 제주 86세대의 맏형들이라고 할 수 있다. 80학번과 81학번인 그들은 대학문학동아리 신세대에서 활동하고 풀잎소리 동인, 제주청년문학회 등을 거치면서 제주의 진보적 문학예술운동의 중심에서 활동해왔다. 제주민예총 문학위원회(강덕환)와 놀이패 한라산(김경훈)에 이어 제주작가회의에서도 궂은일을 도맡아 하면서 조직 활성화의 기틀을 다졌음은 물론이다. 그런데 언제나 청년 문사일 것만 같았던 그들도 어느덧 중견시인이 되었다.

　　김경훈 시인의『한라산의 겨울』(삶이 보이는 창, 2003)은 1993년에 첫 시집『운동 부족』을 낸 지 10년 만에 펴낸 시집인데,『고운 아이다 죽고(각, 2003)도 함께 선보였다. 김 시인은 격동의 현장마다 앞장서 참여하는 문학인이면서『살짜기 옵서예』(2000) 등의 마당극 대본집을 낸 바 있는 극작가이면서 1987년부터 '놀이패 한라산'에서 활동하며 수십 편의 마당극에 출연한 중견배우이기도 하다. 그의 특이한 이력은 제주4·3항쟁을 형상화한 시집『한라산의 겨울』속에 고스란히 배어 나타나고 있다.

강덕환 시인의『그해 겨울은 춥기도 하였네』(풍경, 2010)는 그의 두 번째 시집이다.『생말타기』(오름, 1992) 이후 근 20년 만에 시집을 엮은 것이다. 꽤나 긴 세월을 보내고서야 시집을 내는 것은 그동안 그가 문학 활동에 소홀했기 때문이 결코 아니다. 그는 끊임없이 작품을 썼고 언제나 문학현장에 있었다. 누구보다도 열정적으로 창작을 해 왔고, 여러 현장에서 육성으로 독자들을 만나기도 하였다. 이번의『그해 겨울은 춥기도 하였네』는 4·3항쟁 관련 작품만을 모은 것인바, 여타 작품들도 시집 한 권 분량은 족히 될 줄로 안다.

그동안 4·3항쟁을 형상화한 시는 수십 명의 시인들에 의해 수백 편 창작되었다. 4·3항쟁 관련 작품만을 담은 시집도 벌써 여러 권이 출간되었다. 이제 더 이상 4·3항쟁을 담아냈다는 사실만으로 주목받을 수 있는 상황은 아니라는 것이다. 그런 가운데 김경훈의『한라산의 겨울』과 강덕환의『그해 겨울은 춥기도 하였네』는 어떤 유다른 의미가 있을까. 왜 우리가 지금 여기서 그들의 4·3시를 읽어야 할까.

## 오갈 데도 없고
## 존재를 드러낼 수도 없었던

4·3항쟁과 그 진압과정에서 발생한 비극의 양상은 제정신으로
는 들여다보기조차 곤혹스러울 지경이다. 30만이 못 되는 도민들
가운데 3만의 목숨을 앗아가면서 온 섬을 초토화했으니, 그 와중에
발생한 숱한 사연과 곡절들은 형언할 수 없을 정도다. 그래서 4·3
문학의 본격적인 장을 연 현기영은 일찍이 단편 「길」(1981)에서 그
때를 '미친 시대'로 규정한 바 있다. 광기가 아닌 다른 말로는 당시
상황을 어찌 설명할 수 없다는 의미일 터다.

『한라산의 겨울』을 낸 김경훈의 작업 역시 마찬가지의 차원으로
읽힌다. 김경훈은 자서(自序)로 쓴 「나의 노래」에서 자신의 4·3 형상
화 작업을 '미친 작업'이라고 털어놓고 있다. '미친 시대'에 바투 다
가서서 그 실상을 묘파하려다 보니 미치지 않을 수 없었다는 말인
듯싶다. 그러니 '미친 작업'이라는 스스로가 내린 규정이야말로 이
시집의 성격을 단적으로 나타낸 말이 되는 것이다.

> 비산비해-
> 산도 말고 바다도 말라
> 아래 붙으면 위에서 당하고
> 위에 붙으면 아래서 당한다
> 무색무취-
> 아무 빛깔이나 냄새를 피우지 마라

낮엔 대한민국

밤엔 인민공화국

날 밝으면 토벌대가 무섭고

땅거미 가리면 무장대가 무섭다

-「곰도 무섭고 범도 무서운」 부분

　'미친 작업'이 되지 않을 수 없음은 당연히 4·3의 비극성에서 기인한다. 위 시에서는 항쟁과 토벌의 와중에서 무고하게 희생당하지 않을 수 없었던 제주 사람들의 처지가 적절히 표현되어 있다. 산은 무장대가 주둔하고 있는 곳이고, 해안은 토벌대가 활보하는 곳이다. '비산비해' 하라고 했지만, 그 중간의 점이지대는 사실상 존재하지 않았다. '무색무취'라는 주문도 마찬가지다. 오래전부터 아나키즘적 공동체주의가 두드러졌던 제주 민중들이니 특별한 색깔이나 냄새가 강할 리 없었건만 시대는 그런 존재를 인정하지 않았다. 섬의 양민들은 오갈 데가 없었고 존재를 드러낼 수도 없었다. 그래서 "아버지는 묵은가름 집에서 몸껴누워 지내다가/ 토벌대 총에 맞아 죽었고/ 아들은 보초를 서다가 무장대 습격 때/ 칼 맞아 죽었다/ 이쪽 저쪽이 다 무서워 산에 들에 피신하던 삼촌은/ 누군지 모를 사람들에게 죽어 시체도 찾을 수 없었다." 대부분의 섬사람들은 억울한 죽음을 맞아야 했다.

벙어리 재오는

스물 일곱이 넘도록 장가를 가지 못했습니다

봄을 꿈꾸는 거울의 진실  209

길눈 밝아 앞장서서

아랫마을로 내려갔다가

삐라 뭉치 횡재하여 담배 말아 피우다가

난 아니우다 아니우다

뭐라 한마디도 못한 채

어버버

덜컥 폭도로 오인되어 죽었습니다


팔푼이 순옥이는

열아홉 꽉 차도록 아무도 데려가지 않았습니다

먹을 양식 짊어지고

아랫마을로 내려가다가

가는 길 잊어버려 맴맴 돌다가

난 아니우다 아니우다

이제야 지름길 생각났는데

아이고

식량 보급조로 오인되어 죽었습니다

-「재오와 순옥이」부분


    벙어리 재오와 팔푼이 순옥이야말로 그때 벌어진 수많은 학살에 얽힌 진실을 보여주고 있는 단적인 예다. 재오는 삐라 뭉치가 보이자 횡재했다며 챙겨들고는 그것으로 담배를 말아 피우다가 폭도로 오인됐으나 '어버버' 소리만 연발하다가 죽어갔다. 그때 죽어간 제주 사람들은 벙어리 재오와 전혀 다를 바 없었다. 학살자들의 귀에 접수되지 않는 말은 소용없던 시절이었기 때문이다. 순옥이는 어떻게든 살아보려고 양식을 짊어지고 마을로 가다가 식량 보급조로 오인되어 죽어갔다. 당시에 오로지 생존을 위해 움직인 행위가 무장대와 내통한 행위로 찍혀서 목숨을 보전하지 못한 경우가 어디 한둘이던가. '어버버'·'아이고' 소리와 함께 그저 죽어갔던 것이다.

그런 시절이었으니 3대가 한꺼번에 죽는 일도 벌어졌다. "열여덟 아까운 아이"인 "4대 독자 외아들이/ 군인 총에 죽어가자" 허망한 그의 "아버지는/ 절벽에서 떨어져 죽고" "우리 집안 씨가 멸했구나/ 이제 살아 무엇하리" 하고 낙담한 "할아버지는/ 천장에 목매달아 죽고" 마는 가족사의 비극이 연출됐다(「수난 3대」). 군인은 왜 그 4대독자에게 총을 쏘았던가? 그 총질의 배후에는 무엇이 있었던가?

그러나 그걸 따져볼 수도 없었거니와 그런 죽음에 대해 함부로 말할 수도 없었다. 그러한 금기는 오랫동안 이어졌다. 비문조차 제대로 새겨 넣지 못했다. "'무법천지세상만나법도모르는악도들의총칼에횡사하시다'// 이렇게 쓰려고 했는데/ 노태우 대통령 시절이라 다들 만류한다." 물론 비문 내용은 틀림없는 사실이었다. 그러나 6월항쟁 이후였음에도 신군부가 권력을 이어가던 당시의 사회 분위기는 곧이곧대로 기록하는 것을 용납하지 않았다. 그래서 비문 내용을 두루뭉술하게 줄여버린다. "'무법천지세상만나무고하게횡사하시다'// 이렇게 쓸 수밖에 없었"던 것이다. 그래서 제주 사람들은 입술을 깨물며 마음속으로 이렇게 외쳐보는 것이다. "어느 대통령 시절이면/ 바르게나 쓸 수 있을까 아, 언제면/ 역사 바로 세워질까"(「비석을 묻으며」). '문민정부'에서도 '국민의 정부'에서도 비문은 제대로 쓰이지 않았다. 이에 김경훈은 다시금 증언의 피맺힌 철필을 곧추세우지 않을 수 없었던 것이다.


## '생넋'으로 되살아나지
## 않을 수 없었던

『한라산의 겨울』에는 특히 비인도적 행위에 초점을 맞춘 작품들이 많다. 차마 상상하기조차 어려울 정도로 끔찍한 상황들이 제시되고 있다. 읽는 이들은 연이어 가슴을 쓸어내려야 한다.


이건 구두다 이건
그들이 신던 신발이다 이건
노획한 밥솥이다 이건
철모다 등에 지고 가는 이건
절대로 머리가 아니다 이건
발 냄새다 피 냄새가 아니다

파견소 주임이 나무 그루터기에 걸쳐놓고
톱으로 목 자르는 걸 분명코 난 안 본 거다

동네에서 철창에 꿰어져 전시된 건

철모다 구두다 신발이다 밥솥이다 정말로

사람 잘린 목이 아니다

아니야 아니야 아니야 아니야

-「이건 구두라니까」 부분

화자는 아마도 입산 경력이 있던 인물이다. 그는 토벌작전에 동원되어 궂은일을 맡아 하고 있다. 그런 그가 등짐을 지어 나르는데 그것은 파견소 주임이 나무 그루터기에 걸쳐놓고 톱으로 자른 토막 시체였다. 그는 짐 지고 내려오면서 그것을 철모요, 밥솥이요, 구두로 생각하고 싶어 한다. 하지만 그것은 엄연히 사람의 머리요, 몸통이요, 다리였다. 그것도 "자신과 함께 일했던 동무의" 것이었다. 그러니 온전한 정신으로 그 짐을 지고 발길을 옮길 수가 있겠는가. 그는 자신의 등에 있는 것은 단순한 물건들이라고 수없이 되뇐다. 그러나 "아무리 아니라고 우겨봐도" "등을 타고 내려오는 섬뜩한" 피를 어쩔 수 없다. 게다가 그 토막시체는 철창에 꿰어져 동네에 전시됐으니 어쩔 것인가. 이 시집에서 증언하는 4·3항쟁 당시의 토막살인은 이뿐만이 아니다.

「분육」에서는 "자귀로 닥닥/ 칼로 슥슥// 전각이요후각이요대가리요족발이요/ 좌갈리요우갈리요숭이여생간이여" 하면서 사람을 "소 돼지 잡듯" 갈라놓는 장면이 나온다. 그러니 이들이야말로 "사람피쟁이개백정놈들"이 아니고 무엇이겠는가. 「이건 구두라니까」에서 그랬듯이, 나누인 인육은 또다시 수난을 당한다. "깃대에 걸려/ 바람에/ 나부끼는/ 누이의 머릿결/ 깃봉처럼/ 모가지 꽂히고/ 피에 젖은 태극기 아래로/ 내려다보는/ 누이의 눈엔/ 잘린/ 팔다리"(「이사 무소 깃대에」 전문)- 누이의 목이 잘린 채로 깃대에 걸려 자신의 잘려진 팔다리를 내려다본다는 처참한 상황이다. 시인은 그때 토막난 피칠갑의 자기 몸을 응시하던 누이의 부릅뜬 눈이 여태 감겨질 리 없다고 전언하고 있다.

> 아랫도리를 벗겨놓고 부인더러 성기를
> 빨라고 했어 그리곤
> 우리 보고 자르자는 거야
> 피 뚝 뚝 떨어지는 칼로
> 무를 깎더니 우리에게 먹으라고 다그쳤어
>
> ―「공회당 앞에서」부분

군인 네 명이 마을 사람들을 공회당 앞에 집합시킨다. 그리고 장정 한 명을 잡아다가 잔인하게 죽여놓고는 인용한 부분과 같은 해괴한 짓을 하고 있다. 그래놓고 성기를 자른 사람도 죽여버린다. "미친 시절"이었다. 그래서 증언자는 말한다. "다신 그런 꼴 보고싶지 않아/ 그런 세상 오면 자살해야지/ 살아서 뭐해." 이런 시를 읽다 보면 '살아있다는 게 부끄럽다'는 말의 의미를 절감할 수 있다.

참혹함의 양상은 여기서 그치는 게 아니다. "서방이 산에 올랐다고/ 대창으로 찔러 죽일 때 뱃속의/ 태아가 꿈틀거리자 재차 총으로 쏘"고(「자살」), "사냥개 두 마리에게 뜯겨/ 만신창이로 버려져 있다가/ 눈알은 까마귀에게 파먹히고"(「개에게 뜯겨」), 일본도로 내리쳐 "몸뚱

이에서 분리된 대가리가/ 떼굴떼굴 저 혼자" 굴러가고(「참수」), 회를 치듯이 난도질해 "골이 칼질에 묻혀 창문 밖으로 튀"어나가고(「난도질해서」), "일어서지 않는다고/ (…) 두 다리/ 자귀로 잘라버리고"(「두 다리 잘려」), "산에서 잡힌/ 아들의 목을 잘"라서 "어머니더러/ 구덕에 담아/ 알몸으로/내려가게" 하고(「목」), 여자와 젖먹이 아이들이 "수십 명쯤/ 모두 철창에 찔린 채 가지런히 진열되어 있었"던(「하물며 지렁이도 보이면 피해가지 않느냐 사람을 죽일 리야 있겠는가」) 상황이 난무하던 시절이었다.

성은 인간에게 가장 원초적이면서도 성스러운 것이다. 따라서 그것이 유린될 경우 다른 어떤 상황에도 견줄 수 없는 치욕을 느끼고 비참한 존재로 전락한다. 그런데 그 미친 시절에서는 성적인 모멸과 학대의 참상이 한두 가지가 아니었다.

> 군인 둘이가 누나를 끌고 와서
> 옷을 다 벗기고 눕힌 다음
> 둘이서 가위바위보 하더니
> 한 놈이 먼저
> 혁대를 풀고 바지를 벗어
> 누나 위로 엎어졌다
> (…)
> 한 놈이 고구마로
> 누나의 가랑이 사이를 쑤셔댔다
> 그것도 싫증이 났던지

가랑이 속으로 총을 쏘았다

-「증거인멸」부분

    벽장에 숨어 누나가 능욕당하고 죽는 모습을 지켜본 아이의 진술이다. 그렇게 죽어간 누나는 결국 군인들이 증거를 인멸하려고 집을 불 지르는 바람에 알몸인 채로 타버렸다.「지하실에서」의 경우는 차마 옮겨놓기조차 꺼려지는 시다. 비시적인 요소가 매우 두드러진 이 작품에서는, 의사인 남편을 둔 여인이 어린 딸 보는 앞에서 군인들에게 물고문과 성고문을 당한 끝에 유방이 잘리고 칼에 찔려 죽는 상황을 엽기소설의 한 장면처럼 상세하게 그려놓는다. 시인의 창작 마당극 제목의 표현대로 '그들은 사람이 아니었다.'

    어처구니없는 죽음들도 많았다.「증명서」에서 보면, 할아버지 제삿날 집에 온 큰형에게 육지 경찰들은 신분을 증명할 수 있는 서류를 대라고 윽박지른다. 급히 이곳저곳을 뒤져보다가 끝내 증명서를 찾아내지 못한 큰형은 결국 살아남지 못한다. 어머니는 시신을 뒤지다가 "윗옷 안주머니에/ 고이 접힌/ 재직증명서"를 찾아내곤 울음을 터뜨린다.「눈먼 할머니」에서는 똑바로 쳐다보지 않는다는 이유로 눈이 온전하지 않은 노파를 학살하고,「당신 피는」의 경우 누런색 미군복 물들여 빨간 점퍼 입었다가 빨갱이냐고 목 찔러 죽이는가 하면,「대살」에서는 당사자가 없을 때 가족을 대신 죽이고 머릿수를 채운다.

    심지어 비슷한 이름을 가진 사람을 잡아다가 대신 생매장하는 경우까지 있었다.「생매장」을 보면 위미마을 바닷가에서 벌어진 상황이 형상화된다. 김태섭이란 사람이 김태성으로 오인되어 처벌되려는 순간, 학살자들은 사람을 잘못 잡아온 것을 알게 된다. 하지만 그들은 '피라미 새끼도 못 되는 거'라며 그대로 생매장해 버린다. "아니우다 난 김태섭이우다 살려줍서"라는 절규가 받아들여질 리 없다. 김태섭은 결국 자신이 판 구덩이 속에서 "눈과 코 귀 입에 흙이 가득 들어간 채/ (…)/ 누군지도 모르는/ 김태성으로 죽었"던 것이다.

　이런 죽음들 앞에 모두는 극한적인 공포에 떨었다. 가을밤 나무 위에 숨어서 학살 장면을 목격하게 되니 "내가 떠는지/ 나무가 떠는지// 아래는 보지 않아도/ 학살의 그림자 오줌에 젖고/ 잔가지 떠는 소리만/ 파르르// 파르르" 났던 경우도 있었고(「나무 위에 숨어」), 한밤에 사내들이 들어와 이모부를 난도질하는 걸 장롱에 숨어 보다가 공포에 질려 저도 모르게 소리 지르는 바람에 "무릎 사이로/ 종아리 옆으로 다리를 모으고/ 쭈그리고 앉은 팔 다리로/ 칼이 정신없이 들고 나"서 다리 힘줄이 끊어졌다는 열두 살 소년의 경우도 있었다(「난도질해서」).

　　밤
　　깊어
　　인적 없는
　　외딴 초가집
　　불빛 사이로 드러난
　　어머니의 시체 옆으로

꿇어앉은 아버지에게 다가선

총구가 반짝이고 등피불을 높이

치켜든 열한 살 딸 앞에서 죽어가는

그림자를 시커멓게 덮어가는 더욱 검은

어둠의 뒤로 바람은 불어 달무리마저 감추고

-「등잔 밑이 어둡다」 전문

　부모가 살해되는 장면을 등불을 켜고 생눈깔로 지켜봐야 했던 어린 소녀의 상황이 그려져 있다. 시행(詩行)이 진행될수록 그 길이를 늘려가면서 소녀의 공포감이 점층하는 양상을 시각적으로 드러내고 있다. 외딴 초가집 풍경에서부터 점차 카메라를 클로즈업하는 기법을 동원함으로써 공포감을 더욱 극대화하는 효과를 거두고 있는 것이다.

　이런 상황들이었으니 시인은 "볶은 콩에서도 새싹이 나고 아홉 번을 꺾어도 고사리는 돋아난다. 떼죽음 속에서도 산목숨 있고 너희가 아무리 죽여도 생 넋은 되살아난다"(「이렇게 말했다」)는 심정으로 시집을 엮어내게 됐던 것이다. 그러니 어찌 '미친 작업'이 되지 않았겠는가.

# 죽은 나무 속으로
# 새 가지가 자라나고

4·3의 비극은 그때로서 끝난 것이 아니었다. 상처는 나날이 깊어
졌고 아픔은 강도를 더해갔다. 상흔의 양상은 다양하게 나타난다.

난 아니야 저리 가 저리

가 아악 내 그림자가 빨간색이네

이건 아니야 이건

내 그림자가 아니야

아악 토벌대가 온다

돌을 던져 어서 돌멩이를 던져

내가 죽이지 않으면 내가 죽는다

어서 몽둥이로 쳐라 그래

죽창으로 찔러 아악

-「저기 어둠 속에」 부분

이 시는 시인이 『4·3 유적지 기행-잃어버린 마을을 찾아서』
(259~262쪽)에서 조사·정리했던, 원동마을 양창석이라는 인물의 이
야기를 시로 형상화한 것 같다. 양씨의 경우와 다른 점은 딸이 아들
로 바뀐 것과 아들 찾으러 갔다가 행방불명됐다고 한 것 정도다. 당
시 열세 살이었던 양씨는 소 먹이러 갔다 돌아왔더니 숨었다가 왔
다며 마을 사람들과 함께 총살당했는데, 그 현장에서 어깨에 총 맞

고 다리 부러지고 화상 입은 채로 기적적으로 살아났다. 그렇지만 그때 충격으로 그는 집안을 공포에 떨게 하는 발작을 계속한다. 인용된 시에서처럼 군인들이 쫓아온다며 돌멩이를 던지고 아내를 군인으로 착각하며 두들겨 패곤 했다. 양씨는 남의 집 머슴살이까지 하며 모진 세월을 살다가 환갑도 넘기지 못한 채 세상을 떠났다. 4·3항쟁이 배태한 레드콤플렉스의 양상이 구체적으로 확인되는 경우다.

「엽신」의 경우, "일각이 여삼추라 벌써 반년이 지났습니다"로 시작되는 전반부는 실제 고두성이란 사람이 경상북도 김천형무소에서 보낸 엽서를 콜라주 방식으로 옮긴 것이다. 엽서를 통해 발신인은 "혹이나 아들 정하를 잘 인도하여서 가정에/ 명심하도록 하여주"고 "또한 보리 수확은 어떠하며/ 조밭 밟고 씨 뿌리는 건 어떻게 되었는지" 묻는다. 그러나 "발신인은 6·25가 터지자/ 인민군에 합류할까봐/ 어디론가 끌려가 집단총살당해 암매장되었고/ 수신인은 소식을 알 수 없어/ 생일날 제사를 지내며/ 지방 대신 엽서를 놓는" 상황이 되고 말았다. 그리고 발신인의 아들 "정하는 장성하여 어느새 중늙은이가 되었고/ 지금은 보리 조 농사를 짓지 않는다"는 것이다. 4·3항쟁 당시 불법재판을 받고 마포·대구·대전·목포·인천·전주 등의 형무소에 수감됐던 제주 사람들은 수천에 이른 것으로 알려지고 있다. 그 실상과 가족의 아픔을 가늠해 볼 수 있게 하는 작품이 바로 「엽신」이다.

발굴 전에는

제주민예총이 2002년에 주최한 다랑쉬굴 해원상생굿(사진: 강정효)

아버지의 유골이 세상에 나오기 전에는

얼마나 아버지를 욕하고 원망했는지 모른다

나고 자란 마을에서도 빨갱이새끼 손가락질 받으며

하다못해 코흘리개 동창들에게도 따돌림당해

그렇게 도망치듯 육지로 밀려와 아버지를

잊으려고 머릿속에서 깨끗이 지워버리려고

양아치처럼 건달로 이제껏 살아왔지만


발굴 후에는

도대체가 죄송스러워 견디지 못하겠다 왜

유골 한 줌이라도 내 손으로 거두어

묻어드리지 못하고 관의 압력에 굴복해

화장해서 뼛가루를 바다에다 뿌려야만 했는지

어엿한 도백이 된 옛날의 그 동창생

그의 말만 믿어야 했는지 옛날처럼 정보기관은 왜

그렇게 무서운지 아이고 내 아이들 보기가

창피해서 아이고 아버지 나 정말 미치고 환장허겠소

-「아, 다랑쉬」 부분


　1992년 44년 만에 동굴 속에서 11구의 4·3 희생자 유골이 발견
돼 세상을 놀라게 했던 이른바 '다랑쉬굴 사건'이 형상화된 작품이
다. 이들이 희생된 날은 토벌대의 초토화 작전 전개로 인명피해가
극심한 시기였던 1948년 12월 18일이었다. 토벌대는 굴속의 피난

바윗돌로 입구를 막아버린 다랑쉬굴

민을 발견하자 폭탄 투척과 사격으로 일부는 사살하고, 일부는 굴
입구에 불 질러 질식사시킨다. 반세기 가까이 굴속에서 썩어 들어
가던 유해가 공개됐으나 희생자를 두 번 죽이고 유족들을 더욱 비
통하게 하는 일이 발생한다. 경찰에서는 다랑쉬굴이 남로당 아지트
로 추정된다고 발표했는가 하면, 당국에서는 서둘러 유골을 화장하
고는 김녕 앞바다에 뿌리게 하고, 굴 입구를 시멘트로 바르고 봉쇄
해 버렸다. 다랑쉬굴 사건이야말로 4·3의 총체적 모순을 보여주는
상징적 사건인 셈이다. 작품의 화자는 스물일곱 살에 굴에서 희생
된 고순환의 유족이다. 반세기를 넘는 세월 동안 대를 이어 계속되
는 슬픔을 절감할 수 있다. 이는 다음 시의 맥락과 상통한다.

어디로든 길이 막혀

숨쉴 틈조차 없다

삼족 삼대를 멸하는 봉건의 악형

하릴없이 세월만 흐르고 더디 흐르고

-「연좌제」 전문

합리주의를 명분으로 삼는 현대성의 원리가 삶을 지배하는 오늘의 시점에서도 '봉건의 악형'은 상존하고 있다. 그동안 강산이 다섯 번도 넘게 변했건만 그 겨울의 시간은 흐르지 않은 채 제자리에서 맴돌고 있었던 것이다.

4·3특별법이 제정·시행되고 있어도 4·3항쟁은 아직도 미해결의 처참한 사태로 남아 있으면서 제주 사람들의 삶을 옭아매고 있다. 하여 김 시인은 증언의 말을 타고 시종일관 미친 듯이 채찍을 가하는 것이다. 그렇다고 그의 눈에 원한과 증오의 핏발만 가득 찬 것은 아니다. 그는 해원(解冤)을 염원하고 희망의 끈을 놓지 않는다.

귀신도 놀고 생인도 놀고

산 자와 죽은 자가 한데 어우러져

어제 오늘 오늘 오늘은 오늘이라

날도 좋아 오늘이라

달도 좋아서 오늘이라

영혼영신 맺힌 간장 오늘 오늘로 다 풀려놉서

영혼영신님네 오늘 석시석시로 놀아그네

조상원정 풀리는 대로 자손 간장도 다 풀려놓자

영혼영신 맺힌 간장일랑

어기여차 설장고로 일천간장을 다 풀려놀자

놀고나 가자 놀고나 가자

저 달이 떴다 지도록 놀고나 가자

요 내 간장을 풀려주컨 맺힌 간장을 풀려나줍서

궂인 간장을 다 풀려줍서

-「놀래」 부분

  '놀래'는 노래의 제주방언이다. 시인은 심방(무당)의 목소리를 빌려 그 억울한 영혼들을 위무(慰撫)하며 해원을 희구하고 있다. 산 자와 죽은 자가 한데 어우러지고, 조상과 자손이 어우러지고, 과거와 현재가 어우러지는 회심의 한판을 벌이고 있다. 맺힘에서 풀림까지의 거리는 너무도 멀고 어두웠지만, 이제는 맺힌 간장을 다 풀어내고 상생(相生)의 시대로 나아가야 할 때라는 것이다. 그것은 올바른 진상 규명을 전제로 함은 물론이다.

옛날 초가집들이 다 탈 때

이 나무로 불이 옮겨붙어 타들어 갔는데요

지금 한 번 가보세요 시커먼 숯덩이를

간직한 채 한 가지는 말라죽었는데요

다른 가지는 시퍼렇게 살아 하늘 보고 있어요

죽임의 역사를 간직한 채

살림의 역사를 살아가고 있지요 (…)

죽은 나뭇가지 속으로

새로운 나무가 자라고 있거든요

-「선흘리에서」부분

　실제로 조천읍 선흘리에 가면 4·3항쟁 당시 가옥들이 소각당할 때 함께 타다가 살아남은 나무가 있다. 이 나무에서 김경훈은 두 가지 의미를 이끌어내고 있다. 그 한 가지는 당시에 섬이 온통 쑥밭이 되고 말았지만 그대로 완전히 스러져버린 것이 아니라는 것이다. 즉, 그 전대미문의 비극에서 살아남은 이들이 그 아픔을 낱낱이 증언하고 있음을 말하고 있다. 다른 하나는 오늘의 우리에게 희망의

선흘리 불칸낭(사진: 강정효)

싹을 틔우는 구실을 하고 있다는 것이다. '죽은 나뭇가지 속으로/ 새로운 나무가 자라고 있'다는 구절은 현대사의 비극을 떠안은 제주섬이 4·3항쟁의 진상을 밝혀내고 평화와 인권을 수호하는 섬으로 거듭나게 되리라는 믿음과 희망의 메시지로 포착된다.

## 제줏말로 걷는 진실

제주섬 바깥의 사람들은 대개 제주어(濟州語)를 잘 알아듣지 못한다. 말만이 아니라 제주섬의 여러 사정도 잘 이해하지 못한다. 그러면서도 그들 대부분은, 호기심의 차원을 넘어서는, 제주어나 제주섬의 사정을 깊이 알려는 진지한 노력을 기울이지 않는다. 이런 점은 4·3항쟁이 전대미문의 비극으로 흐르게 된 것과 적잖은 관련이 있다. 강덕환 시인의 『그해 겨울은 춥기도 하였네』에 첫 작품으로 실린 이 짧은 시는 퍽 많은 점을 일러준다.

집이 군인덜 들어완
애줏아신고라, 찬물 도랜허난
춘물은 바당에 가사 싰주 허멍
정지에 강 써넝헌 물 거려단 안네난
이게 찬물 아니낸 허멍 개머리판으로
물항을 팟삭 벌러부렀잰게 원, 모실포서

　　　　　　　　　　-「목마른 자는 항아리를 깨트린다」 전문

이 시에서 우리는 강덕환이 생각하는 4·3항쟁에 대한 메시지를 상당 부분 포착할 수 있다. 제주어를 절묘하게 구사하는 가운데 4·3 항쟁의 상황을 함축적이고 상징적으로 드러내고 있기 때문이다.

제주의 한 민가에 토벌군인들이 들어왔다. 속이 탔던지 그들은 찬물을 달라고 하였다. 집주인은 "짠물은 바다에 가야 있지."라고 툴툴거리며 부엌에 가서 시원한 물을 길어다가 건넸다. 이에 군인은 "이게 찬물이 아니고 뭐냐?"고 화를 내며 소총의 개머리판으로 부엌의 물독을 깨뜨려버렸다. 대정면 모슬포에서 벌어진 일이었다고 한다.

제주어에서 '차다(ᄎ다)'는 주로 '짜다(鹹)'의 뜻으로 쓰이지, '차다(冷)'의 뜻으로는 쓰이지 않는다(물론 요즘에는 표준어의 영향으로 그렇게 쓰기도 한다.). 그러니 당시 제주섬에서 찬물은 '함수(鹹水)'이지 '냉수(冷水)'가 아닌 것이다. 하지만 집주인은 눈치로 보아 냉수를 달라고 한 것임을 알아챘다. 하여 에둘러 불평하면서도 물독의 찬물을 떠다 주었는데, 흘리는 불평을 엿들은 군인은 홧김에 식수를 보관하는 물독을 박살내 버리고 말았다.

이는 4·3항쟁 당시에 광범위하게 발생한 섬공동체와 외지에서 투입된 토벌세력 간의 소통 부재 상황을 여실히 보여준다. 예로부터 제주섬에는 식수가 귀했다. 섬의 여인들은 두어 번 허벅으로 물을 길어다가 '물항(물독)'에 채워놓고 나서야 하루 일과를 시작했다. 큰일 때는 동네 사람들이 '물 부조'를 하기도 했다. 그러기에 '물항'의 물은 생명수나 다름없다. 뭍에서 온 군인들은 그런 사정을 잘 몰랐다. 그들은 자신들과 다른 섬의 형편에 대해 이해하려고 노력하지 않은 채 불편함에 대한 불만만 표출했다. 홧김에 생명수를 여지없이 없애버리는 행위를 저지르는 것은 그런 까닭이다. 토벌군경의 몰이해가 비극을 키웠다는 해석이다.

「목마른 자는 항아리를 깨트린다」에서 보았듯이, 제주어의 유효적절한 구사야말로 강덕환 시인의 특장 가운데 하나이다. 젊은 시인이면서도 그는 제주어 구사에 아주 탁월한 역량을 발휘한다. 다음 작품도 그 좋은 예다.

집이영 눌이영 문짝 캐와불멍
어멍 아방 죽여부난
야일 살려보잰
굴 소곱에 강 곱곡
대낭 트멍에 강 곱곡

울어가민 걸리카부댄
지성기로 입을 막아부난
숨 ㅂ땅 볼락볼락 허는 걸
둑지 심엉 애야 애야 홍글처 보곡
가달 심엉 줍아틀려도 보곡

내 나이 일곱이랐주
배 갈란 석 달 된 어린 아시 업언
뒈싸지지도 못허영

이디강 주왁 저디강 주왁 허멍

이추룩 살당 보난

-「관도 없이 묻은 사연」부분

당시 일곱 살 소녀였던 할머니의 증언이다. 노파가 겪은 그해 겨울은 참혹했고, 그 후의 삶은 너무나 힘들었다. 집이 불태워지고 부모가 학살되면서 일곱 살 소녀는 백일도 안 된 동생을 안고 대숲과 굴속을 전전하며 겨우 목숨을 부지했다. 졸지에 갓난아이를 거느린 소녀가장이 되어 온갖 세파를 헤쳐가야 했으니 힘겨웠을 생애를 더 말해 무엇 하겠는가. 왜 그리 되는 게 없는지, 장사하면 망하고, 자동차를 몰면 사고 나는 등 불행이 거듭되었다. 그래서 굿이나 해보면 좀 나아질까 하여 심방(무당)을 불러다 사흘 밤 사흘 낮을 질치기를 하니 어머니 아버지 시신을 관(棺) 없이 묻어버려서 그렇다고 심방이 일러주는 것이었다. 이에 증언자는 탄식하지 않을 수 없다. "관 맹글 저를이랑마랑/ 광목에 뱅뱅 몰안 묻어났주게"라는 전언처럼 절차를 차려 장사지낼 여건이 되지 못하였기 때문이다. "아이고! 어멍아, 흐끔만 이시민/ 돈 하영 벌엉 좋은 관이영 개판 허영/ 뻴바른 디 묻으쿠다" 했던 약속은 끝내 지키지 못한 채 늙어버리고 말았다. 주름진 제주 할머니가 넋두리하듯이 증언하는 모습이 눈에 선하다.

「곧건 들어봅서」도 제주어로만 토해내는 절절한 육성 증언이다. 표선해수욕장의 백사장(한모살)에서 학살된 넋들의 사연이 하나하나 열거된 작품이다.

열 여덟에서 마흔까지 토산리 젊은 사름덜

향사로 모이랜 허난 줄레줄레 간 겁주

그 사름덜 모살판에 끗어당 무사 죽여불미꽈

잊혀지질 안헙니께, 동짓둘 열 아흐렛날

곱닥헌 처녀덜 따로 심어단 어떵 해분 애긴

입 중강 말쿠다

토벌 갈 거매 지서로 모이랜 허난

세화리 사름덜 어이쿠! 이거 이제 살아질로고나

나흘치 쓸이영 출래 ㄱ심 젊어정 가신디

모살판에서 오꼿 죽여분댄 헌 말이 무슨 숭시꽈

어떵 잊어붑니까 동짓둘 열 일뤳날

표선리 한모살 해변

경만 헌게 아니라 다리에 총 맞아 살아난 사름

기멍 들으멍 집이 와신디

또시 심어강 죽여불 일은 무슨 말이우꽈

그 사름 혼자만이민 무사 이 말을 그릅니까

아이덜이영 각시까지 심어단 죽여부난

물이라도 거려냥 식게 멩질 촐릴 대가 끊어져분 거라마씀


숨 브딴 곧질 못 허커매 물 흔적 거려와 봅서

이 말은 도시렁 좋아, 말앙 좋아

성읍리 가민 조첩이 ᄌᆞ순덜

씨가 이시민 줄 뻗낸 허멍 문짝 모지라나십주

가시리 사름덜은 뒷 해 나는 정월 초나흘날 하영덜 죽곡

수망리에선 흔 궨당 열 명이 죽었댄 헙디다

-「곧건 들어봅서」부분


　한모살은 한라산 남동부 지역인 표선면·남원면의 중산간 주민들이 다수 희생된 곳이다. 면사무소에 주둔한 군부대가 그곳을 학살터로 삼았다. 토벌군은 민보단을 시켜서 죽창으로 찔러 죽이게도 하였다. 토산리 젊은이들이 일주일 새에 200명이나 희생되었는가 하면, 세화리 청년 16명이 토벌 가자는 군인을 따라 나섰다가 한꺼번에 죽었다. 성읍리의 남로당 간부 조몽구의 처와 자식들도 이곳에서 총살되었다. 강간 사건도 있었다. 썰물에 보이는 흰 모래만큼이나 많은 사연들을 살아남은 이가 낱낱이 증언하고 있다. 그런 끔

찍한 일들은 밀물에는 바닷물에 가려지지만 썰물에는 백일하에 드러날 수밖에 없는 것임을 시인은 힘주어 말한다. '입 중강 말쿠다', '숨 ㅂ딴 곧질 못 허커매 물 흔적 거려와 봅서', '이 말은 도시렁 좋아, 말앙 좋아' 등의 시행들에서는 버겁기도 하고 주저되기도 하고 두렵기도 한 증언 상황을 실감나게 보여주기도 한다.

「탄생설화」의 경우에는, 전체적으로는 표준어가 구사되고 있지만, 배고파서 밥 얻어먹느라 몰래 시신 꺼내오는 일을 대신하던 이가 토벌대에 들켜서 애원하는 부분은 제주어로 처리되었다. 거지가 없던 섬에 "굶어죽은 축산이"(거지)가 생겨난 사연을 전언하면서 시인은 표준어와 제주어를 적절히 배열한 것이다. "아니우다 아니우다, 배고파 비렁뱅이로 떠도는 거지 중에 상거지우다, 하도 배가 고판 어느 집엘 들어간 밥 한사발만 줍센허난, 그건 경허라마는 오라방이 죽었댄 허멍, 혼자서 버칠 거난 같이 들러다 주민 밥 봉ㄲ랭키 맥여주캔 했수다, 얻어먹은 짐작도 있고 경허연 거기 이서난 거우다, 난 밥 빌어먹는 상거지라마씀"이라는 '축산이'의 겁에 질린 목소리만 제주어로 표현되면서 그 효과를 극대화하였다.

「호적 찾기」, 「사팔이」, 「이제랑 오십서」, 「이제랑 그릅서」, 「산불근 해불근」, 「나의 살던 고향은」 등에서도 제주어는 유감없이 구사된다. 4·3항쟁의 상황이 제주어를 통해 생생하게 전달되면서 그 울림이 더욱 배가되고 있는 것이다. 강 시인은 왜 이렇게 다른 지역 독자들이 알기 어려운 제주어를 적극적으로 작품에 담아 놓았을까? 물론 생생한 증언, 지역적 특수성, 리얼리티 등을 감안한 작업이기도 하지만, 거기에만 머무는 게 아니라고 본다. 제주어로 말하는 4·3

항쟁을 이해하지 못하면 4·3항쟁의 속살을 알 수 없다는 신념의 반영이 아닌가 한다.


## 이름 없이 떠도는
## 영혼들

죽어도 죽지 못한 영혼들이 있다. 4·3항쟁의 와중에서 죽어간 이들 중에는 이름을 갖지 못했거나 이름을 알 수 없는 이들이 아주 많다. 그들은 죽어도 죽은 게 아니다.

산 같은 마음으로 살라고
山心이란 이름을 가진 여인은 아라리에 살았다
민주 마을이었던 탓일까. 남편을
대전형무소에 보내고 불러오는 배를
움켜쥐고 살았다. 무심한 남편은
'웃사쓰 두 벌만 보내주라'는
5전짜리 엽서를 끝으로
아리 아리 아라리요
죽었는지 살았는지 소식도 없고
몸을 푼 지 스무 날 만에 죽었다. 죽어도
시부모 앞에서 알몸인 채로
가앙가앙당하면서……, 옹송거리던

그녀의 딸도 따라 죽었다.


이름 석 자 얻어갖지 못한 채

발에 채일 봉분 하나 마련하지 못한 채

얼어붙은 어미의 젖무덤 감싸안고 죽어간

山心이의 딸

영정 대신 紙榜 삼아

5전짜리 그 엽서 제상에 올려

분향재배 드리고 음복잔에 취기가 오르면

잊힐 듯도 하건만 반세기를 또렷이 살아

기억 속을 파고드는 高山心의 딸

- 「산심이 딸」 전문


이 시의 상황은 4·3항쟁의 비극을 명징하게 보여준다. 아라마을에 살던 고산심 여인은 임신한 상태에서 젊은 남편을 대전형무소에 보내야 했다. 간간이 엽서를 보내오던 남편은 소식이 두절되었고, 그 와중에 그녀는 딸을 낳았다. 출산에서 아직 채 회복되지도 않은 산모인 그녀는 시부모 앞에서 발가벗겨져 욕보여지고는 목숨을 놓았다. 아직 이름도 갖지 못한 그녀의 딸도 현장에서 함께 죽었다. 남편은 형무소에서 희생되고, 부인은 강간당해 희생되고, 아비 얼굴도 모르는 무명의 갓난애마저 희생되었다. 푸른 꿈을 막 키워갈 한 가족이 속절없이 세상에서 증발해버린 것이다. '아리 아리 아라리요'라는 구절이 들려주는 서러운 아득함, '가앙가안당하면서……'에

우도가 보이는 성산일출봉을 거니는 강덕환 시인. 가까이에 학살터가 있다.

서 느껴지는 비통함과 처절함을 넘어 '음복잔에 취기기 오르면 (…) 기억 속을 파고'든다는 부분에서는 밀려오는 비장미가 대단하다.

특히 이 시의 희생에서 시인이 가장 중점을 두어 부각시키는 것은 '이름 석 자 얻어갖지 못한 채/(…) 죽어간/山心이의 딸'이다. '산심이 딸'은 제대로 기록되지 못한 죽음이다. 하필이면 미친바람이 휘몰아치는 그 시절의 제주섬에 태어난 죄로 겨우 20일 동안만 숨 쉰 어린 넋이다. 영정이 없을뿐더러 이름마저 없으니 제삿날에도 지방문을 쓸 수도 없다. 형무소의 아비가 보냈던 5전짜리 엽서로만 기억될 뿐이다.

시인은 이처럼 4·3항쟁의 상황과 관련하여 이름 없는 이들의 죽음에 대해 유난히 주목한다. 이들의 죽음이 현실에서 거의 기억되지 못하는 데 따른 문제제기다. "굶어 죽은 축산이"(「탄생설화」), "이름조차 호적부에 올리지 못한 물애기"(「현의합장묘」), "이름 석 자 얻어갖지 못한 어린 것"(「산불근 해불근」), "담돌에 매다 쳐버린 그 물애기"(「산불근 해불근」), "이름 석 자 매달아 주지 못한 그 아들"(「다랑쉬굴」), "호적에 올리기도 전에 4·3사건 나"서 "난리통에 죽어"버린 남자(「호적 찾기」) 등이 모두 그러한 존재들이다. 다음 시의 사팔이라는 인물도 그러하다.

> 향사 마당 한컨
> 외양간 닮은 집에 살면서
> 마을의 궂은 일은 도맡아 했습니다
> 향회가 열리는 날이면

문딱덜 모이십서 댕 댕 대에앵

종을 울렸습니다

침을 놓던 봉진이 아버지가 데려왔다는

사팔뜨기 사팔이

(…)


그러던 그가 보이질 않은 건

무자년 소개령이 끝나고

재건마을에 돌아왔을 때였습니다

향사는 불에 타 없어지고

어디로 갔는지 알 길이 없습니다

상가나 잔칫집 돗추렴에도

나타나질 않았습니다

－「사팔이」부분


　사팔이라고 불린 사내는 "이름도, 나이도 가지지 못한/ 겉늙어 뵈는 행색"으로 "나사가 반쯤 풀린 듯 헤헤거리며/ 어른, 아이 대할 때마다 가릴 것 없이/ 인사성 하나만은 밝았"던 이다. 배운 것 없고 조금은 모자란 듯한 사팔뜨기지만 마을의 궂은일을 도맡아 처리하는 착하고 순진한 사람이었다. 그런 사팔이가 4·3항쟁의 와중에 행적을 감추었다. "죽창을 들고 다니더라는 애기는/ 사태가 끝나고 난 후/ 부풀리고 꼬리를 물어/ 발 없이 돌아다녔"지만 확인할 수는 없었다.

'사팔이'는 희생자 중에서도 소외된 민중이다. 희생자 명단에 기록되지도 못하는 사람이다. 『제주4·3사건진상조사보고서』(2003)에서는 4·3항쟁으로 인한 희생자 수를 2만 5,000에서 3만으로 추정한다. 그런데 희생자로 공식 인정된 이는 1만 4,000여 명에 불과하다. 절반이 될까 말까 하다는 것이다. 그렇다면 나머지 1만 1,000~1만 6,000명은 누구인가. 거기에는 사태의 주모자라고 판단해서 희생자로 인정되지 못한 경우도 있지만(물론 이런 판단은 옳지 않다고 본다.), 사팔이 같은 무명씨가 아주 많다. 개중에 어떤 무명의 희생자는 '○○○의 자'처럼 기록되기도 하지만, 사팔이는 그렇게조차 기억될 수 없다. 과연 사팔이는 어디에 있는가? 그는 영원히 구천을 떠돌아야만 할 것인가? 이런 상태로 4·3항쟁의 진상이 규명되었다고 말할 수 있겠는가?

## 역동적인 재생,
## 비장한 부활

이 시집에는 재생과 부활의 이미지를 강조하는 작품이 많다. 들풀이나 나무의 재생이 여러 번 읊조려진다. 깊디깊은 4·3항쟁의 상처를 딛고서 도처에서 새싹이 움트고 새살이 돋고 있음을 시인이 목도하고 있음이다. 아무리 망각을 강요해도 대지는 그 모든 것을 기억하고 있음을 시인은 역설하고 있음이다. 결국 4·3항쟁의 온전한 재생을 의미한다.

아직, 살아 있습니다

터진 무르팍 또 터져

덧대어 기운 틈새로 찬바람

간섭해도 버티어 있습니다


삭신이야 온전할 리 있겠습니까

정처 없는 동백 씨앗

겨드랑이 타올라 뿌리 뻗고

담쟁이 목줄에 감겨 와도

모두 아울러 살아갑니다


집이건, 연자방앗간

깡그리 무너지고

동굴 속으로 숨어든 사람들마저

다시 못 올 길 떠난 자리에

방홧불에 데인 상처

아물지 못해 옹이로 습배인

마을의 허한 터에 서서

끝내 살아갑니다

-「불 칸 낭」 전문


「불 칸 낭」은 김경훈의 「선흘리에서」와 마찬가지로 불타버린 나무를 통해 4·3항쟁의 상흔과 재생을 담아낸 작품이다. 1948년 늦가을 토벌군들이 선흘리에 들이닥쳐 온 마을을 불태워 버렸다. 주민들은 인근 선흘곶의 동굴 등지로 피신했다가 대부분 학살되었다. 마을이 불탈 때 사거리에 서 있던 아름드리 팽나무에도 불이 옮겨붙어 새카맣게 타버렸다. 그런데 다들 죽은 줄 알았던 그 나무의 한쪽에서 새싹이 돋기 시작했다. 다른 수종의 씨앗도 고목에 뿌리를 내려 몇십 년을 함께 살아가고 있다. "아직 살아 있습니다"로 시작하여 "끝내 살아갑니다"로 마무리함으로써 절대로 죽을 수 없고 죽지 않을 것임을 시인은 확신한다. 질긴 생명력과 더불어 공동체적인 삶도 강조되는 이 시는 나무의 생태를 역사와 현실에 절묘하게 결합시킨 명편이다.

선흘리처럼 초토화작전으로 스러진 마을들도 사태가 수습되면서 속속 재건되어 다시 삶터로 회복되었다. 하지만 그렇지 못한 마을도 적지 않았다. 그런 마을을 흔히 '잃어버린 마을'이라고 부른다.

적꼬치로 쓰던 뒤란의 대나무 숲은 서걱이는데, 풋감즙을 내어 갈옷에 물들이던 감나무의 노동은 시퍼렇게 살아 있는데, 어쩌자고 무자년의 흔적 지우지 못하고 버팅겨선 팽나무 너는

떠난 게 아니라 밀려난 거지요 잊은 게 아니라 꽁꽁 저며 두고 있던 거지요 잃어버린 게 아니라 빼앗긴 거지요
                                    -「잃어버린 마을」 부분

4·3으로 인해 사라진 다랑쉬마을

시인은 '잃어버린 마을'이라는 표현에 불만이다. 마을을 잃어버
렸다는 것은 마을이 자기도 모르게 아주 없어졌다는 뜻이거니와,
4·3항쟁의 상황은 결코 그렇지 않다는 항변이다. '빼앗긴 마을'이라
고 해야 한다는 것이다. 빼앗겼지만 다시 찾아야 할 마을들이 제주
섬 도처에 130곳이 넘게 있다. 지금 빼앗긴 마을에는 사람들은 살
지 않더라도 대나무·감나무·팽나무는 버팅기며 시퍼렇게 살아 있
다. 당시의 흔적을 고스란히 안고 있기에 언젠가는 되찾아야 한다
는 것이다. 빼앗긴 마을의 부활을 시인은 염원한다.

> 축제는 끝났다, 바람이 낸 길을 따라
> 불이 흐르던
> 무자년 동짓달 열사흘

242 문학으로 만나는 제주

차마 여물지 못한 보름달빛

그 때도 대나무 울타리

우물가에 살포시 내려앉았을까


피할 재간도 없이

거대한 불줄기는

와드득 와드득 안간힘으로

교래리 벌판

삼킬 것 다 태웠다 여기지만


잿더미 비집고

뿌리에서 길어 올린 분노

자양분으로 삼아

억새순 삐죽이 고개를 내미는 사이

할미꽃, 아직은

작은 몸짓일지라도

저승 갈 노잣돈 마련할 수 있겠다

-「들불 축제」 전문


초토화작전은 제주섬의 수많은 중산간 마을들을 화염에 파묻어 버렸다. 들불처럼 마을을 깡그리 태워버렸다. 하지만 들불을 놓았다고 들판이 없어지는가. 들불을 놓았다고 식생까지 모두 없애버릴 수가 있겠는가. 들판은 여전하고 그 자리에서 새움이 터서 식생은 오히려 더 강건해진다. 더욱 파릇파릇 자라난다. 위의 시에서도 마지막 연에서 억새순과 할미꽃을 통해 재생의 들판을 의미심장하게 그려내고 있다. 남원면 의귀리 학살 사건과 관련된 「현의합장묘」에서도 "앙상한 어욱밭 방앳불 질러 죽이고 태웠어도/ 뿌리까지 다 태워 없애진 못하는 법 아닙니까/ 봄이면 희망처럼 삐죽이 새순 돋지 않던가요"라면서 "부활하는 새 생명"을 꿈꾸고, 예비검속자 학살 사건을 다룬 「만뱅디」에서도 "살과 뼈는 흙으로 돌아가고/ 체온은 햇볕에게 보태어/ 야만의 땅엔/ 날줄과 씨줄로 곱게 엮은/ 저토록 고운 벌판"이 펼쳐지고 있음에 주목한다.


    곱으라, 곱으라 소리칠 새도 없이
    살려줍서, 살려줍서 바짓가랑이 잡는 애원도
    허공중에 흩어지던 기축년 정월 열엿새
    굴 밖으로 끌어낸 스무 남은 사람들
    다르르륵 팡팡팡팡
    새가 되어 날아갔네, 억새가 되어 박혔네
    한 톨의 씨도 남겨선 안 된다며
    담돌에 매다쳐 버린 ㄱ 물애기는
    날아갔을까, 박혔을까

    산불근 해불근의 중산간
    잊은 것 같지만, 사라진 것 같지만
    상처의 그루터기를 견딘 억새의 촉수

날을 세우고 빌레를 뚫어 움튼다, 자란다

- 「산불근 해불근」 부분

애월면 어음리 빌레못동굴에 숨었던 주민들의 희생과 관련된 작품이다. '산불근(山不近) 해불근(海不近)'은 물론 산(무장대)에도 가까이하기 어렵고 바다(토벌대)에도 가까이하지 못하는 중산간 주민들의 상황을 표현한 것이다. 즉 '비산비해'(非山非海)와 비슷한 말이다. 그런데 이 말은 그 소리가 같음으로 인해 붉은 불을 연상시킨다. 온통 불타면서 산도 붉고 바다도 붉고, 하늘도 붉고 땅도 붉었던 게 그시절의 상황이었다. 그 날름거리는 붉음으로 인한 잿빛을 뚫고 초록의 움이 튼다. 총소리에 박힌 억새는 빌레를 뚫고 나온다. 움터서 자라고 꽃을 피운다. 참혹함의 진폭만큼 역동적인 재생이요 비장한 부활이다.


## 생나무의 위력과
## 동백꽃 신열


김경훈의 『한라산의 겨울』은 끔찍한 상황과 공포적인 분위기가 노골적으로 자주 묘사된다. 김 시인은 내면에서 정화된 후 나오는 가지런함을 아예 포기해버리는 강수를 택했다고 할 수 있다. 그는 증언자의 입장에서 열정적으로 말하고 싶어 한다. 시인은 끔찍한 상황 자체가 더도 덜도 아닌 생나무 그대로의 4·3 진상임을 강변하고 있는 것 같다. 그리고 그것은 잗다듬을 수 있는 게 아니라고 인식하는 것으로 보인다.

　김경훈은 현장에서 얻어진 기막힌 상황들을 세련되고 잘난 현대인들에게 날것인 채로 내보이면서 야유를 보내고 싶은 듯하다. 이런 상황들을 방치하고서도 인류평화라고? 휴머니즘이라고? 인권이라고? 화해와 상생이라고? 웃기지 말아라! 김경훈은 이렇게 질타하며 조소하고 싶은 것이 아닐까.

　『그해 겨울은 춥기도 하였네』에 실린 강덕환의 4·3시는 특정한 시공간의 역사와 현실에 바탕을 두면서도 독자의 상상력을 거기에만 한정시키지 않는 힘을 발산한다는 데 그 강점이 있다. 생경한 언어를 동원하여 외치진 않지만, 깔린 힘은 오히려 더 무섭다. 그러한 웅숭깊음이 강덕환의 4·3시가 지닌 도저한 미덕이다. 「동백꽃」은 그 절정이다. 짧은 시편에 농축된 의미가 선혈보다 진하여 섬뜩하다.

　　　초봄, 아직 일러
　　　돋지 못한 순도 많은데
　　　서두른 탓일까, 꽃봉오리
　　　시들 채비도 없이
　　　삽시에
　　　모로 떨어져
　　　신열로 뒤척이는 꽃

　　　　　　　　　　　　　　　　　　－「동백꽃」 전문

# '큰 문학'으로 거듭나는
봄날의 불꽃

## 광장의 촛불과
## 오름의 봉화

우리가 마침내 이뤄낸 촛불혁명은 찬
란하고 황홀한 역사임에 조금도 모자람이 없다. 언제 어디에 이처
럼 명예로운 위업이 있었던가? 오래도록 자랑삼기에 충분하다. 물
론 혁명의 진정한 완수는 적폐를 확실히 청산하여 나라다운 나라를
만듦으로써 이뤄지는 것이겠지만.

촛불은 서울 광화문뿐만 아니라 부산의 서면 중앙로, 광주의 금
남로, 대전의 둔산동 등 전국 각처에서 동시다발로 타올랐다. 제주
에서도 제주시청 집회에 20회 동안 연인원 5만 6,000명이 참가했
다. 비행기 타고 가서 광화문 집회에 참가한 이들도 적지 않았다.

제주 사람들 중에는 촛불을 보면서 무자년(戊子年)에 오름마다 타

강요배, 「봉화」(1991)

올랐던 봉화를 떠올리는 이들도 있었을 것이다. 실제로 집회의 자유발언대에서 4·3항쟁을 이야기하기도 했다. 박근혜 정부가 밀어붙였던 국정교과서의 왜곡된 4·3 기술에 대해 규탄하는가 하면, 4·3의 완전 해결을 주장하기도 했다.

'촛불'과 '봉화'는 상통하는 불꽃이다. 적폐를 없애 제대로 된 나라를 만들자고 불을 밝혔다는 점에서 같은 맥락이다. 개개인이 존중되는 공화국에 대한 염원은 다를 바 없다. 결국 오래전 제주에서 청산 못 한 적폐 문제가 촛불혁명까지 이른 셈이다. 그러기에 촛불혁명의 완수는 4·3항쟁의 완수로도 볼 수 있는 것이다.

실로 4·3은 제주와 한반도만이 아니라 세계사적 흐름에서도 주목되는 항쟁이었다. 2차대전 이후 세계체제가 재편되는 과정에서의 긴장이 제주섬에서 폭발한 것이었기 때문이다. 문학이 여기에 주목함은 지극히 당연한 현상이었다. 4·3문학은 공산폭동론 외에는 허용하지 않던 난공불락의 벽을 전위에서 기어코 무너뜨리면서 강한 존재감을 드러냈다.

그 중심에는 현기영이 있었다. 항쟁 30주년에 발표된 그의 중편 「순이 삼촌」(1978)은 엄청난 파괴력을 발휘했다. 이 작품은 제주섬에 그런 믿기 어려운 참사가 있었고, 그 상흔이 계속 곪아가고 있음을 많은 독자들에게 충격적으로 인식시켰다. 국내에선 연구논문도 없고 언론도 침묵하는 가운데 연이어 발표된 현기영 소설들은 4·3인식의 전범(典範)이 되었다.

재일작가 김석범도 4·3문학에서 뚜렷한 위상을 지닌다. 김석범이 '제주4·3평화상'의 첫 수상자인 것은 4·3 작가임과 상관성이 크다. 그가 국제적으로 펼친 평화운동은 문제작들을 써냈기에 수반된 활동이기도 하기 때문이다. 1950년대부터 발표된 그의 4·3소설들은 1988년 『까마귀의 죽음』과 『화산도』 제1부가 번역 출간되면서 국내 독자들에게 충격을 주었다. 특히 『화산도』는 2015년 완역되어 커다란 반향을 일으키고 있다.

4·3항쟁이 이제 70주년을 넘어섰다. 촛불혁명의 완수 여정과 맞물린 중차대한 이 시점에서 4·3문학은 진지한 성찰을 통해 새로운 도약을 모색해야 한다. 이에 4·3문학의 두 거장인 현기영과 김석범의 소설을 다시금 짚어보고자 한다.[1] 4·3문학에서 지금 무엇을 주목해야 하는지, 어떤 게 유용한 방식일 수 있는지를 짚어본다. 특히 적극적인 현재성의 의미를 부여하는 맥락에서 항쟁담론으로서 4·3문학에 방점을 둘 것이다.

## 봄의 항쟁담론으로서
## 4·3문학

4·3은 오랫동안 겨울 이야기였다. 대표적인 4·3시집인 김경훈의 『한라산의 겨울』(2003)과 강덕환의 『그해 겨울은 춥기도 하였네』(2010)에서도 그 계절을 내세웠다. 하긴 그럴 만도 하다. 수만의 죽음 대부분은 무자·기축년 겨울에 발생했기 때문이다. 그동안의 진상규명운동도 억울한 죽음을 신원(伸寃)하라는 요구가 주된 방향이었다. 4·3특별법에도 "1947년 3월 1일을 기점으로 1948년 4월 3일 발생한 소요사태 및 1954년 9월 21일까지 제주도에서 발생한 무력충돌과 그 진압과정에서 주민들이 희생당한 사건"이라 규정함으로써 희생 문제에 초점을 두었다.

하지만 희생담론이 4·3의 전부가 되어서는 안 된다. 이제 다른 담론을 본격화해야 한다. 항쟁의 참뜻은 무엇인지, 거기서 어떤 정신을 어떻게 계승해야 하는지 되새겨야 할 때가 되었다. 반공이데올로기에 짓눌려 논의를 꺼려왔던, 봄날 그 자체의 열정에 대해 당당히 말하자는 것이다. 따라서 현 단계는 항쟁담론으로 4·3을 보는

오열하는 김석범(사진: 강정효)

일이 중요하다. '사건'이 아니라 '항쟁'이라는 이름을 달아줘야 마땅함은 물론이다. 그렇다면 무엇에 대한, 무엇을 위한 항쟁이었던가.

우선 적폐에 대한 항쟁이었음을 주목할 필요가 있다. 4·3항쟁에서 청산해야 할 적폐의 핵심은 친일파였다. 그들이야말로 새 조국 건설의 도정(道程)에서 결정적인 걸림돌이었다. 김석범과 현기영의 소설에서는 그것이 구체적으로 그려졌다.

김석범의 『화산도』는 4·3 봉기 직전부터 1949년 6월 무장대가 붕괴되는 시기까지를 배경으로 제주 젊은이들이 남로당과 직·간접적인 관계를 맺으면서 단정추진 세력 등에 맞서 투쟁하는 과정에서 벌어지는 열정, 좌절, 번민, 허무, 사랑 등을 담아낸 대하소설이다. 이 작품의 주인공 이방근은 "제주도사건도 친일파가 지배했기 때문에 일어났다."(7권 318쪽)고 말한다. 입산 활동가인 남승지도 "일장기가 36년간이나 '국기 게양대'에 걸려 있었"던 상황과 "본질적으로 뭐가 달라졌단 말인가."(1권 38쪽)라며 입술을 앙다문다. 친일세력의 득세가 여전한 현실을 방기하고서 자주독립국가가 세워질 수는 없다는 것이다.

> "이놈 저놈 모두 일제협력자가 아닙니까! 도대체가 말이죠. 이 나라는 일제협력자의 천국입니다."(5권 175쪽)

이방근과 함께 밀항투쟁을 벌이게 되는 한대용의 발언이다. 일본군 군무원으로 남양군도에서 근무했던 그는 연합군에게 전범(戰犯) 취급을 당하며 고초를 겪다가 귀향하여 혁명 대열에 동참코자

어음리 자리왓에서 현기영

했으나 당 조직에 의해 거절당했다. 반면에 "일본 지배 체제가 그대로 유지되었다면 (…) 조선총독부 기관 내에서도 유능한 관리가 되었을"(1권 182쪽) 정도의 친일파였던 유달현은 자기비판도 없이 조직 활동을 하다가 배신의 길을 걷는다. 한대용은 결국 일본으로 도망가려던 유달현을 처단하는 일에 앞장선다.

　현기영 소설에서는 주로 기층민중을 중심으로 정세 인식을 드러낸다. 「거룩한 생애」의 해녀 간난이(양유아), 「목마른 신들」의 심방(무당) '나', 「마지막 테우리」의 테우리 고순만 등을 주인공으로 내세워 제주 민중들이 체감하는 현실을 포착한다.

왜순사 노릇하던 자들이 왜순사복 차림 그대로 '미군정 경찰'이라는 완장만 두른 채 버젓이 사람들 앞에 나서고, 공출 많이 안 낸다고 매 때리고 벌주던 면서기들도 여전히 그 흉측한 국민복 차림에다 수건을 꽁무니에 차고 버젓이 행세하고 다녔다.(「거룩한 생애」50쪽)

3인칭 시점이지만 간난이라는 해녀의 눈으로 본 적폐 세상의 실상이라고 해도 무방하다. 게다가 "일제에 의해 불온분자라고 낙인찍힌 자는 해방된 땅에서도 여전히 불온분자"가 되는 "가슴을 치며 통곡"(55쪽)할 일까지 벌어진다. 이처럼 친일파가 득세하는 거꾸로 된 세상은 미군정이 있었기에 가능했다. 미국은 조선을 해방시켰다기보다 나쁜 방식으로 점령한 것이라는 섬사람들의 인식이 확산되었다.

이런 적폐의 지속, 적폐의 득세 상황을 두고 볼 수만은 없는 일이었다. 현기영 소설은 이런 상황을 잘 포착했다. 섬사람들은 1947년 해방 후 두 번째 맞는 3·1절 기념식을 통해 하나된 목소리로 새 세상을 향한 갈망을 표출코자 했다. 자주독립 의지를 만방에 과시한 기미년의 정신을 계승한다는 의미였다.

인민의 독약 양과자를 먹지 말자, 미군 철수, 신탁통치 반대의 외침이 줄기차게 이어지더니 드디어 삼일절 기념행사날 관덕정 마당과 북교 운동장에 일만 군중이 운집한 가운데 대집회가 열렸다. 해방이 되었지만 해방이 거꾸로 되어 삼팔선이라는 방해선이 생겼다고, 해방은 되었지만 왜놈 머슴살이 대신에 미국놈 머슴살이 하게 되었다고, 해방은 되었지만 진정한 해방이 아니라고 새로운 독립투쟁을 벌여야 한다고 연사들이 절규하고 군중의 함성은 온 읍내를 떠나보낼 듯이 우렁찼다.(「목마른 신들」60쪽)

「목마른 신들」에서 묘사된 것처럼 제주의 항쟁은 바로 이러한 자주독립의 열망에서 출발했다. 그런데 비폭력 3·1절 기념시위를 미군정이 폭력적으로 진압하면서 유혈사태를 몰고 왔다. 섬사람들은 민관 총파업으로 맞섰으나 탄압은 더 심해졌다. 결국 이듬해 4월 오름마다 봉화가 오르면서 무장봉기가 시작되었다. 외세를 배격하는 자주국가 수립을 위해 단독선거 반대, 통일정부 수립 등을 봉기의 명분으로 내세웠다.

　　　"이보게, 안 그런가 말이여, 나라를 세우려면 통일정부를 세워야 지, 단독정부가 웬말인가." 단독정부 수립을 반대하여 섬백성들이 투표날 초원으로 올라와버렸고, 그래서 초원은 여기저기 때아닌 우마시장이 선 것처럼 마소와 사람들이 어울려 흥청거리지 않았던 가.(「마지막 테우리」15쪽)

「마지막 테우리」에서 고순만 노인은 봉기세력의 주장이 당연하다고 말한다. 섬백성들이 5·10선거를 반대한 것은 자연스러운 행동이었다는 것이다. 「목마른 신들」에서 해녀 간난이의 생각도 마찬가지였다. "아직 정부가 수립되기 전이니까 이왕 정부를 만들 바엔 단독정부가 아닌 통일정부를 만들자 하는 것은 국민된 도리로서 능히 할 수 있는 주장"(「목마른 신들」 61쪽)이라는 말에서 보듯, 자주국가 수립의 과제가 중요했기에 작품에 구현된 4·3의 형상화에서도 '항쟁'의 성격에 대한 강조를 읽을 수 있다.

『화산도』에서는 더 분명하게 봉기의 명분이 표출된다. "파업이나 데모 같은 걸로 뭘 할 수 있겠나. 무엇보다 지금은 파업도 데모도 할 수가 없네."(4권 54쪽)라는 상황 인식은 무장봉기의 결행으로 이어지면서 분명한 요구사항을 내세운다.

> '하나, 미군은 즉시 철수하라! 둘, 망국적 단독선거에 절대 반대한다! 셋, 투옥 중인 애국지사를 무조건 즉각 석방하라! 넷, 유엔조선위원단은 즉각 돌아가라! 다섯, 이승만 매국도당을 타도하라! 여섯, 응원경찰대와 테러 집단은 즉시 철수하라! 일곱, 조선 통일 독립 만세!'(4권 186쪽)

적폐가 준동하는 현실을 타파하여 주체적으로 살고자 하는 제주 민중의 염원이 바로 4·3항쟁으로 구현되었다는 것이다. 그것은 반제국주의 투쟁이면서 "자르면 하나가 되고, 자르지 않으면 두 개가 되는"(2권 325쪽) 38선을 잘라내는 통일 투쟁이기도 함을 강조하고 있다.

그런데 신제국 미국과 연결된 적폐세력의 위력은 막강했다. 그들이 내세운 명분은 반공이었다. 서북청년회, 친일파, 단선 추진 세력은 미군정과 손잡고 반공을 내세워 제주섬을 유린했다.

만주와 중국에서 일본의 밀정을 하고, 조선 독립운동 투사를 매
　　도한 자, 조선의 사회주의자와 독립운동가를 고문, 죽음으로 몰고
　　간 조선인 고등계 경찰관들. 일제의 특고경찰제도와 방식, 전후 일
　　본에서는 폐지가 된 것이 그대로 형태만 바뀌 미군정하에 남아, 지
　　금 반공입국의 선두에 서서 맹위를 떨치고 있었다.(12권 227쪽)

　신제국주의 세력이 적폐 세력을 앞세워 자신들의 뜻을 관철코자
하면서 급기야 제주섬은 초토화되었다. 수만의 희생을 초래하면서
항쟁은 실패하고 말았다.

　그러나 완전한 패배는 아니었다. 김석범은 이방근을 통해 상징
적인 과업을 수행케 한다. 이방근은 친구인 유달현을 바다에서 처
단토록 했고, 친척인 정세용을 산에서 직접 총살했다. 친구와 친척
이라는 가까운 존재를 단죄하는 행위를 통해 적폐 청산이란 냉엄하
고 과감하게 단행해야 하는 과제임을 입증했다. 그는 또한 남승지·
신영옥 등을 일본으로 탈출시킴으로써 훗날을 기약하는 희망을 남
겼다.

　하지만 이렇게 통일민족국가 수립을 내세웠다고 해서 4·3항쟁
에서 국민국가 차원만 주목해선 안 된다. 지역공동체 문제를 놓치
면 곤란하다.

　『화산도』에서는 제주의 풍속 재현과 더불어 공동체가 파괴되는
양상이 그려진다. "멸치도 생선이야, 제주도 것들이 인간이냐"(5권
165쪽)라거나 "정어리도 물고기인가, 제주 새끼도 인간인가"(10권
248쪽)라는 인식이 사태를 키운 주요 원인이었음을 포착한다. "태평

양 너머에서 온 외적과, 제주해 너머에서 온 같은 조선인이라는 외적들"(10권 257쪽)에 의해 제주공동체가 파괴되고 있음을 개탄해 마지않는다. "제주에서 계속된 식민지적 상황은 일본에 의한 지배에서, 미국에 의한 지배로, 미국의 후원을 입은 '서울 정권'의 지배로 이어지는 이중의 식민지"[2]였음을 『화산도』에서 확인할 수 있는 것이다.

「마지막 테우리」에서는 오름을 비롯한 초원이 아름답게 그려지는데, 그것이 해변으로 인해 환란을 겪는다. 이는 제주공동체가 처한 상황을 상징적으로 웅변한다.

> 사십오 년 전, 초원은 법을 거스르고 해변에 맞서 일어난 곳이었다. 오름마다 봉화가 오르고 투쟁이 있었다. (…) 단독정부 수립을 반대하며 섬백성들이 투표 날 초원으로 올라와버렸고, 그래서 초원은 여기저기 때아닌 우마시장이 선 것처럼 마소와 사람들이 어울려 흥청거리지 않았던가. 그러나 법을 쥔 자들의 보복은 실로 무자비했다.(15쪽)

초원은 '섬백성'이며, 해변은 '법을 쥔 자'들의 상징이다. 단독정부를 수립하여 정권을 잡으려는 법을 쥔 자들의 활동 공간이 해변인 데 반해, 그에 대항하여 법을 거스르고 맞서 일어난 공간은 초원으로 설정되어 있는 것이다. 제주의 해변은 역사적으로 온갖 외세들이 침입했던 곳이다. 해방 직후 미군도 서청도 토벌군도 모두 해변으로 들어와 제주 민중들을 초원으로 내몰았다. 그러기에 소설

말미에서 초원이 '강풍'과 '검은 구름'과 '눈보라'를 불러들여 파괴 세력을 응징하는 양상은 예사롭지 않다.

제주섬을 한반도의 부속도서로서만 여기는 시각은 바람직하지 않다. 지역 자체를 중심에 놓는 가운데, 국민국가의 일원이면서 동아시아나 세계의 일원인 제주섬을 말해야 한다. 자기결정권을 갖고서 작은 단위에서의 행복한 삶을 영위하려던 제주공동체의 염원을 4·3항쟁에서 간과해서는 안 됨을 두 작가의 소설은 보여준다.


## 혁명의 꿈과
## 장소성의 확보


4·3항쟁이 탄압에 대한 저항에 그친 것이 아니라 혁명을 꿈꾸었음도 주목해야 마땅하다. 『화산도』는 제주 민중의 혁명 의지를 잘 드러내면서 뚜렷한 차별성을 확보한 작품이다.

남승지는 확고한 혁명 의지를 토대로 역동적으로 실천하는 인물이다. 남승지가 목도하는 현실에서부터 소설이 시작되는데, 이는 활동가를 통한 혁명의 실천을 강조하려는 의도로 읽힌다. 그는 "혁명가는 경우에 따라서는 가족이든 뭐든 혁명 이외의 것은 모두 부정하지 않으면 안 된다."(3권 376쪽)고 할 정도로 굳은 신념을 지녔다.

> "혁명의 궁극적인 목적은 지구상에서 자본주의 사회를 없애버리는 것이지만, 현실로서는 이 섬의, 이 나라의 혁명입니다. 눈앞에

다가온 단독선거를 분쇄하고, 하루라도 빨리 삼팔선의 벽을 허물어 조국 통일을 달성하는 것이 아닙니까."(3권 383쪽)

남승지는 당 조직의 일원으로서 투철한 혁명가로 활동하면서도 맹목적이지는 않다. 당 조직의 절대성과 교조성에는 비판의식을 견지하는 이성적인 인물이다. 남승지는 봉기 전에 투쟁자금을 모으는 활동을 수행하고, 봉기가 시작되자 무장투쟁의 최전선에서 헌신한다. 그의 염결한 열정은 혁명의 진실성을 대변한다. 아울러 그가 살아남아 훗날을 도모할 수 있게 되는 상황은 제주 민중의 혁명의 꿈이 소멸되지 않았음을 의미한다.

남승지의 혁명 활동을 돋보이게 하고 그를 재생케 한 인물은 이방근이다.[3] 방관자적 입장에 머물던 이방근은 봉기의 패배가 확실시되는 시점에서 "'혁명'에 봉사"(9권 238쪽)하기 위해 밀항 투쟁을 전개한다. "패배를 예상하는 싸움에서의 죽음을, 혁명적인 죽음이라곤 생각하지 않"(10권 274쪽)았기 때문이다. "모든 죽음은 살아 있는 자, 생을 위해서만 있는 것이고, 죽은 자는, 살아 있는 자 속에서만 사는"(11권 324쪽) 것이라는 신념 속에서 그는 여동생 유원과 여성 활동가 신영옥을 일본으로 탈출시킨 데 이어, 붙잡혀 있던 남승지를 빼돌려 기어이 밀항선을 태운다. 실패한 혁명이 아니라 미완의 혁명임을 역설한 셈이다.

『화산도』에서는 이렇게 '미완의 혁명'으로서의 4·3항쟁에 대한 탐구가 어느 정도 이뤄지긴 했지만, 항쟁의 핵심주체가 아닌 이방근 중심의 서사라는 점에서 한계가 있다. 남승지·양준오·김동진의 고뇌를 이방근만큼 밀도 있게 그려냈다면 미완의 혁명으로서 4·3 항쟁의 의미가 더욱 분명해졌을 것으로 판단된다.

『화산도』의 위상은 장소성에서도 빛난다. 주목할 장소로는 바다와 성내가 꼽힌다. 바다는 4·3소설의 폭을 넓혔으며, 성내는 그 깊이를 도모하는 역할을 수행했다.

그동안의 4·3소설에서 사태의 양상과 면모는 주로 한라산과 오름, 초원 그리고 마을과 해안을 무대로 그려졌다. 바다는 수장(水葬)된 공간, 떠나고 들어온 공간, 차단된 공간 이상의 의미를 갖지 못했으나, 『화산도』는 달랐다.

봉기 직전 강몽구와 남승지는 투쟁 자금을 모으기 위해 바다를 건넌다. 긴 항해 끝에 일본 진입을 앞뒀을 때 남승지는 "압박해 오는 뭔지 알 수 없는 힘에 사로잡혀 끌려갈 것만 같은 일말의 두려움"을 느끼면서 "등 뒤로 펼쳐진 광대한 바다 건너 아름다운 한라산 자락 아래 펼쳐진 제주도의 모습을 떠올"린다.(2권 360쪽) 압박감과 두려움은 봉기 주역들이 짊어진 무거운 짐에 대한 부담감이다. 그것은 사명의식이나 진실성과 상통한다.

그들은 캄파투쟁을 마치고 제주행 밀항선을 탄다. 그러나 귀향길은 순탄치 않았다. 배가 풍랑을 만나 침몰 직전의 위기에 빠진다. 급박한 상황에서 강몽구는 총을 꺼내들고 "당신들은 장사꾼이다. 돈은 또 벌 수가 있다. 그러나 내가 가져가는 짐은 개인의 물건이 아니다. 돈을 벌기 위한 물건이 아니란 말이다."(3권 232쪽)라며 화주들에게 짐을 버리라고 요구한다. 강몽구와 남승지의 짐 중에서도 일부는 버려야 했다. 이처럼 캄파투쟁을 마치고 귀환하던 바다에서 거센 풍랑을 만나는 상황은 항쟁의 험난한 여정을 암시한다.

　작품 후반부에서 이방근은 김달준으로 위장하여 도망가는 유달현을 밀항선에 태운다. 친일파이자 조직의 배신자에 대해 "바다 위의 인민재판"(11권 310쪽)을 계획한 것이다. 그런데 거친 파도를 헤치며 나아가는 선상에서 한대용과 청년들에 의해 유달현이 돛대에 매달리는 상황이 벌어진다. 극도의 공포에 시달리며 한참이나 돛대에 묶여 있던 유달현은 환각에 사로잡혀 소리치다가 분뇨를 흘리며 죽고, 그의 시신은 파도에 씻긴 후 어두운 바다로 던져진다. 엄청난 긴장감을 주는, 아주 극적인 장면이다.

　이방근은 바다에 밀항선을 띄움으로써 자신의 방식으로 투쟁을 전개했고, 바다를 통하여 재생과 부활의 씨앗을 남겼다. 바다가 없었다면 그는 사랑하는 이들을 살려낼 수 없었을 것이다. 그는 산자락에서 맞는 최후의 순간에도 바다를 응시한다. "아득한 고원의, 보다 저 멀리, 초여름의 햇볕에 반짝이는 부동의 바다"(12권 370쪽)가 방아쇠를 당기는 순간의 그에게 포착되었다. 바다는 그에게 마지막 희망이 되어주었다.

　이처럼 『화산도』는 4·3항쟁에서 낯설면서도 유용한 바다의 면모를 유감없이 보여줬다. 디테일하고 밀도 있는 묘사를 바탕으로 누구도 그려 보이지 못한 새로움을 제시한 것이다. 이는 여러 차례 제주, 목포, 일본 등지를 배로 드나들다가 1946년 7월에 일본으로 밀항했던 김석범의 경험과 관련이 깊음은 물론이다. 국내의 4·3소설에서 간과되어왔던 해양문학적 요소의 뜻깊은 발견이라고 할 만하다.

　한편, 제주읍내의 중심 지역인 성내(城內)가 주요 공간적 배경으로 전경화했음도 중요한 맥락이다. 그간의 4·3소설에서는 외곽의 농어촌을 무대로 스토리가 전개되는 경우가 대부분이었다. 3·1사건의 상황을 보여준다거나 관덕정 앞에 전시된 이덕구 시신 장면의 묘사 등을 제외하고는 성내가 거의 주목되지 않았다는 것이다. 민간인 학살 문제나 토벌대와 무장대의 틈바구니에서 희생되는 양민들의 모습을 주로 다뤄왔기 때문이다.

『화산도』는 남승지가 탄 버스가 성내로 들어가는 장면부터 시작된다. 성내에서 이방근, 양준오, 김동진, 강몽구, 유달현 등과의 접촉이 이뤄지면서 사건이 전개되고, 게릴라의 삐라가 인쇄되어 뿌려지고, 이방근의 고뇌와 갈등이 요동친다. 서북의 횡포가 자행되고, 단선 추진 세력의 행보가 구체화되며, 토벌 작전이 수립되고, 미군과 미군정의 움직임이 포착된다.

"다소의 피난민은 있어도, 직접적인 피해가 없는 성내 지구"(7권 55쪽)를 택한 작가의 전략은 주효했다. 제주도 정치·경제·사회·문화의 중심지이면서 무장대의 공격이 거의 못 미치는 곳, 토벌 군경과 서청의 활동 근거지인 곳, 그러면서도 제주도 지식인들의 활동 중심지인 성내가 주요 무대가 됨으로써 4·3항쟁의 심장부에 가까이 다가설 수 있는 여건이 마련된 것이다.

성내는 거리 두기에도 적절한 공간이 되었다. 4·3항쟁 당시 그곳이 살육의 한복판이 아니었기에 성내를 중심으로 소설을 전개한 점은 사태를 좀더 객관적으로 조망할 수 있는 요인이 되었다. 4월 3일 성내 공격의 불발로 "성내 거리의 진공 같은 정적"(4권 319쪽)을 그린 부분에서는 봉기의 결과를 예감케 한다. 성내의 상황이 사태 전반을 가늠하는 핵심인자였음을 의미한다.

이방근이 성내의 부르주아라는 점도 중요하다. 성내에 자리 잡은 그의 집은 봉기를 주도한 인물들이 수시로 드나드는 공간이었다. 서북이나 경찰, 지역 유지들도 종종 찾아왔다. 부스럼영감과 목탁영감도 드나들었고 부엌이는 그곳을 거점 삼아 조직 연락원으로 활동했다. 그가 돈이 많기 때문에 사태의 와중에 목포를 통해 서울에 드나들었고 밀항선까지 운영할 수도 있었다. "어차피 사용할 돈이라면, 이성적으로 의미 있게 사용"(7권 433쪽)한 이방근으로 인해 4·3항쟁이 더 입체적으로 조명된 셈이다.

## 새로운 리얼리즘과
## 에코토피아의 세계

4·3항쟁과 관련하여 제대로 기억하는 일은 그 현재적 해결의 전제로서 아주 중요하다. 기억의 방식으로서 굿은 매우 유용하고 탁월하다. 굿에서 심방은 기억의 끝까지 밀어붙임으로써 죽은 자와 산 자를 불러내어 진실을 밝히면서 원을 풀어준다. 그런 과정을 거칠 때라야 용서가 이뤄지면서 상생의 길로 나아갈 수 있다.

현기영의 「목마른 신들」은 그것을 여실히 입증한 작품이다. 회갑을 맞은 늙은 심방인 '나'(여기선 '그'나 '심방'으로 지칭함)가 들려주는 이야기로, 4·3소설이 견지할 새로운 리얼리즘의 가능성을 열어놓았다.

어머니가 심방이어서 '새끼 심방'으로도 불리던 그는 그 상황에서 벗어나려고 부단히 애썼지만, 결국 자신이 무병(巫病)을 앓고 있음을 깨닫고 20대 초반에 심방의 길로 들어선다. 4·3 희생자인 어머니 무덤에서 무구를 꺼내 "무도한 총탄에 죽고 간 설우신 어머님"(67쪽)을 위무하는 귀양풀이 굿을 시작으로 심방이 되었지만, 금기였던 4·3 굿은 할 수가 없었다. 그러다가 6월항쟁 이후 달라진 세상을 맞았다. 그 후부터 그는 4·3 원혼을 달래는 귀양풀이를 오백 집이나 다녔다.

지난해(1991년) 봄에는 고2 남학생을 치유하는 굿을 하게 되었다. 학생은 날마다 야위어가고 손을 잘라버리고 싶다고 울부짖는가 하면, 한밤중에 나갔다가 가시에 긁히고 옷이 찢긴 채로 새벽에 들어오기도 한다는 것이었다. 굿이 진행되어 신칼을 휘두르며 잡귀를 쫓는 의식에 이르자 환자 학생이 몸을 떨기 시작했다. 이에 심방은 혼신을 다해 몰아붙이다가 "무자·기축년 4·3사태에 죽어가던 군졸"(73쪽)을 언급하는데, 학생이 비명을 지르고 넘어지더니 살려달라고 헐떡거렸다. 무섭게 압박해 들어가던 심방은 학생 몸에서 피냄새와 살코기 타는 냄새를 맡는다. 그때 학생이 벌떡 일어나 낯선 얼굴로 말한다.

> "난 무자년 시월 우리 마을 불탈 때 토벌대의 총에 맞아 죽은 불쌍한 영혼이우다. 열일곱 어린 나이 외아들로 죽어 홀로 남은 어머님한테 제삿밥 얻어먹은 불효잡니다. 이제 무정세월 흘러 작년에 어머님마저 세상을 하직하시니 불쌍한 우리 두 모자 어디 가서 제

삿밥 얻어먹으리오?"(73쪽)

　어느 집 자손이냐고 심방이 다그치자 학생은 졸리다며 잠에 빠져들었다. 이튿날 아침, 가족들과 심방이 보는 가운데 눈을 뜬 학생은 동문시장 앞에서 웬 할머니에게 붙잡혀 17살 아들이 40년 전 사태 때 죽었다는 전언을 들은 적이 있음을 말한다. 그때부터 앓게 되었던 것이다.

　수소문 끝에 그 할머니의 정체가 확인된다. 외아들을 사태 때 잃고 79살까지 살다가 최근에 세상 떠난 봉산마을 사람이었다. 그 마을에서 70여 명의 주민이 학살당했는데 아들은 거기서 죽고 그 여인은 시체 더미를 헤치고 살아났다는 것이다.

　학생이 귀신에게 들린 주된 원인은 조부에게 있었다. 조부는 서북청년회 출신으로서 "피검자 가족을 건물 뒤로 끌고 가 목숨 값 흥정을 하던 사내"(76쪽)였다. 여자에다 점포까지 빼앗고는 지금껏 안정적인 삶을 살고 있었던 것이다. 학생을 살리려면 원혼굿이 필요했다. 심방은 사흘거리 큰굿에 신명나게 놀았다. 막판에는 완전히 탈진 상태가 되었다. 굿을 치른 후에 학생의 병은 큰 차도를 보였다.

　심방은 4·3항쟁으로 희생된 이들을 "결코 눈감을 수 없어 허공 중에 살아 있는"(79쪽) 원혼이라고 규정한다. 그러면서 "원혼을 진혼하려면 온 마을 사람들이, 온 섬 백성이 한 자손 되어 한날한시에 합동으로 공개적으로 큰굿을 벌여야 옳다."(80쪽)고 주장한다. 그것은 형식적인 의례가 아니라 모든 진실이 밝혀져 진정으로 소통하는 어울림 마당을 의미한다. 기억을 낱낱이 소환해냄으로써 가해자의 참회와 피해자의 해원을 성사시키고, 그것을 계기로 사회정의가 구현되어야 비로소 상생하는 세상, 즉 '정의로운 평화(just peace)'[4]를 이뤄낼 수 있다는 메시지다. 심방의 굿이 아주 적절한 역할을 수행하고 있다.

「목마른 신들」은 서구적 리얼리즘의 관점에서는 수긍하기 어려운 작품일 수도 있다. 40년 전의 죽음에 빙의가 되고 굿으로 그것을 치유한다는 이야기는 서구식 합리성으로는 받아들여지지 않는다. 그러나 작중의 상황과 비슷한 실제 사례는 얼마든지 확인된다. 제주 사람의 세계관에서는 충분히 용인된다. 나아가 황석영의『손님』이나 한강의『소년이 온다』같은 작품에서 보듯, 이는 제주 밖에서도 두루 확인되는 현상인 만큼 더욱 보편성을 획득할 수 있음은 물론이다. 그러기에 공동체의 전통에 젖줄을 대면서 지역민의 세계관에 기인한 새로운 리얼리즘을 구현하는 것이야말로 4·3항쟁의 의미를 훨씬 충격적이고 뚜렷하게 형상화하는 방식이 될 것이다.

「마지막 테우리」가 보여주는 서사의 핵심은 고순만 노인의 가슴 아픈 사연, 즉 늙은 내외와 손주 가족을 죽음으로 몰아넣게 된 데 따른 죄의식이 현재적으로 생생하게 작동하고 있음을 보여준다는 데에 있다. 이는 4·3항쟁 당시의 학살 양상이 "골프장 만든다고 또 목장을 까발리는" 현실로 재연됨에 따라 "초원을 야금야금 잠식해 들어오는 포크레인 소리를 들으면서 노인은 자신의 몸속에서 들어오는 죽음의 진행이 느껴"(14쪽)지는 것으로 나타난다. 결국 제주를 초토화한 항쟁의 진압 양상과 무분별하게 자연을 파괴하는 제주개발의 현실을 동일한 맥락으로 짚어냄으로써 역사적 상상력이 생태학적 상상력에 녹아들고 있다. 이는 에코토피아(ecotopia)의 세계를 넌지시 제시하는 것으로 발현된다.

> 오름 분화구의 동북쪽, 완만한 경사면에 납작 엎드린 옛무덤 하나, 마을 공동목장의 테우리 고순만 노인이 그 무덤가에 앉아 친구 오기를 기다렸다./야트막한 분화구는 말굽쇠 모양으로 서남 방향이 터져 있어, 일망무제로 퍼져 있는 초원과 크고 작은 오름의 무리들이 한눈에 들어왔다. 그 무덤자리는 방목하는 소떼의 이동을 살피기 좋은 위치인 데다가 바람의지도 되어 그가 자주 찾는 장소였다. (…)/눈이 절로 스르르 감겼다. 분화구 안은 포근하여, 엷은 졸음 속에서 햇볕이 부드럽게 무릎을 감싸는 온기가 느껴졌다.(5~6쪽)

이러한 원초적 삶의 세계는 제주 민중의 고향과 같다. 오름의 분화구는 자궁이고 인간은 자궁 속의 태아다. 테우리 노인은 소를 비롯하여 목장의 마른풀, 물매화, 도꼬마리, 도깨비바늘 등과 더불어 생명공동체다.

제주 민중들은 원초적 삶의 모습을 회복하기 위해 항쟁을 전개했다고 볼 수 있다. 이는 제주 민중들만이 아닌 보편적 인류의 지향점이다. 원초적 삶의 세계는 비록 과거의 삶이었지만, 이 문명세계가 끝내 자멸하지 않으려면 반드시 끌어안아야 할 세계다. 결국 4·3항쟁이야말로 궁극적으로 자연과 인간과 기술이 조화를 이루는 에코토피아의 세계를 지향함을 현기영은 성공적으로 보여줬다.

흔히 화해와 상생을 말하지만, 그것은 똑바로 기억하고 진실을 밝혀내는 과정이 없이는 공염불에 불과하다. 용서하고 더불어 살기 위해서는 4·3항쟁의 진실을 제대로 말해야 한다. 「목마른 신들」에서 보여준 현기영의 새로운 리얼리즘은 대단히 유용한 진실 말하기의 방식이었다. 「마지막 테우리」에서는 제주공동체가 복원하고 지향해야 할 상생하는 삶의 모습, 즉 에코토피아 세상을 잘 보여줬다. 그러나 그것들이 장편을 통해 좀더 입체적·본격적으로 제시되었더라면 하는 아쉬움도 있다.

## '작은 섬'의
## '큰 문학'을 위하여

4·3문학이 이제는 겨울의 희생담론에서 벗어나 봄의 항쟁담론을 주목해야 하는바, 앞에서 우리는 김석범과 현기영의 소설을 통해 적폐에 맞선 반제국주의 통일운동이자 주체적 삶을 위한 공동체 항쟁의 면모를 확인할 수 있었다. 아울러 문학화의 방식에서 미완의 혁명임을 선도적으로 드러내고 유의미한 장소성을 확보한 『화산도』, 새로운 리얼리즘의 가능성을 보여주고 회복과 지향의 대상으로서 에코토피아의 세계를 상정한 「마지막 테우리」의 차별성과 수월성을 조명했다.

현기영과 김석범은 4·3문학 1세대로서의 역할을 충분히 해냈다. 이제 2세대, 3세대 작가들에 의해 4·3문학의 갱신과 도약이 이뤄져야 할 때다. 새 세대 작가가 짊어져야 할 촛불 이후의 4·3문학은 앞

4·3평화공원의 추념식장에 나란히 앉은 김석범과 현기영(사진: 강정효)

세대의 성과를 창조적으로 계승하는 한편, 해방공간의 제주를 폭넓은 관점에서 구체적으로 해석하면서 공동체의 자립과 평화의 연대를 도모하는 방식을 치열하게 탐색해야 한다. 말하자면 지역문학이나 국민국가문학의 틀을 과감히 벗어나면서 월경(越境)하는 문학으로서의 독자적 위상을 당당히 확보해야 한다. 제주섬과 한반도를 넘어서 동아시아 또는 세계와 만나는 가운데, 횡행하는 '제국의 폭력'의 역사성과 현재성을 용의주도하게 형상화함으로써, 마침내 온전한 평화 세상에 도달하는 길을 제시해야 한다. 그럴 때 동아시아의 '작은 섬'에서 분출된 4·3문학이 '큰 문학'으로서의 면모를 갖추고 지구적 세계문학으로서 찬란히 빛날 수 있으리라 믿는다.

# 제주어로 담아낸
# 그 시절의 기억
## - 고정국 시조집 『지만 울단 장쿨래기』

## 완만하고 편안함을
## 함께 나눈 시인

제주섬 한복판에 우뚝 솟은 한라산은 천의 얼굴을 갖고 있다. 어느 곳에서 바라보느냐에 따라 천태만상을 드러낸다. 그래서 제주섬 사람들은 저마다 자신의 기억 속에 있는 한라산이 가장 아름답다고들 말한다. 하지만 고정국(1947~ ) 시인과 나는 그 점에서는 별 이견이 없지 않을까 한다. 고 시인과 내가 보던 한라산은 거의 같은 모습이었기 때문이다. 산은 완만함과 편안함으로 늘 거기에 있었다. 한라산의 남동쪽 자락. 고 시인의 고향 마을과 내 고향 마을은 한 마을 건너에 이웃해 있다. 그래서인지 그의 시를 만나면 각별한 친근함이 느껴진다.

나는 고정국이야말로 현대시조의 참맛을 느끼게 해 주는 시인이라고 생각한다. 그는 전통적 시조의 형식미를 이어받으면서도 고풍스러움에 젖거나 특정한 틀 속에 자신의 세계를 얽어매 놓는 법이 없다. 절제된 속에서도 촌철살인의 언어로 다가서는 그의 시조는 결코 녹록하지 않다. 첫 시집『진눈깨비』(1990) 이후 여러 작품집에서 보이는 그의 세계는 정갈하면서도 역동적인 현장이다.

'제주사투리로 엮어낸 1950년대 고향 이야기'를 표방한『지만 울단 장쿨래기』(각, 2004)는 또 다른 면모로 독자를 매혹한다. 기존의 정갈하고 역동적인 작품 세계가 제주의 언어, 생활사와 만나면서 창조적인 성찰의 세계로 나아가고 있다. 그래서 그의 유혹에 깊이 빠져들지 않을 수 없다.

『지만 울단 장쿨래기』는 여느 시조집과 확실히 다르다. 고정국 시인은 전혀 시도되지 않았던 작업을 과감하게 해냈다. 우선 이 시조집은 서사를 표방하고 있다. 그래서 작품 전체가 오롯이 생활사요 풍속도가 되는 것이다. 모두 11부로 이루어진 이 시조집에서 고 시인은 태어날 때의 일부터 10대 중반까지의 일들을 파노라마처럼 펼쳐놓고 나서 마지막에 현재의 시점에서 발언한다.


## 변방 민중의
## 앙다문 입술

고 시인의 삶은 4·3항쟁과 함께 시작된다. 대밭에 불붙어 펑펑 터지는 소리와 더불어 세상이 열렸다. 1947년생인 고정국은 첫돌을 전후하여 4·3항쟁을 겪었다. 유아 시절의 체험이니 기억이야 있겠는가. 부모와 고모, 누나, 동네 형님 등에게 전해들은 사연들이 재현된다. 위미리는 무장대(한라산 빨치산)에 의한 피해가 많았던 마을인데,1) "산더레 드르카 바당더레 드르카"2)(「저 멀리 따발총 소리」) 하던 그 와중에 많은 희생이 있었다. 밭 갈다가 동백나무 숲에 숨어 목숨을 보전했던 부모, 불타 죽은 가축들, 누이 등에 업혀 숨어다니던 일, 고모부의 비참한 죽음과 고모의 눈물, 극한적인 굶주림의 실상, 만봉이 형님의 죽음, 성을 쌓고 보초 서느라고 고생하던 일 등 갖가지 참상들이 젖먹이 고정국을 맞았다. 남편과 아들이 한꺼번에 죽어 임시로 묻어두었다가 이장하려니 뼈가 엉켜 있어 또다시 눈물바다가 되었던 여인의 사연도 전해진다. "아이구 말두 맙서"(「가는 겨울 오는 겨울」) 하며 통곡하는 여인이야말로 제주 현대사를 고스란히 증언하고 있다.

위미마을에는 동백꽃이 많이 핀다. 그런데 그것은 붉은색으로 통째 지는 꽃이어서 4·3항쟁을 떠올리게 한다. "돔박고장 눈 우이 지민 스태 구신덜 튼내지"(「외갓댁」)게 마련이다. 하얀 눈 위에 떨어진 붉은 동백꽃에서 어찌 사태 때의 선혈이 느껴지지 않겠는가. "흐썰 허민 추물락추물락"(「강 건너 불보던 사람들」) 놀라는 사람들의 맺힌 슬픔은 동백꽃으로 피었다 진다. "돔박꽃 헤카진 질에 피가 벌겅헹 있국"(「붉은 길」), "버둑이 돔박낭털두 눈 벌겅케 우는 ᄆᆞ을"(「동백꽃 피더란다」), "털어정 사름만 바레는 돔박고장 어쩌리"(「사람도 임종 때면」) 식으로, 동백꽃으로 표출되는 4·3항쟁의 상처들은 반백 년 넘도록 이어진다. 그러기에 시조집의 말미에서 "촘국 촘국 촘단 버선 머리 풀엉 직산한 세월/ 스태에 불카단 하늘이 정두 저영 곱느 네"(「위미리 하늘빛은」)라며 회한에 잠기지 않을 수 없다. 시인에게 보이는 고운 하늘은 하늘빛 그대로가 아니다. 사태에 불타던 하늘의 색깔을 가슴속에 간직해 놓는 것을 시인은 잊지 않는다. 그것은 제주섬 사람들 모두의 원체험이라고 할 것이다.

제2부부터는 전적으로 시인의 기억에 의한 형상화다. 시인이 퍼올리는 기억은 오밀조밀하니 눈앞에서 펼쳐지는 듯하다. 작품들을 읽다 보면 마흔 해가 지난 시점에도 "비와그네 집지슬더레 지슬물 느리민/ ᄆᆞ음 ᄉᆞ롯해영 무뚱더레 바레"면서 "어제치룩 튼내는"(「체액은 어느 것이나 진실하다」) 시인의 모습을 만날 수 있다. 초로에 접어든 시인은 지금도 고스란히 그 시절의 아이로서 살고 있는 것이다.

시인은 기억 속에서 전후 사회의 상흔과 혼돈 등을 그려놓고 있다. 학교 운동장에서 민병대가 훈련하는 광경, 방공호를 만들어놓고 공산당 쳐들어온다며 대피하던 일, 미국 구호물자로 받은 짝짝이 구두를 신고 까불던 일, 이승만 대통령 순시 때의 해프닝, 전시행정·아부행정에 동원된 주민들 등 1950년대 세태가 어린 고정국의 눈에 포착되었다. 아메리카니즘의 심화, 반공이데올로기의 확산, 제1공화국 정권의 부패가 위미마을 서민들의 삶 속에서 구체적으로 그 실상을 드러내고 있다.

> 높은 사름 온덴 허민 바려진디만 질 닥그멍
> 개껏이 강 작지 저당 질 가운디 메와 가멍

걷는 양 질루 지만썩 홀앙어시 살안마씀

-「길 위의 나날들」

　이른바 높은 사람은 다른 세계의 사람으로 다가왔다. 다른 세계의 잘난 사람들이 시혜적인 미소를 마음껏 지을 수 있도록 바닷가의 돌을 져다가 길을 닦고 연도에 늘어서서 환영해 주었다. 뿌리 없는 나무를 꽂아놓고는 목청껏 만세를 불러 주었다. 시키면 시키는 대로, 그들은 묵묵히 따랐다. 하지만 그들은 속으로 울분을 삼키고 있었다. '살안마씀'이란 시어에서 우리는 입술을 앙다문 변방 민중들의 얼굴을 만날 수 있다. 『서울은 가짜다』(2003)에서 보이는, 타락한 중심을 향한 시인의 매서운 눈빛이 여기서도 여전한 기운으로 깔려 있는 것이다.


## 유소년기의
## 미시사적 복원

　이 시조집은 위와 같이 거대서사의 메시지로 시작하고 있지만, 그것이 시종일관 저변에서 면면히 흘러가고 있기도 하지만, 그것보다는 미시사적인 탐색이 주류를 이룬다. 그리고 그런 탐색이 더 의미가 있고 매력적인 부분이다.
　제주섬 사람들의 유소년 시절이 이 시조집을 통해 복원되고 있다. 고정국 시인의 기억과 해석을 통한 경험의 재구성은 예사롭지 않다. 혀를 내두를 정도의 기억들이 시조와 맛깔나게 만나고 있다.

바다에 얽힌 사연의 재현은 특히 압권이다. 썰물처럼 빠져나갔던 옛일들이 밀물처럼 밀려온다. 바다는 아련한 추억으로만이 아닌 역동적인 기억으로 푸르게 살아난다. 소년은 맨몸이 됨으로써 바다를 온몸으로 만난다. "옷 맨뜨글락 벗어그네/ 숨비멍 곤작사멍 또꼬낭 뺏죽뺏죽" 바다에서 놀다 보면 "감시롱 오물조쟁이 고조리가되"(「사람들은 익은 고추보다 풋고추를 더 씹는다」)어 버렸으니 그는 이미 어린 나이에 바다와 성교를 치른 셈이다. 바닷속에서, 바다와 맨몸으로 만나는 소년이기에, 바다와 소년은 한 몸이다. "객객헌 바당물맛이 세상사는 맛"(「산전수전의 기초 과정」)임을 체득하면서, 바다와 소년이 함께 크고 있는 것이다.

> 돌래방석 춤ㄱ매기 ᄒᆞ썰 가민 먹보말이영
> 구젱기 좁썰생궹이 고망고망 숙데경 보민
> 뭉게도 상퉁이 데쓰멍 물른밧더레 올람시국
>
> 　　　　　　　　　　　　　　-「모든 것은 제 이름을 닮아간다」

고둥(춤고매기·먹보말), 소라(구젱기·좁썰생궹이), 문어(뭉게) 따위를 잡으며 바닷가의 소년들은 시간 가는 줄 모른다. 생래적으로 바다에서 살고 있는 소년들은 구멍마다 숨은 것들도 찾아낼 정도다.

어린 낚시꾼의 함박웃음도 눈에 선하다. "둔 직허게 물엉 톤단 오꼿"(「놓친 고기는 언제나 크다」) 고기를 놓치는 일로 아쉬웠던 적이 한두 번이 아니지만 "'톡' 치민 '구글락구글락'"(「오르가슴의 세 가지 형태」)하는 순간 세상을 낚는 쾌감을 느낀다. 바다는 휴식과 재충전의 공간이기도 하다. 백중날이면 미숫가루, 사탕수수, 옥수수 등을 챙겨 온 식구가 바다로 간다. 그런 삶 속에서 나오는 '아홉토막 좆벨레기', '우럭어멍 씹' 등 각종 해산물 이름은 결코 외설스럽지 않고 앙증맞다.

그들은 또한 초록빛이기도 하다. 사마귀를 닮아 들판에서 뒹군다. 들판은 그들에게 간식거리도 제공한다. "축축헐 거 어신 때두 수방 천지가 먹을 거랑"(「연한 것은 연한 것끼리」) 봄이면 '과작한' 삘기를 뽑아 먹고, 청미래덩굴 순이랑 찔레 순을 꺾어 동생 손에 쥐어 주고, '짓뻘겅'한 산딸기를 따먹는다. 가을이 되면 '지랑지랑'헌 머루와 '지락지락'한 다래, '어왁어왁 벨라진' 으름 따위로 아이들의 입이 즐겁다.

살아 있는 것은 모두 놀이의 대상이다. 도마뱀 건드려 꼬리를 잘라버리던 일도 있으며, 왕매미·잠자리·하늘소·풍뎅이 같은 곤충들을 갖고 놀던 일도 새롭다. 그것들의 발을 자르고 땅바닥에 뒤집어놓고서 "맹맹이, 맹맹이 춤추라 대상밧디 둘아다주마"(「부처님, 이 아이를 용서하소서」)라고 노래하면서 놀았다. 이뿐이 아니다.

귀막쉬 심어그네 흔짝 눈 까지와두서
또꼬망에 검질까레기 찔렁 하늘터레 혹 늘리민
겁질에 뱅뱅 감장돌멍 흔천어시 늘아가국

　　　　　　　　　　　　　　　　　　-「날아서 하늘까지」

암매미를 잡아다가 눈 하나를 못 쓰게 만들고 꽁무니에 지푸라기를 꽂아 날리면 매미가 한 바퀴 돌다가 한없이 날아가는 장면이다. 매미의 우스꽝스러운 비행 모습을 보면서 아이들은 즐거워했다. 따지고 본다면 곤충을 학대하는 끔찍한 놀이였다. 하지만 그런 식으로 볼 일은 아니다. 장난감 없던 시대의 어쩔 수 없는 풍경이었다.

꿩알 주워다가 삶아 먹던 일, 덫 놓아 새 잡아서 잉걸불에 구워 먹던 기억, 어른들 따라 꿩 사냥 다니던 일도 생생하게 재현한다. 닭 서리도 매우 기술적으로 자행(?)되었음을 보여준다. '맨도롱'한 삽날을 갖다 대면 "멍텅한 씨암퉁 ㅎ나가 그레 음찍 올라"(「세상에 도둑 아닌 자가 있다더냐」)서게 마련이고 아이들은 그 닭 모가지를 단번에 잡아 도망쳐 나온다.

시인은 어릴 때 행하던 놀이들을 좍 펼쳐놓는다. '맞아, 그런 놀이를 하면서 놀았었지!' 하며 무릎을 탁 치지 않을 수 없다. 이웃집의 아저씨나 큰형님이 옛날에 이랬지 하며 이야기보따리를 풀어놓는 것 같기도 하다. "장깬 불렁 진 것들은 물치룩 항굽어 있국/ ᄃ르멍 써라 그 우터레 들락키영 타아지"(「19세기 승마장」)는 생말타기를 비롯해서 못치기, 자치기, 구슬치기, 딱지치기, 숨바꼭질, 방치기, 땅 따먹기, 새총 쏘기, 전쟁놀이, 연날리기 등을 하며 그 시절을 살았다. 그들은 못이 되어 박히고, 딱지가 되어 뒤집히고, 연이 되어 떠다닌다. "동고리 가망헌 동고리 그 아이덜 닮아라"(「아이들을 보면 그 시대를 안다」)에서 보듯이 어느덧 아이들은 구슬과도 닮아간다.

그 시절의 학교는 어땠을까? 소년이 여선생님을 통해 술대비(스타킹)를 처음 접하게 되듯, 당시의 학교는 새로운 문명세계이기도 했다. 미국 원조물인 분유를 배급받던 일, 비 온 날 마대 자루로 우비해 입고서 냇물 건너느라 신발을 입에 물었던 일, 애써 표시해 놓은 고무신을 잃어버리고 다니던 일, 상품은 못 타도 먹을거리는 즐비했던 운동회 등이 수십 년 만에 모습을 드러내고 있다. 똥오줌을 직접 치우고 퍼나르던 변소 청소도 학교생활에서 빼어놓을 수 없던 기억이다. 방과 후에는 들로 나가서 산마 파고, 인동꽃 따고, 지네를 잡느라 바쁘기도 했다. 한약재로 쓰는 그것들을 팔아서 학용품 사고 군것질하던 일들은 또 잊을 수 있으랴. 밤이 되면 동네 가설극장에 몰래 들어가서 영화 보는 일도 종종 있었다.

## 제주섬의
## 농가월령가

자연은 아늑하고 아름다운 안식과 유희의 공간이면서도 치열한 생존의 터다. 특히 제주섬의 자연은 아늑함과 아름다움에 앞서 척박하고 거칠다. 생사를 넘나드는 생업의 현장인 것이다. 이 시조집은 그 점을 분명히 일깨워준다. "한락산 목 줄르는 거"(「미물들의 기상예보」) 보면서 비 올 것을 예측하던 제주섬 사람들의 생존의 몸부림을 오롯이 보여주고 있다.

해녀들의 물질 작업에서는 삶의 고통과 애환이 배어난다. "흔저 흔저 돈 벌어그네 이 즈석덜 멕여 살리젠" 물질을 하다가 저승 문턱까지 갔다 온다. "숨 ᄀᆞᆺᄀᆞᆺ허"(「멀리서 보면 지옥도 아름답다」)고 "새가망 입 박박 털멍"(「노래는 울음소리의 또다른 형식이다」) 생사의 갈림길에 처하게 되는 게 해녀들의 삶인 것이다. 게다가 그들은 제주섬을 떠나 바깥물질까지 다녀야 한다.

여성들은 낮에도 바다에서 밭에서 남정네처럼 억센 일을 할 뿐만 아니라, 밤이 되면 등잔불 아래서 터진 양말 기우고 새벽조반 걱정하며 살았다. "새벽둑 훼훼 울엉 인칙생이 새벽조반 먹엉"(「메밀꽃을 기다리며」) 밭으로 달려가서 "저러어시 기던 ᄒᆞ루"는 "둘이 밥상 우이 앚아"(「촌 부잣집은 저녁식사가 늦다」)야 대충 마무리되지만 또 일이 남아 있는 것이다. 그렇게 무쇠처럼 일하다가 "성이 덜칵 ᄂᆞ려그네"(「그대 몸이 쉿덩이더냐」) 앓아눕기도 한다.

보제기(어부)들도 바다의 공포와 싸워야 한다. 갈치잡이 어선이 폭풍에 뒤집히는 바람에 열한 목숨을 앗아가는 사건도 일어난다. 그러기에 "바당도 칭원햄싱구라/ 울랑개 절 소리 울민 홀어멍도 긑이 울"(「해조음 서러운 밤에」)게 마련이다. 그들은 마을 포구에서 들리는 파도 소리에 묻어 울면서도 "베롱헌 날"을 희구하며 "서룬 정래 달래멍"(「하늘엔 누가 있기에」) "펀두룽 펀두룽펀펀 아닌치룩"(「웃음은 슬픔에서 양분을 섭취한다」) 담담하게 살아간다.

밭농사도 바닷일 못지않다. 특히 여름날 김매기는 땡볕에 하루 종일 오리걸음을 해야 하는 지난한 일이다. 산두밭과 조밭의 김매기는 "과랑과랑 나는 벳디 팟삭팟삭 떼분 발창"(「오늘 하루 보람의 면적은?」)을 견디고 "등따리 뚬떼기 낭 줌두 베랑 못자"(「잡초 있어 살만한 세상」)면서 "여청 강알 세불 넹겨사"(「농사를 알면 교육이 보인다」) 했

박유승, 「바릇잡이·2」(2015)

으니 여간 힘들었겠는가.

조침앗국 고쩌아지멍 진진 판이 매당 보민
동모립 복사허국 송콥트멍 벨라지국
손바닥 노리롱허게 풀물 들국 북물국.

-「기나긴 오리걸음」

무릎이 저려오고 손톱이 갈라지고 손바닥에 물집이 생길 정도의
고통이 수반되던 힘겨운 일이었다. 키 큰 산두밭의 김을 맨 날에는
잠자리도 편안하지 못하다. 산두에 긁힌 목과 턱이 가려워 밤새 뒤
척여야 했다. "바직바직 미치크란"(「고통의 밤」)이란 표현에서 잠 못
드는 고통이 어느 정도인지 감지할 수 있다.

비 오는 날에도 일은 쉼이 없다. 어머니는 맷돌을 갈고 아버지는
멍석을 짜며 '칭원헌 소리'를 한다. 장마철에는 마루에 보리 홀태를
앉혀놓는다.

진진 장마 보릿눌에 보리코고리 퍼렁케 나민
삼방이 보리클 앞정 비온 날두 보리를 홅앙
클 앞이 실푸네 실푸네 꼭꼭 졸단 아이야

-「농사에는 요일이 없다」

비 온 날 부모를 도와 보리 홅는 일을 하다가 졸고 있는 아이의
모습을 그려놓고 있다. 이렇듯 아이들도 그들 몫의 일을 해야 했다.

'테우리'가 되어 소를 몰고 다니기도 했고, 잡초를 뽑는 등 밭일도 해야 했고, 갖가지 집안일도 분담했다. 큰아이는 "허벅 저그네 고망 물로 홰걸음치"며 물을 길어오고, 둘째는 "구진물 장태 도새기것 비 와주"며 돼지를 돌보며, 작은아이는 "항굽어둠서 솟강알을 '푸푸' 불"(「제몫은 제가 한다」)면서 부엌의 불을 때는 등 자매들이 각기 맡은 집안일을 해나갔다. 땔감도 해 와야 한다. 아이들은 "곳이 강 낭 정 오렌" 하는 말에 "삭다리영 등채기영"(「가을 숲의 깊이」) "작산 낭 질패 에 정 반은 둗국 반은 걸엉"(「내리막 길을 조심하라」) 집으로 돌아온다. 아기 보기도 아이들 몫으로 넘겨질 때가 많다. 아기구덕 흔들다가 조는 바람에 깨어난 아기가 도리어 아이를 재우기도 하고, 아기구 덕 흔들다가 '자울락'해서 구덕이 엎어져 "애긴 엎어정 울국 난 그레 바리멍 울국"(「같이 울던 왕매미여」) 하던 일은 제주섬 사람들이 공유 하는 기억이다.

　이 시조집은 '1950년대 제주'판 「농가월령가」라고 할 수 있다. 위 에서 그 양상을 보았듯이, 보리·산두·메밀·고구마 등을 파종하여 거름 주고 김을 매고 수확하기에 이르기까지 농사 과정을 생생하게 재현해 놓고 있기 때문이다. 텃밭에서 박·호박·오이·나물 같은 것 도 키우고, 소·돼지·닭을 기르던 장면도 그려 놓고 있다. 거기에 갈 옷 만들어 입고, 보리밥·조밥에 모물범벅과 고구마도 가끔 먹고, 초 가집 지어 때가 되면 지붕을 교체하던 의식주의 양상들과 결혼·장 례·제사 등에 관한 풍속들이 겹쳐진다. 특히 그것들은 각기 따로 전 개되는 단순한 일이나 생활·풍속들이 아니라 사람살이의 과정으 로서 한데 엉켜 형상화된다는 데 의미가 있다.

제주의 돗통시(사진: 강정효)

돼지 기르기에 관련된 장면들을 보면 그 의미가 쉽게 확인된다. "뒤 붓은 암토새기 돗도고리 케우리멍/ 담 뭉크령 오줌항 깨둥 올레 터레 기어나민"(「돼지에게도 그리움은 있다」) 동네의 수퇘지를 찾아 교미를 시킨다. 그 반년 후 암돼지는 "자릿도새기 여남은 마리"를 낳고 '봉실봉실헌' 새끼돼지는 "어멍터레 드라젼 젖고고리 뺄"(「모유 시대」)게 된다. "숨방허게 칼 굴아아정 수토새길 누르떠 놓"(「아픔에 따라 울음소리가 다르다」)고 하는 거세 작업도 나온다. 돼지 먹이는 요즘식으로 사료를 따로 주는 것이 아니다. 사람 먹다 남은 것을 '장태' 그릇에 담아다가 갖다 줄 뿐이다. 그런 돼지는 뒷간에서도 필요한 존재면서 거름도 만들어 주는 든든한 재산목록이기도 했다.

궁핍했던 시절의 그들이었지만 대상과 분리되지 않는 일원론적인 삶 속에서 그들은 희망을 키웠다. 여러 번 손길이 가야 성성하게 자라는 작물들에서 사랑을 체득하였고, 소와 돼지의 짝짓기를 사람의 그것과 다름없이 받아들였으며, 제 힘껏 긁어먹고 사는 닭들을 보면서 인생을 배웠던 것이다.

## 제주어문학의
## 새 지평

이 시조집의 빼놓을 수 없는 특장은 언어에 있다. 시조집 자체가 바로 제주어(濟州語)의 자료가 되고 있다. 다음은 이 시조집을 읽으면서 밑줄 그어본 제주어들 중 일부다.

저무랑, 드러싼 내배둥, 곱으라, 에염, 하간디, 꿰재기멍, 늘패들언, 흐래기, 이레 화륵 저레 화륵, 아무상어시, 추물락추물락, 귀마리, 푸시락, 과작(1부), 전이두 산투어시, 곱착곱착, ᄌ직ᄌ직, 하늘은 간디 ᄆ슴이랑, 걸충거리다, ᄀ락ᄀ락, 울랏쫏짝, 개구저구(2부), 물 봉봉 들다, 맨뜨글락, 감시룽, 곱은 절, 배쏙배쏙, 허울락, 소랑고랑허다, 하간디 골로로족족, 자랑봉태, 펀두룽펀펀(3부), 베자자, 절락탁절락탁, 오증에, 게틀렝이, 튈구지(4부), 느랑, 흘탁흘탁, 들묵들묵, 물쌔기(5부), 수앙수앙, 실착실착, 모시고기약, 소앙가시, 고개 뚜려맹 앚아그네, 쉐똥벙뎅이, 워가라(6부), 모살구침, 좃

이 ᄀᄀ, 지때기, 더디약더디약, 돌깍돌깍, 트다사다, 북질북질(7부), 다긋다긋, 드륵산이, 과랑과랑, 곡도매기, 인칙셍이 ᄁ슬퀴, 공젱이 믈축, 꽝 설룬, 믈 죽은 밧디(8부), 숨방허다, 어웃어웃, 뭉클랑, 멜록멜록, 얼믓얼믓, 꼰다부니 지둘렁(9부), 수랑허다, 술랑술랑, 이끼산이 출리다, 눈찐뱅이, 밧갈와치(10부), 자울이다, 눈꿀허다(11부)

방언사전에도 나오지 않는 말들이 수두룩하다. 보석 같은 어휘들인 셈이다. 나도 지금 제주어를 구사하면서 살고 있지만 그것은 시늉만 하는 정도의 껍데기뿐인 사투리다. 고정국의 시조집은 그런 사실을 분명히 확인시켜 주었다. 언뜻 들어본 듯하거나 전혀 들어보지 못한 제주어가 적지 않았던 것이다. 뇌리에서 떠났던 사람을 다시 만난 반가움이랄까? 모르고 지내던 좋은 이웃을 새삼 사귀게 되는 기쁨이랄까?

지금까지 '제주민요시집', '제주 사투리로 쓴 시집' 등의 이름을 달고 나온 시집들이 몇 있다. 하지만 그것들은 표준어로 생각하거나 써놓은 다음 제주어로 옮긴 듯한 어색한 감이 있었던 게 사실이다. 번역 투의 문장을 접하는 느낌이었다는 것이다. 하지만 고정국이 구사하는 제주어는 인공조미료 냄새가 나지 않는다.

어떤 날은 ᄉ망 일엉 ᄉ락헌 꿩둑새기
흔 통에 봉가그네 수앙수앙 궤는 물에
잘 숢앙 앗아냉 보민 터럭 돋은 꿩비애기

-「약육강식은 영원하다」

어느 봄날 꿩알을 한 둥지 주워다가 끓는 물에 잘 삶은 후 꺼냈더니 부화 직전의 털 돋은 새끼가 알 속에 있더라는 기억을 전언하는 작품이다. '스망 일엉', '스락헌', '수앙수앙' 등의 사투리가 아주 적절히 자연스럽게 활용되고 있음을 알 수 있다. '수앙수앙' 같은 어휘는 표준어로는 온전하게 그 뜻을 전하기 어려운 표현임도 주목해야 한다.

고백하건대 나는 제주어가 이처럼 시조와 잘 어울릴 줄은 미처 몰랐다. 특히 이 시조집은 단순히 향토색을 드러내는 매개체로만 제주어를 활용하는 것이 아니라 그것을 통해 정체성의 회복으로 나아가고 있다는 데 의미가 있다. 제주어의 진정한 면모를 회복하는 것은 역사와 현실의 참모습을 찾는 작업임을 고정국 시인은 입증하고 있다.


## 그로 인해 찾다

나는 『지만 울단 장쿨래기』에 실린 고정국의 시조들을 통해 다시 고향을 찾았고 유년을 찾았다. 그리하여 비로소 나를 찾고 미래를 내다보는 눈을 키웠다. 테크놀로지를 앞세워 교환가치만을 추구하는 이 최첨단 자본주의 사회에서, 모든 가치를 강박한 상품으로 전락시키고서야 직성이 풀리는 이 탐욕의 시대에서 나를 찾고 우리를 생각하는 일, 삶을 성찰하고 근원적 세계관을 회복하는 일, 고정국 시인은 여기서 그것을 촉구하고 있다. "사름 닮은 것덜일수룩 거려

밀리는 요놈의 세상"(「참나리는 피더란다」)에서 그는 "옷벗은 둘 벵이 덜두 질루지만씩 사는 ᄆ을"(「고향의 크기」) 위미리를 그려놓고 있는 것이다. 그리고 그는 늘 여전한 모습으로 우뚝한 한라산에 눈을 돌려본다.

> 멀찌거니 할락산은 우리 사는 거 바레보멍
> 웃엄신가 울엄신가 욕햄신가 달램신가
> 저치룩 아멩두 못해영 우릴 ᄃ랑 살암신가
>
> —「한라산은 진실을 알지만 끝까지 기다린다」

한라산 품 안의 사람들은 가난했지만, 결코 좌절하지 않고 누망(縷望)이나마 간직하며 견뎠다. 공동체 모두가 가난하던 시절, 말로는 내뱉지 않는 사랑이 그들을 지탱했다. 고 시인은 아스라한 옛 기억들을 또렷이 떠올리고 나서 부모의 임종을 회고하더니 마지막 수에서는 아들딸에게 촉촉한 눈길로 이른다. 그가 "망오름 기냥 그디서 니네덜한티 자우령 있저"(「산이 거기 있는 까닭」)라고 아들딸에게 전언하는 것은 우리 모두를 향한 고언이다. 벅찬 듯하면서도 담담한 얼굴로, 나직하고 묵직한 목소리로 우리에게 성찰과 지향의 메시지를 던지고 있는 것이다.

# 등 굽은 팽나무의
# 생존 방식
## - 김수열의 시 세계

## 세월에게 권하는
## 낮술 한잔

　　김수열(1959~ )이 『실천문학』을 통해
시단에 나온 것은 1982년이다. 그의 시력(詩歷)이 이제 40년을 넘어
서고 있다는 말이다. 20대의 파릇파릇한 대학생이던 그는 어느덧
환갑을 넘겨 초로(初老)의 사내가 되었다. 그동안 『어디에 선들 어뗘
랴』(파피루스, 1997), 『신호등 쓰러진 길 위에서』(실천문학사, 2001), 『바
람의 목례』(애지, 2006), 『생각을 훔치다』(삶이보이는창, 2009), 『빙의』(실
천문학사, 2015), 『물에서 온 편지』(삶창, 2017), 『호모 마스크스』(아시
아, 2021) 등의 시집을 내놓았는가 하면, 『김수열의 책읽기』(각, 2002),
『섯마파람 부는 날이면』(삶이보이는창, 2005), 『달보다 먼 곳』(삶창,

2021) 등의 산문집도 출간했다. "문화운동의 선봉에 서서" "바쁘게 살았기 때문"이라고 문무병 시인이 발문에 썼듯이 등단 15년 만에야 뒤늦게 첫 시집을 내긴 했지만, 그 이후로는 퍽 왕성한 창작 활동을 해왔다. 마당극 판의 공연예술가로서 살아가던 김수열이 첫 시집을 계기로 시인으로서의 정체성을 한껏 강화해 나간 것으로 볼 수 있다.

바로 서기가 버거워
거꾸로 뒤집혀 살아갈지라도
무너짐 위에 또 하나의
무너짐으로 남을지라도
길이라면 가야 하는 것
길은
걷는 자의 것

-「길 걷기」(Ⅰ)[1] 부분


이젠 늙은 밥솥을 이해할 나이
겉은 제법 번지르르하나
속내 들여다보면 부실하기 짝이 없다
콧김은 잦아들고
잠잠한 시간은 점점 길어졌다
고슬고슬한 밥은 간데없고
늘 타거나

설었다

-「늙은 밥솥을 위하여」(Ⅳ) 부분

　피 끓는 청년의 강건한 의지가 고스란히 표출된 「길 걷기」는 시인이 대학 4학년 시절에 쓴 작품이다.[2] 극단 '수눌음'에서 활동하며 대학 동아리 '탐라민속문화연구회'를 결성하던 무렵이다.[3] 패기만만한 투사의 결연한 눈매가 거침없이 드러나면서 비장미를 느끼게 한다. "삼채가락에 어깨를 틀어 세우고/ 팔채가락에 왓샤 왓샤 일어서"(「이제는 일어서야 한다」(Ⅰ))는 청춘들의 역동적인 발걸음이 감지된다.

　반면에 50줄에 접어들며 쓴 「늙은 밥솥을 위하여」는 사뭇 다른 분위기다. 비장감은 점차 정제되어 내면화되고 가다듬은 호흡으로 일상의 삶에서 성찰하는 자세가 역력하다. 흥분하여 씩씩거리는 일이 줄어드는 대신에 잠잠한 시간이 점점 늘어나면서 다소곳함과 고즈넉함마저 지니게 되었다. "정작 비는 소리가 없다는 걸/ 이대도록 모르고 살"다가 "내 가슴이 텅 빈 후에야 알았"(「비는 소리가 없다」(Ⅲ))다는 고백처럼 자신을 겸허하게 돌아보는 시간을 거쳐 "이런 생각 저런 생각"에 "계절이 깊어갈수록/ 밤잠 설치는 날이 늘어"갔고(「꼬리」(Ⅳ)), 대낮에 "나와 내가 마주앉아 쓸쓸한/ 눈물 한 잔 따르는"(「낮술」(Ⅳ)) 날도 생겨간다.

혼자서는 갈 수 없는 줄 알았다
설운 서른에 바라본 쉰은

너무 아득하여 누군가

손잡아주지 않으면 못 닿을 줄 알았다

비틀거리며 마흔까지 왔을 때도

쉰은 저만큼 멀었다

-「쉰」(IV) 부분

그가 기어이 지천명(知天命)에 이르러 쓴 작품이다. 풍찬노숙(風餐露宿)·즐풍목우(櫛風沐雨)의 시절을 넘어 그렇게 아득하게 보이던 쉰 고개에 시나브로 당도해 버렸다. 반백 살은 이제 살아온 날보다 살아갈 날이 가까운 나이이기에 누구나 심각한 성찰의 시간을 갖게 마련이다. '사추기(思秋期)'라 할 만큼의 인생의 전환기다. 이 시의 마지막에 나오는 "휴지처럼 구겨진 카드 영수증을 아내 몰래 버리면서/ 다가오는 건강검진 날짜를 손꼽는다"는 부분은 술을 즐기는 중년 사내들의 무릎을 치게 한다. "복쟁이 똥물 먹듯 먹어대는/ 배설 길고 위장 큰 복쟁이들"(「술에 취한 가오리가 내게 말하기를」(II))과 어울려 술 퍼마셔 비틀거리느라 마누라 눈치 보면서 망가져가는 몸이 걱정되는, 이 땅의 가련한 그 남자들의 심정을 촌철살인 꿰뚫었다고 보았던 것이다.

헐렁한 환자복 차림에

삼색슬리퍼 신고 링거대 질질 끌면서

병원 구석 흡연실에서 어쩌다 만나

어디가 안 좋은데? 묻는 말에

그냥, 하고 어정쩡 고개 돌리는 우리는

늦가을 여섯 시처럼 스산하다


불현듯 날아든 동창생의 부고

담배 한 모금 한숨처럼 길게 내뱉고

양 미간 좁히면서 느릿느릿 띄엄띄엄

조의금 대신 전달해달라는 문자를 남긴다

-「이순」(Ⅶ) 부분


다시 세월이 흘러 이제는 60대가 되었다. 이래저래 병원에 드나

구좌읍 동복리의 바람 타는 팽나무

들 일이 많아졌다. 말년의 어머니 아버지를 모시고 가야 할 때도 있지만, 자신의 몸이 안 좋아 가게 되는 경우도 늘어간다. 친구들도 다들 그렇게 살아간다. 서로 환자복 차림으로 만나 병원 동지로서 의례적인 안부를 묻는다. 몸이 하나둘 고장 나는 게 이상한 나이가 아니기 때문이다. 동창생의 부고까지 날아든다. 휴대전화 문자도 '양미간 좁히면서 느릿느릿 띄엄띄엄' 보내야 하는 '늦가을 여섯 시처럼 스산'한 나이임을 기꺼이 받아들인다. 하지만 그에게는 가을이 아직 좀더 남았고 나아가 기나긴 겨울도 함께 해야 한다.

열혈 청년 김수열이 이순을 넘겨 가을의 남자가 되는 동안 세상도 많이 달라졌다. 군부독재가 무너지고, 세계화 바람 속에서 구제금융사태를 겪고, 신자유주의와 금융자본주의의 모순이 폭발하는 지경에 이르기까지 변한 게 참으로 많다. 강산이 네 번이나 변할 기간이니 오죽했겠는가. 그러나 김수열은, 세월의 더께 속에서 웅숭깊어졌을 따름이지, 결코 중심을 잃지 않았다. 비틀거릴 때가 여러 번 있었건만 꿋꿋하게 정진하였다. 첫 시집의 맨 앞에 실린 작품에서 시인의 길이 가늠된다.

까마귀와 더불어
겨울을 나는 팽나무처럼 살아가리
바람 부는 땅에 서서
바람더러 예 있으라 하고
바람더러 어서 가거라 손짓하는
저 팽나무처럼

나 살다 가리

-「팽나무처럼」(Ⅰ) 전문

　제주에서는 어딜 가나 팽나무를 만날 수 있다. 한반도 지역의 느티나무가 그렇듯이, 제주의 팽나무가 정자나무와 신목(神木)으로 쓰이는 것도 어렵지 않게 만날 수 있다. 그런데 바람 많은 섬 제주의 팽나무는 그 모양이 심상찮은 경우가 적잖다. 특히 해안가의 팽나무는 세찬 바람에 맞선 대가로 바람 반대 방향으로 쏠려 있다. 한쪽으로 기울어진 형상인데도 완강하게 버텨냄으로써 보는 이들을 경탄(驚歎)케 한다. 숱한 바람으로 인해 한라산 쪽으로 기울었으면서도 결코 물러섬이 없다. 김수열의 생애와 문학은 바로 그런 것이었다. 그러고 보니 키가 너무 커서 구부정하게 다니는 그의 모습은 영락없이 바람 타는 팽나무를 빼닮았다.


## 투명한 진정성,
## 그 도저한 힘

　김수열은 수눌음 극단, 제주문화운동협의회, 제주민예총, 제주작가회의 등의 주축으로서 문화운동을 실천하였으며, 전교조 해직 교사로서 교육운동에도 앞장서는 등 1980년대 이후 제주지역 민주화운동의 핵심이었다. 「열사여! 불화산이여!」·「제주도민헌장」·「태사른 땅」·「모두 함께 굿판을 열자」 등의 첫 시집 수록 작품들은 시인의 그러한 행적을 단적으로 보여주는 작품들이다. 그가 시종일관 견지해 온 사회변혁운동의 추동력은 소외되고 나약한 존재들을 바라보는 투명한 창(窓)에서 비롯된다.

그립다,는 말도
때로는 사치일 때가 있다
노을구름이 산방산 머리 위에 머물고
가파른 바다
漁火 점점이 피어나고
바람 머금은 소나무
바다끝이 하늘이고
하늘끝이 바다가 되는 지삿개에 서면
그립다,라는 말도
그야말로 사치일 때가 있다

가냘픈 털뿌리로
검은 주검처럼 숭숭 구멍 뚫린
바윗돌 거머쥐고
휜 허리로 납작 버티고 선
갯쑥부쟁이 한 무더기!

-「지삿개에서」(Ⅲ) 전문

투명한 창으로 세상을 만나기에 보잘것없는 들꽃들이 그의 시에 자주 등장하는 것은 지극히 자연스러운 현상이다. 대포마을 지삿개에서 그는 주상절리에 감탄하기보다는 현무암 바윗돌에 피어난 갯쑥부쟁이 무더기를 찾아내 가슴에 품는다. "외돌개 하얀 절벽에 아스라이 매달"린 갯쑥부쟁이(「갯쑥부쟁이」(Ⅱ)), "고개 수그린" 채로 "산바람에 가볍게 흔들리고 있"는 할미꽃(「할미꽃」(Ⅲ)), "바람조차 얼어붙은 그 자리에/ 숫눈 뚫고 빠끔히 얼굴 내"밀어(「감잎 지는 날」(Ⅲ)) "사방지천 눈에 밟히던" 복수초(「눈색이꽃」(Ⅲ)) 등을 가까이 포착해내는 그의 눈은 범상하지 않다.

시인은 들꽃처럼 살아가는 사람들을 만난다. "중학교 졸업하고 고향땅을 벗어나/ 콩껍질 다듬던 손으로/ 가죽띠 잡고 칼날 손질하는/ 한때는 관광안내원이 꿈이었던" 이발소 아가씨(「김양」(Ⅰ)), "편도 2차선 왕복 4차선 중앙선에/ 쇠스랑 들고 망태기 메고/ 덫에 걸린 죄인처럼" 서 있는 늙은 부부(「무단횡단」(Ⅱ)), "땅 설고 물 설은 모국의 귀퉁이에 와서/ 허벅지 하얗게 내놓고 상반신 출렁이며/ (…) 곰팡내 물씬 풍기는 단란주점에서/ 올망졸망 두고 온 식솔들/ 눈망울에 수평선을 담고 노래 부르는" 중국 조선족 여인(「연변 여자」(Ⅲ)) 등을 보며 그는 차마 말을 잃거나 술에 취하여 "씨발"을 내뱉는다. "수재민들에게 폐를 끼쳐선 안 된다며/ 먹거리 손수 해결하면서/ 작은 일손 거들고 있는/ 정신지체장애우들"(「두 개의 삽화」(Ⅲ))에게는 저절로 고개를 숙인다.

여행길에서도 그는 좀처럼 여행자의 시선으로 다니는 법이 없다. 그의 관심은 경승이 아니라 그곳에서 만나는 사람들이다. 내장

산에 가서는 "산꼭대기 필봉대 옆에서/ 스무 해째 휴게소 차려놓고/ 산 찾는 어진 마음들 벗 되어주는/ 산 닮은 아줌마"(「내장산 아줌마」(Ⅰ))를 만나고, 정동진에 가서는 "정동진 사람들은 해맞이를 하지 않는다"(「정동진에서」(Ⅱ))는 사실에 주목하며, 태백을 다녀와서는 "찾는 이 없는 대밭촌 구석에 앉아/ 검은 하늘 검은 땅 하얗게 밝히는" "두터운 파카 어깨에 걸치고 뜨개질하는 여자"(「뜨개질하는 여자」(Ⅲ))를 보고 싶어 하고, 추운 겨울 가래떡과 양미리를 얻어먹은 기억이 있어서 "정선, 하면 아리랑보다 아우라지보다/ 먼저 떠오르는 그 할마시"(「정선시장 할마시」(Ⅲ))를 애오라지 그리워한다. 그들에게서 애환과 건강성을 동시에 체득하기에 여행길에서 그는 "가도 가도 끝이 보이지 않는 어둠"(「열차 안에서」(Ⅱ))을 보면서 "검게 썩어가는 고향"(「사북을 지나며」(Ⅱ))에 가슴 아파하면서도 결코 절망하지 않는다. 시인이 여행길에 가슴에 담아두는 사람들은 이처럼 권세는 없어도 생활력은 강한 자강불패(自彊不敗)의 민초(民草)들이다.

교육현장[4]에서도 그는 한결같이 제반 조건이 결핍되거나 열악한 상황에 처해 있는 제자들을 주목하였다. "쓰러지는 함석집 단칸방에 살아/ 납부금 독촉장에 이리저리 밀리다가/ 끝내는 출석부 (…) 이름에/ 붉은 줄이 그어지"게 된 아이(「뱃놈」(Ⅰ)), "아무 빛깔도 보여주지 않고/ 아무 무늬도 그려내지 않는" 아이(「태영이」(Ⅰ)), "출석일수 미달로 (…) 퇴학당"한 아이(「성임이」(Ⅰ)), "마땅히 할 게 없어 고민하다가 그나마/ 짜장 배달하면서 무면허 오토바이 쌩쌩 달"리는 아이(「대혁이」(Ⅲ)), "급우들이 조지훈의 승무 읽을 때/ 연필심 꾹꾹 눌러 띄엄띄엄 받아쓰기하던 아이"(「짜장면 대신 양념갈비를 먹다」(Ⅲ)) 등 가난하거나, 지능이 모자라거나, 문제아로 찍힌 학생들이 그에게 눈부처로 맺힌다. 시인에게 그러한 제자들은 "마른 하늘 갈라진 땅 사이로/ 민달팽이 한 마리 먼 길 가고 있"(「민달팽이」(Ⅲ))는 형국으로 보여서 가슴이 더욱 쓰라리고 먹먹하다. 그들에게 "모범교사로서 표창은 못 받을지라도/ 거짓됨이 없는 교사이고자 했"(「너희들과 더불어 믿는다」(Ⅰ))기에 전교조 해직 교사의 가시밭길도 마다하지 않을 수 있었던 것이다. 그랬으면서도 시인은 끊임없이 자신을 돌아보며 질책한다.

> 오른쪽 손목 아래가 없는 우리 반 이윤이의 손을 덥석 잡고 뭉툭한 손목에 스스럼없이 입맞춤하기 전에는
>
> 나는 선생이 아니다
>
> ―「나는 선생이 아니다」(Ⅲ) 전문

이처럼 그는 투명한 창을 통해 스스로 낮은 자리에 임함으로써 함께 아파하고 더불어 실천하고자 하였다. 이런 투명한 진정성이 자연스럽게 시로 표출되었다. 그러기에 그의 시에는 억지스러운 기교가 끼어들 여지가 거의 없다. 이것이 바로 김수열 문학이 지닌 도저한 힘의 원천인 것이다.

## 원혼의 사설
## 혹은 울음의 색깔

　김수열 시인은 투명한 창으로 내다본 세계인식을 토대로 끊임없이 현실과의 대결을 벌인다. 격정적으로 표출되는 경우도 있고 차분히 내면화한 경우도 있지만, 문학적 실천의 기본적인 태도는 조금도 흐트러짐 없이 시종여일하다. '전 지구적으로 생각하고 지역적으로 실천하라.'는 말처럼 그의 행보는 대부분 제주지역을 중심으로 이루어진다. 특히 제주4·3항쟁은 김수열이 등단 초기부터 화두로 삼은 대상이었다. 3만의 목숨을 앗아간 전대미문의 비극이면서 분단과 통일, 평화와 인권의 문제가 응축된 4·3항쟁에 대한 그의 천착은 필연이었다.

　　　　갈중이 적삼이 저승옷 되어
　　　　거적대기 한 장 덮어보지 못한 채
　　　　난 날 난 시
　　　　간 날 간 시도 모르고
　　　　이승 저승을 헤매는 넋신이
　　　　어디 저 송씨뿐이랴
　　　　한 폭의 만장도 없이
　　　　맘판 놓고 울부짖는 곡소리조차 듣지 못하고
　　　　바람길 구름길 떠다니는 넋신이
　　　　어디 지 송씨뿐이랴
　　　　　　　　　　　　　　　　　　-「이장」(Ⅰ) 부분

송씨는 4·3항쟁 때 억새밭 모퉁이에 쓰러져 돌덩이에 짓이겨진 채 방치되었다. 수십 년 세월이 흐른 뒤 그로 인해 대대손손 망조가 끼었다는 지관의 지적에 시신의 흔적을 찾아내어 이장을 하게 되었다. 그 현장을 보면서 당시에 스러져간 수많은 죽음들을 떠올린 작품이다. 여기서 우리는 이 시가 1983년에 발표되었음을 주목해야 한다. 공산폭동론을 벗어난 관점으로 4·3항쟁을 말하는 일이 금기였던 그 무렵에 그것을 시로 쓴 사람은 거의 없었다. 기껏해야 파편을 줍거나 행간을 읽도록 하는 데에서 머무르던 4·3시가 비로소 김수열을 통해 민얼굴을 드러내기 시작했다는 것이다.

당시에 그는 "산에서 들에서 길에서/ 외마디소리 비명소리/ 흐느끼는 소리 자지러지는 소리/ 아이 우는 소리 초가 타는 소리/ 통곡소리 미친 웃음소리/ 하늘 무너지는 소리"(「낙선동」(Ⅰ))를 듣는가 하면, "남의 나라 전쟁에 끌려간 남편은/ 해방 되던 해/ 사망통지서가 되어 돌아오고/ 하나뿐인 시동생은/ 무자년 음력 시월/ 웃드르 새각시 데려다/ 간출하게 혼례식 올린 지 보름 만에/ 오발한 총에 맞아 죽"(「조천 할망」(Ⅰ))은 할머니의 피울음을 만났다. "사태 나던 해 겨울/ 정 붙이기도 전에 산으로 올라/ 소식조차 끊겨버린 남편"과 "첫돌 넘기기도 전에/ 악독한 놈들이 저지른 불더미에/ 숯검정이 되어버린 딸년"(「국밥 할머니」(Ⅰ))을 가슴 깊이 묻어둔 여인의 한 많은 세월을 전언하였다. 김수열의 4·3 형상화 작업은 다음과 같은 작품에서 더욱 위력을 발휘한다.

이어 이어 이어도 그래

살리어 줍서 살리어 줍서

삭삭 비는 할마앙

모감지 심엉 마당질해 노앙

도새기 터럭 그시리듯

보리낭 덮엉 불지더부난

아이고 아이고 악독헌 놈더얼

게거품 물멍 와들랑 와들랑

살려도랜 허는 할망신디

아이고 그 악독헌 놈더얼

입바우에 총 들이대연

들락키믄 죽여불켜 허난

갈중이 적삼에 불이 올라도

어떵 해보지도 못허고

동무릎으로 허벅지로 불이 올라안

열두 고망에

열두 신뻬에

와다닥 와다닥 악독헌 놈더얼

-「ᄀ래 ᄀ는 소리-생화장」(Ⅰ) 부분

'ᄀ래'란 맷돌의 제주어(濟州語)다. 'ᄀ래 ᄀ는 소리'란 곧 '맷돌 노래'를 뜻한다. 어느 여인이 맷돌을 돌리면서 4·3항쟁 때에 목격했던 끔찍한 상황을 넋두리하듯이 읊어내고 있다. 노파를 두들겨 패놓고는 생사람 위에 보릿짚을 덮어서 불 질러 죽이는 생화장(生火

葬)의 장면을 돼지우리에 숨어서 지켜보았던 여인이 수십 년 후에 증언하고 있는 것이다. 제주민요 '맷돌 노래'는 구연자의 경험과 상황에 따라 그때그때 다른 사설로 불리는바, 아낙네의 민요 사설이 그대로 시가 된 셈이다.

두린 아기덜아

오망삭삭헌 나 새끼덜아

곧건 들어나 보라

무자년 섣달이라났주

조반상 받아아장 숟가락 들르멍 말멍

몰아진 밭담 메우젠 집 나산 보난

아이고 돌아오도 못헐 질 나사졈서라

무신 죄로 죽어졈신디도 몰르고

무사 죽염쑤겐 들어보도 못허고

하도 칭원허고 하도 서러완

울어지지도 안 허여라

몸착은 어드레사 가신디 문드려불고

그자 비 오민 구름질에

브름 불민 브름질에 의지허멍 살아시네

죽엉도 눈곱지 못허연 영 살암시네

-「이승 저승」(Ⅱ) 부분

위 인용 시의 화자는 4·3으로 죽은 사람이다. 망인은 제주굿의

'영게울림' 형식을 빌려 말하고 있다. 심방(무당의 제주어)이 죽은 영혼을 위무하는 것을 영게울림이라 하는바, 이때 심방은 죽은 사람을 대신하여 죽은 사람의 입장에서 이승 사람들에게 한 맺힌 사연을 이야기한다. 산 자와 죽은 자의 대화인 셈이다. 「귀양풀이」(Ⅲ)에서는, "시왕님아 이 영혼을 받아줍서/ 서럽고 불쌍헌 원혼 받아줍서/ 동기닥동기닥 동기닥동기닥"에서 보듯이, 가볍게 북 치는 소리와 더불어 심방의 사설이 자연스럽게 시로 변신한다. 「4·3넋살림」(Ⅰ), 「정심방」(Ⅰ) 등도 굿 형식을 빌려온 작품들이다.

민중의 증언을 토속어로 구현한 점, 게다가 그것을 굿이나 민요 같은 전통적인 양식과 결부하여 성공적으로 활용했다는 점이 김수열의 4·3시가 지닌 최대의 강점이다. 풍요로운 구비전통에 젖줄을 대면서 지역어를 활용했기에 제주 민중의 한과 정서를 유효적절하게 드러낼 수 있었던 것이다.

이렇듯 김수열의 4·3시는 현기영의 4·3소설에 거의 버금가는 위상을 갖는다고 할 수 있다. 문학사적으로 선구적인 자리를 차지할 뿐만 아니라 전통 양식을 창조적으로 계승하였다는 점에서 그러하다.

아울러 김수열은 4·3항쟁의 현재성 혹은 지속성을 강조한다. 제주섬 곳곳, 그리고 거기의 풀과 나무들이 4·3항쟁의 현재적 의미를 드러내는 존재가 된다. 시인은 "반백 년이 넘도록/ 시퍼렇게 살아있는 나무의 속뜻을 아시는지"(「송산동 먼나무」(Ⅲ))를 묻고, "한 줌 뜯어다 쑥국이나 끓여야겠다고/ 무심히 쑥 모가지 비트는데/ 발밑에 통곡소리 낭자하다"(「서모봉 쑥밭」(Ⅳ))고 전언한다. "정뜨르 비행장이 국제공항으로 변하고/ 하루에도 수만의 인파가 시조새를 타고 내리는 지금/ (…)/ 활주로 밑 어둠에 갇혀/ 몸 뒤척일 때마다 뼈들의 아우성이 들린다"면서 "저 주검을 이제는 살려내야 한다"(「정뜨르 비행장」(Ⅲ))고 처절하게 되뇐다. 마침내 그는 참혹한 시절 격랑의 바다에 내던져진 남자를 만나기에 이른다.

나보다 훨씬 굽어버린 내 아들아

젊은 아비 그리는 눈물일랑 그만 접어라

네 가슴 억누르는 천만근 돌덩이

이제 그만 내려놓아라

육신의 칠 할이 물이라 하지 않더냐

나머지 삼 할은 땀이며 눈물이라 여기거라

나 혼자도 아닌데 너무 염려 말거라


네가 거기 있다는 걸 내가 볼 수 없듯

내가 여기 있다는 걸 네가 알 수 없어

그게 슬픔이구나

내 몸 누일 집 한 채 없다는 게 서럽구나 안타깝구나

그러니 아들아

바람 불 때마다 내가 부르는가 여기거라

파도 칠 때마다 내가 우는가 돌아보거라


물결 따라 바람결 따라 몇 자 적어 보내거라

2014년 4월 19일 제주항에서 열린 해원상생굿에서 「물에서 온 편지」를 낭송하는 김수열.
이날은 세월호가 침몰한 3일 후였고, 비가 내리고 있었다.

죽어서 내가 사는 여긴 번지가 없어도

살아서 네가 있는 거기 꽃소식 사람소식

물결 따라 바람결 따라 너울너울 보내거라, 내 아들아

-「물에서 온 편지」(VI) 부분

항쟁 때 검거되어 제주바다에 수장되어 떠도는 영혼을 만난 시
인은 수십 년 만에 그 영혼이 전하는 통한의 편지를 배달하고 있다.
아들이 그 시절 아비보다 훨씬 더 늙어버린 세월이다. 무덤 없는 아
비가 번지 없는 물속에서 바람 소리, 파도 소리로 보낸 사연은 서럽
고 안타깝기 그지없다. 하지만 아비는 아들에게 언제까지고 수렁에
서 슬픔에 젖어 있을 것이 아니라 현재를 충실히 살아가기를 당부
한다. 눈물은 그만 접고 '꽃소식 사람소식'으로 답신하라는 전언이
다. 꽃 세상, 사람 사는 세상을 만들어 달라는 소망이 깃들어 있다.
그리고 시인은 '지금-여기'에서 강정의 울음을 말한다.

물 좋아 일강정

물 울어 일강정 운다

소왕이물 울어 봉등이소 따라 울고

봉등이소 울어 냇길이소 숨죽여 울고

냇길이소 울어 아끈천 운다

할마님아 하르바님아

싹싹 빌면서 아끈천이 운다

풍광 좋아 구럼비 운다

구럼비 울어 나는물 울고

나는물 울어 개구럼비 앞가슴 쓸어내린다

물터진개 울고 지서어 따라 운다

요노릇을 어떵허코 요노릇을 어떵허코

썩은 세상아 썩은 세월아

마른 가슴 써근섬이 운다


눈물바람 불 때마다

닭이 울고 쇠가 울고

강정천 은어가 은빛으로 운다

바다와 놀던 어린것들

파랗게 질려 새파랗게 운다

집집마다 노란 깃발

이건 아니우다 이건 아니우다

절대 안 된다고 손사래 치며 운다

ㅡ「일강정이 운다」(Ⅳ) 부분


    제주섬 강정마을에 무슨 일이 있기에 이토록 울음바다인가. '세
계 평화의 섬'을 세계만방에 선언해 놓은 정부가 섬에서 물 좋기로
첫째인 강정마을의 아름다운 구럼비 해안에 해군기지를 건설해버
렸다. 대다수 주민들의 의사를 무시하고 편법적 절차에 의해 일방
적으로 추진된 해군기지는 10여 년의 반대 투쟁에도 불구하고 볼

썽사납게 들어서고 말았다. 주민들은 생명평화마을임을 선포하고
서 돌멩이 하나 꽃 한 송이도 건드리지 말라며 투쟁해 왔건만 해군
은 국가안보상 필요하다는 논리를 내세워 생명과 평화를 파괴해 버
린 것이다. 숱한 생명을 앗아가고 평화를 깨트린 4·3 토벌의 비극
이 강정에서 노골적으로 되살아난 것이다. 강정의 울음은 4·3항쟁
이 여전히 현재진행형일 수밖에 없음을 여실히 보여준다. "1968년
정월 24일 베트남 하미 마을"과 "1949년 정월 17일 제주도 조천면
북촌리"에서 학살된 어미의 가슴에 기어오른 어린아이가 "영문도
모른 채 젖을 찾"고 "코 박고 꼼지락꼼지락 허둥거렸다"(「데칼코마니」
(Ⅶ))는 모습을 한눈에 포착한 것도 같은 맥락이다.


## 섬놈이 꿈꾸는
## 아름다운 공동체


김수열은 제주섬을 떠나 산 적이 없다. "일주일 이상 섬을 비운
일이 거의 없"(「문학은 곧 삶이다」(산문))다고 했음을 보면, 그는 토박이
중의 토박이다. 그만큼 제주섬은 그에게 숙명이다. 그에게서 풍기
는 섬놈 기질이 심상치 않다.


　　　보리낭 정지 바닥에 맬싹 주저앉아
　　　흙 묻은 손바닥에
　　　세 갈래 콩잎 두어 장 펼쳐 들고

다락다락 미끌어지는 보리밥에

살맛나는 조선된장에

자리젓 대가리 통째로 올려놓고

정성껏 두 손으로 받쳐

잘근잘근 잘근잘근

잘근잘근 잘근잘근

씹어 삼키는 그 맛

그 맛을 너희들이 알 리가 있겠느냐

꿈엔들 생각이야 하겠느냐

어디 먹을 테면 먹어봐라

원래 자리란 놈은 기이한 영물로

사람 입에 들어가 배알이 뒤틀리면

송곳 같은 가시로 이래저래 쑤셔박아

입 안은 온통 난장판이 될 터이니

어디 한 번 먹어봐라

먹을 테면 먹어봐라

-「관광용 자리젓」(Ⅰ) 부분


　자리젓에서 고약한 냄새만 맡는 이들은 제주의 속살을 모른다는 것이다. 제주섬을 제대로 모르는 외지인들이 함부로 덤벼들다가는 큰코다칠 수 있다는 경고도 들어 있다. 제주섬 토박이로서의 자존심이 짙게 깔려 있는 작품이다. 배타성을 강하게 느끼는 이가 있을 법도 하다. 등단작에서도 "영등님아/ 사면 파도 일으켜 세워/ 뭍에서 오는/ 금도깨비들 몽땅 삼키시라"(「땅풀이」( I ))고 한 적이 있으니, 자칫하면 분리주의자로서의 면모를 읽는 독자도 없지 않겠다. 하지만 그러한 독법은 잘못된 것임이 분명하다.

> 이대로 가다가는 섬도 삶도 없다며
> 댓잎 시퍼런 감상기 마구잡이 흔들면서
> 팔짝팔짝 들러키는 사연을
> 뭍엣것들은 모를 것이다
> 비록 섬에 있어도 섬 아닌 것들은
> 정말 모를 것이다
>
> ─「모를 것이다」(Ⅳ) 부분

'뭍엣것들'만 문제가 아니라 '섬에 있어도 섬 아닌 것들'도 문제라는 것이니, 말하자면 시인이 상정하는 세계에서 섬사람은 결코 태생지로서만 결정되지 않는다는 뜻이다. 섬에서 사는 이들이라고 해서 모두가 섬의 사연을 제대로 인식하는 것은 아니라는 것, 외지인이어도 진정성만 있다면 얼마든지 섬의 아픔을 함께 나눌 수 있다는 것, 그것이 그의 생각이다. 김수열에게 섬은, 표면적으로는 제주를 말하는 것이지만, 본질적으로는 탐욕과 파괴에 맞서는 진실한 사람들의 공동체를 의미하는 것으로 보아야 한다. 그러니 김수열에게 제주는 곧 세계요 우주인 셈이다.

김수열은 큰 키를 통해 섬 밖의 먼 곳까지 속속들이 내다본다. 특히 그는 투명한 창을 지녔지 않은가. 섬사람 특유의 자존심으로 칼

바람·섯마파람에 당당히 맞서면서 "참 아름다운 사람들"이 더불어 사는 "참 아름다운 세상"(「먼 산 가지 못하여」(Ⅱ))을 꿈꾸는 '등 굽은 팽나무', 그가 바로 시인 김수열이다.

섬에서 나고
섬에서 자란 사람들은
바람이 말하지 않아도
섬에서 사는 법을 안다
바다 끝에 아련히 떠 있는
사람 없는 섬을 보면서
의로움보다 기다림을 먼저 알고
저만치 바람의 기미 보이면
밭담 아래 허리 기대어
수선화처럼 꽃향기 날려보내고
섬을 할퀴듯 달려드는 바람 있으면
바람까마귀처럼 바람 흐르는 대로
제 한몸 맡길 줄도 안다
등 굽은 팽나무처럼
산 향해 머리 풀어 버틸 줄도 알고
바람길 가로막은 대숲이 되어
모진 칼바람에 맞서
이어차라 이어차라 일어설 줄도 안다
어디 그뿐이랴

때가 되면 통꽃으로 지는 동백처럼

봄날 오름 자락을 수놓는 피뿌리풀처럼

머리에서 발끝까지 선연한 피 흘리며

미련 없이 스러질 줄도 안다

-「섬사람들은」(Ⅱ) 전문


## 그리고 자리물회
## 한 사발


   김수열의 시집을 읽노라면 가족과 관련된 작품들이 적지 않음을
알 수 있다. 어머니와 아버지, 아내와 두 아들을 종종 만날 수 있다.
일상에서 현실 문제에 이르기까지 가족 이야기로 읊어내는 그의 시
편들은 때로는 고백으로, 때로는 다짐으로, 때로는 속삭임으로, 때
로는 울부짖음으로, 때로는 회한으로, 때로는 넋두리로 우리를 만
난다. 특히 어머니에 관한 작품을 많이 만날 수 있다.


초년 고생 말년 늦복이라던데

이제서야 사는가보다 했더니

이 철딱서니 없는 놈아

정교조인지 전교조인지 도대체 그게 뭐길래

그게 뭐하는 집구석이길래

네가 학교에서 쫓겨나야 하느냐 이놈아

(…)

누구 죽는 꼴 보려고 이러느냐 이 잘난 놈아

-「나의 어머니」(Ⅰ) 부분

1989년 전교조 활동으로 학교에서 쫓겨난 시인에게 어머니가 욕을 퍼붓고 있다. 이 앞부분에는 "이놈아/ 이 철딱서니 없는 놈아/ 돈 없는 부모 만나/ 대학 마당 구경조차 못했다는 소리는/ 차마 듣기 싫어서/ 마음만 너의 가슴에 남겨 두고/ 보따리 하나 들고 밀항선에 몸을 실어/ 사흘 밤 사흘 낮/ 똥줄 빠지고 오장 쓴 물 뒤집어쓰면서/ 현해탄을 건넜다"면서 일본 밀항 갔다가 붙잡혀 돌아왔던 사연, 팔 가죽 벗겨지도록 시멘트 블록 공장에서 노동하던 얘기, 시장바닥에서 좌판 벌였다가 단속 반원에게 쫓기던 일 등을 늘어놓으며 하소연한다. 어머니의 긴 신세타령이 끝나고 나면 "그날 밤 어머니는/ 그래도 내 배 아파 난 자식놈을 믿어야지/ 어느 개아들놈을 믿겠느냐며/ 이 집 저 집 밤 늦도록 돌아다녀/ 전교조 합법화 서명용지를 가득 메우고서야/ 집으로 돌아왔다"고 작품이 마무리되면서 독자의 심금을 울린다. 어머니의 무조건적인 사랑에 누구나 먹먹해지지 않을 수 없다.

이후 아들은 두 아들을 낳아 키우고 복직도 하고 제주를 넘어 한국 문화예술계의 중견으로서 빛나는 활동을 전개해 나갔다. 그렇게 세월이 흘러 아들도 늙어가고 있건만 어머니에게는 언제나 어여쁜 자식이다.

여든 넘은 어머니가 쉰 넘은 아들 위해 해마다 자리철이면 자리
물회 만드신다 말이 운동이지 바람 불면 휘청이는 몸으로 허청허
청 동문시장에 가서, 보고 또 보고 고르고 또 골라 알 밴 자리 한 양
푼 미나리 한 줌 양파 두 개 오이 두 개 깻잎 열 장 쉐우리 한 줌……

어느젠가 "자리물회 맨들아시매 왕 시원히 혼 사발 허라" 하는 말
에 가서 먹는데, "식당엣것보다 맛좋수다" 지나가는 말로 한마디 했
는데 그때부터 어머니는 해마다 자리철이면 시장에 가서 자리 사
다 조선된장에 빙초산 넣고 조물조물 버무려 물회를 만드신다.

앞으로 몇 년 더 만들지 모르지만 내년에도 내후년에도 올해처
럼 만들고 또 만들어 "자리물회 맨들아시매 왕 시원히 혼 사발 허
라" 하는 어머니의 목소리를 듣고 또 들었으면 하는 지나친 욕심을
부려보는 것이다

-「자리물회」(Ⅴ) 전문

늙은 어머니는 몇 년 더 몸소 자리물회를 만들어 아들을 집으로
불러들였다. 아들이 늘 맛있게 먹어주던 자리물회만큼은 오래도록
해 먹이고 싶었을 것이다. 기력이 소진되어 시장 보기 어렵게 된 다
음에는 김 시인이 어머니 손맛 비슷한 식당에 가서 자리물회를 대
접하였다. 그렇게 또 몇 년이 지났다. 어머니는 기어이 2022년 봄날
에 아들의 손을 놓았다. 그 회한을 어떻게 필설로 다할 수 있겠는가.
하지만 그것이야말로 하늘의 이치가 아니겠는가. 누구나 그렇듯이,

그런 날이 올 줄은 김 시인도 모르지는 않았다. 수년 전에 아버지와도 속절없이 이별했던 그였다.

> 목욕탕에 모셔 가 등 한번 밀어드려야지
>
> 가까운 보쌈집에 가서
>
> 당신이 좋아하는 술 한잔 드려야지, 나중에
>
> 직접 쌈도 싸 드려야지
>
> 나중에 걸음걸이 나아지면 구두 한 켤레 사 드려야지
>
> 오래된 잡지책 보면서
>
> 해 뜨는 일출봉 물 지는 천지연 그리시는 아버지
>
> 나중에 어머니랑 함께 도일주 시켜 드려야지
>
> 그때는 할머니 산소에도 들러야지
>
> 돌아오는 생신날 그림물감도 선물해야지
>
> 부러진 대걸레 자루로 지팡이 쓰시는 아버지
>
> 멋진 놈으로 하나 사 드려야지, 나중에
>
> ―「나중에」(Ⅴ) 부분

# 제주 원도심이 품은
## 문학의 자취

## 제주문학의
## 상상력을 키운 공간

제주 원도심(原都心)**1)**은 칠성로, 중앙로, 남문로 등 옛 제주성(城)과 그 주변 지역을 일컫는다. 제주 원도심은 "최소한 2,000년 이상 제주 사람들의 문명의 중심지"**2)**였다. 1980년대까지 제주의 행정·경제·문화 중심지였던 이곳은 급속도로 쇠퇴의 길을 걷고 있다. 제주도청, 제주시청을 비롯하여 법원, 검찰청 등 대부분의 관공서가 이곳을 빠져나갔음은 물론이요, 이곳에 있던 중·고등학교는 거의 다른 곳으로 옮겨졌고 가장 많은 아이들이 다니던 동·서·남·북 초등학교의 절반은 시골학교처럼 썰렁한 학교가 되어버렸다. 도심인데도 빈 집이 있을 정도다.

그럼에도 불구하고 제주 원도심은 여전히 제주문학의 중심이라고 할 만하다. 토박이들만 아니라 뭍에서 온 문학인들도 대부분 제주 원도심을 무대로 활동했고 제주 원도심이 작품의 무대가 되기도 했다. 지금도 그 자취들이 곳곳에 남아 있음은 물론이다. 이름난 장소만이 아니라 수많은 걸음발에 차이는 보도블록이나 아스팔트 아래의 돌멩이, 먼지를 뒤집어쓴 길가의 나무 한 그루, 돌담과 시멘트로 맞물린 담벼락, 구불구불 비좁은 골목조차도 문학의 향기가 묻어 있다. 가히 제주문학의 상상력을 키운 공간이라고 할 만하다.

"도시재생은 한 도시의 쇠락의 징후를 포착하고, 그 문제의 원인들을 규명한 뒤에, 창조적인 실험과 혁신을 거쳐 근원적인 해결책을 모색하고 실행하려는 시도"3)라고 할 때 제주문학은 원도심 재생의 훌륭한 자원이 아닐 수 없다. 문학의 양상을 통해 원도심의 의미를 점검하고 제주의 길을 모색해 보기로 하자.


## 전란기를 거치며 드나든 뭍의 문인들

1950년대 초의 제주도는 여전히 지속되는 4·3항쟁과 한반도에서 터진 전쟁으로 상당히 어수선하고 묘한 상황이었다. 4·3항쟁으로 보자면 이른바 '공비 토벌'의 대상지였고, 한국전쟁으로 보자면 '최후방(最後方)'이었기 때문이다. 이때 토박이들은 많이 줄어들었지만(4·3기간에 약 3만 명이 희생됨), 피란민으로 인해 전체 인구가 크게 늘어나기도 했다.4) '제주피난민협회'도 결성되었다.

이때의 제주도는 '공비'(무장대) 토벌 지역, 전쟁을 지원하는 후방, 혼란스러운 피란지 등의 복잡한 상황에 처해 있었다. 4·3토벌로 인한 살육에 버금가는 충격이 한반도의 전쟁으로 인해 제주공동체에 가해졌고, 그것은 제주사회의 큰 변동요인이 되었다.

갑자기 인구가 늘어난 제주읍내는 퇴폐한 후방의 면모를 드러내기도 한다. '고망술집' 관련 기사는 그 실상을 잘 보여준다.

> 골목에서 네 활개를 치는 고망술집은 취체(取締)당국에서도 수시점검하고 있으나 그래도 교묘히 꼬리를 감추어가면서 나날이 번창해 가고 있다. 이는 전시생활개선법이 강력히 이행되고 있는 작금 반비례적으로 일어나고 있는 기현상인데 취체당국자들은 시내에 산재하고 있는 고망술집의 수효는 오십개소가 넘으리라고 보고 있다.(「밤 골목에 활개 치는 '고망술집'」, 『제주신보』 1952. 12. 15.)

'고망술집'은 단순한 술집이 아니었다. "조용한 분위기 속에서 염가로 주석을 즐길 수 있"고 "접대부들이 있어"서 "불야성을 이루"었다. 그래서 "관계 취체 당국에서는 그 단속에 부심하"지 않을 수 없었던 것이다(「불야성 이루는 '고망집'」, 『제주신보』

고망술집 관련 『제주신보』 기사

1952. 10. 20.). 이런 고망술집에 작가들도 종종 드나들었던 것 같다.5)

인구가 급증하면서 제주읍내에는 다방이 하나둘 문을 열었다. 그곳은 예술가들이 회합하고 예술행사가 열리는 공간으로 활용되었다. 동백다방이 1952년 1월에, 카네이션다방이 3월에 개업하였다. 동백다방은 "온갖 정력(精力)을 다하여 (…) 수고 많으신 여러분들의 하루 '피곤'을 '동백'은 포근한 남쪽나라 꿈속에 풀어주"겠다는 개업광고(1952. 1. 21.)를 내었다. 개업 직후에 "더욱 더 평안한 마음으로 그곳에 앉아 있을 수 있게 하기 위해서 전구(電球)를 좀더 낮게 해주었으면 한다"는 글이 '독자와 기자'란에 「'동백'에 부탁」(1952. 1. 29.)이라는 제목으로 실리기도 했다. 카네이션다방은 향수다방으로 이름을 바꾸면서 "우리 다방 자만인 '음악의 멜로디'와 향훈 높은 커피는 족히 여러분의 심신의 위안제가 될 것"(1952. 7. 28.)이라고 광고하였다. 1952년 12월 31일 향수다방에서는 '시와 음악의 밤'이 열려 "수필 「바다」 계용묵, 시 「하늘」 윤공, 시 「사랑」 윤공, 「영자와 영자의 또하나 이름」 옥파일, 시 「목련의 꿈」 옥파일, 시 「제야」 양중해, 수필 「성산일출」 양중해, 수필 「사봉낙조」 이형근, 시 「오월의 망루」 최현식, 시 「회고」 최영석"6) 등의 작품들이 낭송(낭독)되었다.

갑자기 몰려든 예술인들의 활동으로 인해 제주에는 4·3으로 크게 위축되었던 예술활동의 열기가 지펴진다. 정훈활동과 직접 관련된, 반공·애국 사상을 고취하는 활동이 주류를 이루었다.

'공비토벌기록영화'인 「한라산에 봄 오다」가 제주도 경찰국 제작으로 제주읍내의 제주극장에서는 물론 도내 곳곳을 순회하며 상영되었다.7) 4·3 토벌과 관련해서는 연극 공연도 있었다. 「밝아오는 한

옛 제주극장 건물. 2018년 철거되었다.

라산(일명 김봉길 참회록)」이라는 연극이 그것인데, 1952년 6월 10일부터 제주극장 무대에 올려졌다(1952. 6. 11.). 1953년 9월에는 경찰국 공보실에서 마련한 「토벌작전 사진전」이 제주도내 각 경찰서에서 열리기도 했다(1953. 9. 29.). 육일훈사병 극단 상록회에서는 방첩극 「상해에서 온 사나이」를 1954년 10월 10일부터 3일간 제주극장에서 공연하였다.

군경의 정훈활동과 다소 거리를 둔 예술 활동도 비교적 활발히 전개되었다. 1952년 1월 극단 '문협'이 발족되어 「탈옥수의 고백」을 창립 공연8)으로 올린 후에 「혼」·「낙랑공주」 등을 공연하였고, 같은 해 8월에는 직장예술인들의 모임인 '예원'이 결성되어9) '발레의 밤' 공연 등을 가졌다.

1953년에는 우생출판사가 생기면서 제주도 출판문화의 새로운 전기가 마련되었다. 이 출판사는 1946년에 문을 연 우생당서점 주인 고순하가 설립한 출판사로, 계용묵이 많이 관여했던 것으로 알려졌다. 다음은 우생출판사 탄생의 의의를 짚은 당시의 글이다.

> 전도적으로 도서관 하나 없는 형편으로 우생당과 신창사 양 서적상이 도서관을 대행하는 셈이요, 옵셋사 하나 지형을 소유한 인쇄소 하나가 없는 실정이니 출판사업에 유의할 수도 없고 또 뜻을 가진다 해도 용의치 못한 실태로 제주도에서 (…) 당지(當地) 고순하 동지가 용감하게도 우생출판사 간판을 들고 혜성같이 나타나 (…) 단독 사재를 기울여 오직 민족문화 향상을 위하여 노력을 해보겠다는 포부와 희망 밑에서 출판하여 제일착으로 위인의 전기인 『위인의 선물』을 내고 제이착으로 시집『흑산호』를 내고 이제 제삼착으로 만고불후의 세계적 명저로 대문호요 대사상가인 톨스토이 『참회록』을 우리말로 처음 세상에 탄생케 하니 반개성상의 나이 어린 출판사로서 출판의 역사가 얕다고 볼 수 있는 제주도에서 신기록을 접하는 일이라고 아니 할 수 없다. (…) 우수한 출판물이 양적으로 질적으로 빈곤을 느끼는 이때 세계적으로 유명한 양서가 특히 이 제주도에서 출판된다는 데 대하여 우리 삼십만 도민의 자랑이라 아니랄 수 없는 데서 우리는 등한시하지 말고 자꾸 격려하고 육성시키어 출판문화를 앙양발전시키는 데 노력을 다하기를 제창하는 바이다.[10]

우생출판사에서는 위에서 명기된『위인의 선물』,『흑산호』,『참회록』외에도『인생론』(톨스토이 작, 계용묵 역),『검둥이의 설움』(스토우 부인 작, 계용묵 역),『별무리』(학생문학동인지),『상아탑』(계용묵 수필집) 등을 출간하였다. 문학 관련 서적이 주를 이루고 있음을 알 수 있다.

피난차 혹은 직장 문제로 제주에 온 사람들 가운데에는 계용묵(桂鎔默), 장수철(張壽哲), 장지영(張志暎), 최현식(崔玄植), 옥파일(玉巴一), 김창렬(金昌烈) 등 문인이거나 문학에 관심을 가진 사람들도 상당수 끼어 있었다. 이것은 제주도 문학사의 흐름에서 볼 때 상당히 획기적인 일이어서, 제주도의 '문예진흥'을 가져왔다고 평가되기도 한다. 한국전쟁기에 제주에 온 문인들 중에서는 2~3년 동안 제주에 거주한 경우가 있었고 이들은 제주에 살던 기간 동안 지역민들과 활발한 접촉을 벌였다. 뿐만 아니라 이들이 제주에 머무르게 되자 부산 등지에 피난 중이던 여러 문인들이 수시로 제주에 드나들면서 교류를 갖기도 했다. 이는 4·3으로 인해 크게 움츠러들었던 제주지역의 문학 열기가 다시금 고조되는 결정적인 계기가 되었다.

특히 계용묵은 가장 주목되는 문인이었다. 평안북도 선천군 출신인 계용묵은 해방 직후부터 서울에 살면서 수선사(首善社)라는 출판사를 운영하고 있었는데 한국전쟁을 만나 제주도로 피난을 떠나게 된다. 계용묵의 제주 입도(入島)는 1951년 1·4후퇴에 즈음하여 이루어졌다. "당시의 피난행렬로 보자면 선두 그룹도 아니고, 그렇다고 지각 그룹도 아니었"던 그는 "제주시 삼도1동(당시는 '제주읍 삼도리': 인용자 주), 그 당시로서는 제주시 유일의 극장이었던 '제주극장' 남쪽"11)의 "한학자의 집 마루방에다"12) 피난의 보따리를 풀었다.

여러 정황을 감안해 볼 때 계용묵은 제주에서의 생활을 만족스럽게 여기지는 않았던 것 같다. 계용묵은 제주에서 체류하던 동안에 뚜렷한 직장을 갖지 못했다. 그의 부인 안정옥(安靜玉)은 제주읍 관덕정 광장에서 양담배 노점상을 하였다고 한다.13) 그런 와중에 큰아들 명원(明源)의 결혼식을 치르기도 했다.14)

제주읍 삼도리에 살던 계용묵은 관덕정 앞의 우생당서점과 칠성통의 '동백다방'과 '카네이션다방'에 자주 드나들었면서 종합지『신문화』를 3호까지 펴냈고, 피난 작가 등 여럿의 글을 모아『흑산호』라는 작품집을 엮기도 했다. 그가 있는 곳으로는 제주의 문학청년들이 자주 찾아가곤 하였다. 그는 문학지망생들이 쓴 작품들을 일일이 고쳐주며 지도하였고, 작품발표회도 주관하였다. 문학을 지망하는 중·고·대학생들로 이루어진 '별무리' 모임을 지도하여 동인지

칠성로 옛 동백다방 부근. '계용묵 선생의 문학 산실' 표석이 있다.

『별무리』(1953년 12월)를 간행하는 데에도 기여했는데, 제주문단을 이끌었던 강통원(작고)·박철희·고영기(작고)·김종원·문충성(작고) 등은 모두 '별무리'의 중심 멤버들이었다. "심지어는 한림중학교의 교지 『한림(翰林)』 창간호를 펴내"[15]기까지 했으니, 제주문화계에 끼친 계용묵의 영향은 매우 컸다고 할 수 있는 것이다.

하지만 계용묵은 완벽주의적·결벽주의적 성격 등으로 인해 제주에서 많은 작품을 쓰지는 못하였다. 그의 제주와 관련된 작품은 소설 「맨발」, 공연평 「'탈옥수의 고백'을 보고」·「'영광에의 길'을 보고」·「발레의 밤」, 수필·산문 「탐라점철 초」·「혀」·「김환기 형」·「제주 풍물 점경」·「소설가란 직업」·「악의 성격」·「제주 여자의 건강과 미」 등이다.

「맨발」은 전란기의 제주 현실을 반영한 소설로, 수필 「악의 성격」 을 소설화한 작품이다. 시 쓰는 후배가 고아원에 들어온 구제품 중 몇 점을 어느 고아 편에 화자에게 보냈으나 배달사고가 나면서 벌어진 일을 다룬 소품이다. 구제품이 나오긴 해도, 그 혜택이 정작 고아들에게는 돌아가지 않고 있음이 드러난다. 고아원의 아이들이 양말 한 켤레도 얻어 신지 못해 한겨울에 맨발로 다니는 현실, 그러면서도 냉대를 당하는 안타까운 상황이 제시되고 있는 것이다. 사실 계용묵이 제주에 머무르던 시기에 제주에는 많은 전쟁고아들이 들어와 있었다. 1950년 12월 24일 서울에 소개령(疏開令)이 내려지면서, 서울시립아동양육원에 있는 고아 1,000여 명을 수송기 7대로 16회에 걸쳐 제주도로 운송하여 제주농업학교에 수용하면서 한국 보육원이 설립 운영되기도 했었다.[16] 계용묵도 당시 제주에서 전쟁고아의 현실을 목도하고서 그것을 간결하면서도 인상적으로 형상화한 셈이다. 따라서 「맨발」은 '나'를 중심으로 전쟁기 피난지에서의 곤궁한 삶을 그려내는 동시에 '아이'를 중심으로 전쟁고아들의 비애와 원망(怨望)을 적절히 담아낸 작품이라고 할 수 있다.

「제주 풍물 점경」은 10편의 짧은 글들로 이뤄졌는데 그중 하나인 '산지항(山地港)'에는 "만주(滿洲)의 물자가 들고 나는 산지항. 봄이면 산책으로, 여름이면 피서객으로, 갈매기의 윤무(輪舞)와 같이 즐겁다."[17]라고 짧게 적어놓았다. 그곳의 인파들은 지금 서부두만이 아니라 탑동 매립지 쪽으로도 옮아갔을 터이다.

장수철의 경우 1950년 고향 평양에서 『합동신문』 편집을 담당했던 경험이 『제주신보』와의 인연으로 연결되었다. 인천에서 부산 가는 배를 탔다가 뜻하지 않게 12월 26일경 제주에 들어왔다. 그는 서울에서도 그랬던 것처럼 제주문총구국대를 찾아갔다. 당시 문총구국대를 맡고 있던 이는 제주신보사 편집국장 김묵이었는데, 그를 만난 것을 계기로 『제주신보』 편집기자가 된다.

장수철은 계용묵과도 교류하면서 기자 생활을 해나갔다. 다음은 그가 당시 제주에서 쓴 작품으로 보인다.

여기가 바로 제주섬인가/ 구름과 마스트와 갈매기여.// 부두에 낯설게 내려서면/ 바람에 섞여 뺨을 스치는 내음새/ 시큼한 귤 내음새/ 하이얀 여정(旅情)이 가득히 풍기더라.// 부부(夫婦)처럼 함께 흘러온 나그네들이/ 외로운 가운데도 눈알을 굴려/ 새로운 풍속을 찾는 빛갈// 대한(大寒) 추위에도 노오란 꽃 피는/ 북위 삼십사도 남쪽의 섬이어라.// 인부들 웅성거리는 부두에/ 동화(童話) 같은 고동이 울리면// 해녀가 뿌리는 조음(潮音)을 차며/ 배는 또 다시 육지로 떠나려는가.// 쌔이한 조각돌 아름다운 부두에/ 잠시 발을 멈추어/ 슬그머니 손을 저어 보냈다.// 사나운 삶이 앞으로 다가와도/ 그 무슨 굳게 믿는 것이 있기에/ 아 토착민들처럼/ 조풍(潮風)을 뚫고 발걸음을 옮긴다.// 어느새 짭잘한 모색(暮色)이 짙어/ 여기가 바로 제주섬인가/ 돌과 바람과 여인(女人)이여.(「부두에서」 전문)

장수철은 제주 생활이 만족스럽지 않았다. 그는 "나도 좀 더 넓은 무대에서 뛰어야 한다. 이곳은 너무나 조용하고 외롭다."라는 생각에 사로잡히게 되었다. 결국 그는 신문사에 사표 낼 결심을 굳혔다. 그는 "'제주도를 떠나면서'라는 부제를 단 「바람과 돌과 여인과」라는 시작품(詩作品)은 그날 밤중에 별로 힘들이지 않고 썼다."**18)** 그 시가 제주도를 떠나는 날 신문에 실릴 수 있게 해달라고 지인에게 부탁해 놓고 그는 부산으로 떠났다. 1952년 6월 18일**19)** 『제주신보』에 그 시 「바람과 돌과 여인(女人)과-제주도를 떠나면서」가 실렸다. 시집 『서정부락』에 실린 작품과 거의 같으나 극히 일부가 다르다.

여기/ 외로운 여인(旅人)이 서 있다./ 염분(鹽分) 많은 바람이/ 감(柑)나무 사이로 불어오는 풍경 속에// 그 정든 풍경화 속에/ 돌각담이 휘-감돌아 쌓이고/ 그 위에/ 황혼은 포근히 내려앉는다.// 고요한 황혼이 내리면/ 보리밭에서 돌아오는 여인(女人)네들/ 건강한 웃음소리 가운데엔/ 낯익은 얼굴도 끼여 있다.// 아 낯익은 얼굴들과 함께/ 토주(土酒)도 고구마도 나누었다./ 서귀포 칠십리도 불렀다./ 바람처럼 흘러간 일년 반이여// 꿈과 같던 일년 반 나날에/ 눈보라 속에서도 피는 꽃이랑/ 톨 뜯는 해변의 소녀들이랑/ 눈을 굴려 즐겨하던 이 고장 풍속들// 전설 많은 풍속에도/ 향수(鄕愁)는 고웁게 물들어/ 동백기름 내음새 풍기는 이 섬에/ 손을 저어 몇 번이고 손을 저어// 이제/ 외로운 여인(旅人)은 떠난다./ 고향처럼 그리운 추억들을 담아/ 바람과 돌과 여인(女人)과 떠난다.

장수철은 『서정부락』을 펴내면서 총 5부 37편 중에서 제3부의 8편을 '제주도시초(濟州島詩抄)'라는 이름 아래 모두 제주도에 관한 시로만 엮었다. 제주도가 그의 문학세계에서 차지하는 비중이 적지 않음을 의미한다. 하지만 그가 1년 반 동안 머물렀던 제주의 의미는 기항지로서의 성격이 강하다고 할 수 있다. 생활인으로서 제주에 살려했던 계용묵과는 구별된다는 것이다.[20]

1954년 9월 21일자로 제주도 경찰국장이 한라산 금족령을 해제함으로써 1947년 3·1사건부터 7년 7개월 동안 갖가지 씻을 수 없는 상처를 남긴 4·3항쟁도 공식적으로 마무리되었다. 그 사이 계용묵, 장수철을 비롯한 문인들은 제주를 떠났다.

그런 마당에 전국적으로 인기를 누리던 시인이 제주에 나타났다. 공동시집 『청록집』(1946) 이후 1955년 들어 첫 개인시집 『산도화』를 내고 제3회 자유문학상을 수상하며 주가를 올리던 청록파 시인 박목월(1916~1978)이 그해 가을 제주에 모습을 드러낸 것이다. 유부남인 박목월과 동행한 사람은 그를 흠모하던 여대생이었다. 서문

통 여관에 잠시 머물던 그들은 용두암 부근의 초가에서 동거를 시작했다.

> 제주읍에서는/ 어디로 가나, 등뒤에/ 수평선이 걸린다./ 황홀한 이 띠를 감고/ 때로는 토주(土酒)를 마시고/ 때로는 시를 읊고/ 그리고 해질녘에는/ 서사(書肆)에 들리고/ 먹구슬나무 나직한 돌담 문전(門前)에서/ 친구를 찾는다./ 그럴 때마다 나의 등뒤에는/ 수평선이/ 한결같이 따라온다./ 아아 이 숙명(宿命)을. 숙명 같은 꿈을/ 눈물어린 신앙을/ 면 종소리를/ 애절하게 풍성한 음악을/ 나는 어쩔 수 없다.(「배경(背景)」전문)

박목월이 당시 제주에서 쓴 이 「배경」이라는 작품은 꽤 알려져 있다. 여기에는 1950년대 중반의 제주 원도심 풍경이 소박하게 그려졌다. 어디를 가든지 등 뒤로 수평선이 걸리는 곳, 언제나 수평선이 따라다니는 곳이 제주읍내 풍경이었다. 먹구슬나무가 있는 나직한 돌담길에 술집도 있고 책방도 있다. 바다를 가로막는 고층건물은 없다. 「탐라시초(耽羅詩抄)」에서도 수평선은 제주읍과 함께 있다.

> (…)/ 제주읍은 수평선을 기대고 앉았다./ 도둠히 푸른 그 가슴에 외로 고개를 돌리고 평안한 아기/ 밤에는 밤뱃고둥이 운다./ 그리고 출렁이는 물나볼에 꺼꾸로 잠긴 한라산이 밀린다. 아아 함께 미리는 내 얼굴에 환한 두눈이 두눈을 지닌채 승천(昇天)한다.// 제주 대학 앞길섶에 한 개의 비석(碑石)이 서면 행결 어울릴 것이다. 비

석에 기대어 수평선을 바라볼 나그네의 눈을 그 눈에 안개를, 시시
로 변색(變色)하는 물빛을, 청명(淸明)과 운무(雲霧)를/ ……한 만
년 후에 다시 오마.

제주에 머무는 동안 박목월은 제주대학 국문학과에서 문학을 가
르쳤다.『제대학보』(현재의『제주대신문』) 1955년 12월 15일자에는「시
인 박목월씨/ 국문과 교수 초빙」제하의 기사에서 10월 초에 내도한
박목월 시인을 국문학과 교수로 초빙했다는 기사와 함께, 국어국문
학회(현재의 학생회) 학술발표 행사에 참석해 창작시에 대한 강평을
했다는 기사가 실려 있다. 그런데『현대문학』1956년 8월호에 발표
된 위의 시는 제주를 떠나기로 작정한 무렵에 쓴 것 같다. 아마도 그
여인이 떠나버린 상황에서 쓴 시가 아닌가 한다. 만년 후에나 다시
온다는 표현에서 보면 제주에 다시 돌아오고 싶지 않은 심경이 비
쳐진다. 그들의 사랑은 그렇게 끝이 났고, 박목월은 서울로 돌아갔
다. 연보[21])에 따르면, 1956년 9월 그는 홍익대학교 전임강사로 부
임했다.


## 토박이 문인들의
## 원체험과 원도심의 변모

박목월 시인은 제주에서 당시 교사였던 양중해와 가깝게 지냈
다. 양중해는 박목월의 거처도 마련해 주는 등의 도움을 주며 그와

친구처럼 지냈다. 박목월의 젊은 여인과도 알고 지내는 사이였다. 여인이 연락선을 타고 떠나는 제주항 배웅길에도 동행했다.[22]

  저 푸른 물결 외치는/ 거센 바다로 떠나가는 배/ 내 영원히 잊지
못할/ 님 실은 저 배야./ 야속해라./ 날 바닷가에 홀로 버리고/ 기어
이 가고야 마느냐.// 터져 나오라, 애달픈 추억이여!/ 한의 바다여!/
아련한 꿈은 푸른 물에/ 아프게 사라지고/ 나만 홀로/ 외로운 등대
와 더불어/ 수심뜬 바다를 지키련다.// 저 수평선을 향하여/ 떠나가
는 배./ 설운 이별/ 님을 보낸 바닷가를/ 넋 없이 거닐면/ 미친듯이
울부짖는 고동소리/ 님이여 가고야 마느냐.(「떠나가는 배」전문)

탑동 해변공연장 인근에 세워진 '떠나가는 배' 노래비

제주시 탑동 해변공연장 부근에 시비(노래비)가 세워졌을 정도로 유명한 「떠나가는 배」는 여인을 떠나보내는 박목월의 심경을 양중해가 담아낸 작품으로 알려져 있다. 하지만 이 시는 그보다 몇 년 전의 작품이다. 양중해가 사랑하던 여인이 미국으로 떠나면서 영영 이별하게 되었는데 그때 항구에서 그 연인을 보내던 심정을 노래한 것이라고 한다. 중학교에서 국어교사를 하던 양중해가 쓴 이 시를 보고 피난 중에 같은 학교에서 음악교사로 근무하던 변훈이 곡을 붙인 것인데 나중에 유명한 가곡이 되었다는 것이다.23) 이 시를 쓸 때 양중해는 아직 등단하기 전이었다. 양중해가 남긴 세 권의 시집에도 이 시는 실려 있지 않다. 시집에는 없는 시가 시비로 세워진 것도 매우 특이한 사례가 아닌가 한다. 어쨌든 이제 제주바다의 수평선은 제주 토박이 시인에 의해 그려지게 되었다.

제주 출신으로서 해방 후 가장 먼저 등단한 시인은 김종원이다. 나중에 영화평론가로서 더 활발한 활동을 전개하여 명성을 얻었지만, 그의 시에는 제주의 정서를 담아낸 작품들이 적지 않다. 박목월 시인이 얼마간 머물렀던 용담마을을 김종원은 이렇게 담아냈다.

예전엔/ 울타리가 없었지// 바다를 끼고 돌면/ 섬 모두가/ 확 트인 뜨락// 돌아온 만선(滿船)엔/ 온통/ 자리회 냄새였지.// 유채꽃 이랑/ 부서지는 바람/ 아, 그 따가운 소금별 속에/ 줄창 자라기만 하는/ 우리들의 눈금.// 옛날엔/ 군침도는 빙떡이 있었지.(「용담리」 전문)

꽤 많이 변해가는 제주의 풍광을 보면서 과거의 기억을 떠올리

매립 전 탑동에서의 바릇잡이(출처:『사진으로 보는 제주역사』)

고 있음을 알 수 있다. 자리회와 빙떡의 내음과 맛깔이 울타리가 없던 시절의 추억으로 꼽혔다. 시 제목이 '용담동'이 아니라 '용담리'임을 보더라도 쉽게 그 점이 확인된다. 「유년산조(幼年散調)」에도 추억에 젖어 있는 시인의 모습을 만날 수 있다.

밤만 되면 바닷가엘 간다./ 선표(船票)도 끊지 않는 맨몸/ 떠나올 때처럼 빈손으로/ 파종한 보리밭/ 그 초겨울의/ 제주읍 삼도리/ 축구공 대신 돼지 실개 불어 차던/ 까까머리 친구들은 다들 어딜 갔나.// 달리다 보면 탐스레 치솟는/ 골목의 꼬리연/ 노을 걸린 먹구슬나무엔/ 우리들 유년이 주렁주렁 열리고/ 대판(大阪) 간 안대근(安大根)/ 그 왕발의 뜀박질은 여직 귓가에 생생한데/ 탑아래 단추 공장 하얀 달빛 속에/ 유채꽃은 간지럽고/ 신명난 할아버지의 회갑 잔치/ 내가 살던 묵은성 옛집/ 그 넓고 네모진 땅꽃 안마당/ 선반물에 미역 감던/ 북교(北校) 동창생들은 어느 색시 만나 장가들었나.// 차표도 사지 않는/ 성급한 출장/ 떠나 있어도 늘 머무는 마음으로/ 나는 오늘도 서부두를 찾는다./ 눈을 감으면 숨막히는 서울은/ 모두 고향땅이다.

여기서도 유년의 기억이 떠올려졌다. 제주북국민학교에 다니던 김종원의 유년은 '제주읍 삼도리' 시절이었다. '묵은성'에서 살던 그 시절은 아직 매립되지 않은 '탑아래'에서 뛰어놀고 '선반물'에서 멱 감던 아름다운 추억의 시절이었다. 서울 생활에서도 어디서든 눈 감으면 어린 시절의 제주를 생생히 떠올렸을 그였기에 짧은 고향

방문에도 서부두를 찾게 되는 것이다.

「제주 바다」의 시인 문충성은 김종원의 1년 후배이기에 제주 원도심에 대해서는 동시대의 추억을 갖고 있다고 할 수 있을 것이다. 그런데 문충성은 과거를 추억한다는 점에서는 김종원과 다를 바 없다고 하겠지만, 현실적인 발언 양상은 사뭇 다르다.

문충성의 기억 속 원도심은 많이 변해 버렸고, 그것이 그는 몹시 못마땅하다. "근대화에 이리저리 밀려다니며 신작로나 만들고/ 참새들 새끼 치던 초가나 허물고" 하다 보니 "소 물 먹이러 다니던 남수각 냇가"도 "조선 왕조 때 귀양 온 정승이 심었다던 당유자나무도/ 잠자리떼 하늘 가득 날아오르던 가을날/ 맨발로 밟아 다니던 푸른 달밤도 개똥벌레도"(「연가 8-어린 날의 동구를 찾아」) 모두 없어졌다는 것이다. 그렇다면 그는 단지 추억의 흔적들이 사라진다는 이유에서 못마땅해하는 것일까. 물론 그렇지 않다.

김종원의 시에도 등장했던 탑동은 특히 문충성의 시에 자주 등장하는 장소다. 탑동을 노래한 문충성의 시를 읽어보면 그의 생각을 확인할 수 있다. 다음은 「탑동 매립지에서」라는 작품이다.

친구여, 저무는 겨울 제주 바다에 와서 보아라/ 끼룩끼룩 갈매기 떼 날던 바다는 없다/ 하늘하늘 떠다니던 배들은 모두 어디 갔을까/ 빈 바다엔 깊이 눈보라 쏟아지고/ 하늬바람만 씽씽 하늘 가득 살고 있다/ 고기도 게도 조개도 고둥도 없다/ 바다 가득 쳐들어오던 여몽 연합군 전선들/ 무시로 귀와 코 베어가던 왜구들 전선들/ 조선 왕조 때 유배오던 돛배들/ 이재수난 때 떠다니던 프랑스 군함들/ 일제

식민지 시대 내선일체(內鮮一體) 제주-오사카 오가던 연락선들/ 6·25 때 군인들 태우고 떠나던 LST/ 피난민 태운 배들 피난민들/ 하나도 안 보인다/ (중략)/ 불법 매립이다 아니다/ 매립지에 파도 치는 새하얀 물결뿐/ 법도 불법도 보이지 않는구나/ 철썩철썩 부서 지는 새하얀 하늬바람뿐/ 아무것도 없구나/ 일터를 없앤다고 아우 성치는/ 해녀들 눈물 속에/ 매립되는 탑동 바닷가만 두 눈 가득 보 인다

탑동이 매립되면서 많은 것이 사라져버렸다. 고기도 게도 조개

제2차 탑동 매립 공사(사진: 강정효)

도 고둥도 없으며, 갈매기와 배들도 보이지 않는다. 힘겨웠던 나날의 흔적과 지난했던 역사마저 묻혀버렸다. 눈보라 쏟아지고 하늬바람만 가득하다. 아우성치는 해녀들의 눈물만 흩날린다. 제주의 현실에 대한 비판적 시각을 충분히 읽을 수 있다. 「다시 탑동 매립지에서」에서도 비판적 시각은 계속된다.

> 제주시 바닷가 우리들 꿈의 터전이던/ 탑동이 매립되면서/ 우리들 유년의 꿈도 매립되어버렸다/ 제주 바다가 새파랗게/ 봄바람 몰고 와/ 게으른 봄날 깨워내면/ 게잡이 고둥잡이 때로 문어잡이로/ 부드러운 햇살 바다 돌덩이들/ 찰싹찰싹 써는 바닷물결 뒤집으며/ 하루 해를 팔았지/ 여름이 무더위 뿌리며/ 바닷물결 더욱 새파랗게/ 우리들 눈짓해 불러내면/ 바닷물결 타며/ 구름구름 흘러가는 높푸른 하늘이여/ 우리의 유년과 함께 자라나던 제주 바다여/ 깔깔깔 배고파도/ 웃음 소리도 새파랗게 즐거웠지/ 이제는 갈 수 없는 나라/ 아무데서도 찾을 길 없구나/ 이미/ 해녀도 없고/ 갈매기도 없고/ 게도 고둥도 없는 바다/ 쏟아지는 오물이나 흘러드는 바다/ 그 시커먼 물결 밀물지는/ 썰물 없는 바다를 바라볼 뿐

다시 시인은 꿈의 터전이던 바다를 바라보고 있다. 역시 게도 고둥도 없는 바다다. 일터를 없앤다고 아우성치던 해녀들마저도 이제는 없어졌다. 그런 바다에 뭐가 보이는가. 쏟아지는 오물이나 흘러드는 시커먼 바다만 보인다는 인식이다. '유년의 꿈'도 매립되어버렸다는 인식은 삶의 전망이 '시커먼 물결'처럼 어두워졌음과 상

통하는 것이 아니겠는가. 바다라면 당연히 있어야 할 썰물조차 만날 수 없는 탑동의 바다, 방파제로 차단되어 바닷물조차 만질 수 없는 곳이 되어버렸다는 사실이야말로 얼마나 절망적인가. 그런 그였기에 "붐비는 제주시 중앙로에서/ 포장마차 속에 자리 잡아 나는/ 낮술 한잔 기울이"(「낮술 한잔 기울이며」)고 있었던 것은 아닐까. 허나 지금의 제주시 중앙로에는 술 한잔 기울일 포장마차마저 보이지 않는다. 그곳은 이미 붐비는 지역이 아니라 한적한 곳이 되었기 때문이다.

이러한 인식은 1950년대생 시인들에게도 이어진다. 김수열 시인도 탑동 바다에서 유년을 떠올리며 상념에 잠긴다.

어릴 적 무근성 탑아래에서/ 고추 내놓고 멱을 감았습니다/ 해거름이 찾아와/ 파도소리 잠잠해지면/ 바다 끝엔 어느새/ 낮잠에서 깨어난 별들이/ 여기서도 반짝/ 저기서도 반짝// 바닷가 오두막집에 불이 켜지면/ 반짝이던 별들/ 하나씩 둘씩 벗을 찾아/ 하늘로 올라갑니다/ 제일 큰 별은 북극성이 되고/ 일곱 형제는 북두칠성이 되고/ 견우도 되고 직녀도 되고/ 하늘로 오르지 못한 별들은/ 바다 끝에 도란도란 마주앉아/ 사이좋게 물장구 칩니다// 탑아래가 탑동으로 변하고/ 키보다 큰 방파제가/ 바다를 가로막은 지금/ 고추 내놓고 멱감는 아이는 없습니다/ 바다 끝에 떠 있는 별을 보고/ 별이라 부르는 아이도 없습니다(「내 어릴 적」 전문)

김수열의 첫 시집 『어디에 선들 어떠랴』에 실린 이 작품의 말미에는 1996년에 썼다고 명기되어 있다. 30대 중반에 쓴 시임을 알 수 있다. 시인은 어렸을 때 '무근성 탑아래'에서 발가벗고 멱 감다가 어두워지면 수평선에 별이 떠오르는 것을 보았다고 한다. 그 별들은 대부분 하늘로 올라가서 별자리들이 되고 일부는 수평선에 남아 있었다는 기억을 떠올린다. 집어등(集魚燈)을 밝힌 어선들을 보면서 그런 순수한 생각에 젖어들곤 했음을 짐작할 수 있다. 하지만 이제 시인은 그런 생각을 하지 않는다. 그것은 단지 시인이 어른이 되어 천진난만함이 퇴색되었기 때문은 아니다. '탑아래가 탑동으로 변하고/ 키보다 큰 방파제가/ 바다를 가로막'았기 때문이다. 바다를 가로막는 키 큰 방파제는 제주의 순수성을 훼손하는 개발지상주의를 상징한다고 할 수 있다.

탑아래가 탑동이 되면 그 배후지역이 크게 번성할 것이라고들 말했지만 실상은 그렇지도 않았다. 그곳은 '구제주'에서도 퇴락한 지역이 되고 말았다. 서울에서 태어났지만 어려서 제주에 정착하면서 거의 토박이나 다름없는 나기철은 그 점을 간결하고 담담하게 포착하였다.

해 저물면// 구제주에서도/ 아랫동네/ 어두운/ 해발 낮은 곳/ 사람 없는/ 동문시장/ 산지천/ 칠성로/ 북신로/ 남문로/ 젖어/ 다니다/ 올라온다// 불빛 환하다(「폐허권」 전문)

이른바 '구제주'에서도 읍성을 중심으로 하는 원도심 지역은 대부분 '어두운' 곳, '사람 없는' 곳이 되고 말았다. 남쪽으로 한참을 걸

원도심의 한짓골

어 제주시청 부근까지 올라가야 환한 불빛이 보인다. 이제 원도심은 '폐허권'이 되었다고 시인은 규정하였다. 안타까움을 넘어 섬뜩한 지적이다.


## 상실한 즐거움을
## 회복하는 공간으로


제주 원도심 재생 사업에서 가장 핵심이 되는 지역은 제주읍성이 있던 지역이다. 읍성의 흔적이 부분적으로 남아 있는 이 지역은 행정구역상 일도1동, 이도1동, 삼도2동에 걸쳐 있다. 이는 관덕정과 목관아지 중심의 '역사문화구역', 복개되었다가 복원된 산지천과 산지포구 중심의 '친수공원구역', 동문재래시장 중심의 '전통시장구역', 옛 제주대학교병원이 있던 한짓골 중심의 '문화예술구역'으로 4대분 될 수 있다.[24] "이러한 4개의 핵심 축을 중심으로 현재 원도심의 경관과 거리의 특성을 부여하고, 여기에 축제와 문화적 사건들이 뒤엉킨 도시문화가 정착되게 할 수 있다면, 제주시 원도심은 그 자체로 방문목적이 생기는 새로운 재생의 길로 갈 수 있"[25]을 것이라는 주장이 제기되면서 역사, 문화, 예술을 중심으로 하는 재생 전략이 주목되고 있다. 관련 전문가만이 아니라 지방정부에서도 이러한 문화 주도 도시재생 전략을 강구하고 있는 상황이다.

물론 역사, 문화, 예술 중심의 제주 원도심 재생 방식에 대해 모두가 전적으로 동의하는 것은 아니다. 아직도 재개발 방식을 고집

하는 사람들도 있고, 그 취지에 대해서는 대체로 공감하면서도 우려의 목소리를 표명하는 이들도 있다. 전자의 경우는 여기서 논할 필요조차 없거니와, 후자의 경우 어느 정도 설득력 있는 주장으로 비치기도 한다. 도시환경의 변화로 원래 거주민들이 다른 곳으로 밀려나는 '젠트리피케이션(gentrification)'이 제주 원도심에 생길 수 있음을 우려하기도 한다. 하지만 제주 원도심의 핵심 축인 제주읍성 지역은 이미 시민들에게 주거공간으로서의 매력을 크게 상실한 상황임을 간과해서는 안 된다. 젠트리피케이션이 제주읍성 지역 안에서는 그다지 중요한 문제가 아니라는 것이다. 원도심 지역에서의 주거공간은 제주읍성 밖의 지역(광양, 서사라, 용담동, 건입동 등)을 중심으로 조성하는 것이 훨씬 바람직하다. 읍성 지역의 경우에는 "거리를 거닐고, 사람들과 이야기하고, 문화와 역사를 공감하면서 능동적으로 소비"하는 공간, 말하자면 인간이 본래 지녔던 "상실한 즐거움을 회복"26)하는 공간이 되어야 한다는 것이다.

문학 유산을 적절히 활용한다면 제주 원도심이 되살아나는 훌륭한 길을 찾을 수 있다. 원도심에서 문학 유산을 활용하는 길은 여러 가지가 있겠으나, 나는 제주문학관이 원도심에 들어서는 것이 아주 좋은 길이라고 생각해왔다. 문학관은 단순 전시공간이 아니라, 문학 자료와 현상을 조사하여 콘텐츠화하고, 의미 있는 문학 행사를 기획하고 주관하며, 문학을 창작하고 향유하는 이들이 언제나 어우러질 수 있는 다기능의 입체적 공간이기 때문이다. 하지만 원도심 건립을 추진하던 제주문학관은 여러 사정으로 연북로에 설립되었다. 비록 제주문학관의 꿈은 사라졌지만, 추후 다른 문학관을 원도심에 조성할 여지는 충분하다. 규모는 작더라도 장소성을 살리면서 문화적 삶을 풍성하게 할 원도심의 문학관을 얼마든지 새로이 기획할 수 있다. 제주문학관의 경우도 문학의 흔적을 활용한 프로그램 기획을 통해 원도심 거리에서 여유롭게 거닐고 말 건네며 즐기는 장을 마련한다면 제주 원도심 재생의 산실로 기능할 수 있을 것이다. 문학을 통해 공간의 두께를 온전히 복원시킴으로써 사통팔달의 제주의 길을 창조하여 소통할 수 있도록 해보자.

주석
수록 글의 발표 지면
찾아보기

## 제주섬을 만든 설문대할망 이야기

1) 현용준, 「설문대할망과 오백장군」, 『제주도 사람들의 삶』(민속원, 2009), 74~78쪽. 현용 준은 이에 대해 다음과 같이 경계하였다.

"이처럼 같은 제보자의 제보를 불과 5년 사이에 '어떤 할머니'를 '설문대할망'으로 바꾸 어도 되는 것인가? 이렇게 바꾼 의도가 무엇인지 나는 모른다. 이렇게 전설의 내용을 바꾸는 것을 그는 어떻게 생각하고 있는지 모르지만, 내가 보기엔 전설의 조작이요, 학 술적 범죄다. 이렇게 '설문대할망'으로 조작된 책을 읽는 사람은 그것이 전설의 진실이 라 믿고, 입에서 입으로 번져 모든 사람이 그렇게 믿어버릴 것이 아닌가? 이런 믿음이 오래 계속되면 학계에나 공공사회에나 엄청난 일이 벌어질 우려가 있다. 사실 지금도 그런 일이 벌어지고 있다."(75쪽)

2) 문성숙은 소설에 등장하는 설화들을 유형화하여, 하나의 설화가 한 편의 구조로서 참 여하고 있는 경우를 '구조로서의 설화', 설화의 화소가 소설 속에 다양하게 삽화로 등장 하면서 소설의 부분적 요소로 작용하고 있는 경우를 '삽화로서의 설화'로 명명한 바 있 다. 문성숙, 「제주설화의 현대문학적 변용」, 『제주문학』 22(제주문인협회, 1992), 130~131쪽.

3) 오성찬의 「구룡이 삼촌 연보」는 『소설문학』 1986년 11월호에 처음 발표되었으나 여기 서는 작가의 창작집 『단추와 허리띠』(지성문화사, 1988)에 수록된 것을 텍스트로 삼았 으며, 이명인의 『집으로 가는 길』과 고은주의 『신들의 황혼』은 각각 2000년과 2005년에 문이당에서 간행된 초판을 텍스트로 삼았다. 여기에서 이들 작품을 인용할 때에는 ( ) 속에 쪽수만 표시키로 한다.

4) 오성찬 연보에는 1986년 7월 『동서문학』에 발표한 「표해」가 '마을 이야기(1)', 같은 달 『한국문학』에 발표한 「단추와 고삐 허리띠」가 '마을 이야기(2)', 그리고 「구룡이 삼촌 연 보」가 '마을 이야기(3)'으로 각각 명시되어 있다. 『오성찬 문학 선집』 11(푸른사상, 2006), 386쪽.

5) 이명인, 「작가의 말」, 『집으로 가는 길』(문이당, 2000).

6) 김수미, 「설화와 가족으로 소통시킨 역사와 현실」, 『영주어문』13(영주어문학회, 2007),
218~219쪽.

7) 제주 출신의 1948년생 작가인 고시홍의 단편소설 「해야 솟아라」(1987)에도 설문대할
망설화가 삽화로 나오는데, 그 내용은 「구룡이 삼촌 연보」와 마찬가지로 거녀설화에 국
한되어 있다. 하지만 고시홍의 경우 2000년대에 발표한 「설문대할망의 후예들」(2013)
에서는 화석설화에 더 치우치는 변화를 보이면서 좀더 폭넓게 설문대할망설화를 수용
하였다. 이는 제주 출신 작가도 원형인 거녀설화에서 점차 변용된 화석설화까지 수용
해가는 과정을 보여주는 사례라고 할 수 있다.


## 농경신 자청비를 어떻게 만날까

1) 지금까지 학자들을 중심으로 조사·보고된 「세경본풀이」는 모두 9편이다. 일본인 아카
마쓰(赤松智城)와 아키바(秋葉降)가 채록한 '박봉춘본', 현용준이 채록한 '안사인본', 진
성기가 채록한 '이달춘본'과 '강을생본', 장주근이 채록한 '고대중본', 진무병이 채록한
'강순선본', 제주전통문화연구소가 채록한 '고순안본', 강정식·강소전·송정희가 채록한
'고복자본', 제주대학교 대학원 한국학협동과정에서 채록한 '이용옥본' 등이 그것이다.
현용준, 『제주도 신화의 수수께끼』(집문당, 2005), 114쪽; 『동복 정병춘댁 시왕맞이』(제
주대학교 탐라문화연구소, 2008), 407~451쪽; 『이용옥 심방 본풀이』(제주대학교 탐라
문화연구소, 2009), 237~292쪽 등 참조.

2) 전설과 민담으로 전승되는 자청비설화로는 「ᄌᆞ청비와 문국성 도령」(『제주설화집성』),
「자청비 이야기」(『백록어문』 2집), 「ᄌᆞ청비」(『백록어문』 10집), 「꾀꼬리와 호랑나비가
된 유래」(『한국구전설화』), 「자청비」(『한국구전설화』), 「자청비」(『남국의 전설』), 「자청
비」(『한국민속종합조사보고서-제주도편』) 등이 있다.

3) 현용준, 『제주도 신화의 수수께끼』(집문당, 2005), 114~119쪽.

4) 김영화, 「설화의 현대화」, 『변방인의 세계』(제주대학교 출판부, 1998), 49~50쪽 참조.

5) 박경신, 「제주도 무속신화의 몇 가지 특징-「세경본풀이」를 중심으로」, 『국어국문학』
96(국어국문학회, 1986), 283~303쪽.

6) 한창훈, 「제주도 무가에 형상화된 여성(신)의 성격」, 『시가와 시가교육의 탐구』(월인, 2000), 320~326쪽.

7) 송경순(안덕면 사계리) 큰심방의 증언. 좌혜경, 「ㄷ청비, 문화적 여성영웅에 대한 이미지-여성상과 성격을 중심으로」, 『한국·제주·오키나와 민요와 민속론』(푸른사상, 2000), 351쪽에서 재인용.

8) 좌혜경, 위의 글, 351쪽.

9) 이석범, 「작가의 말」, 『할로영산』(황금알, 2005).

10) 김영화, 앞의 글, 51쪽.

11) 현용준, 「자청비」, 『제주도신화』(서문당, 1977), 155쪽.

12) 작품을 직접 인용할 경우에는 인용문의 말미 텍스트의 쪽수만 (  )에 넣어 표시키로 한다.

13) 김진하, 「신화로 다시 태어난 제주 서사무가-이석범 소설집 『할로영산』 서평」, 『제주작가』 제15호(2005), 256쪽.

14) 현길언, 「작가의 말」, 『자청비 자청비』(계수나무, 2005), 5~7쪽.

15) 현길언, 「작자의 말」, 『한국현대소설론』, 태학사, 2002.

16) 현길언은 소년 시절 제주4·3으로 인해 해안마을로 이주하면서 남원교회 주일학교에 다닌 것을 계기로 기독교 신앙을 갖게 되었다. 사범학교 다닐 때 세례를 받았고, 군대에서도 오음리교회에 다녔다. 그는 1985년 8월 제주를 떠났는데, 1988년부터 서울의 충신교회에 가족이 모두 출석하기 시작했고, 그 후 교회학교 고등부 교사를 거쳐 장로까지 맡게 되었다. 1990년에는 자진하여 기독교문인협회에 가입하고 기독교인들의 신앙과 문학의 문제를 나눌 기회를 얻고자 노력하면서 기독교문학상(1997)과 기독교문화대상(2000)도 받았다. 문학연구(『문학과 성경』 등)에서도 창작(『보이지 않는 얼굴』, 『벌거벗은 순례자』 등)에서도 기독교에 기울어졌다. 김동윤, 「현길언 소설의 제주설화 수용 양상과 그 의미」, 『제주문학론』(제주대학교출판부, 2008), 324~325쪽 참조.

17) 현길언은 자청비설화를 아동용의 『제주도 이야기』 속에서 「농사를 맡은 신 자청비」로 쓴 바 있는데, 거기서는 "절에 들어가 백일 불공"(35쪽)을 드렸다고 기술하고 있다.

18) '이야기 여성사1'이라는 부제가 붙은 이 소설은 신화 속의 인물에서부터 조선 후기, 구

한말, 일제강점기, 해방 직후의 4·3, 1980년대를 살아온 제주 여성들의 강인성을 이야기하듯이 서술한 작품이다.

19) 좌혜경, 앞의 글, 327쪽.

20) 한림화, 「작가의 말」, 『꽃 한 송이 숨겨놓고』(한길사, 1993), 298~299쪽.

21) 신화에서 강림은 18명의 부인을 거느린 똑똑하고 영리한 관원이었다. 염라대왕을 잡아오라는 사또의 명을 받은 그는 막막한 생각에 첩들을 찾아다니며 도움을 요청하지만 모두에게 거절당한다. 하는 수 없이 소원하게 지내던 큰부인을 찾아가 도움을 요청하고 큰부인의 지혜로 염라대왕을 데려오게 된다. 이 일로 염라대왕은 똑똑한 강림을 저승차사로 삼게 되었다.

22) 신화에서 한라산 설매국의 남신 바루뭇또는 아름다운 고산국과 결혼했다. 그런데 3일 후에 보니 처제가 더 예뻐 고민하다가 급기야 처제와 사랑에 빠져 함께 한라산으로 도망친다. 언니 고산국은 이 사실을 알고 뒤를 쫓지만 차마 둘을 죽이지 못한 채 서로 물 가르고 땅을 갈라 각기 다른 곳에 좌정해 살았다.

23) "상국은 혼자 살고 있었다. 남편 풍도가 동생과 눈이 맞아 한라산으로 숨어버린 지 벌써 여러 해였다. 애초에 남편은 상국에게 관심이 없었다. 그러나 역혼사는 안 될 말이라는 강력한 아버지 주장 때문에 풍도는 상국과 혼인을 치렀지만 늘 마음은 동생에게 가 있었다. 그러더니 이듬해 동생과 홀연히 사라져버렸다. 어떤 사람은 한라산 깊숙이 있는 표고 초막에서 지냈다고도 하고 어떤 사람은 바로 옆 동네 동홍동에서 신접살림을 꾸렸다고도 했지만 상국은 잊기로 했다. 그 뒤로 강가름 후미진 곳에 막집 하나 지어서 이 년째 혼자 살고 있는 중이다."(43쪽)

24) 린다 허천(김상구·윤여복 옮김), 『패로디 이론』(문예출판사, 1992), 36쪽.

25) 이미란, 『한국 현대소설과 패러디』(국학자료원, 1999), 35~36쪽.

26) 김정숙, 『자청비·가믄장아기·백주또-제주섬, 신화 그리고 여성』(각, 2002), 213쪽.

27) 문무병, 「제주무가의 현대문학적 변용」, 『제주문학』 22(제주문인협회, 1992), 158쪽.

## 김녕사굴과 광정당의 역사와 설화

1) 곽근, 「처용설화의 현대소설적 변용 연구」, 『국어국문학』 125(국어국문학회, 1999),

355~356쪽.

2) 위의 글, 356쪽.

3) "특히 그 중에서도 제주설화에 대한 제 관심은 남달랐습니다. 제가 문학에 대한 연구랍시고 시작한 것도 구비문학인 설화연구였습니다. 제 석사논문은 「박씨전과 민간설화의 비교 연구」입니다. 제가 최초로 전국학회에서 발표한 논문도 「제주설화에 나타난 제주인의 의식」(1978)이었습니다. (⋯) 제 첫 저술(『제주도의 장수설화』: 인용자)도 설화연구서입니다. (⋯) 제주설화를 꼼꼼히 읽고 분석하여 그 의미를 생각하면서 제주설화가 본토설화와 이질적인 양식을 보유하고 있다는 것을 확인하게 되었고, 이러한 인식은 지금도 제가 문학을 이해하는 하나의 틀로서 주변성의 논리를 마련하는 기초가 되었습니다."(현길언, 「소설과 인문학」, 『주변인의 삶과 문학』(한양대학교출판부, 2005), 19~20쪽.)

4) 현길언은 『한국구비문학대계 9-3』(한국정신문화연구원, 1983)의 설화조사 작업에도 참여했으며, 김영돈·현용준과 함께 『제주설화집성(1)』(제주대 탐라문화연구소, 1985)을 펴냈고, 『제주도의 장수설화』(홍성사, 1981)를 낼 때에도 자신이 채록한 설화를 활용하였다.

5) 현길언의 제주설화 연구 성과로는 「박씨전과 민간설화와의 관계」(1968); 「풍수설화에 대한 일고찰」(1978); 「야담의 문학적 의의와 성격」(1977); 「전설의 변이와 그 의미」(1979); 「힘내기 전설의 구조와 그 의미」(1980); 「제주도 오누이장사 전설」(1982); 「蛇神전설 고찰」(1982); 「역사적 사실과 문학적 인식-이형상 목사의 神堂 철폐에 대한 설화적 인식」(1983); 「제주전설과 그 주변성」(1992); 「설화와 제주문학」(1995); 「제주 무속설화의 장르적 성격」(2000) 등이 있다.

6) 현길언, 『제주도 이야기(1, 2)』(창작과비평사, 1984).

7) 현용준, 「김녕뱀굴」, 『제주도 전설』(서문당, 1976), 114~119쪽; 현용준▨김영돈, 「김녕뱀굴」, 『한국구비문학대계』 9-2(한국정신문화연구원, 1981), 719쪽. 『제주도 전설』에는 배를 타고 제주도를 떠났는데 사서코지에서 파선당해 죽었다는 전설 등이 추가로 소개되어 있다.

8) 현길언은 설화를 소설로 수용하면서 이러한 도입부를 즐겨 활용하였다. 「김녕사굴 본풀이」를 비롯하여 「광정당기」·「세 장사 소전」·「배큰놈서방」 등이 모두 그러하다.

9) 이 소설에서 「사신칠성」의 무쇠석함 모티프를 활용했음은 김영화가 「설화의 현대화」, 『변방인의 세계』(제주대학교 출판부, 2000), 57쪽에서 밝힌 바 있다.

10) 현용준, 『제주도 전설』, 270~272쪽.

11) 현용준·김영돈, 『한국구비문학대계』 9-3(한국정신문화연구원, 1983), 703쪽.

12) 김찬흡, 『제주사 인물 사전』(제주문화원, 2002), 298쪽 참조.

13) 현길언, 「설화와 제주문학」, 『탐라문화』 15(제주대 탐라문화연구소, 1995), 235쪽.

14) 김찬흡, 앞의 책, 587쪽 참조.

15) 현길언은 이에 대해 다음과 같이 언급하였다.

"신당 철폐에 따른 여러 전설들의 허구성은 과거 사실의 진실된 재현을 위하여 작가(대중)가 선택하여 만들어 논 것이다. 여기에 중요한 것은, 설화를 만든 민중들이, 현실에 대한 그들의 의식을 숨김없이 상상력을 발휘하여 이야기로 만든 역사 감각이, 그 이야기를 즐기며 전해온 향유자들의 역사 감각과 일치되었다는 점이다. 그러한 역사 감각은 오늘을 살아가고 있는 현대인의 그것과도 상통하고 있으므로, 그 이야기가 비사실적인 허구임을 알면서도, 역사적 진실을 내포하고 있음을 은연중에 확신하고 있기 때문에 오늘까지 살아남게 되는 것이다. 이러한 전설들은 시대를 초월한 공통의 역사의식, 즉 지배계층과 피지배계층의 대립 갈등에 대한 반응을 바탕으로 하여 이뤄졌기 때문이다."(현길언, 「역사적 사실과 문학적 인식」, 『탐라문화』 2(제주대 탐라문화연구소, 1983), 124쪽.)

16) 현길언, 『제주도의 장수설화』(홍성사, 1981), 61쪽.

17) 『제주도지』 제2권(제주도, 1993), 373~374쪽, 1046쪽.


## 인간 김만덕과 상찬계의 진실

1) 이강회(현행복 옮김), 『탐라직방설(개정증보판)』(각, 2013). 여기에는 「상찬계 시말」과 옮긴이의 『『탐라직방설』해제」 등이 실려 있다.

2) 김만덕에 대해서는 다음과 같은 부정적인 평가도 있다.

"지난날 내가 제주에 있을 때 만덕의 얘기를 상세하게 들었다. 만덕은 품성이 음흉하고 인색해 돈을 보고 따랐다가 돈이 다하면 떠나는데, 그 남자가 입은 바지저고리까지 빼앗으니 이렇게 해서 가지고 있는 바지저고리가 수백 벌이 되었다. 매번 쭉 늘어놓고 햇볕에 말릴 때면, 군의 기녀들조차도 침을 뱉고 욕을 하였다. 육지에서 온 상인이 만덕으로 인해 패가망신하는 이가 잇달았더니 이리하여 그녀는 제주 최고의 부자가 되었던 것이다. 그 형제 가운데 음식을 구걸하는 이가 있었는데 돌아보지 아니하다가 도에 기근이 들자 곡식을 바치고는 서울과 금강산 구경을 원한 것인데, 그녀의 말이 웅대하여 볼 만하다고 여겨 여러 학사들은 전을 지어 많이 칭송하였다." 심노숭(김영진 옮김), 「노래기생 계섬(桂纖傳)」, 『눈물이란 무엇인가』(태학사, 2006), 88~89쪽.

3) 강정해군기지 추진과 관련하여 제주에서는 도지사 주민소환운동이 전개되어 2009년 8월 26일 주민투표가 진행되었으나 투표율이 1/3에 미달함에 따라 개표가 무산된 바 있다.


## 고소설로 읽은 19세기의 제주섬

1) 여기서는 신구서림본의 경우 신해진이 『역주 조선후기 세태소설선』(월인, 1999)에서 교주한 것을 텍스트로 삼고, 국제문화관본은 정병욱이 교주한 『배비장전·옹고집전』(신구문화사, 1974) 수록본을 텍스트로 삼는다. 전자를 인용할 경우에는 쪽수만 표시하고, 후자를 인용할 경우에는 '신구문화사, ○쪽' 식으로 명기한다. 그리고 편의상 그 표기는 오늘날의 철자법에 따라 고쳐 인용함을 밝혀둔다.

2) 여세주, 『남성훼절소설의 실상』(국학자료원, 1995), 98~104쪽; 신해진, 위의 책, 22~23쪽.

3) 조선시대 수령의 임기는 60개월(5년)이 원칙이었고, 부임할 때에는 가족을 동반하는 것이 통상적인 모습이었다. 그러나 제주도와 북쪽 변방인 강계·경원 등은 거리가 멀어 가족 동반이 어려웠고, 그런 만큼 임기도 30개월(2년 6개월)로 조정되어 있었다. 때문에 제주목사·정의현감·대정현감 모두 실제로 가족을 동반했던 경우는 거의 없었다. 이 영권, 『새로 쓰는 제주사』(휴머니스트, 2005), 167쪽.

4) 김상헌의 『남사록』(17세기 초), 이원진의 『탐라지』(1653), 『제주읍지』(18세기 후반) 등 여러 문헌에 '海南 館頭', '海南 館頭梁' 등이 나온다.

5) 251쪽에 '머역섬'으로 되어 있는데, 이는 '미역섬'을 말하는 것이다. 실제로 추자도 주변에 미역섬이 있다. 312쪽에도 '미역'을 '머역'이라고 표기하고 있는 것을 보면, 아마 원

전의 오식으로 판단된다.

6) 이원조의『탐라지초본』(19세기 중반)에 화북진에 대한 설명에서 "환풍정은 곧 객사이다. 숙종 기묘년에 목사 남지훈이 세웠다.(喚風亭卽客舍 肅廟己卯牧使南至薰建)"는 기록이 있다.

7) 이익태의『지영록』(1694)에서는 화북포로 들어오고, 김대창의「표해일록」(1689)에서는 화북포에서 출발한다. 이렇듯 화북포는 제주목의 주요 관문이었다. 김대창의「표해일록」은 김봉옥·김지홍,『옛 제주인의 표해록』(전국문화원연합제주도지회, 2001), 191~200쪽에 수록되어 있음.

8) 이원조의『탐라지초본』에 화북진에 대한 설명에서 "망양정은 북성 위에 있다.(望洋亭在北城上)"는 기록이 보인다.

9) 김정 목사가 몸소 돌을 운반하면서 축조한 화북포구의 방파제 위에는 영송정(迎送亭)을 건립하여 공사선(公私船)의 점검소(點檢所)로 삼았다.『제주시의 옛터』(제주시·제주대학교박물관, 1996), 135쪽.

10)『탐라순력도』(1703)에서 조부포의 위치는「비양방록」그림에 도근천포(도그내깨)와 군랑포(군랑잇개) 사이에 명기되었다. 한편, 1700년대에 제작된『호남전도』와『전라남북여지도』에는 '藻腐浦'의 동쪽에 인접하여 동음의 '潮負浦'가 그려 있다.

11) 박행신,『제주의 새』(제주대학교출판부, 1998) 참조. 다만 할미새의 경우 제주에서는 할미새사촌(분디새)이 관찰되었다.

12) 이원조의『탐라지초본』'형승' 편에서는 '들렁궤'를 다음과 같이 설명하고 있다. "제주성 남쪽 15리에 있다. 한라산 북록이다. 물이 모두 이곳으로 흘러 들어가서 깎아 세운 듯한 낭떠러지가 매우 높다. 큰 돌이 아래로 드리워서 홍문을 이룬다. 그 가운데는 40~50명이 들어가 앉을 수 있다. 양변에는 진달래와 철쭉이 무성하여 숲을 이룬다. 꽃이 만발할 때에는 위 아래가 온통 붉다."(『제주목 지지 총람』(제주시·제주대학교박물관, 2002), 62쪽.)

13) 숙종 때 제주목사로 재임한 이익태는『지영록』에서 8월 19일의 일을 다음과 같이 기록하였다. "다시 한라상봉을 올라가 보고 싶었다. 새벽이 지나자 서둘러 단기로 가다가 중대에 이르니, 흐리고 구름이 끼어 사방이 꽉 막혀 되돌아 장암곡(장암곡 속명 등넘괴, 주: 들렁기, 영주10경의 하나로 영구춘화의 한 곳)으로 내려왔다. 두 개의 계곡

이 모여 합쳐져 북쪽으로 흐르는데 샘의 돌이 청결하였다. 한 개의 커다란 돌이 언덕에 연결되어 골짜기 입구를 가로질렀는데, 가운데는 큰 구멍이 뚫려 마치 문과 같이 되어 있다. 철쭉과 단풍나무 등의 꽃들이 좌우에 번갈아 줄을 지었는데, 푸른 벽으로 된 언덕은 봄·가을에 놀러와 구경하기에 가장 적당하다. 그리고 돌로 된 시내는 항상 거의 물이 흐르지 않는데, 그 때도 잔원(潺湲, 주: 물이 졸졸 흐름)하며 소리를 내는 것을 못 보아 이것이 흠이었다."(이익태(김익수 옮김), 『지영록』(제주문화원, 1997), 61~62쪽.)

14) 영무정은 무사의 습사장(習射場)이었던 연무정(演武亭)을 일컫는 것으로 보인다. 연무정은 처음에는 남문 밖 5리쯤의 광양에 있었으나 훗날 건입동 동쪽 지금의 제주동초등학교 자리로 옮겼다. 영조 22년(1746)에 한억증 목사가 동문 밖에 점지하여 개건하였는데, 정조 4년(1780)에 김영수 목사가 중수하였고, 헌종 13년(1847)에 이의식 목사가 다시 중수하였다. 『제주시의 옛터』, 183~184쪽.

15) 선조 32년(1599) 성윤문 목사가 부임하여 제주성을 크게 고쳤는데, 이때 남쪽 수구에는 겹 무지개다리를 놓고서 그 위에 제이각(制夷閣)을 세워 남수각(南水閣)이라 불렀고, 북쪽 수구에는 홑 무지개다리를 놓고 그 위에 죽서루(竹西樓)를 건립하여 북수각(北水閣)이라 불렀다. 김봉옥, 『증보 제주통사』(세림, 2000), 105~106쪽.

16) 제주목관아에는 '영주관'이 있었다.

17) 명종 11년(1556)에 김수문 목사가 세웠고, 현종 9년(1668)에 이연 목사가 고쳐 세웠으며, 순조 6년(1806)에는 박종주 목사가 다시 고쳐 세웠다. 『제주시의 옛터』, 171~173쪽.

18) 『탐라순력도』의 「정의조점」과 「대정조점」에 목사의 순력 행차가 그려져 있는데, 조성윤, 『탐라순력도』로 읽은 제주도의 의례」, 『탐라순력도연구논총』(제주시·탐라순력도연구회, 2000), 354쪽에서는 이를 다음과 같이 설명하고 있다.
"우선 수십 명의 군사가 앞에서 행렬을 이끌고 있는데, 이들은 일부 군사를 빼고는 모두 활동을 뒤에 맨 채 말을 타고 있는 것으로 미루어, 전투 장비를 제대로 갖춘 것으로 보인다. 이들을 이끄는 지휘자는 말을 타고 있는데, 현감일 가능성이 높다. (…) 목사는 행렬 중간에 가마를 타고 있는데, 가마는 흔히 볼 수 있는 형태 즉 교군(轎軍)들이 앞뒤 두 명씩 모두 4명이 메고 가는 형태가 아니라, 앞뒤 2마리씩 4마리의 말을 이용하고 있으며, 4명의 교군이 말고삐를 잡고 있는 형태이다. 가마에는 갓을 쓰고 목사가 앉아있는 모습이 보인다. (…) 가마 바로 뒤에 말을 타고 따르는 세 사람의 복식이 군복이 아닌 것을 볼 때, 판관과 교수관, 또는 통역사일 가능성이 높다. 그리고 그 뒤를 다시 수십 명의 군사가 따르고 있는데, 물론 향리들도 섞여 있을 것이다. 그림에 행렬이 계속 이어지는 것처럼 그려 놓은 것을 감안한다면, 행렬은 적어도 100명이 넘는 정도였을 것으로 짐작된다."

19) 정병욱은 '베짐'으로 읽고 "베를 쌓아 놓은 짐"으로 교주하고 있으나(신구문화사, 21쪽), 신해진 교주본에서는 '빗짐'(259쪽)으로 나왔듯이, 뱃짐으로 보아야 옳을 것 같다.

20) 여기서 제주의 특산과 관련하여 국제문화관본 계열의 교주와 해석에서 문제되는 부분을 짚어봐야 할 것 같다. 애랑이 배비장에게 준 음식에서 "감에 이빨 자국", "감꼭지"(신구문화사, 63쪽)와 같이 명기되어 있는바, 이는 제대로 교주하지 못한 것으로 보인다. 이 감은 '柿'가 아니라 '柑'으로 감귤류를 말하는 것인데, 한글로만 '감'으로 표기하고 별다른 교주를 하지 않으면 '柿'로 인식될 수밖에 없기 때문이다. 이원진의 『탐라지』, 이원조의 『탐라지초본』, 임제의 『남명소승』 등에도 나오는 '柑'과 '柑子'는 감귤류다. 신구서림본에서 "제쥬소산감유ᄌ(濟州所産甘柚子) 셜당(雪糖) 쑤려 지여 노코"(289)라거나, "감(柑)", "감ᄌ(柑子)"(290쪽)로 명기된 것을 보면 그것이 감귤류임이 명백해진다. 청소년용으로 다시 쓰인 「배비장전」인 권순긍, 『절개 높다 소리 마오. 벌거벗은 배비장』(나라말, 2007), 73쪽에도 '감'으로 되어 있는데, 이것도 수정되어야 할 것이다.

21) 박찬식, 「『탐라순력도』에 보이는 제주 진상의 실제」, 『탐라순력도연구논총』, 98~116쪽.

22) 권순긍, 「「배비장전」의 풍자와 제주도」, 『반교어문연구』 제14집(반교어문학회, 2002), 58~60쪽.

23) 박찬식, 「제주해녀의 역사적 고찰」, 좌혜경 외, 『제주해녀와 일본의 아마』(민속원, 2006), 107~136쪽에는 '포작(鮑作)'으로 불린 제주 남성의 물질에 대한 역사적 근거들이 제시되어 있다.

24) 권순긍, 「「배비장전」의 풍자와 제주도」, 앞의 책, 56~57쪽.

25) 위의 논문, 51~56쪽.

## 이여도 담론의 스토리텔링 과정

1) '이여도'를 '이어도'라고 표기하는 경우가 많으나 그럴 이유가 전혀 없다. 구비전승의 단어이기에 발음대로 적어야 마땅한바, '이여도'로 실현되는 것이 분명하므로 '이어도'로 적을 근거가 없다는 것이다. 이청준 소설 「이어도」(1974)가 널리 읽힌 것이 '이어도' 표기가 확산된 가장 결정적인 요인이었던 것으로 생각되지만, 김영돈·현용준 등 현장에서 구비전승을 채록한 학자들이 거의 '이여도'로 표기하였다는 사실에서 '이여도'가 현실음임이 입증된다. '이어도정보문화센터'에서 활동했던 김은희가 『이여도를 찾아서』(도서출판 이어도, 2002)라며 '이여도' 표기를 택했음을 주목할 필요가 있다. 『제주어 사전』(제주도, 1995); 『개정증보 제주어 사전』(제주특별자치도, 2009); 송상조, 『제주말 큰 사전』(한국문화사, 2007) 등에는 '이여도'·'이어도' 모두 표제어로 등재되어 있지 않으며, '이여싸'·'이여차' 등의 감탄사만 올라 있다.

2) 현용준, 「古代 韓國民族의 海洋他界觀」, 『무속신화와 문헌신화』(집문당, 1992), 468쪽. 한편, 김영돈은 이여도에 대해 "지난날 처절했던 도민들의 實情과 理想을 동시에 뭉뚱그려 집약하는 상상의 섬"이라면서 "苦海인 此岸에서 彼岸으로 이르는 洞窟적 存在인 소용돌이와 淨土인 彼岸을 포괄하는 가상의 섬"이라고 규정했으며,(김영돈, 「이여도」, 『제주민의 삶과 문화』(제주문화, 1993), 289쪽), 송성대는 "제주인들이 그렸던 영원불멸의 상세향(常世鄕)이며, 이상향(理想鄕)"(송성대, 『문화의 원류와 그 이해』(각, 2001), 168쪽)이라고 했다.

3) 조성윤, 「이어도에 관한 제주도 주민들의 이미지」, 『탐라문화』39호(제주대학교 탐라문화연구소, 2011), 343쪽.

4) 주강현, 「이어도로 본 섬-이상향 서사의 탄생」, 『유토피아의 탄생』(돌베개, 2012), 286쪽. 김영화는 1995년 11월 제주대학교 국어국문학과 2·3학년 학생들을 대상으로 조사한 결과 "대다수가 이여도를 이상향으로 보고 있다."고 하였다. 김영화, 『변방인의 세계-제주문학론』(제주대학교출판부, 1998), 114쪽.

5) 김진하, 「제주 민요의 후렴 '이여도'의 다의성과 이여도 전설에 대한 고찰」, 『탐라문화』28호(제주대학교 탐라문화연구소, 2006).

6) 조성윤, 앞의 글.

7) 주강현, 앞의 글.

8) 이용호(현행복 옮김), 「자서(自敍)」, 『청용만고(聽春漫稿)』(문예원, 2018), 80쪽.

9) 박경훈, 「'이여도(離汝島)' 소고」, 『이어도연구』6(이어도연구회, 2015), 206~207쪽 참조.

10) 이용호(김영길 옮김), 「자서」, 『청용만고』(기종족보사, 1996), 21쪽.

11) 이용호의 『청용만고』가 19세기 문헌이라는 주장은 명백한 잘못이다.

12) 강봉옥이 어떤 인물이었는지에 대해서는 아직까지 확인된 바 없다. 1923년 간행된
   『조선총독부 및 소속 관서 직원록』에는 전라남도 함평공립보통학교 훈도(訓導) 강봉
   옥(康奉玉)이 나와 있는데, 동일인물인지는 아직 모른다. (국사편찬위원회 한국사데
   이터베이스(http://db.history.go.kr) 참조.)

13) 강봉옥, 「濟州島의 民謠 五十首, 맷돌 가는 여자들의 주고 밧는 노래」, 『개벽』 1923년
   2월, 40쪽.

14) 高橋亨, 「民謠에 나타난 濟州女性」, 『朝鮮』212호(1933); 홍성목 옮김, 『제주도의 옛 기
   록-1978~1940년』(제주시 우당도서관, 1997), 140~141쪽.

15) 김능인은 황해도 금천 출신의 작사가, 시인, 극작가, 동화작가로 본명은 승응순(昇應
   順)이다. 필명을 '금릉인(고향 금천의 다른 이름이 금릉이다.)'이라 읽기도 한다. '남풍
   월(南風月)', '추엽생(秋葉生)'이란 필명도 사용했다. 보성고보와 연희전문을 졸업했
   고, 1920년대 말부터 문명퇴치·아동문학 운동에 참여했으며 신문·잡지를 통해 시문을
   발표했고, 1930년대부터는 대중가요와 연극 등 대중적인 예술활동에 주력하였다. (이
   영미, 「김능인」, 강옥희 외, 『식민지시대 대중예술인 사전』, 소도, 2006, 30~31쪽 참
   조.) 김능인은 또한 1932년 간행된 『소년소설육인집』에 승응순이라는 본명으로 「꿈?」
   이라는 작품을 수록하기도 했다. (박태일 엮음, 『소년소설육인집』(경진, 2013) 참조)

16) 김능인, 「제 고장서 듯는 民謠情調-濟州島 멜로디」, 『삼천리』 8권 8호(1936년 8월),
   104~105쪽.

17) 장유정, 『오빠는 풍각쟁이야』(황금가지, 2006), 184쪽.

18) 위의 책, 395쪽.

19) 위의 책, 395쪽.

20) 조윤제, 「濟州島의 民謠」, 『文化朝鮮』 제3권 제4호(1942년 7월); 홍성목 옮김, 『20세기
   前半의 濟州島』(제주시 우당도서관, 1997), 42~43쪽.

21) 석주명, 『제주도 수필』(보진재, 1968), 110쪽.

22) 김정한, 「월광한(月光恨)」, 『문장』 1940. 1., 71~72쪽.

23) 위의 작품, 73쪽.

24) 김정한, 「8월의 바다와 해녀」, 『낙동강의 파숫군』(한길사, 1978), 196~198쪽. 김동윤, 「김정한의 「월광한」 연구」, 『제주문학론』(제주대학교 출판부, 2008), 264~270쪽에는 「월광한」의 창작 경위가 구체적으로 논의되어 있다.

25) 일제 말기에 작품 활동을 했던 제주 출신 문인 김이옥(金二玉; 1918~1945)의 「이여도」라는 일본어 시도 있다. 1940년대 전반기에 쓴 것으로 보이는데, 생전에 발표된 작품은 아니다. 다음은 김난희가 번역한 것이다.
   "이여도, 이여도는/ 내 고향의 장단소리언만/ 그 근원을 더듬어 보면/ 슬픈 인생의 고난이 있다.// 그러나 오늘/ 그것을 적으려는 건 아니다./ 다만, 이여도의/ 분위기를 전하고 있을 뿐.// 이여도, 이여도가/ 어딘지는 모르나/ 예로부터 전해오는 이여도를 노래하며/ 쌀을 찧고 보리를 때리며 이여도에서 사노라.// 이여도, 이여도가/ 어딘지는 모르나/ 달밤 결혼 앞둔 처녀의 마음도/ 이여도에서 어머니가 되고/ 아직 아비를 못 본 채 아비 기다리는 아이에게/ 이여도 이여도를 전하며 우노라." (『제주문학-1900~1945』(제주대학교 탐라문화연구소, 1995), 55쪽)

26) 宮原三治, 「イヨ島」, 『국민문학』 1944. 4.; 이시형(이영복 옮김), 「이여도」, 『제주문학-1900~1949)』(제주대학교 탐라문화연구소, 1995), 142~143쪽. '宮原三治'는 이시형의 창씨명임.

27) 좌혜경 편저, 『제주섬의 노래』(국학자료원, 1995), 205쪽.

28) 김진하, 앞의 글, 38~39쪽.

29) 구인모, 「다카하시 도루와 조선총독부가 펴낸 『조선인』」, 『식민지 조선을 논하다』(동국대학교 출판부, 2010), 22~23쪽.

30) 다카하시에 대해서는 "노골적으로 조선과 조선인을 멸시하는 등, 악질적인 식민지 관료이자 교수"(조남호, 「역주자 해설」, 다카하시 도오루(조남호 옮김), 『조선의 유학』(소나무, 1999), 7쪽)였다거나 "식민통치에 적극 협조하고 참여한 일본의 어용 관학자였고, 그로 인해 조선인의 심성과 문화를 식민지 통치자의 시각으로 그릇되게 서술"(구인모, 위의 글, 8쪽)되었다는 평가가 있다.

31) "조선의 문학이라는 것은 결국 중국의 문학이라는 것을 모방해서 만든 문학의 범주를

벗어나지 못한데, 시도 그러하고 문도 그러하다고 생각했다. (…) 우리들 일본인이 보아서 지당한 조선문학은 '이것이다'라고 깊이 감명할 만한 것은 전혀 없었다. (…) 나는 조선의 민요라고 하는 것에 눈독을 들였다. (…) 점차 연구를 확대해 감에 따라서 뜻밖에 옛날 풍속과 옛 정취가 남아 있는 제주도에서 민요라고 하는 것을 보고 경탄하였다. (…) 제주도민이나 화전민들이 惡政에 헤어날 수 없어 고향을 피해서 북으로 간 사람들, 이러한 무리들의 심중을 노래한 것을 모아 연구하였다." 高橋亨, 『濟州島の民謠』(1968); 좌혜경 편저, 앞의 책, 194~195쪽.

32) 이시형 소설 「이여도」에서는 남녀 주인공이 남산의 조선신궁(朝鮮神宮) 앞에서 사랑을 맹세하는 등 친일적인 요소가 일부 엿보인다.

33) 김진하, 앞의 글, 43~44쪽.

34) 위의 글, 44쪽.

35) 옛날 국민진상 바찔 때/ 고동지 영감 창옷섶에 붙떠 온/ 여돗할망 일뢰중ᄌ님./ 고동지영감이 물을 흔배/ 식거, 대국 진상을 간/ 오는디 강풍이 불어/ 여도에 배를 붙여/ 이 할망을 만났구나./ "얼씨구나 좋다 절씨구나 좋다"/ 소리 존 살장귀로 여돗할망은/ 노래로 살고 풍류로 지내니, "나랑 ᄒ디 제주도로 가기/ 어떵허우꽈?"/ "감ᄉ허우다./ 나 살을 도랠 닦아줍서"/ 고동지영감은 여돗할망광/ 배를 타고 수진포로 들어와라/ 장귀동산 좌정ᄒ고/ 흔돌 육장 상을 받는 일뢰한집./ 당ᄆ쉬 쇠할망 쇠할으방/ 세경태 우리 거느리고/ 좌정흔 일뢰중ᄌ님/ 제일 12월 말일 백매단속제/ 1월 14일 과세문안제/ 2월 8일 물불임제/ 7월 14일 마풀림제/ 10월 15일 시만국대제(조천면 조천리 남무 54세 정주병 님) 진성기, 『신화와 전설』(제주민속연구소, 1959).

36) 진성기는 설문대할망설화를 작위적으로 오백장군설화와 결합하여 가공, 변형시켜 버린 경우도 있다. 1959년 진성기의 『제주도설화집』에 나오는 설문대할망설화는 1차 자료로서의 가치를 지니지만, 진성기의 1964년 판본은 다른 제보자가 없는 상태에서 약간의 변화를 주었고, 1968년 이후 자료는 진성기가 자의로 자료를 섞어 쓰고 있어 스토리텔링한 자료라는 것이다. 현승환, 「설문대할망설화 재고-설문대할망과 오백장군 설화를 중심으로」, 『영주어문』 제24집(영주어문학회, 2012), 91~118쪽 참조.

37) 옛날 어느 마을에 한 남편이 아내를 버려두고 무인도인 '이여도'로 가서 첩을 정하여 행복하게 살고 있었다. 남편을 잃어버린 아내는 늙은 시아버지를 모시고 살아가고 있

었는데, 어느 날 시아버지에게 부탁의 말을 하였다./ "아버님, 배 한 척만 지어주시겠습니까?"/ "뭘 할려고?"/ "남편을 찾아보겠읍니다."/ 시아버지는 며느리의 소원을 들어주기 위하여 선흘(朝天邑 善屹里)고지로 가서 나무를 베어다가 배를 만들었다. 어느 날 화창한 날을 택하여 며느리는 시아버지와 함께 남편이 살고 있는 이어도를 향하여 배를 띄웠다. 이어도로 가는 길은 멀고도 험난했다./ 거의 며느리 혼자서만 '이어도싸나, 이어도싸나' 뱃노래를 부르며 노를 저어 힘겹게 이어도에 이르렀다. 과연 남편은 새 아내와 함께 행복하게 잘 살고 있었다./ 남편은 아버지와 본처의 설득을 받게 되자, 하는 수 없이 가족 모두가 고향으로 돌아가서 살기로 했다. 온 가족은 한 배에 타서 고행으로 향하고 있었는데, 갑자기 풍파가 몰아닥치는 통에 몰사당하고 말았다. 그 후, 그 고향 사람들은 풍파를 만나 몰사한 그 가족들을 불쌍하게 생각하여 당제(堂祭)를 지내듯 늘 제사를 올렸다./ 지금도 이어도라고 하는 섬은 분명 어디엔가 있을 것이다. (「이어도」, 『제주도전설지』(제주도, 1985), 67쪽; 이는 『구비문학대계』9-1, 한국정신문화연구원, 1980, 203~206쪽의 자료를 정리한 것이다.)

38) 김진하, 앞의 글, 45쪽.

39) 『구비문학대계』9-1, 앞의 책, 203쪽.

40) 위의 책, 206쪽.

41) 산지포(山地浦)의 한 늙은 어부는 그의 동료와 함께 근해어로(近海漁撈)에 나섰다가 극심한 격랑을 만나서 표류되고 배는 없어져버렸다. 겨우 배의 널조각 하나를 붙들고 상어새끼들이 지나가고 있을 무렵 그 상어새끼에 쫓기면서 그의 삶을 붙들고 안간힘을 썼다. 그리고 그는 죽어가기 시작했다. (…)/ 그런데 그때 그 어부의 극의(極意)의 시야에 하얀 절벽으로 이루어진 '이어도'가 바로 저쪽 바다 위에 떠 있지 않은가./ "이어도다! 이어도다! 이어…"라고 말한 뒤 그의 의식은 전혀 그의 몸속에서 회복되지 못했다. 그러나 늙은 어부는 의식을 잃어버린 채 뜻밖의 어떤 주조류(主潮流)를 만나서 그 조류에 떠내려가기 시작했다. 기적이라고밖에 설명할 수 없게 그는 제주 산남(山南) 동단(東端)의 표선(表善)의 바다 기슭에 표착했다. (…)/ 그는 얼마 동안 가료하다가 그의 집 애월(涯月)로 돌아갔다. 그런데 집에 돌아가서 그는 입을 열지 않았다. (…)/ 그러던 어느날 이윽고 어부에게 임종이 다가왔다. 아들의 귀를 잡아다녀서 그 자신의 유일한 씨앗인 아들의 귀에 대고 "이어도! 이어도를 보았다!"라고 말하고 숨을

끊었다. 늙은 어부는 작은 메밀밭 복판에 파묻혔다. 아들은 아버지가 보았다는 이어도에 대한 감동 때문에 아버지의 장례가 끝난 다음 마을을 떠나서 헤매어 다녔다./ 결국 그는 '이어도'의 비밀을 간직하지 못한 채 누군가에게, 그의 아버지가 보았다는 이어도를 자신이 보았다고 말했다. 그리고 그는 광인(狂人)이 되어서 후줄후줄 울어대고 히히히히 웃어대었다. 그 말을 들은 사람도 그 자신이 '이어도'를 보았다고 말하고 광인(狂人)이 되었다. 그리고 그들은 미쳐서 죽어가고 '이어도'는 계속해서 제주도 일주(一周)의 마을에 전파되었던 것이다. (고은, 「또 하나의 이어도」, 『제주도-그 전체상의 발견』(일지사, 1976), 67~69쪽)

42) 김은희, 『이어도를 찾아서』(도서출판 이어도, 2002), 81쪽.

43) 김진하, 앞의 글, 46쪽.

44) 그러나 김진하가 고은의 이여도 화소가 이청준의 「이어도」에 편입되었다고 말한 것은 선후관계를 볼 때 잘못이다. 이청준의 소설은 1974년에 발표되었고, 고은의 글은 "1975년부터 『세대』지에 (…) 연재"(고은, 「후기」, 앞의 책, 367쪽)된 것이기 때문이다.

45) 김영돈, 「제주민요에 드러난 이어도」, 『제주도민요연구』하(민속원, 2002), 476쪽.

46) 김은희, 앞의 책, 54쪽.

47) 조성윤, 앞의 글, 354쪽.

48) 주강현, 앞의 글, 210쪽.

49) 김순자, 「제주학 정립을 위한 기본용어 연구」(제주대학교 석사논문, 2005), 30~33쪽 참조.

50) 김영돈은 민요에서 "후렴이 되풀이되는 '이어도'를 흔히 전설의 섬 「이어도」와 관련시킴은 의미부여를 즐기는 세상 사람들의 어정쩡한 취미"(김영돈, 「이어도」, 앞의 책, 297쪽)라고 지적했다. 다만, 그는 자신과 다카하시가 채록한 전설에 나오는 이어도의 존재는 인정했다.

51) 버렐·모오간 공저(윤재풍 옮김), 『사회과학과 조직이론』(박영사, 1993), 38쪽.

52) 주강현은 "이어도가 오랜 구전이 아니건, 다카하시 같은 인물이 시초에 만들어낸 조어에서 비롯되었건, 그러한 것은 별 의미를 지니지 못한다."면서 "만들어진 이어도 담론이 지니는, 만들어진 섬, 가공의 섬, 상상의 섬, 환상의 섬, 이상향의 섬의 체계는 쉽게 수용될 수 있는 것"이라고 밝힌 바 있다. 주강현, 앞의 글, 286쪽.

53) 조성윤, 앞의 글, 368쪽.

54) 위의 글, 370쪽.

55) 김은희, 앞의 책, 98~101쪽 참조.

56 김영돈, 「이여도」, 앞의 책, 301쪽.

57) 『제민일보』, 2013. 8. 6.~7.

58) 『제주의 소리』, 2013. 10. 19.~11. 10.

59) 『한라일보』, 2013. 9. 9.

60) 국립국어원에서 온라인으로 제공되는 『표준국어대사전』(http://std web2.ko rean.go.kr)에 전설의 섬 '이어도'는 올라 있지 않으나, 해양과학기지인 '이어도(離於 島)'는 등재되어 있다. "제주특별자치도 서귀포시 마라도로부터 남서쪽으로 149km 떨어진 지점에 있는 수중 암초. 2003년 6월에 이어도 종합 해양 과학 기지가 설치되었 다. '파랑도(波浪島)'라고도 한다. 면적은 수심 50m를 기준으로 약 2km2"로 설명하고 있다.


## 금기 깨기와 진실 복원의 상상력

1) '식게'는 '제사(祭祀)'의 제주방언이다. 따라서 '식겟집'은 '제삿집'을 말한다.

2) 현기영, 「순이 삼촌」, 『순이 삼촌』(창작과비평사, 1980)의 쪽수임. 이하 「순이 삼촌」의 경우 ( )에 쪽수만 표기함.

3) 김종욱은 「순이 삼촌」에 나오는 제삿날의 의미에 관해서 다음과 같이 언급했다.

"결코 커다란 울음으로 통곡할 수 없는 그날이 되면, 감추어졌던 아픔은 시간의 지층 을 뚫고 의식의 표면에 떠오른다. 살아남은 사람들이 죽은 자들을 기억해야만 하는 제 삿날, 그것도 한 사람의 제삿날이 아니라 한 동네 전체의 제삿날이 다가오면 아픔은 결 코 잊혀질 수 없고 잊어서도 안 된다는 사실이 명백해진다. 아무런 이유 없이 동족의 총칼 앞에 무참히 쓰러져가야만 했던 친구들과 친척들과 이웃들의 이야기가 터져나올 수밖에 없다. 그 명백한 살육의 현장을 고발하거나 혹은 억울한 혼령을 진혼할 용기를 지니지 못하지만, 그날만큼은 죽어버린 자들을 기억해야만 한다. (…) 「순이 삼촌」 (1978)은 바로 이 〈제삿날〉에 죽은 자들과 죽지 않은 자들을 통해서 제주도 4·3사건을

그러낸다. (…) 봉제사도 실질적으로는 이 사건과 깊이 연관되어 있었던 까닭에 순이

삼촌의 지난했던 과거사가 전면에 부각되는 것이다."(김종욱, 「승자의 죽음과 패자의

삶」, 『작가세계』 1998년 봄호, 73~74쪽.)

4) 작품이 발표된 1970년대 후반의 현실을 말하는 것이지만, 그런 현실은 그 후로도 오랫

동안 거의 변하지 않는다.

5) 임대식, 「제주4·3항쟁과 우익 청년단」, 역사문제연구소 외 편, 『제주4·3 연구』(역사비평

사, 1999), 237쪽.

6) 언어적 코드들의 상징적 의미를 중심으로 해석한 이명원도 이에 관해서 서울방언이 "역

사성이 탈각된" 상황이며 4·3의 기억에 대해 "완전히 무의미한 것으로 치부"하는 것이

라는 논의를 한 바 있다. (이명원, 앞의 글, 14쪽.)

7) 현기영, 「4·3을 어떻게 볼 것인가」, 『젊은 대지를 위하여』(청사, 1989), 53~54쪽.

8) 현기영, 「나의 문학적 비경 탐험」, 『바다와 술잔』(화남, 2002), 173쪽.

9) 고명철, 「'4·3문학비평'에 대한 비판적 성찰-'4·3문학비평'의 갱신을 위하여」, 『비평의 잉

걸불』(새미, 2002), 322쪽.

10) 이승훈 편저, 『문학상징사전』(고려원, 1995), 236쪽.


# '큰 문학'으로 거듭나는 봄날의 불꽃

1) 현기영 소설은 『마지막 테우리』(창비, 1994) 수록 단편들, 김석범 소설은 『화산도』(전

12권, 김환기·김학동 옮김, 보고사, 2015)를 텍스트로 삼는다. 아울러 이 글에는 글쓴

이의 논저 『4·3의 진실과 문학』(각, 2003), 『기억의 현장과 재현의 언어』(각, 2006), 『작

은 섬, 큰 문학』(각, 2017), 「4·3항쟁의 소설화 양상」(『제주작가』 2017년 가을호) 등에서

기왕에 논한 사항을 토대로 재구성하거나 고쳐 쓴 부분이 적잖음을 밝혀둔다.

2) 김동현 「김석범 문학과 제주」, 고명철·김동윤·김동현, 『제주, 화산도를 말한다』(보고사,

2017), 187쪽.

3) 이방근의 혁명 도정을 '①혁명 이전: 해방공간에 대한 인식 → ②혁명과 대면: 혁명에

대한 냉정과 열정 → ③혁명의 현실적 패배: 허무 극복'으로 분석한 고명철의 논의는 주

목할 만하다. 고명철 「해방공간, 미완의 혁명, 그리고 김석범의 『화산도』」, 같은 책,

66~76쪽.

4) 정주진, 『평화를 보는 눈』(개마고원, 2015), 86쪽.


## 제주어로 담아낸 그 시절의 기억

1) 위미리가 4·3 때 산부대(한라산 빨치산)에 의한 피해가 많았던 것은 토벌대가 인근 중산간마을인 의귀·수망·한남리를 덮쳐 무차별 살해 방화함에 따른 산부대의 보복성 공격의 결과였다. 이 해변 마을에는 경찰지서가 있었기 때문에 공격목표가 되었던 것이다. 그런데 이 습격에서 산부대는 지목 살해 방식이 아닌, 토벌대의 만행과 똑같은 방식을 동원함으로써 피해가 컸다. 토벌대는 이 습격에 대한 보복으로 중산간지역에 숨어 지내던 주민들을 찾아내 학살함으로써 악순환이 거듭된다.

2) 표준어로 옮기면 이 시조집에 실린 작품들의 특유한 맛이 사라지기 때문에 그대로 인용한다. 제주어를 잘 모르더라도 찬찬히 읽다 보면 느낌으로 그 의미들을 파악할 수 있을 것이다.


## 등 굽은 팽나무의 생존 방식

1) 이 글에서는 첫 시집 『어디에 선들 어떠랴』에 수록된 작품은 '(Ⅰ)', 제2 시집 『신호등 쓰러진 길 위에서』에 수록된 작품은 '(Ⅱ)', 제3 시집 『바람의 목례』에 수록된 작품은 '(Ⅲ)', 제4 시집 『생각을 훔치다』에 수록된 작품은 '(Ⅳ)', 제5 시집 『빙의』에 수록된 작품은 '(Ⅴ)', 제6시집 『물에서 온 편지』에 수록된 작품은 '(Ⅵ)', 제7 시집 『호모 마스크스』에 수록된 작품은 '(Ⅶ)'로 각각 표시한다. 시집별로 살핀 글이 아니기에 어느 시집에 수록된 작품인지 밝히는 게 독자들의 이해를 도울 수 있으리라고 보았기 때문이다.

2) 『어디에 선들 어떠랴』에는 수록된 작품마다 발표 연도가 명기되어 있다. 「길 걷기」는 1983년 작품이다.

3) 김수열의 전기적 사실은 제주작가회의 엮음, 『제주의 작가들·1』(심지, 2010)에 수록된 「문학적 자화상」과 「작가 연보」에 따랐다. 이 자화상과 연보는 시인이 직접 작성한 것이다.

4) 국어 교사였던 김수열은 2015년에 명예퇴직으로 교단을 떠났다.

## 제주 원도심이 품은 문학의 자취

1) 예전에는 주로 '구도심(舊都心)'이라고 일컬었으나, 최근 들어 '원도심(原都心)'으로 지칭되는 경향이 늘었다. 전자는 낡고 퇴락했다는 부정적인 의미가 부각되는 반면, 후자의 경우 원래·본래의 도심이라는 비교적 긍정적인 의미가 떠올려지기에 후자를 선호하게 되었다고 판단된다.

2) 박경훈, 「누적도시 제주시 원도심의 도시재생: 문화예술로 제주시 원도심 살리기」, 『제주담론 2』(각, 2014), 287쪽. 박경훈은 이에 대한 근거를 다음과 같이 들었다. "3세기경 편찬된 중국 사서인 『삼국지』 위지 동이전에 등장하는 '주호(州湖)'의 기록이 제주도에 대한 최초의 문헌임을 인정한다면, 적어도 제주시는 최소한 3세기경(AD 280년대)에는 제주섬 최대의 취락지였을 것이며, 4세기 이후에는 탐라국의 국읍으로서 실제적인 존재감이 있었다는 말이 된다. 또한 역사학계의 다양한 이견들 속에서도 평균치인 기원전후 시기에 탐라가 세워졌을 것이라는 가설들을 종합하면, 제주시 원도심권은 현재까지 최소한 2000년 이상 제주사람들의 문명의 중심지였다."

3) 정종은, 「문화주도 도시재생 전략의 빛과 그림자」, 김문환, 『미학자가 그려보는 인문도시』(지식산업사, 2011), 326쪽.

4) 피란민을 비롯하여 한반도에서 몰려온 사람들은 한때 15만 명에 육박하였다가 1952년 전선 상황이 소강상태에 접어들자 약 3만 명으로 대폭 줄어들었다. (부만근, 『광복 제주 30년』(문조사, 1975), 116~118쪽 참조.) 말하자면 1950년대 초반의 제주도 인구는 한때 40만 정도였는데, 그중에 3분의 1이 넘는 사람이 전쟁 때문에 건너왔다고 보면 된다.

5) 장수철도 제주 체류 기간에 '고망술집'을 자주 드나들었던 것으로 보인다. 부산에 가서 쓴 글인 「제주에 부치는 편지」에 보면, "포케트의 잔돈들을 모아서는 꼬망술집으로 달렸습니다. 풍속을 이야기하며 민요를 굵직한 음성으로 같이 부르든 생각이 지금 생생하게 떠오릅니다."라는 회고가 있다. (『신문화』 제3호, 1953, 35쪽) 그리고 "趙炳華 氏, 黃順元 氏가 다녀가셨는데 濟州道 꼬망술집을 구경 못한 것이 유감이라고 한탄을 하시

드라나"(「문화다방」,『신문화』제2호, 1952, 29쪽)라는 언급에서 보면 당시 '고망술집'은 육지부의 문인들에게도 꽤 알려졌던 것 같다.

6) 「시와 음악의 밤/시내 향수다방서」(『제주신보』, 1952. 12. 28.)

7) 「한라산에 봄 오다/제극서 오늘부터」(『제주신보』, 1953. 12. 17.)

8) 「연극인 망라 문협 창립/탈옥수의 고백' 첫 공연」(『제주신보』, 1952. 1. 22.)

9) 「'예원' 발족/직장예술인의 모임」(『제주신보』, 1952. 8. 27.)

10) 이병일, 「제주와 출판문화」(『제주신보』, 1953. 10. 9.)

11) 양중해, 「계용묵 선생과 제주도」, 『제주문학』제31집(제주문인협회, 1998), 27쪽.

12) 계용묵, 「소설가란 직업」, 『노인과 닭』(범우사, 1983), 85쪽.

13) 고영기, 「'별무리' 시절의 회상」, 『제주문학』제31집(제주문인협회, 1998), 55쪽.

14) 아들 계명원은 오현고등학교 피난분교에서 영어를 담당했으며, 『신문화』제3호에 「나족(裸族)」이란 시를 발표하기도 했다. 양중해는 계명원이 결혼할 때의 상황에 대해 "예식장은 역시 몇 평 안 되는 작은 다방 '동백', 테이블마다 양과자를 벌여 놓고 치른 조촐한 잔치였다."(앞의 글, 30쪽)고 술회하였다.

15) 김영돈, 「사람살이의 바탕을 헤아린다: 계용묵 선생을 추모하며」, 『제주문학』제31집 (제주문인협회, 1998), 39쪽.

16) 김봉옥, 『증보 제주통사』(세림, 2000), 309~310쪽.

17) 계용묵, 「제주 풍물 점경」, 민충환 엮음, 『계용묵 전집』2(민음사, 2004), 126쪽.

18) 장수철, 『격변기의 문화수첩』, 84쪽.

19) 장수철은 "1952년 7월 18일"(『격변기의 문화수첩』, 84쪽)이라고 했으나, 이는 잘못이다. 원고 말미에 집필일은 6월 16일로 명기되어 있고 『제주신보』에 작품이 수록된 날짜는 6월 18일이다.

20) 김동윤, 「한국전쟁기의 제주 문단과 문학」·「계용묵의 제주 체험과 문학」, 『제주문학론』 (제주대학교출판부, 2008); 김동윤, 「전란기의 제주문학과 『제주신보』」, 『영주어문』 19(영주어문학회, 2010) 참조.

21) 박목월(이남호 엮음), 「작가 연보」, 『박목월 전집』(민음사, 2003), 955쪽.

22) 김동현, 「제주문단야사: 떠나가는 배」, 『제주타임스』, 2000. 4. 7.

23) 조명철, 「나의 삶 나의 문학」, 『혜향』13(혜향문학회, 2019), 41~42쪽. 김종원도 "항간

에 이 노래가 박목월과 함께 제주로 내려왔던 이화여대 출신 여성과의 이별을 노래한 것으로 잘못 알려져 있다."고 증언했다. 전쟁 때 "대구에 있던 변훈은 제주로 건너가 제주제일중학교에서 잠시 교편을 잡았"는데 "이곳에서 국어교사 양중해의 시「떠나가는 배」에 곡을 붙여 노래를 만들었"다는 것이다. 영화평론가 김종원 회고록(한상언 정리)15,「소년문사⑤: 〈떠나가는 배〉 그리고 목월」,『매거진: 김종원의 영화평론 60년』, https:// brunch. co. kr/@sangeonhan/34(2021. 4. 1. 검색)

24) 제주시·제주역사문화진흥원,『제주성지 보존·관리 및 활용계획』, 2013, 167쪽. 박경훈은 이를 각각 '역사문화지구', '산지천친수경관지구', '전통시장지구', '한짓골문화예술지구' 등으로 명명하였다.(『제주담론』2, 308쪽)

25) 박경훈, 위의 책, 312~313쪽.

26) 서영표,「추상적 공간과 구체적 공간의 갈등: 제주의 공간이용과 공간구조의 변화」, 『공간과 사회』47(공간환경학회, 2014), 36쪽.

「제주 사람들은 어떻게 살아왔을까」『기억의 현장과 재현의 언어』, 각, 2006.(원제: 「제주섬 사람들의 삶과 문학」)

「제주섬을 만든 설문대할망 이야기」『탐라문화』37, 제주대학교 탐라문화연구소, 2010.(원제: 「현대소설의 설문대할망설화 수용 양상」)

「농경신 자청비를 어떻게 만날까」『비평문학』31, 한국비평문학회, 2009.(원제: 「현대소설의 제주설화 수용 양상 연구: 자청비설화의 수용을 중심으로」)

「김녕사굴과 광정당의 역사와 설화」『제주문학론』, 제주대학교 출판부, 2008.(원제: 「현길언 소설의 제주설화 수용 양상과 그 의미」에서 발췌 후 보완)

「인간 김만덕과 상찬계의 진실」『작은 섬, 큰 문학』, 각, 2017.(원제: 「불편한 진실에 이르는 험난한 여정」)

「고소설로 읽은 19세기의 제주섬」『제주문학론』, 제주대학교 출판부, 2008.(원제: 「「배비장전」에 나타난 제주도」)

「이여도 담론의 스토리텔링 과정」『열린정신 인문학 연구』14-2, 원광대학교 인문학연구소, 2013.(원제: 「이여도 담론의 스토리텔링 과정 연구」)

「금기 깨기와 진실 복원의 상상력」『4·3의 진실과 문학』, 각, 2003.(원제: 「진실 복원의 문학적 접근 방식」)

「봄을 꿈꾸는 겨울의 진실」『4·3의 진실과 문학』, 각, 2003/『작은 섬, 큰 문학』, 각, 2017.(원제: 「한라산의 생나무에 타오르는 불길」/「다시 돋기를 꿈꾸는 동백꽃 신열」)

「큰 문학으로 거듭나는 봄날의 불꽃」『창작과 비평』2018 봄호, 창비.(원제: 「촛불 이후 되새기는 4·3문학」)

「제주어로 담아낸 그 시절의 기억」『소통을 꿈꾸는 말들』, 리토피아, 2010.(원제: 「황토색 언어로 빚은 검붉은 서사와 초록의 고투」)

「등 굽은 팽나무의 생존 방식」『작은 섬, 큰 문학』, 각, 2017.

「제주 원도심이 품은 문학의 자취」김종원 외 4인, 『제주 원도심, 골목에서 길을 찾다』, 각, 2015.(원제: 「문학의 길, 제주의 길」)

# 찾아보기_작품·작품집

# 찾아보기_인명

김동윤 金東潤

입도조가 제주섬에 정착한 지 600년 넘은 집안에서 1964년 태어난 후 군복무와 장기 국외연수를 포함한 약 4년의 기간을 제외하고는 줄곧 제주에서만 지낸 토박이다. 제주대학교 국어국문학과를 졸업하고 같은 대학원에서 현대소설을 전공하여 박사학위를 받았으며, 2005년부터 모교의 교수로 근무하고 있다. 제주대학교 인문대학장·탐라문화연구원장·신문방송사 주간 등을 역임하였고, 류큐대학 인문사회학부 객원연구원 신분으로 1년 동안 오키나와에서 지내기도 했다. 문학평론가로도 활동하고 있다. 지은 책으로는 『작은 섬, 큰 문학』(2017), 『소통을 꿈꾸는 말들』(2010), 『제주문학론』(2008), 『기억의 현장과 재현의 언어』(2006), 『우리 소설의 통속성과 진지성』(2004), 『4·3의 진실과 문학』(2003), 『신문소설의 재조명』(2001) 등이 있으며, 『김석범 한글소설집-혼백』(2021)을 엮어내었다.

개정판

문학으로 만나는 제주

2019년 8월 31일 초판　1쇄 발행
2022년 8월 31일 개정판 1쇄 발행

지은이　김동윤
펴낸이　김영훈
편집인　김지희
디자인　나무늘보, 이은아, 김지영
펴낸곳　한그루
　　　　출판등록 제6510000251002008000003호
　　　　제주특별자치도 제주시 복지로1길 21
　　　　전화 064 723 7580　전송 064 753 7580
　　　　전자우편 onetreebook@daum.net　누리방 onetreebook.com

ISBN 979-11-6867-038-9 (03810)

ⓒ 김동윤, 2022

값 19,000원